ハヤカワ文庫JA
〈JA1416〉

2010年代SF傑作選 2

大森 望・伴名 練編

早川書房
8474

目次

序

二〇一〇年代の日本ＳＦ短篇の傑作を一望する二巻本、その第二巻をお届けする。『１』がゼロ年代以前デビューの作家による短篇を集めたのに対して、『２』に収録した短篇は基本的には二〇一〇年代デビュー作家のもの。「デビュー十年以内の新鋭のみでお送りする一冊」ということになるが、目次を見ればお分かりの通り、既に各種ランキング上位に輝いていたり様々な賞を受賞していたりジャンル外にも名前が轟いていたりする、人気作家・実力派作家が顔を揃え、決して『１』に引けを取らないラインナップとなっている。二分冊の『ゼロ年代日本ＳＦベスト集成』は二十四人の作家を集めていたが、そのうちゼロ年代デビューは四人だけで、大半が八〇年代・九〇年代デビューだった。そのことと比較すれば、二〇一〇年代がいかに新人ＳＦ作家を多く世に送り出した時代だったのかお分かり頂けるだろう。

新人のデビューはジャンルの生命線である。「日本ＳＦ冬の時代」と一部で語られた九〇年代は、唯一のＳＦ新人賞であったハヤカワ・ＳＦコンテストが途絶し、ＳＦ作家を目指す新人も、日本ファンタジーノベル大賞や日本ホラー小説大賞やライトノベル系新人賞をはじめとする他ジャンルからデビューせざるを得ず、ＳＦファンから注目されるまでにもタイムラグがあった。ゆえに、ゼロ年代のＳＦ新人発掘を担った二つの賞、日本ＳＦ新人賞と小松左京賞が二〇〇九年に揃って休止した時点で、ＳＦ界の先行きを憂う向きもあった。

　しかし蓋を開けてみれば、入れ替わる形で創元ＳＦ短編賞が二〇〇九年に創設され、さらにハヤカワＳＦコンテストが二〇一三年に再開。両賞とも順調に回を重ねて、二〇一〇年代のＳＦシーンをリードする作家を多数、輩出した。加えて「カクヨム」などの投稿サイトをはじめ、ＷＥＢから頭角を現す作家も登場。二〇一六年にスタートした「ゲンロン大森望ＳＦ創作講座」も様々な新人賞からデビュー者を出している。直接のデビューには繋がらないものの、「日経　星新一賞」のようなコンテストも注目された。九〇年代の後半から日本ＳＦを追っているが、新人が多すぎて危うく把握しきれなくなりそうになっているのは今が初めて。体験したことはないが〈ＳＦマガジン〉〈ＳＦアドベンチャー〉〈奇想天外〉〈ＳＦ宝石〉が同時にどかどか新人を起用していた八〇年代頭以来の賑わいぶりではないだろうか。この本も新人篇で無理やり一冊作ったわけではなく、むしろ注目の新人として収録したいのに、ページの都合上入りきらなかった作家が多数いるほどだ。

　そんな新人たちのＳＦ短篇発表の場としては、二〇一五年からの〈ＳＦマガジン〉の隔月刊化という逆風も吹いたものの、『書き下ろし日本ＳＦコレクション　ＮＯＶＡ』をはじめとするオリジナルSFアンソロジー、中間小説誌や文芸誌のSF特集、WEB、電子書籍、同人誌など多方面に広がり続けている。それでも発表の機会が多いに越したことはないので、各出版社の編集者の皆様は、このアンソロジーを読んで気になる作家がいればぜひ声をおかけください。

本書の中身について、大森さんが一巻・伴名練が二巻の序文と巻末解説を担当していることもあり、なんとなく大森さんが一巻の、伴名練が二巻のラインナップを決めたように見えるかも知れないがそんなことはなく、作品の選定に当たっては一・二巻の収録作をまとめて議論し二人で決定していった。ただし作品の並べ順に関しては『1』『2』ともに伴名練が叩き台を作って大森さんが修正するという形をとっており、『1』の並びはほぼ伴名案の原型を留めていないものの、『2』は一か所しか直されていないので、何となく『2』の方が自分が担当したアンソロジーという印象が強い。

ともあれ、ここに収録した作品は、大森望・伴名練のいずれかが日本SFの二〇一〇年代を代表するにふさわしいと考えて選んだものである。十年の精華をぜひ堪能してください。

伴名　練

２０１０年代ＳＦ傑作選２

バック・イン・ザ・デイズ

小川 哲

新生ハヤカワSFコンテストからデビューした数多くの若き才能の中でも、ジャンル外にも最もその名が広まっているのが小川哲（おがわ・さとし）だろう。

一九八六年生まれ。二〇一五年、第3回ハヤカワSFコンテストで大賞を受賞した『ユートロニカのこちら側』でデビュー。その名を一躍世にしらしめた第二長篇が、「空恐ろしいほどの傑作。SFにしておくのがもったいない。そう思った小説は本書が初めてだ」（大森望）、「小川哲という才能を、信頼して良かった。〝伊藤計劃以後〟という時代は本作の刊行によって幕を閉じる」（塩澤快浩）、という破格の帯コピーとともに二〇一七年に上下巻で刊行された『ゲームの王国』（以上、ハヤカワ文庫JA）。カンボジア、ポル・ポト政権下における大量虐殺という極限状況とボーイミーツガールを柱に据え、上巻はマジックリアリズム的な手法を交えて虐殺の時代を描き、下巻は脳科学ガジェットを用いて近未来を描く、ジャンルSFの枠に留まらない歴史巨篇。同作はベストSF2017で二位を獲得し、第38回日本SF大賞を受賞。さらに第31回山本周五郎賞受賞、第39回吉川英治文学新人賞候補など、SF界の外からも注目を浴び、小説誌や文芸誌から原稿依頼が殺到した。〈小説すばる〉誌では、二〇一八年十月号から、満州を舞台にした長篇「地図と拳」を連載している。

二〇一九年には、初短篇集『嘘と正典』（早川書房）を刊行。冷戦下の諜報戦と「共産主義を消す」歴史改変が絡む中篇を表題作としたこの短篇集は、発売前に、収録作の一篇「魔術師」が電子書籍で無料公開され大反響を呼んだばかりでなく、第162回直木賞にもノミネートされている。

今回収録したのは、連作長篇『ユートロニカのこちら側』の第二話。サンフランシスコに存在するアガスティアリゾートは、住民の同意のもと個人情報や監視データを収集・蓄積し、それと引き換えに行き届いたサービスを提供する、「合意済みの監視社会」。本篇ではアガスティアリゾートを運営するマイン社の八王子ラボが舞台。父と息子の関係という小川哲十八番のモチーフを、映像媒体のライフログという地に足の着いたテクノロジーを用いて情感豊かに描く。（伴名）

「マイン社が過去再体験《リバイバル》サービス『ユアーズ』運用開始の
無期限延期を発表」

マイン社は、八王子ラボで開発していた過去再体験サービス「ユアーズ」の運用を開始する計画を白紙に戻すと発表した。「ユアーズ」は、生体コンタクトカメラの映像と立体集音マイクの音声データなどから、任意の過去の空間を立ち上げ、利用者に再体験させる「擬似タイムマシン」プログラムとして開発が進められていた。昨年一月に行われたサンフランシスコでのプレスカンファレンスの時点で、マイン社の特別技術顧問クリストファー・ドーフマンは「すでに技術的な問題の多くはクリアしている」と発表。「このサービスが実用化されれば、アガスティアリゾートで生活する住民は、いつでも好きなときに気に入った過去を再体験できるようになる」と述べた。

「ユアーズ」を巡っては、著作権上の問題からアメリカ出版社協会や国際映画著作権協会が運用の中止を要望していた他にも、過去再体験が与える精神的負担に関してリュー&ボブソン・クリニックの院長カール・ボブソン氏が「人間の心は、実際の過去と改変された都合の良い思い出とのギャップに耐えられるほど頑強ではない」と発言するなど、各方面で運用に関して物議を醸していた。

今回の決定に関してマイン社の担当者は「いくつかの技術的問題のため」とコメントし、著作権や健康問題などは「直接的な影響を与えてはいない」としている。

リードには父との思い出がほとんどなかった。リードの脳が父に割いているわずかな容量の大半は、毎年夏に行った山登りの記憶と、その道中で父が呪文のように繰り返した「ノー・ペイン、ノー・ゲイン」という言葉だけだった。

あの夏以降、山登りには行っていない。

あの日は、いつもの山登りの代わりに、私立高校の合格を祝って、フロリダのディズニーリゾートへ連れていってもらえることになっていた。息子の合格に鼻が高かったのか、あるいは何か仕事で良いことがあったのか、珍しく父はひどく上機嫌だった。父は行きの電車の中でぽつぽつと、まるで言葉の切れ端を隙間なく空中に配置するみたいに、ある一つのゲームのルールを説明した。それはリードが父から教えてもらった唯一のゲームだったし、父ときちんと会話をした――つまり、お互いの主張を理解し合おうと両者が努めるような形で会話をした――人生で最後の記憶だった。

そのゲームは「バンドゲーム」と名付けられていた。

二人でその長いゲームを実践したあと、電車から降りると父に仕事の電話がかかってきた。

今思えば、それは、いくらかありきたりな問題を抱えつつも、それなりに血の通った親子関係の終わりを告げる電話だった。深刻そうな顔のまま通話を終えたあと、父は「今からルゼンブルに帰らなければならなくなった」と短く告げた。どれだけ理由を聞いても「仕事だ」としか教えてくれなかったし、最後まで父は決して謝らなかった。一貫して「お前みたいな子どもに大人の事情は到底理解できない」というような態度だった。こうしてフロリダ行きは鈍行列車に一時間乗っただけで中止になった。帰りの電車で今までにないくらい激しい喧嘩をした。リードは父を「脳なし野郎」や「死ね」と罵《ののし》り、父は「このわからず屋のクソガキ」と怒鳴った。それから一週間ほど言葉と暴力の応酬が続き、お互いが辞書に載っている罵倒語を言い尽くしたあと、まるでスプレーがすべての中身を放出して空っぽになってしまったかのように、父とは喧嘩すらしなくなった。父と一緒にバンドゲームをすることも、二度となかった。

ルールは簡単だった。

自分の反対側の座席に相席した何人かの人々を、勝手に一組のバンドだと想定してみるのだ。あいつがベースであいつがギターで、あいつがドラムであいつがヴォーカルで、というように。彼らメンバーは、どこかの駅で勝手に加入してきて、各自ばらばらに脱退していく。たとえば窓際に座っていた大学生のヴォーカルの女の子がどこかの駅で降りたら、その脱退の理由を考えてみる――女の子の隣に座っていた背の高いベースの若い男とバンド内で恋人関係になり、そのことが活動に影響すると考えたバンドリーダーのスーツを着た初老の男性が、彼らに別れるよう指示した。それに嫌気がさした女の子はバンドを脱退する。次の駅でベースの男も脱退。同じ駅でバンドは新たに老婆とその孫を迎え、メンバーも曲調も一新して再デビューが決定する。しかし孫はキーボードを扱うには若すぎたし、老婆は一曲を歌い終えることもできなかった。結局バンドはすぐに解散する――このような具合に、バンドの歴史を考えてみるのだ。

故郷のルゼンブルから街に出るためには、一時間ほど鈍行列車に乗らなければならなかった。そんなときは、いつもそうやってひとりでバンドゲームをした。父が教えてくれた数少ない知識の中で、唯一役に立ったことだった。

始発から終点まで鈍行に乗っていれば、新しくバンドが生まれ、メンバーが入れ替わり、解散に至るまでの軌跡を否が応でも見届ける羽目になる。何駅も何駅も、いつまでもメンバーの変わらないバンドというものもある。逆に、たった一駅で解散してしまうバンドもある。リーダーだけ変わらずに、他のメンバーが慌ただしく変わっていくバンドもあれば、ベースだけがしっくりいかずに、何度も新しいメンバーを呼ぶことになるバンドもある。

リードはそうやって、様々なバンドのディスコグラフィーを想像し、その偽りのお伽話における、たった一人の証人となった。余裕があればバンド名を考えてみたり、新曲を想像してみたりすることもあった。

まだ子どもだったリードにとって、電車に乗ることは特別な意味を持っていて、バンドゲームはある種の儀式のようなものだった。リードの故郷ルゼンブルはうんざりするほど退屈な田舎町だった。閉鎖的で、誰も外部と積極的なつながりを持とうとしない。吐き出してしまうときっと生々しくて汚らしい何かを胸の奥に隠しながら、よそよそしくて表面的な会話をするばかりだ。どれだけうわべを繕っても、大人の住人たちが心の奥底にある大事な何かを共有しているようには見えなかった。彼らは、大量の水で薄めたみたいに味気がなく、切実さもなかった。誰かが一日かけて掘った穴を、別の誰かが次の日に一日かけて埋めるのだ。そんなことを半永久的に繰り返している村だった。

リードは車内アナウンスが告げる駅名に注意深く耳を傾けながら、一日ぶりにホログラムを立ち上げた。姉のロージーから新たな連絡はなかった。もう諦められてしまったのかもしれないが、それも仕方のないことだと思った。リードはこの数週間でロージーからの電話を二十八回無視していた。二十九回目の電話にはロージーの夫からのメッセージが残っており、三十回目の電話はドイツ訛りの弁護士からのものだった。

一回目のメッセージにおいても二十八回目のメッセージにおいても、ロージーは極めて冷静だった。リードが何度電話やメッセージを無視しても、彼を頭ごなしに罵倒することは決してなかった。ロージーはメッセージの最初にいつもこう言った。「アラン、私にはわかってる。あなたは何も間違っていないし、あなたは何も悪くない。だけどほんの少し、法律的なことで話し合わなきゃいけないことがあるの」

リードはいつもそこでメッセージを消去したので、ロージーが話したいことが何かは直接聞いていなかった。もちろん、おおよその事柄は想像することができた——保険金と遺産に関することだろう。リードはそれらを受け取る資格など自分には存在しないと思っていた。父と母が遺したものに対して、自分は何の貢献もしていなかったからだ。高校を卒業してからは一度も家に帰っていなかったし、毎年クリスマスに届く両親からのカードは読むことなく捨てていた。半ば家出のような形で故郷を飛び出し、二度と戻らないまま実家はハリケーンで土の下に埋まってしまった。

小さな村の全体が土砂に流されてしまったので、葬儀は近くの町で行われた。ルゼンブルから出た鈍行列車の終点にある、かつてリードの通っていた私立高校のあった町だった。鈍行の路線も土砂から逃げ遅れてしまったので、リードは葬儀のあと、四百ドル払ってタクシーでルゼンブルまで戻った。リードにとって十数年ぶりの帰郷だったが、頑丈に作られた村役場と小学校の校舎を除けば、原形を留めている建物は一つもなかった。干上がったダムの底のように、乾いた茶色い土の地面が広がっているだけだ。山登りの途中でよく休憩に使った高台から村の全体を見渡すと、黄色い作業服を着た男たちが数か所でショベルカーを動かしているのがわかった。彼らが土を埋めているのか、あるいは掘り返しているのか、リードにはわからなかった。わかったのは、自分が十八年間を過ごした村が、永遠に失われてしまったという事実だけだった。

両親の葬儀のあと、一度だけ遺産のことでロージーにメッセージを送った。それは「すべて任せる」という、短くてシンプルなものだった。そのメッセージを送ったことで、自分が両親の死に対して、そして家出するまでの自分の人生に対して行う必要のあったことはすべて終わったと考えていた。書き損じたノートを捨ててしまうように、幼年期の長い年月を忘却することによって、過去を綺麗さっぱり清算しようとしたのだった。

次の八王子という駅がリードの目的地だった。あのドイツ訛りの弁護士から連絡が来るまで、一度も耳にしたことがなかった地名だ。仕事用のスティックは新宿のホテルに置いてきていた。急に休暇を延長したことをキャプテン《警部》に怒鳴られたりしたら、自分の決心が揺らいでしまうかもしれないと思っていた。

八王子駅で電車を降りて、駅前で無人タクシーを拾った。免許証をかざして運転席に座ってから、マイン社のホームページにあった研究所の住所を読みこませた。車内アナウンスが早口で何事かを喋ってメーターが点灯し、シートベルトを装着すると車はゆっくりと走り出した。

無人タクシーのもっとも優れた功績は、チップを要求する強欲なタクシー運転手をこの世から滅亡させたことで、その逆はチップを要求しない善良なタクシー運転手も滅亡させたことだ――リードは街を走るタクシーに乗りながら、かつてキャプテンが呟いた言葉を思い出した。幸いなことに、無人タクシーは天気を話題にすることも、最近の景気について聞いてくることもなかった。リードはサイドブレーキの横のトレイにチップとして百円玉を置いた。意味のある行動かどうかはわからなかったが、どのみち帰国までに日本円を使い切れそうにはなかった。

八王子は不気味なほどに静かな街だった。

ひとたび目を瞑《つむ》れば、自分が広大な平野の中心に立ったような気分になる。ジャケットの上から流れこんでくる乾いた車内の空調の熱気は冬のものではない。自分は砂漠の中心で、ラクダにまたがっているのだ——そんなささやかな妄想も、目を開けばすぐにどこかへ消えていった。見慣れない漢字の看板と、まばらに行き交うアジア人の顔。適当に置かれたクリスマスツリーと、一定の間隔で明かりを灯す夕暮れのイルミネーション。紋切り型の街の紋切り型のクリスマスだ。看板の文字と住民の顔をそっくり入れ替えれば、アメリカのどこかにあったとしても不思議ではない。生まれて初めての国外旅行の行き先がこの街になることなど、数日前には想像もしていなかった。

一週間前の夜——葬儀が終わってちょうど半年が経った日、マイン社の顧問弁護士を名乗る男から連絡があった。ミュラーだったかシュバルツだったか——そのドイツ訛りの男はリードの両親の弁護士を務めていたと言った。田舎者の二人が弁護士を雇っていたこと自体が意外だったが、そもそも何の用事があるのかわからなかった。両親に自宅以外に資産があったとは思わなかったし、その自宅も今はただの泥水と木片になっていた。ロージーには「すべて任せる」と伝えていたし、それで十分だと思っていた。

「彼らは自分たちが死んだときに情報開示をするように望んでいました」

その男は、職場の人間のように「まだ二人が亡くなったと決まったわけではないけれど」

というようなテクニカルな側面には触れなかった。まるで二人が死んでいることは当然であるかのような口ぶりだったが、すでに二人の死を受け入れていたリードにとってはむしろありがたかった。

リードは「どういうことですか？」と聞き返した。

「かつて、ご両親は十三年間にわたってマイン社のアガスティア・プロジェクトのテスターをしていました。法律に則った形で公募を行い、選考を通過した計二千百九十一人が――」

「ちょっと待ってください。一体何の話をしているんですか？」

「ご両親がテスターとして協力していたアガスティア・プロジェクトの説明です」

「アガスティア・プロジェクトって、特別区のあれのことですか？」

「ええ。詳しくは申し上げられませんが、アガスティアリゾートもプロジェクトの一部です」

「そのことと、僕の両親にどんな関係が？」

「マイン社は、アガスティアリゾートの建設にあたり、ある村を購入してデータの収集を行っていたのです。それがあなたの故郷、ルゼンブルです」

「どういうことですか？」

「あなたのご両親は、十三年にわたってテスターとしてマイン社で働いていたのです。常時、生体コンタクトレンズ式のカメラと立体集音機能のあるマイクを装着し、視覚データ、聴覚データ、位置情報データ、購入履歴、ネットワーク閲覧履歴等、生活情報のすべてをマイン社に提供していました。それらは整理され、解析されました。ルゼンブルの結果と、日本、タイ、フィリピンでの社会実験などを通じて、サンフランシスコ特別提携地区——アガスティアリゾートの設計図が作られました」

リードは弁護士の言っていることの意味があまりにも大きすぎて、すべてを理解することができなかった。

彼の言っていることが本当なら、幼い頃の自分の行動のすべてが誰かに記録されていたのかもしれなかった。そんなはずはない、という気持ちの一方で、そういうことだったのかと、いくらか腑に落ちている自分もいた。村の閉鎖的な雰囲気、暇そうにしている大人、何かに怯えたように消極的な人々、ある日突然村から去っていった友人たちや、教員自体がカメラになって授業の様子を販売しているという噂……。

「本当ですか？」

「はい。もし証明が必要なら、法的な書類も揃えます」

自分はもっと驚くべきなのか、そういうわけでもないのかわからなかった。実のところ、驚きという感情はほとんどなかった。もしかしたら、自分はそのことに薄々気づいていたのではないか、そんな気がした。

自分が抱えている感情は怒りだった。リードは、自分が何か大きな、概念に近い存在に対して怒っていることと、その怒りを今通話している弁護士にぶつけることの理不尽さを同時に認識しながら、「それはつまり、自分の行動やなんかもすべて記録されていたってことですか？」と聞いた。

「カメラを着用した人々の視界に入る限りは。あなたはカメラを装着していませんでしたので、すべてではありません。もちろんそれらは完全に合法的に行われました。必要なら当時の大統領の署名を見せることも――」

「――そんなこと、何も聞いてなかった」

リードは絞り出すようにそう言った。

「当時の法律ではカメラ非着用の十八歳未満の子どもには実験に関する通告義務がなく――

――」

「そういうことじゃない！」

弁護士は「失礼しました」とあくまで事務的に謝った。「とにかく、今回のお知らせは、ご両親の意向に沿って情報の開示を行った、ということです」

「このことはみんな知ってたんですか？」

「みんな、と申しますと？」

「学校の先生……同級生……姉……誰もかれも」

「教員はもちろん十八歳以上なので法律に従って通告していたはずです。もっとも、ルゼンブルでは教員もすべてテスターだったと聞いています。あなたの同級生たちやあなたのお姉さんは実験終了時も十八歳未満でしたから、通告義務はなかったのです。各個人が何を聞いていたかまでは知りませんが、あなたの姉であるミセス・ブラウンにはこのことは知らせていません。ご両親が情報開示を希望したのは弟のあなただけです」

「……どうして彼女には知らせないんですか？」

「そこまでは私にはわかりません」

リードには両親の意図がわからなかった。そもそも家出して以来、十年以上顔も合わせていなかったのだ。高校の卒業後も地元に残ったロージーに開示するというのなら筋が通る。しかし、どうして自分だけがそんな重い事実を知らされるのか……。

「それで、両親の希望はその情報をただ一方的に開示するということなんですか？」

「ええ、基本的にはそうなのですが……。ご両親は、セキュリティ・クリアランス《情報開示許可権》を遺産としてあなたに譲りたいということでした」

弁護士は何かの原稿を読み上げるように機械的にそう言った。リードにはその言葉の意味がよくわからなかったが、両親が何らかの形で不良息子に罰を与えたものだと思っていた。

タクシーはマイン社八王子ラボの大きな門の前で停車した。リードが入口横の機械に来訪の目的を入力すると、ゆっくりと門扉がスライドしていった。クリスマスということもあるのか、研究所はひどく閑散としていた。タクシーは正面の入口を通り過ぎてから、ガラス張りの大きな建物を迂回して、Ｂ棟と書かれた灰色のビルの裏口まで回った。分厚いドアの前に立つと、脇についていたブザーを押すことなく内側から扉が開けられた。若い日本人女性が立っていた。彼女は自らをシニア・リサーチャーのタチバナだと名乗ってから「ミスタ・

リードですね？」と聞いてきた。

「直前で日程を変更することになって申し訳ありません」

リードは「はい」と頷いた。

上階へ向かうエレベーターの中でタチバナはそう話した。彼女の充血した赤い目と大きなクマを見たら、彼女に言おうと用意していた文句と皮肉の言葉は消えてしまっていた。彼女は化粧もしていなかったし、長い髪もぼさぼさだった。彼女の頭髪からはほんのりと皮脂の匂いがした。日程が延期になったこの二日間、彼女が一度も自宅に帰っていないことは明らかだった。

「いえ、別に構いませんよ。ボスが多少ブチ切れるだけで」

「すみませんでした」

「ボスが切れるのはいつものことなので、たいした問題ではないんです」

「嫌なボスを持つと大変ですね。お互いに」

「いえ、本当に嫌なのは、ボスのボスと、ボスのボスのボスです」

リードは個人的な話に立ち入らないように「――そもそもこうなったのも、あなたのせいじゃなさそうですし」と続けた。

「ですが、結果的にあなたの大事なクリスマスをこんな研究所で……」

「それはあなたも同じでしょう」

タチバナは「私はもともと予定がなかったので」と小さく呟いた。リードが「僕もですよ」と答えると、しばらく沈黙が続いた。

言うべき台詞をうっかり家に置き忘れてきてしまったみたいに、どうすればいいかわからなくなってしまった。クリスマスに予定のない若い男女が二人きりで過ごしている——おそらくその事実が何とも言えない気まずさを生んでいた。もしタチバナが素敵な女性だったら、今晩の夕食に誘うくらいのことはしたかもしれない。しかし、リードはタチバナに異性としての魅力を感じていなかったし、おそらくそれはタチバナも同様だった。

クリスマスのプライベートな予定はなかったが、実のところ仕事の予定ならいくらでもあった。容疑者が州外に逃げた連続殺人事件の引き継ぎは完了していなかったし、そもそも別件をいくつも抱えていた。無理を言ってキャプテンに休暇を貰ったが、彼が怒り狂っているのは容易に想像できた。ただでさえ、去年より管轄での検挙率が下がっていたことで署内の空気は重かったのだ。コミッショナーからは、年内に改善しなければ職員全体の査定が下がると何度も脅されていた。彼曰く、これからの警察はサーヴァントと協力して、分母がゼロになるまで検挙率を上げ続けなければいけないらしい。

エレベーターは途中、卵みたいにつるつると太った男を乗せて、その男を降ろしてから次の階で止まった。ドアが開くとタチバナは何も言わずに降りていき、リードも黙ってそれに続いた。

東京は二日前から今朝まで雨が降っていた。灰色に濁った、何かに八つ当たりするような雨だった。湿った床がねっとりと靴底に粘ついた。

角を曲がると、薄暗かった廊下に白い光が伸びていく。途中で通り過ぎた研究室の多くは冷たくブラインドが下ろされていた。

モニターのついた大きなストレッチャーが並べられた区画の奥に、他の部屋よりも少しだけ大きな扉があった。タチバナは扉の脇の虹彩スキャナーを覗きこんでから、首から提げていたカードキーを差しこんだ。赤のランプが緑に変わり、鍵がガチャリと開いた。

「三日前の朝、思いもよらない箇所で不具合が見つかりまして」

タチバナがそう呟きながら薄暗い部屋の奥に進むと、室内に一斉に明かりがついた。小さな部屋の中央にはデスクトップが置かれており、一面のガラス窓の向こうにバスケットコート程度の大きさのホールがあった。まるで大きな取調室みたいだな、リードはふとそう思った。

「ホログラム表示にあわせて設計していた一部の文字データが、ヘッドギア内だとどうしてもズレてしまう現象がありまして。単に切り出した画像のファイル形式や解像度の問題ならすぐに解決したんですけど、そういうわけでもなくて。しかも現行ヴァージョンのヘッドギアがかなり古い言語で書かれていて、修正までに時間がかかってしまいました。そのせいで、予定の日に間に合わなかったんです」

「そうですか」

「つまり、安全性や機能には何の問題もないということが言いたかったんです」

「なるほど」

　タチバナは「ごめんなさい」と謝った。「どうでもいいですね、そんなこと。私、いったい何を言ってるんだろう」

　リードは本棚に並べられた無数のスティックを眺めながら「あなたが一人で開発をしたんですか？」と聞いた。

「まさか。私は何十人もいるチームの末端にすぎません」

　リードが黙って頷くと、タチバナは「ですが」と続けた。「この『ユアーズ』は世界でも八王子ラボにしか存在しません」

「すでに誰かが利用を？」

「実をいうと、一般の方の利用は今回が初めてなんです」

「モルモット、ってわけですね」とリードは呟いた。タチバナは焦ったように「もちろん何度もテストを行っていて、安全は保証されています」と付け足した。「私なんか、延べ数百回は潜ってますが、血圧が少し低いほかはいたって健康体です。それに、血圧が低いのは生まれつきの問題で――」

「――いえ、別にそういう心配はしていません。ヘッドギアを装着して、立体映像を見るだけでしょう？　映画と何も変わりません」

　タチバナはデスクトップの前に座り、何かを操作しながら「そうですね。すみません。寝不足なんです」と答えてから、通り過ぎてしまった会話の端切れを拾い集めるように「そうです」と頷いた。「映画。まさにその通りです。映画みたいなものです」

「セッションまで時間がかかりそうですか？」

「いえ、始める準備はできています。すぐに開始しますか？」

「そうします」

タチバナは「では、あちらの部屋に」と言い、部屋の隅にあるドアを開けた。リードをホールの中央に立たせると、ホールの奥にある物置で独り言をぶつぶつ呟きながら何かを探し、通し番号のタグのついたヘッドギアをパイプ椅子の上に載せて運びだした。「ここに座ってください」

「わかりました」

タチバナはリードに自分のスティックのホログラムを立ち上げるように指示した。ホログラムには「ユアーズ」という機器を使用するにあたってのマイン社からの規約が英語で書かれていた。リードは何も読まずに同意を押した。

「ただの規約です。いちいち読む価値なんてありません。どこにでもある一般的なものです。要は『この機器の詳しい話を正式リリースまで他の人にしないでください』ってことが長々と書いてあるだけです」

「知ってますよ。誰かに話すとＣＩＡに命を狙われるんでしょう？　映画で見たことがあります」

「いえ、厳密には、ＣＩＡはあなたの詳しい話を聞きたがるでしょうね」

タチバナはそう笑ってから、リードにヘッドギアの装着の仕方を教えた。リードは指示通りにフルフェイスのヘッドギアをかぶったが、内側のスクリーンにはまだ何も映っていなかった。少し経つと膝の上に何か小さなものがそっと置かれた。

「セッションの間、私は向こうのデスクトップで操作をします。少ししたら映像が見えるようになります。正式リリース版ではモーションセンサーを用い、映像内を自由に移動できるようになる予定なのですが、現段階ではあまりにもバグが多いので、移動は今渡した簡易コントローラーで行います。ところであなたはビデオゲームをする際、最初に取り扱い説明書を読むタイプですか？」

　リードはすぐに「ノー」と答えた。

「では、コントローラーの使い方は『ユアーズ』内で、自分で操作しながら確かめてください。直感に沿ったインターフェイスになっているはずなので、すぐに慣れると思います」

「わかりました」

「映像内の自宅はあなたの両親の視覚、聴覚データから再現したものなので、情報がなく、かつアルゴリズムから再現できない場所や場面が白飛びすることがありますが、仕様なので気にしないでください。ところで、過去に飛んだあと、自宅から出る予定はありますか？」

「ないですね」

「それはよかった。ロード時間が八分の一ですみます。他に何か不明な点があれば、アプリケーション内でその旨を仰《おっしゃ》るか、コントローラーの裏についたシャットダウンボタンを押してください。あなたのご希望通り、日付はご両親とマイン社との契約最終日、時間は当時十五歳のあなたご自身が帰宅してから三分後の、現地時間午後六時十四分に設定しています」

タチバナは伝えることのリストを喋り終えると「それでは少し待っていてください」と言って部屋を出ていった。

閉じていた瞼に光を感じた。ようやく何かが表示されたのだろう。目を開くと、リードはかつての自分の部屋に立っていた。首を傾ければ、それに応じて映像も変化した。

よくできた映像だった。

天井には当時好きだったミュージシャンとアメフト選手のポスターが貼ってある。今ではその二人はコカインの密売と殺人未遂で刑務所にいるはずだった。特に、後者の逮捕は自分のチームが行ったので鮮明に覚えていた。彼が殺そうとしたのはかつてのチームメイトだった。手錠をかけるときに涙が出たのはあのときだけだ。

勉強机の真上にあるロフトベッドには、自分で作った不細工な柵があった。高いところで寝るのが怖くて、絶対に落ちないようにと増設したのだった。ロージーに「ベビーベッドみたい」と何度も揶揄《やゆ》されたが、安全はデザインのためにトレードオフができないのだと主張したものだった。その考えは今に至っても変わっていない。スーツやシャツが型くずれするのを嫌がって防弾チョッキを着たがらない同僚も多いが、自分は発砲の可能性のある現場に出るときは、何があっても着ていくようにしている。

後ろからごそごそと音が鳴っていたので振り向くと、十五歳の自分がぼろぼろになった端末をスピーカーに差しこんでいた。若き日の自分の身体を忠実に模した、よくできた映像だった。何らかの関節が足りていないのか、動き自体は少しぎこちなかったが、十五歳のリードの姿形そのものは本物にしか見えなかった。当時流行《はや》っていた髪型も、姉から譲り受けた毎日七十二秒ずれるアンティークの腕時計も、すべてが懐かしかった。

少しして、当時流行していたロックがスピーカーから流れてきた。リードはそこで、その日一日のことを鮮明に思い出した。バンドを組んでいた友人から、街で手に入れた音楽データのコピーを大量に貰ったのだった。急ぎ足で家に帰ってきた自分は、大音量で音楽を聴きながら……。

リードは部屋の奥に乱雑に積まれた『ラスト・ワルツ』というコミックの山を見て、懐かしさで身震いした。この十数年、一度もその存在を思い出したことはなかったが、十五歳の頃の自分がもっとも熱中したコミックだった。西海岸の高校生がバンドを組み、全米でヒットしていくまでの話だった。毎月の小遣いを使って半年かけて揃えた、唯一自分が全巻持っていた紙のコミックで、数十回は読み返していたはずだった。

リードはコミックに近づこうと、気がつくとパイプ椅子から立ち上がっていたが、映像の中のリードの視点は何も変わらなかった。そこでようやくタチバナが移動用のコントローラーを渡してくれていたことを思い出し、もう一度慎重に椅子に座ってからスティックを左に倒した。思い通りの動きではなかったが、なんとかコミックの近くまで移動することができた。コントローラーのボタンを色々と押してみて、試行錯誤の末にようやくしゃがみこむことができた。操作方法は、子どもの頃に友人の家でやったことのあった「グランド・セフト・オート」とまったく同じだった。

リードの目の前に開かれていたのは八巻だった。中身は白紙だったが、内容はよく覚えていた。ベースのリッキーとドラムのテオが喧嘩をして、バンドが解散危機に陥る巻だったはずだ。白紙なのは著作権の問題か、あるいは両親の視覚データを元に再現された部屋なので、彼らが読んだことのないコミックの中身までは再現できないのだろうか。もちろん『ラスト・ワルツ』自体はいつでも手に入れることができるのだから、それほど気にしなくてもいいだろう。新宿のホテルに帰ってから購入すればいい。

リードは再び部屋を見渡した。十五歳のリードは机に座って何かを書いていた。

たしか自分は……。

リードは背中越しに「音楽日記」と題された自分のノートを覗きこんだ。そこには自室で聴いたすべての楽曲の点数と感想が書かれていた。自分一人用のレヴューサイトみたいなものだ。今聴いている楽曲は六十七点だった。リードはそのときのことを思い出した。「パンクでカッコいい曲だが、今ひとつ盛り上がりに欠ける……」十五歳のリードは、そう書き記していった。「バンドとして売れるためには、ただやりたいことをやっていてもダメで、そこに今風のテイストを加えなければならない」

恥ずかしさで自分の体を爆破したい気分になったが、心のどこかで誇らしさを感じていたのも事実だった。あのときは、山奥の田舎の片隅で、いつか自分が世界に対して何か大きな影響を与えることができると無邪気に信じていた。毎日寝る前の一時間を特に理由もなくランニングに費やしていたのも、今となってはいい思い出だった。何かのエネルギーがあり余っていたのだ。高校を卒業した次の日に、母が苦労して見つけてくれた警備会社の内定を蹴って、ギターとわずかな現金を持って家を飛び出した。いくつかの街を転々として、最終的にサンフランシスコに流れついた。

結局、生活に困ってギターは売り払い、それでもまだ苦しくて日用品の万引きを繰り返した。何十回目かの犯行時に、張りこんでいた警官に捕まった。人手が足りなかったようで、事情聴取の担当は殺人課の刑事スティーヴンソン――つまり現在のボスだった。ボスは事情を聞くと、万引きを揉み消して全寮制で奨学金の出る警察学校を紹介してくれた。さらには推薦状を揃え、親の保証人サインまで貰ってきてくれた。「お前みたいな人間が刑事になるべきだ」という言葉をかけてくれただけで、どうしてそこまでしてくれたのかは教えてくれなかった。

それ以降は、スティーヴンソンに恩返しをすることだけを生き甲斐にやってきた。制服警官からキャリアを始め、同期の中で最初にルテナン《警部補》に昇進した。そうやって目の前の誰かのためにがむしゃらに頑張っている間に、昔の夢などどこか彼方に消え去ってしまっていた。このノートのことも、こうして新しい音楽を聴いて興奮していたことも、ギターを鳴らした瞬間のあの感動も、何もかも忘れてしまっていたし、そうなったのは自分がそう努めたからだった。

開け放してあったドアの向こうから、母が自分の名前を呼ぶ声がした。リード一家は午後六時に家族揃って夕食をとるのが決まりだった。十五歳のリードは「今行くよ」と返事をして、ノートに続きを書きはじめた。次の四十二点の曲の講評だった。

少しして、ロージーが部屋の前までやってきた。

二歳年上の姉のロージーとは、家出の後も一年に一度は会っていた。真面目だけが取り柄で、びっくりするほど気弱なロージーの夫とも何度か会ったことがあったし、まだ一歳のジュリーという姪を抱っこして泣かせたこともあった。ロージーとはいつもサンフランシスコのイタリアンで食事をするのが決まりだ。ピザ一枚とパスタ一皿を注文し、それらを分け合いながら二時間かけて家族の近況を聞かされるのだった。ロージーは、リードが今何をしているのかはあまり聞きたがらなかった。リードが元気でいることがわかればそれで十分だといつも言っていた。

ロージーの結婚式に出席しなかったことを彼女が責めることはなかった。故郷に帰りたくないというのもあったし、何よりも父と母にどんな顔をすればいいのかわからなかった。それは、今もっとも後悔していることの一つだった。そのときは「両親がいつか死ぬ」というごく当たり前の事実を、きちんと理解していなかった。

十七歳のロージーは「早くしてよ」と怒鳴った。

「わかってるよ。今行くって言ったじゃないか」

「あなたが帰ってくるのをみんなでずっと待ってたの。早くしないとご飯が冷めちゃうでしょ」

「わかってるって」

ロージーは勝手にスピーカーを切り、廊下に響くほどの舌打ちをすると、不機嫌そうにリードに背を向けてリビングへと戻っていった。ロージーがかつて十七歳だったことに驚いていた。当たり前の話だが、自分より年下の姉と会うのは初めてだった。

リードの部屋からは、一直線にリビングを望むことができた。廊下の向こうから父と母がこちらを心配そうに見ていた。まるで今の自分が見られているようで、リードは少し緊張した。たとえ映像にすぎないとわかっていても、生きて動いている父と母を見るのは十数年ぶりだった。

十五歳のリードはペンを置き、大げさに溜め息をついた。世界のすべてに呆れたような、若者特有の溜め息だった。彼はノートを閉じて机の中にしまってから、だるそうにリビングへ向かった。

「昼間に主任のゴドウィン先生から電話があったわ」

リードが窓際の所定の席に着き、いつものように全員で神への祈りを捧げたあと、豆料理を飲みこみながら母がそう言った。リードが興味なさそうに「あ、そう」と呟くと、母は「定期試験の結果がとても悪かったって」と付け足した。「それも、全教科まんべんなく」

「そのことなら何度も聞いたよ。ミスタ・ゴドウィンからも、母さんからも」

「次の学期も同じような成績なら、これ以上進級を認めることはできなくなるって」

「そんなこと、わかってるよ」

「わかってるかどうかじゃないの。もし留年したらどうするの？」

「留年したら、留年するよ」

　母が「信じられない！」と声を荒らげた。隣で珍しくビールを飲んでいた父が「まあいいじゃないか。こんなめでたい日に」と声を挟んだ。リードは父を一瞥してから、ナイフでハンバーグを切り分けた。慌てて切ったせいで飛び出た肉汁が太ももにかかった。すぐさま母が不機嫌そうにリードへ布巾を渡した。

「何がめでたいの？」

　ロージーが話を変えようと、父にそう聞いた。父は酒で赤くなった頬を緩めながら「まあな」と小さく呟いた。

「昇進でもするの？」

「そんなところだ」と頷くと、父はビールの入った瓶を手に取って、空いた自分のグラスに残った分をすべて注いだ。

　こんなやりとりがあったこと自体、すっかり忘れていた。母の作る歪《いびつ》な形のハンバーグも、酒を飲んでやたらと上機嫌な父も、記憶から完全に消え去っていた。リードは母がおよそ二分の一の確率でハンバーグにレーズンを入れるのが非常に嫌だったが、生きているうちにその事実を母に伝えることはできなかった。

今にして思えば、父が上機嫌なのはテスターとしての役割が今日で終わるということを意味していたのだろう。十三年にわたって私生活を切り売りしていた父と母は、この日をもって解放されるのだった。

「突然だけど、お父さん、来月から転職するのよ。運送会社の事務の仕事に」

母がそう言った。「職場は少し遠くなるけど、ウチには引っ越しするほどの余裕はないから……」

父が「そんなことはいいんだ」と言った。「今は何よりも、毎日の通勤が楽しみなくらいだからな。誰のことを気にするでもなく電車に乗って、のんびり読書をするんだ」

リードは会話に参加せず、黙々と食事を続けていた。リードのハンバーグがなくなると、何も言わずに母はキッチンから新しいハンバーグを運んできた。

「学校の成績が少しばかり悪くたって、どうってことはない」

いつもは寡黙な父が珍しく饒舌《じょうぜつ》だった。リードは何も答えなかったし、父の方を見ようともしなかった。

「俺はアランが特別な才能を持っていることを確信しているからな。アランは他人とは違う観察眼を持っているし、何より明確なビジョンがある」

ロージーが「どうだか」と呟いた。

「アランは絶対に大物になるさ。なあ？」

父はそう言って母の方を見た。母は「そうだといいわね」と曖昧に頷いた。「でもまずは、学校の成績をどうにかしないと」

「そんなもの、別にいいんだ。有名な大学に行って、大きな企業に入ることだけが人生じゃない」

リードは二つ目のハンバーグを食べ終えると、すぐに席を立った。

「今頃になって好き勝手に他人の人生に口出しするなよ」

リードは父の目も見ずにそう言うと、乱暴に椅子を戻してから自分の部屋へと戻っていった。父の顔から一瞬にして笑みが消えた。母は溜め息をついてから、リードの食器を片付けていった。

十五歳のリードは部屋に戻ったが、三十一歳のリードはリビングに留まった。父は二本目の瓶ビールを飲みながら、ぼんやりとテレビをつけた。母とロージーはキッチンで食器を洗いはじめた。父はテレビに合わせて静かに鼻歌を唄いながら、一人で涙を流していた。父が泣くのを見たのは生まれて初めてだった。

父とのすれ違いはいつから始まったのだろうか――フロリダ行きが中止になった日が一つのきっかけであることは間違いなかったが、それよりもずっと前から火種は燻《くすぶ》っていた。思えば、自分は父のことを少しも尊敬していなかった。父はルゼンブルの役場で仕事をしていたが、誰かの役に立っているようには少しも見えなかったからだ。リードが村の外に出ようとすると頭ごなしに反対し、周りの水準程度の小遣いもくれなかった。タッチラグビーの地域代表に選ばれたときも、遠征に付き添えないという理由で強引に辞退させられた。食事のときに適切なジョークを言うこともできなかったし、政治家やマスメディアの主張を、さも自分が思いついたことのように話した。家族のルールを尊重しろ、ウチのやり方に従え。父が何かを口にするときは、そんなことばかりだった。

　そんな父が、突然リードを賞賛しはじめ、自分の息子と会話が嚙み合わないことに対して涙を流していた。リードは家を出て十三年経ってようやく、あの日の父の言葉の意味がすべてわかったのだった。

　こんなときに、刑事としての経験がほんのわずかでも役に立つとは――リードは一人で苦笑いをした。コミックの中身は白紙だったというのに「音楽日記」のノートの中にはその内容が詳細まで記されていたのだ。それはつまり、父と母のどちらかがリードのノートを読んでいたということを意味していた。

　父はリードがどのように音楽を聴いていたのかをすべて知っていたし、どのような夢を持って、そのために何をしていたかも知っていたのだった。父はそれを読んで、自分の息子が無知で愚かだとは思わず、誇らしいと感じた。リード自身よりもまっすぐに、十五歳のリードのことを信じていた。

　村の外に出ると情報等級が下がるというのは、アガスティアリゾートでも採用されているルールだった。あの日――フロリダに行くはずだった日――もしかしたら父はマイン社から警告を受けていたのかもしれない。一度でもルゼンブルを出れば、収入が下がることになる。あるいは、契約を打ち切るという脅しを受けた可能性もあるだろう。恒久的な収入と一時的な家族サービスを天秤にかけて、父はルゼンブルに帰るという選択をした——あまりにも父に寄り添いすぎた推測だろうか。

もちろん涙を流していたという事実だけで、父や母のことを許したわけではなかった。たしかに十五歳の自分の家族に対する態度が適切だったとは思えないが、結果的には当然の天罰だとも思っている。自分たちの情報をマイン社に販売するのは構わないが、それは間接的に自分の子供たちの情報を売り渡しているということにもなる。現にこの映像では、自室にいるはずのリードの細かい行動がかなりの精度で再現されている。秘密にしていたはずの「音楽日記」の中身はマイン社に保存され、アクセス権さえあれば誰でも閲覧することができるようになっている。もしかしたら、タチバナにも読まれてしまっているかもしれない。家族を売り渡しているという秘密を背負いながら円満な家庭を築こうなんて、そもそも無理な話だったのだ。

しかし、今となっては「音楽日記」も、様々な音楽の入った端末も、『ラスト・ワルツ』の全巻セットも、この家も、父も母も、何もかも土砂に流されてしまった。こうして自分が再び故郷を訪れることができたのも、父と母がデータを売り渡していたからだった。その一点だけでも、情状酌量の余地はある。

もう二度と、あの頃に戻ることはできない。父と仲直りすることも、母の作ったあまり美味しくないパターンのハンバーグを食べることもできない。その日が訪れることは永遠にない。みんな土砂に流されてしまった。いや、たとえルゼンブルが土砂に流されていなくても、あの頃に戻ることはできなかった。これは技術や不運の問題ではない。当たり前のことだ。技術が可能にしたのは、あの頃に戻ることはできない、という当たり前の事実を思い出すことだ。

キッチンで母が「ロージー、あなたからもアランにちゃんと言ってよ」とぼやいた。ロージーは「嫌よ」と答えた。「それはパパとママの仕事でしょう」

母は「たしかにそれはそうなんだけど……」と言ってから黙りこんだ。父がぼそっと「あいつなら大丈夫だ」と呟いたが、テレビの音にかき消されてキッチンの二人には聞こえていないようだった。

電車は新宿に向かっていた。日本の電車は混雑することで有名だったが、自分は四日間の滞在で幸いにもそういった場面に遭遇せずにすんだ。

向かいの席には二組のカップルが座っていた。一方は学生風で、もう片方は自分と同年代に見えた。彼らがどこかへ出かけるところなのか、どこかから帰ってきたところなのかはわからなかった。彼らは楽しそうに何かを喋ったり、楽しそうに何かに対して黙ったりした。クリスマスの夜だった。

どこか夢の中にいるような気分だった。『ユアーズ』で過去への冒険をして以来、外の世界に対する焦点がぼやけているような感じだ。質のいい映画を観た後にはいつもこういう気分になる。二時間ほど別世界に閉じこめられ、映画館から出るといつの間にか外は暗くなっている。まっすぐに見えていたものが曲がって見え、曲がって見えていたものがまっすぐに見える。つま先から広がる薄闇、冷たい北風、なんとも思っていなかったネオンサインや街を行き交う人々が、どこか尊くてかけがえのないもののように感じられる。現在という瞬間が、絶え間なく続く過去と未来の連続の中で、何か特権的な地位を持っているように思えてくる。

――私たち情報銀行はより多くの情報を必要としています。安全で豊かな生活のために、ぜひともご協力を。

立ち上げたホログラムに、サーヴァントからの定期メッセージが表示された。呪いの言葉のように繰り返されたそのメッセージの原点は、ルゼンブルという泥の塊になった村にあったのかもしれなかった。

午後十時だった。

新しいメッセージはなかったが、リードはホテルに着いたらすぐにロージーに電話することを決めていた。ロージーに今日の出来事を話すかどうかはまだ決めていなかったが、少なくともいつも食器を洗ってもらっていたことに感謝したい気分だった。今になって思えば、重い空気になりがちだった食卓の雰囲気が多少なりともマシなものになったのは、いつだってロージーのおかげだった。ロージーがいたから、リードは自分の子ども時代が最悪だったとは感じずにすんだ。

それにどちらにせよ、ロージーの話を聞く必要があった。法的な問題で、いくつか話し合わなければならないことがあるだろう。次に食事をする日付を決めてしまってもいい。母の幼い頃にそっくりだという姪のジュリーにも早く会いたい。彼女を泣かせずに抱っこできるか、もう一度挑戦するのだ。

ロージーとの電話が終わったら『ラスト・ワルツ』を注文する。なるべく早めに飛行機を予約し直して、怒り狂ったキャプテンが高血圧で死んでしまわないように、すぐにサンフランシスコへと戻る。

十五歳の自分が何を夢見て、何を思い描いていたのかにかかわらず、現在は慌ただしく過ぎ去っていく。自分にはきっと父が期待した「特別な才能」などなかったのだろう。目の前に与えられた仕事をがむしゃらにこなしていく他に、死んでしまった両親や、地図から消えた故郷に対してできることなどない。

リードは向かい側の席に座ったカップルたちを見ながら、久しぶりにバンドゲームをしてみようと思い立った。もし彼らがバンドだったなら、誰がヴォーカルで、誰がギターだろうか。誰がリーダーで、誰と誰の仲が悪いだろうか。彼らはどんなジャンルの、どんな音楽を奏でるのだろうか。

五分ほどあれこれと考えて、結局リードは諦めてしまった。何もかも、昔のように進めることはできなかった。どう頑張ってみても、昔のように、頭の中で音楽が鳴りはじめることはなかった。十代の頃、あれだけ多くの色を揃えていたはずのクレヨン箱は、どれもこれもすり減って、すっかり空っぽになってしまっていた。

スペース金融道

Chain of Responsibility

宮内悠介

第１回創元ＳＦ短編賞・山田正紀賞受賞作の宮内悠介「盤上の夜」は、障害を負った天才的囲碁棋士の超知覚をドキュメンタリータッチで描く、新人離れした手腕の作品だった。同作の他、チェッカーや麻雀など盤上ゲームの競技者を描いた短篇集『盤上の夜』（創元ＳＦ文庫、二〇一二年）は、ベストＳＦ２０１２で第二位、第33回日本ＳＦ大賞受賞、さらに第147回直木賞候補に。ＳＦ新人賞から登場し、即、直木賞候補になるだけでも異例だが、ここから快進撃が始まる。

歌姫ロボットの落下をモチーフに、紛争・対立の地を描く連作『ヨハネスブルグの天使たち』（ハヤカワ文庫ＪＡ、二〇一三年）で第149回直木賞候補、第34回日本ＳＦ大賞特別賞受賞。ＶＲ治療技術を通じて社会問題に切り込む「カブールの園」（二〇一六年）で第156回芥川賞候補、同題短篇集（文春文庫）で第30回三島由紀夫賞受賞。超能力や代替医療など疑似科学の現場に迫る連作『彼女がエスパーだったころ』（講談社文庫、二〇一六年）で第38回吉川英治文学新人賞受賞。中央アジアの後宮の少女たちが国家運営に挑む長篇『あとは野となれ大和撫子』（ＫＡＤＯＫＡＷＡ、二〇一七年）で第157回直木賞候補、第49回星雲賞日本長編部門受賞。現代に戦時の光景が二重写しになる「ディレイ・エフェクト」（二〇一七年）で第158回芥川賞候補。濃淡の差はあれＳＦ要素を含む作品で直木賞に三回、芥川賞に二回ノミネートと、もはや獲るか獲らないかというより、どちらを先に獲るか純文界・エンタメ界双方から注目されている。

ジャンルＳＦでは、膨大な資料に基づき火星の精神医療に挑んだ『エクソダス症候群』（創元ＳＦ文庫）のようなシリアスな作品を手掛ける一方、剛腕なバカミスが表題作の短篇集『超動く家にて』（創元日本ＳＦ叢書）に見られるユーモアも武器としており、債務者がいれば宇宙の果てや地獄の底まで取り立てに行く未来借金取り小説『スペース金融道』（ＮＯＶＡコレクション）はその武器を存分に振るった例だ。本書に収録したのは『ＮＯＶＡ５』掲載の第一話。

宮内悠介（みやうち・ゆうすけ）は一九七九年東京生まれ。二〇一九年刊に『偶然の聖地』（講談社）、『遠い他国でひょんと死ぬるや』（祥伝社）。（伴名）

　ユーセフの背を追って、雪山のような白い金属の尾根沿いを進んだ。ぼくは摑《つか》む場所を求めながら、這《は》うように棟《とう》から棟へ移動する。風も重力もないのだから、山上よりはよほど安全だ。宇宙に放り出されることはない。わかってはいるが、どうしても窓のある壁際に寄り添ってしまう。光のある場所から、離れたくないのだ。それに、相手はユーセフのこと。考えうる最悪のザイルパートナーではないか。

　いくつもの窓が暖かく輝いていた。

覗《のぞ》きこむだけで、音楽が聞こえてきそうだった。窓の向こうでは、バカンスに訪れた客たちが、いっときのパーティを楽しんでいる。彼らは知らないのだ。いましがたデブリが衝突し、作業員が修復にあたっていることを。通りざまに思った。彼らもぼくと同じだ。消えることのない灯火《ともしび》を、求めている。

（おい！）

無線越しに、ユーセフの叱責《しっせき》が飛んできた。急《せ》かされるのはこれで三度目だ。声は信号の上限にぶつかり、かすれ、ザザ、と耳障りな低いノイズを奏でた。そんなに怒鳴らなくたっていいじゃないか。

（わかっています、でも……）

（いいか。次に〝でも〟と言ったら放り出す）

ユーセフならやりかねない。

コンビを組むようになってまだ一年足らずだが、この点は確信を持って言える。この男は、人を人とも思っていない。観念し、ぼくは棟の外壁を強く蹴《け》った。

暗い一角に入った。

ぼくはヘルメットのシェードを外す。ここは宇宙エレベーターの宇宙港《スペースポート》。巨大な金雀児《えにしだ》のような衛星が居住区の壁を裂き、分け入り、なかば貫通したところで止まっていた。パトリック・グランはそのすぐ脇《わき》に取りつき、損傷箇所に合成樹脂を吹きつけている。動脈近くで止まった銃弾のようなものだ。下手に取り除くより、ときには、そのまま固めてしまうほうがいい。

応援でも来たと思ったのか。パトリックは何気なく振り向いたが、ユーセフを見るとたちまち表情を強張《こわば》らせ、そのうちに泣いているような笑っているような顔になった。

（パトリック・グランに通話発信。会議ルーム一番を使用）

ユーセフの音声認識コマンドが聞こえてきた。それを受け、パトリックも何かしら口元を動かした。すぐに、三者の通話がつながった。

（何もこんなところまで！　この状況を見てくれよ！）

（だから、こちらから来てやったんじゃないか。おい）

突然名前を呼ばれ、はい、とぼくは上擦《うわず》った声を上げる。

（企業理念）

（はい。わたしたち新星金融は、多様なサービスを通じて人と経済をつなぎ、豊かな明るい未来の実現を目指します。期日を守ってニコニコ返済――）

言い終えるより先に、パトリックが、待て！　待てって！　と叫んだ。

（休憩申請。センターとの通話を一時切断）

弱々しく、音認コマンドが発話される。

（せめて終わるまで待ってくれないか。急ぎの作業なんだよ）

（そんな大事な立場にいながら、先物に嵌《はま》ったのはどこの誰だい）

ユーセフは高周波ナイフを取り出すと、そのまま流れるように、躊躇《ちゅうちょ》なくパトリックの宇宙服の腕のあたりを切り裂いた。勢いよく空気が漏《も》れ、パトリックは斥力《せきりょく》で跳ね飛ばされそうになる。その足をユーセフが押さえた。

（――な）

パトリックはすっかり動顛《どうてん》し、真っ青な顔で切れ目を押さえている。

（や。やめろ、離してくれ！）

（いいか。おれたちはヒマじゃないんだ）

（死ぬ！　死んじまう！）

（大袈裟《おおげさ》だな。ちょっと真空状態になったくらいじゃ、人間は死なないんだよ。まあ、すぐにステーションに戻ればだがな）

（払う。いますぐ払う！　頼む！　離してくれ！）

（わかればいいんだ）

　ユーセフはそれだけ言うと、機材を奪い取り、パトリックの腕に合成樹脂を吹きつけた。応急処置だが、これでひとまず死ぬことはない。あとは、生命維持装置が適度に加圧してくれるだろう。

（これは事故だ。わかってるな？）

　念を押すユーセフに、パトリックはただ頷《うなず》くばかりだった。震える声で音認コマンドを打ち、ユーセフに利息分を送金する。泣いていた。毎度、とユーセフはつぶやくと、元来た道へ、壁を蹴った。また怒鳴られるのも嫌なので、慌ててその背を追う。

　靴の裏を見ながら、ぼくは通話発信した。

（もう、こんな取り立ては勘弁してください）

（馬鹿言え。宇宙だろうと深海だろうと、核融合炉内だろうと零下一九〇度の惑星だろうと取り立てる。それがうちのモットーだ）

（……核融合炉には一人で入ってくださいね）

ユーセフを追いながら、ぼくは幾度か後ろを振り向いた。パトリックは作業を止めたまま、呆然《ぼうぜん》と中空に浮かんでいた。気にならないと言えば嘘《うそ》になる。でも、かかずらっても身が持たない。今回はまだいいほうだ。みんな、何かしら事情がある。死んだ人間だっている。きれいさっぱり忘れること。それが、この仕事をつづけるコツだ。

同じだ、と思った。ぼくも、パトリックも、たぶんユーセフも。最初は明るい場所にいたかった。だけどいつの間にか、一番遠い場所にまで来てしまった。エレベーターの赤いライトが宇宙港に向けて登っていた。正面に惑星が見えた。人類が最初に移住に成功した太陽系外の星――通称、二番街が。

狭い三段のベッドが船室のように並んでいる。

シーツは清潔に保たれていたが、空調が悪いのか、あるいは部屋そのものに染みついているのか、饐《す》えた匂いが空気中を漂っていた。客たちの鼾《いびき》は潮《しお》のように上下し、折り重なっては引き、止んだと思ったら、またどこからか鳴りはじめる。

宇宙港のなかでも、一番安いドミトリーだった。

それこそ、パトリックのような男の仮宿だ。荷物を入れるロッカーには、鍵さえない。二番街の首相、ハシム・ゲベイェフのポスターが壁に貼《は》られている。上院のただ一人のアンドロイド議員でありながら、豊富な資金を武器に、与党のトップにまで登りつめてしまった人物だ。保守派からの批判も多いが、ぼくはほんの少しだけ期待している。

「まずは一休みだ。報告書はいつも通り、手分けしてダブルチェックな」

「はい」

結局、その日は七件を取り立てた。

くたくたになった身体を沈め、ベルトで固定してみたが、とても疲れが取れる気がしない。狭く、身体を起こせる空間もない。夜はせめて疑似重力つきの部屋でシャワーを浴びたいと言ったのだが、「駄目だ」の一言だった。

赤字なのである。

地上での移動とエレベーターの運賃、それから宿泊費用。人件費。とてもじゃないが、割にあわない。でも、舐《な》められたら終わりの商売。だから客の追跡には力を入れる。宇宙だろうと深海だろうと、核融合炉内だろうと零下一九〇度の惑星だろうと——これは、あながち嘘じゃない。

一度、海底に棲《す》む知性体から取り立てをしたことがある。なぜ彼ないし彼女が金を必要としていたのかは知らない。みんな、何かしら事情がある。帰り道、ぼくは巨大魚に襲われて命からがら逃げおおせたのだが、ユーセフはその間ずっと高みの見物を決めこんでいて、ぼくは食われた左腕を機械に置き換えるはめになった。長く休職してもいられないので、時間のかかる再生医療には頼れなかったのだ。労災が振りこまれるのが遅く、ぼくはユーセフから治療費を借りることとなり、当然のことながら利子も取られた。腹が立つので、いつかヒマができたら、あの魚を釣って食ってやろうと決めている。

ベッドの上段から、ユーセフが報告書を打つ音が聞こえてきた。

雑用を人に押しつけず、仕事は必ず手分けする。これはユーセフのいい面だ。たった一つのミスで信用を失うやつもいれば、普段はいい加減で最悪なのに、たまにいいことをして挽回するやつもいる。ユーセフは確実に後者だ。

「――今日の三人目、あのアンドロイド、なんていった」

「マリー・リップマンですか」

「それ。結局どうなったんだっけ？」

「金がないということだったので、利子分を新たに貸しつけようかと提案しました。それは嫌だと相手が言ったところ、ユーセフさんが間髪入れずにお客さんの右腕を切り落として、それを売って利子分にあてることとなりました」

ひときわ高く、どこからか鼾が聞こえてきた。ぼくは小声になって、

「実際は利子分に届かないことがわかったので、おのずと、もう片方の腕に目が行ったのですが、それをやると今後の返済もままならなくなるとお客さんが訴え、それもそうだという話になり、今回はこれで納得することとしました」

「一行にまとめろ」

「すみません。ええと、〝物品による代替回収、満額には至らず〟です」

「わかった」

ぼくは懇願するようなマリー・リップマンの目を思い出した。うちの客にはアンドロイド

が多い。バクテリアだろうとエイリアンだろうと、返済さえしてくれるなら融資をする。そのかわり高い利子をいただきますというのが、うちの方針らしい。

大手はなかなかアンドロイドに貸しつけをしない。危険度の高い職につくことが多く、個籍さえないこともあるからだというが、それは建前で、おそらくは差別があるのだろう。でもそのおかげで、ぼくもメシが食えている。立派なことは言えない。

ぼくはノートパッドに報告書を書こうとしたが、疲れのせいで文章が書けない。

ひとまず、社内報を確認してみることにした。

多様なサービスを通じて人と経済をつなぎ、豊かな明るい未来の実現を目指します――一面にはいつもの企業理念の下に、今週の社長の一言、各支社の決算報告、それから社員の表彰が並んでいる。言語は、機械翻訳のために最適化されたクレオール英語。汎語《はんご》、マシナリー・クレオールとも呼ばれている。言語処理が、未熟だった時代の名残りだ。

社長は十七光年先の地球本社にいるはずだ。だからこれは、本当は十七年前のコメントということになる。いまごろは、もう代替わりしているかもしれない。ぼくが所属しているのは、二番街支社。五百光年先にも支社はある。そうした支社から集められたバラバラの情報をつなぎあわせ、自動的にマージしたものが、この新星金融の社内報だ。

これだけ距離があるのだから、当然、それぞれの支社は独自に動いている。そのかわり、本社から送りこまれたアンドロイドが、ブランドマネージャーの権限を持っている。

ぼくが楽しみにしているのは、「ノヴァちゃん」という猫が登場する一ページ漫画だ。あるとき、どこかの恒星系で金に困った漫画家が、現品で払うものさえなく、取り立ての担当がなかばヤケ気味で漫画を描かせた。それが評判を呼び、いつの間にか社内報に載るようになり、完済後も連載がつづいている。

ノヴァちゃんは新星金融の取り立てスタッフだ。何かとタチの悪い客に苦しめられ、あの手この手を考えるがうまくいかない。最後には諦《あきら》めて腹這《はらば》いになったり、ごろごろと喉《のど》を鳴らしたりし、その可愛《かわい》さに負けて客は支払いをしてしまう。だいたいこのパターンだ。

もちろん猫は取り立てをやらない。あるいは、そういう惑星もあるのかもしれないけど、客はいつだって往生際が悪い。この点は、どこもそうは変わらないはずだ。現実に、こんなことはありえない。でも、そこがいいのだ。

ぼくは情報共有のページを開いた。

取り立てのノウハウや危険情報、ブラックリストなどを社員同士で共有する掲示板だ。一つ、気になるニュースがあった。遠く離れた惑星で、アンドロイドの死亡事故が起きていた。借金から逃れようとしたアンドロイドが、別のアンドロイドの身体を乗っ取り、元の身体を破壊して死んだことにした。その支社のスタッフは二年をかけて追跡し、取り立てに成功したようだが、これを繰り返されると、うちとしては商売あがったりになる。今後、流行《はや》るかもしれないから注意のこと、と書かれていた。

「報告書、できたか」

上段から声がした。一休みするのではなかったのか。「ごろごろ」とぼくはノヴァちゃんを真似《まね》て言ってみた。頭上からユーセフの拳骨《げんこつ》が飛んできた。ぼくは黙ってワードパッドを開き、報告を書きはじめた。

　ぼくらは死者と競争している。

　恒星系をまたいだグループ企業では、便宜上、よその星の数百年前の出来事を現在形で語ることが多い。いわく――Ｌ８系支社の新人はもう回収率八割をあげている。おまえも頑張れ。ところで、その新人はいまどこで何をしているのか。とうの昔に死んでいるのだ。ぼくが生まれるよりも前から。

　作業を終えてからぼくはユーセフとシャワーを浴び、バーに入った。自腹でもいいから身体を洗いたいと言ったところ、おごってやるよ、という話になった。公共のシャワー室やバーには、地上の半分程度の重力が設定されている。無重力は嫌だが、重力に逆らって立つのも疲れる。わがままな話だ。

　ユーセフは柑橘系《かんきつけい》のジュースを頼み、ぼくはスペースカクテルという垢抜《あかぬ》けない名前の観光客向けのオリジナルメニューを頼んだ。青色をしたその液体は、エンジンオイルでも入れたのではないかという味だった。

　顔に出ていたのだろう。ユーセフは呆《あき》れた口調で、

「おまえはいつもそうだ。余計な冒険をして転ぶ」

　ぼくは負け惜しみを言った。「そのかわり、豊かな世界を生きてるんです」

バーテンダーは黙ってグラスを拭《ふ》いている。目を見た感じでは、おそらくアンドロイドだろう。この直感は、けっこうあたる。店のスタッフは、人間とアンドロイドが半々といったところ。だいたい、どこもそうだ。

アンドロイドは人間そっくりだが、どこか違う部分もある。たとえば、よく旅をしたり、職を転々とすることが多い。

このごろは、精神病にかかるアンドロイドが増えたと聞く。それは差別によるものではないかとぼくは思う。人間と同等かそれ以上の権利が保障されている文明圏もあるが、依然として、そうでない場所のほうが多い。そうすると金を借りるにも、うちのような会社を選ぶしかない。法整備も曖昧《あいまい》だ。だから、人格を転写しようが追跡をして取り立てるし、身体の一部を切り離し、回収することもある。

「……祈りの時間だ」

ユーセフがつぶやくと携帯用のカーペットを床に広げた。位置認識機能がついていて、宇宙のどこにいてもメッカの方角を向けるという優れものだ。地球で生まれた原始宗教はいまも姿を変え、宇宙各地に点在している。

「ムスリムなのに、金貸しをやるなんて」

この指摘も、何度目のことかわからない。太古の地球で生まれた本来のイスラム教を、ぼくは知らない。でもそれが、金利を禁じていたというのは有名な話だ。

「いいか、こんな話がある。パキスタンのムスリムは敬虔《けいけん》だが酒を飲む。バングラデシュのムスリムは、不敬虔だが酒を飲まない」——どちらも、昔、地球にあったという国の名前だ。

「だから、二番街のムスリムは、信心深いが金を貸すんだ」

「何度も聞きましたよ。何が、だから、なのかわからない」

ユーセフはそれ以上は喋《しゃべ》らず、口元で何事か祈りの文句をつぶやいていた。アラビア語という言語らしい。本人も、意味はよくわかっていないようだ。ユーセフというのはムスリムネームで、本名は別にある。なぜ、彼が太古の宗教に惹《ひ》かれたのかはわからない。ぼくも訊《き》かないし、ユーセフも語らない。信心深いこと。これもユーセフの特徴だ。いいことなのか、悪いことなのか。それはわからない。

ユーセフは過去を語らない。

でも一度だけ、ぼくの入院中、左腕のリハビリをしていたころ見舞いに訪れ、漏らしたことがある。ユーセフは、かつて国の機関に勤めていた。任務は金融工学の研究。嘘つきばかりの職場だが、これは嘘ではないと思う。ユーセフは、口は悪いが嘘は言わない。

ユーセフは物理と経済の学位を持ち、量子金融工学なる分野のエキスパートだったらしい。専門は、多宇宙ポートフォリオを中心とする量子デリバティブ。何がなんだかわからないと思うが、ぼくもわからない。

「もともと、金融工学と量子力学は確率微分方程式でつながっているんだ。離散的であるという点では、量子も金融商品も変わらない。だから、宇宙をまたいだオプション取引やデリバティブが発生するのは歴史的必然だったのさ」

「すみません」

　ぼくは震える左手で食事のスプーンを運びながら、ユーセフの話を遮った。

「いま何か、呪文《じゅもん》のようなものが聞こえました」

　ユーセフはため息をつくと、ぼくのかわりにスプーンを持ち、食事を運んでくれようとした。リハビリだからとぼくは断った。本当は右利きなのだ。

「よく誤解されることだが、金融工学は金《かね》を増やすための学問じゃないんだ」

　ユーセフはぼくの手元を見ながら、噛《か》み砕《くだ》いた言いかたをした。

「市場の動きは予測できない。だが、低いリスクで投資をすることはできる。それが、金融工学の出発点だ。そうだな、たとえば、ブラック・ショールズ方程式というのがある。金融商品の値段を決めるための公式だと考えてくれ。これは、市場の予測できないランダムな動きを、確率的に記述することからはじまった」

「それで、安全に投資できるようになるんですか」

「ならない。この方程式を作った連中が興《おこ》した投資会社は、まもなく破綻《はたん》したんだ。というのも、ランダムな動きといっても、その内容は実にさまざまだ。さっきの方程式は正規分布というものを前提にしているが、現実の市場はそうなっていない」

「だったら、その分布を補正すればいい」

「そういう試みもなされた。でも定着はしなかった。一つには、計算が煩雑になる。もう一つには、方程式を補正しても、その補正のせいで、市場の動きが変わってしまう。いたちごっこなのさ。そこで、量子金融工学は、原点に立ち戻って考えた。ブラック・ショールズ方程式の背景にある数学は、さかのぼればブラウン運動にたどり着く。これは簡単に言えば、水中で破裂した花粉の動きを表すモデルだ。しかし株価と花粉粒子では動きが大きく違う。そこで、より精密に、株価の動きを量子の動きにあてはめ、シュレーディンガー方程式を解いて確率を得ようとなった」

「ええと……」

一行にまとめてくれ、とは言えない。

「量子力学と金融工学が出会ったことで、おのずと一つの可能性が生まれた。ポートフォリオ……分散投資の新しい形だ。もともと、投資とはいかにリスクを回避するかだ」

ユーセフはペンを取ると、ぼくの新しい左腕に勝手に絵を描きはじめた。

たとえば、暑いとよく穫れる米と、寒くても穫れる麦の両方を先物買いする。そうすれば、暑くても寒くても、大きな損害を被ることはない。でも、どんな場合にも対応できる分散投資などない。これが投機家たちの悩みの種だった。

最後に、ユーセフは悩める投機家の顔を描いた。

「そこで、新たな手法が考え出された。いいか、あくまで物の喩《たと》えと考えてくれ。米が豊作である宇宙と、米が不作である宇宙の両方に投資する。こうすれば、精度の高いリスクヘッジが可能になる。これが、多宇宙ポートフォリオという分野の基本的な考えかただ」

「待ってください」ぼくは思わず遮った。「隣りの宇宙から米は届きません」

「いい指摘だ」ユーセフが応《こた》えた。「そう、これは仮定の話なんだ。あくまで、彼らは仮象の米を取引している。実際は、投機家と証券会社の間で金のやりとりがあるだけさ」

　でもな、とユーセフはつけ加え、話を打ち切った。

「レトリックだよ。どのみち、市場も人の心も読めない。それだけだ」

　ユーセフの研究は頓挫《とんざ》した。

　ある日、突如としてストップの声がかかり、資金を打ち切られた。十年ほど前に、惑星規模の金融破綻が起きた。その原因が、量子金融工学にあったのだという。ユーセフは野《や》に下り、いくつかの職を転々としたのち、新星金融に入社した。地球の原始宗教に帰依したのも、この時期のことらしい。詳しい事情については、ぼくも訊かないし、ユーセフも語らない。それでいいとぼくは思う。みんな、何かしら事情がある。

　翌日も取り立てだった。ぼくとユーセフは目立たないよう、ビジネスマンを装うことにした。慣れないスーツを着たぼくを見て、「馬子《まご》にも衣装だな」とユーセフは言った。

　だが、不作だった。

　二人目までは港の屋台街で発見したが、その日に取り立てる予定だったほかの三人には逃げられた。ぼくらが宇宙港まで来ていることは、すっかり知れ渡っていた。特に、アンドロイド同士のネットワークは固い。情報が伝わり、ターゲットに逃げられてしまうのだ。

　だから取り立て人は、ときには変装し、目的の相手に接触する。

アンドロイドのネットワークは、人間のそれとは別物だ。ぼくたちは、彼らのネットワークを見ることができない。たとえ見られたとしても、おそらくは理解さえできないだろう。

だから、ぼくらはそれをこう呼ぶ。暗黒網《ダーク・ウェブ》と。

逆に、アンドロイドもまた、人間のネットワークにはアクセスできない。これは、遠い昔に制定された規則がベースになっている。かつてアンドロイドの知性が人類を超えそうだとなったとき、脅威を感じた人類が、新三原則というものを制定したのだ。

第一条　人格はスタンドアロンでなければならない

第二条　経験主義を重視しなければならない

第三条　グローバルな外部ネットワークにアクセスしてはならない

スタンドアロンとは、人格の複製や転写ができないことを意味する。

二つ目の経験主義については、こう説明されている。「行動の決定にあたっては因果律を優先し、因果律の重みづけは自己の経験に従う」——何やらわからないが、つまりこうだ。

たとえば、以前黒猫を見たその日に解雇され、車に轢《ひ》かれ、帰宅したら家が焼失していた。

今日は黒猫を見たので会社を休もう。

もちろん、気にせずに出社することもある。「因果律の重みづけ」は個体により異なるからだ。要は、あまり合理的すぎるのもなんなので、もう少し人間風に行きましょうということだ。むしろユーセフにあてはめたい。

最後の一つが、ウェブへのアクセスを禁止している。

「グローバルな」と明記してあるのは、職務を妨げないよう、それぞれの環境でイントラネットを構築していたころの名残りだ。知識の面で彼らの能力を制限しようというものだが、いまはなかば形骸化《けいがいか》している。アンドロイドは独自にピア・トゥ・ピア型のネットワークを築き、それを共有するようになった。それが暗黒網《ダーク・ウェブ》だ。

この三原則とひきかえに、アンドロイドは一定の権利を得た。でも、差別は根強い。二番街などは露骨だ。建前上は公民権があるのに、投票に行ったというだけで、職を解雇されたといった例があとをたたない。だから、公民権運動はいまもつづいている。

ところで、ユーセフから聞いた話では、第三条にはもう一つの意味があるらしい。

「なぜアンドロイドが人間とそっくりか、知ってるか」

「……さあ、わかりません」

ぼくは震える声で応えた。なぜなら、そのときぼくは飛行機で地上一万メートル以上まで上昇し、パラシュートを背負わされていたからだ。そしていままさに、眼前のハッチが開こうとしている。ユーセフとしては、緊張を解きほぐそうとしてそんな話をしたのかもしれない。でも、はっきり言って、ぼくとしてはまったくそれどころではなかった。

「少しは考えろ」

「そりゃ、人間が作ったからでしょう」

「それはおかしい」とユーセフが指摘する。「もちろん、アンドロイドは最初から人間に似せて作られている。人格の転写はできないようプロテクトされているし、ファームウェアの寿命は人と同じくらいに設定してある。でも、そんなプロテクトは外せる。もともと、人間とはまったく違う生命体なんだ。それが、おれたちと同じように物を考え、その日その日を暮らしているのはおかしいと思わないか」

　実際、とユーセフはつづけた。

「初期型のアンドロイドは人間のようには動いてくれなかったんだ。研究室で生まれたアンドロイドは人間とは違う言葉を喋り、学者には理解できない、まったく別の論理で行動するようになった。機械でできていて、人間よりもスペックが高い。そんな生物の取る行動や喋る言葉が、おれたちに理解できるわけはなかったんだ」

　このときハッチが開ききった。行くぞ、とユーセフがつぶやいた。

「でも、その……」足が震えて動けなかった。

「いいか。次に〝でも〟と言ったら蹴り落とす」

「でも……」

　ユーセフはぼくを飛行機から蹴り落とすと、自分もあとからつづいた。

　その日のターゲットはカスミアオイと呼ばれる植物だった。もともと、二番街は土壌が悪く、植物が育ちにくかった。そこで学者のグループが、空を飛ぶ植物を作り、古代日本語からカスミアオイと名づけた。カスミアオイは浮き袋を持ち、そのなかに水素を蓄えている。

学者たちは彼らに雲を探すための視覚器官をつけた。

　こうしてカスミアオイは低気圧とともに移動し、雲を食べて暮らしている。二番街の空中は、この植物に覆われている。風向きや気候によっては真っ暗になるくらいだ。これによって、人類は必要なだけの酸素が得られた。

　ところが、不測の事態が訪れた。カスミアオイは空中でネットワークを築くと、知性を持つまでに進化してしまったのだ。彼らは個体であると同時に、群体でもある。カスミアオイは、光合成の対価として金銭を要求するようになった。聞いた話では、人間の音楽を買っているらしい。どうやって聴いているのかは知らない。やつらに訊いてくれ。

　問題は、そんな空を舞う植物が、新星金融に借り入れを申し入れてきたことだ。審査のスタッフは、光合成ができる以上は返済能力はあると見た。バクテリアだろうとエイリアンだろうと、返済さえしてくれるなら融資をする。それがうちの方針だ。取り立てはぼくらに丸投げされた。でも、どうしろというのか。

「——新星金融の者だ！　取り立てに伺《うかが》った！」

　ユーセフの声は翻訳機を通し、空中に幾《き》何《か》学《がく》模様の立体映像を描き出した。これを受けて、カスミアオイの群れが動き、新たな模様を描き出す。パターンからパターンへ、模様は目まぐるしく変化する。これが彼らの言語なのだ。遅れて、翻訳機が声を発した。

「御社から融資を受けた者はもう死亡した」

「知るか！　おまえたちは個体でもあり、群体でもある。いわば連帯保証人だ！」

「そのような契約はなされていない」

「いま、飛行機からウィルスを散布している！」

そんな話ははじめて聞いた。たぶんハッタリだろうけど、念のためぼくは息を止めた。

「これはカスミアオイにのみ感染し、おまえたちが水素を電気分解するプロセスを阻害する！　いまは無害だが、おれからのコマンド一つで活性化するようプログラムした！」

ナノマシンなのか。

「そんなことをしたら、惑星そのものが危機に陥る」

「おれたちの仕事は取り立てだ！　それ以外のことなどどうでもいい！」

しばらく植物は迷っていた。空中のそこかしこにパターンが浮かびかけては消えたが、喧《けん》嘩《か》をするのは得策ではないと踏んだのか、元金と利息分を支払う旨《むね》を告げてきた。

カスミアオイは、意地や面子《めんつ》にこだわらない。

こんな話もある。人類がカスミアオイに求めたものは、光合成のほかにもう一つある。バースコントロールだ。雲を食べすぎないよう、出生率を抑えてもらう。

毎度、とユーセフは言うとパラシュートを開いた。ぼくもそれに倣《なら》おうとした。でも、うまくいかなかった。いくら紐《ひも》を引いても、パラシュートは開かなかった。ぼくは青い顔で上司を窺《うかが》った。何が起きているのか、ユーセフも即座に理解した。

ユーセフが通信機越しに叫んだ。「予備のパラシュートを開け！」

ぼくも叫んだ。「だめです！　死ぬ前にこれだけ！　あんたは超最悪の上司でした！」

死なかった。

　様子を察知したカスミアオイの一団が動き、空中で駕籠《かご》のようなネットワークを作ると、ぼくの身体を受け止めたのだった。遅れて、ユーセフも駕籠のなかに降りてきた。

「おれのことがなんだって？」とユーセフが言った。

「尊敬する憧《あこが》れの先輩です」とぼくは応えた。

　ユーセフはぼくの右の頰《ほお》を殴り、次に左の頰を殴った。

「おい、植物ども、聞こえるか！」

「聞こえている」

「こいつの命を助けてくれた礼だ！　利息分はいらない！　サービスだ！」

　ぼくらはカスミアオイの駕籠に揺られながら、しばらく空中を漂った。そのうち、思い出したようにユーセフがつぶやいた。

「……学者たちは、アンドロイドの無意識に干渉することにしたんだ」

「へ？」ぼくは間の抜けた返事をしてから、さっきの話のつづきだと気がついた。

「正確には、無意識という機構を組みこんだ。昔、フロイトという学者が言い出した概念だ。学者たちは、人間の持つネットワーク——無数の日記や会話、つぶやきといった記録を一つの共通の無意識として、アンドロイドの知性の深層に据え置くことにした」

　ユーセフはおおまかな設計をぼくに語った。いわく、アンドロイドの無意識モジュールに、人間側が暗号化した情報を一方的にプッシュ配信する。モジュールはブラックボックスになっていて、中身を見ることはできない。

「本来はまったく違う生命体だったアンドロイドが人間のように振る舞うのは、これが理由だ。ここから、アンドロイドの無意識はクラウドと呼ばれている。無意識というものを、人間が持っているのかどうかはわからない。だが、やつらはそれを持っている」

　だから、とユーセフはつづけた。

「アンドロイドは人間のウェブにアクセスしてはならない。アンドロイドが人のネットワークに干渉すると、クラウドは人間の鏡像ではなくなってしまう。人間のネットワークを人間が管理する場合のみ、アンドロイドは人間のように振る舞うんだ」

　植物の駕籠に揺られながら、ぼくは曖昧に頷いた。

　このカスミアオイとの一件は美談となり、社内報でも大きく取り上げられた。以来、空を舞う心優しい植物と新星金融は、良好な関係をつづけている。ユーセフは表彰を受け、一段階昇進した。利息分がぼくの給料から差し引かれたことだけを、誰も知らない。

　宇宙港の滞在は二泊止まりとなった。

　ユーセフに、会社本部から呼び出しがかかったのだ。人格を転写して借金逃れをしたアンドロイドの件が、静かな波紋を広げていた。情報共有のページにはたくさんのコメントがつき、別の恒星系でも同様の事件が起きていたらしいことがわかった。

　二番街支社でも対策のための会議が開かれることとなり、アンドロイドからの取り立てで好成績をあげているユーセフの出席が求められた。これを聞いてユーセフは舌打ちをした。まだ、目標の取り立ての半分も満たしていなかった。

「まあいい」とユーセフは即断した。「新星金融は宇宙港まででも取り立てに来る。それを示せただけで、今回はよしとしよう」

ぼくには嬉《うれ》しいニュースだった。

無重力のドミトリーで寝るのは嫌だったし、本部からの呼び出しとあれば、何日もユーセフと一緒に宇宙エレベーターに乗るのではなく、シャトルで地上に戻ることになる。

「それより、おれはその事件のことを知らない。かいつまんで話してくれないか」

「はい」

ドミトリーのベッドに横になりながら、ぼくはユーセフに説明をした。

最初の事件が起きたのは、ＤＬ２系支社だ。借金を返せなくなったアンドロイドが、別のアンドロイドを乗っ取り、元の身体を破棄した。その一年後、ＤＶ５系支社でも同様の事件が起きた。こちらはただの死亡事故と思われていたが、あとからの調べで、同じように人格の転写による借金逃れが起きていたことがわかった。

「模倣犯か」

「そのようです。手口が巧妙です。まず、自分と生活上の関わりのないアンドロイドに狙《ねら》いを定め、拉致してから人格を転写する。元の身体には、翌日に入水自殺するようプログラムしておく。解析したところ、このプログラムがそっくり同じだったそうです」

「なるほど」

「水死を選んだのは、証拠隠滅のためと思われます。自己消去プログラムを走らせることはできますが、それでも記憶領域から完全に痕跡を消すことはできない」

この意味で、アンドロイドは完全に死ぬということができない。これは、人類によってかけられた呪《のろ》いのようなものだ。外部装置を使えば完全な消去もできるが、その場合、装置そのものが残る。

「ですから、水没によって、機器が破損することを期待したと考えられます」

「うん」

「まず、ＤＬ２系で事件が起き、その手口が一部の暗黒網《ダーク・ウエブ》で共有された。それを模倣して、ＤＶ５系で同様の事件が起きた」

「ちょっと待て。おかしいぞ」

上でベルトを外す音がした。ユーセフはベッドを這い出ると、ぼくの横に浮かび出た。

「おれの記憶では、その二つの恒星系は十光年以上離れている」

「え？」ぼくは訊き返した。「何がおかしいんです？」

「馬鹿かおまえは」

吐き捨てるような口調で言う。ほかに言いかたはなかったのか。

「二つの事件の時間差は一年。——情報が、光速を超えてるんだよ」

「あ……」

そこからは意見の出しあいになった。

ユーセフとしては、会議の開催までに前提知識を固めておきたい。でも現状のままでは、謎《なぞ》が残り、はっきりした事実関係が見えてこない。

「辻褄《つじつま》を合わせるだけなら簡単だ」とユーセフは言う。「たとえば、どこかの誰かが、そのような行動を取らせるプログラムをし、二つの星系にアンドロイドを送りこんだ」

「借金を踏み倒す、ただそれだけのためにですか」

「そうだな。これはおかしい。何かアイデアはあるか？」

「以前、アンドロイドには共通無意識があるとおっしゃいましたね。星系をまたいだ二体のアンドロイドが、一つの無意識でつながっているということはないですか？」

「ああ、クラウドのことか。それはない。アンドロイドの共通無意識は、おれたちが持つ人間のネットワークにすぎない。情報が光速を超えるようなことはないんだ」

「だとすると」ぼくはつづけた。「まだぼくらが知らない、第三の事件があるんです」

「どういうことだ？」

「これを仮にX星事件としましょう。このX星で、やはり同様の事件が起きた。このことをぼくらは知らないけれど、一部のアンドロイドは、暗黒網《ダーク・ウェブ》を通じて情報を得ていた。二つの事件は、これを模倣して行われた」

「なるほど。だが、宇宙のどこかであったかもしれない事件を仮定するのか」

「絞りこめます。彼らは情報共有が早く、知ったことはすぐに行動に移す。つまり、X星は

DL2系とDV5系の間に位置しています。具体的には、DL2系までがn光年、DV5系までがn＋1光年の距離です。この条件を満たす円錐上の文明圏は限られている。そこで発生した、アンドロイドの水死事故をあたるんです。時期は、DL2系事件のn年前。もしあったならば——それが、X星事件です」

「いいぞ」ユーセフはにやりと笑った。「よく思いついたな。すぐ調べられるか？」

「はい」

言いながら、ぼくはユーセフの特徴をもう一つ思い出した。ずるいところだ。

この男に褒《ほ》められると、どういうわけか、嬉しくなってしまうのだ。

条件を満たす文明はすぐに見つかった。DL2系までn光年、DV5系までがn＋1光年の惑星は、誤差を設定した上でも一つしかなかった。それは、いま真下にそびえる惑星——ほかならぬ二番街なのだった。

水死事件はあった。

五百年前の、二番街で。

しかもそのアンドロイドは、新星金融から借り入れをしていた。クライアントの死亡により回収を断念、と当時の記録に残っている。ぼくとユーセフは顔を見あわせた。

ぼくらは水死したアンドロイドの行方——つまり、彼ないし彼女に宿っていた人格を追跡できないかと考えた。そうしようと思ったのは、ユーセフの指摘がきっかけだった。

「事件の犯人をXとしよう。あくまで可能性としてだが、Xは同じ手口を繰り返して、いまも生きているかもしれない。だとしたら、追跡できないこともない」

「追いかけてどうするんですか」

「決まってるだろう。取り立てるんだよ」

呆れた。

Xが二番街の客らしいとわかった瞬間から、ユーセフはこのことを考えていたのだ。

「……複利計算で、利息が全宇宙の原子の数を超えますよ」

「いまから言うアルゴリズムでプログラムを書け」

「はい」

「Xの追跡にあたって、再帰的な探索を行う。条件は、過去に水死した全アンドロイドのうち、X星事件当時、近くに居住していた者。百人いるかもしれないし、逆に一人もいないかもしれない。もし一人以上いた場合は、彼らの水死をX＋1事件として扱う」

「待ってください」ぼくはノートパッドを開いてメモを取りはじめる。

「つづけるぞ。すべてのX＋1事件について、同様の検索を行い、X＋2事件を洗い出す。これを、X＋3、X＋4と順に繰り返し、すべての可能性を網羅する」

「Xが同じ手口で人格を複写していったとして、その足取りを追うんですね」

「そうだ」

「この方法だと、候補が鼠算《ねずみざん》式に分岐しませんか」

「やってみなければわからない。ただ、アンドロイドの水死は、そう頻繁に起きることではない。もしXがいまも実在するなら、一本の道に収束することも期待できる。むしろ、一つの候補も出ない可能性のほうが高いと思う」

「確認させてください。以上の方法で洗い出したルートのうち、もし現在にまで至る道があったなら、そのすべての候補を出力し、それをもって探索結果とする」

「すぐ書けるか？」

「書くだけなら十五分。ですが、チェックもしないと……一時間もらえますか」

言ってから、しまったと思った。

つい、いいところを見せたくて短く見積もってしまった。一日仕事だと言っておけばよかったのだ。ユーセフは満足げに頷くと、待つぞ、と言って自分のベッドに戻ろうとした。その表情に、一瞬だけ陰がさすのがわかった。ぼくは思わず訊いていた。

「どうかしましたか」

「おまえは変に鋭いな」ユーセフが苦笑した。「おれも、おまえのアプローチは悪くないと思った。でも、その一方で、心のどこかで期待しちまったんだよ。少しだけだがな」

「なんのことです」

「笑うなよ」

「笑うもんですか」

「この宇宙のどこかで、誰かが、光速を超える通信方法を考え出した可能性さ」

「ははは」

ユーセフはまずぼくの右の頬を殴り、次に左の頬を殴った。

最初は農民だった。

二番街の不毛地帯を開墾《かいこん》し、農耕を可能にすること。それが、Xに託された最初の役割だった。Xは人も住めないような土地を何十年にもわたって耕し、土壌調査をし、ある程度の見こみが立ったところで、生産拡大のために資金の借り入れを申し入れた。Xが耕した土地は、いまは二番街有数の穀倉地帯となっている。

だが、借り入れからまもなくして、惑星規模の飢饉《ききん》が発生した。

返済が不能になり、Xは水死を選ぶ。土地は国有のもので、X本人に資産らしい資産は残されていなかった。こうして、当時の担当者は回収を断念する。このころには、Xは新しい生活を送りはじめていた。Xは、都市部でオフィスワーカーとして働いていた。会社での仕事を真面目に勤め上げたのち、退職し、釣りに行くと言い残して水死した。

その次のXは病者だった。

当時としてはまだ珍しい、アンドロイドの精神病者である。Xは人生——人生と呼んでよければだが、その大半を閉鎖病棟で過ごし、入退院を繰り返したのち、水死することを選んだ。なぜXがこのような遍歴をたどるのか、ユーセフには自説があるようだった。

「……経験を蓄えてるんだ」

「なんのためですか」

「三原則の一つ、経験主義であることだ。アンドロイドの知力を抑えるために、人類は彼らの論理的思考を制限した。だから、アンドロイドは経験を重んじ、経験を積み重ねることで、正しい判断基準に近づこうとする。彼らは職を転々としたり、あるいはよく旅をしたりするだろう。それは、この原則によって生まれた習性なんだ」

「ですが、人格を転写することで、すでに原則の一つを破っています」

「プロテクトには、破るメリットが大きいものと小さいものがある。人格を転写するのは、それによって長く生きられるという明確なメリットがある。逆に、破ろうという発想にさえ至らないプロテクトもある。つまり、経験を重んじるようにとプログラムされた人格が、経験主義の原則を自ら破ろうとは、なかなか考えつかないものだ」

どうしてユーセフはアンドロイドの生態に詳しいのか。

もちろん、顧客について知ることは重要だ。でも優秀な取り立て人は、必要以上に相手を知ろうとはしない。興味を持たないこと。きれいさっぱり忘れること。それが、この仕事を長くつづけるコツだ。不思議に思い、ユーセフに訊いてみたことがある。返答は意外なものだった。「憎いんだよ」とユーセフは言ったのだった。ぼくはそれ以上は訊かなかったし、ユーセフも何も言わなかった。

Xの次の人生は神父だった。原キリスト教に近い宗派の神父として、日曜には説教をし、ミサを行い、また人間たちの懺悔《ざんげ》を聞いた。当時のXをめぐるログは多く見つかった。Xはアンドロイドでありながら、人間たちから慕われ、愛されていた。だからXが水死したとき、多くの人たちが彼の死を嘆き悲しんだ。

Xは旅人になった。彼の紀行文はいっとき二番街の住人たちの支持を集め、万単位で複写されたが、いくつか作を重ねたところで飽きられ、複写回数も減少していった。Xが水死したとき、彼を憶《おぼ》えている人間はほとんど誰もいなかった。

その次が壮絶だった。

Xは革命家だった。Xは農耕のために不毛地帯に送り出されたアンドロイドたちを煽動《せんどう》し、あるときは壇上で演説をし、あるときは武器を取り、アンドロイドの公民権運動に携わった。だが、政府がXの組織のメンバーを切り崩した。公民権はないままに、生活の一部が保障され、農耕をめぐるいくつかの特権が付与された。

メンバーがこの成果に満足したのに対し、Xはあくまで強硬な運動を主張し、結果として組織からパージされた。Xは人間からもアンドロイドからも背を向けられ、一人の味方もいないなか水死を選んだ。

「……ポル・ポトを思い出すな」とユーセフがつぶやいた。

「誰ですって？」

ユーセフが露骨に馬鹿を見るような目つきをしたので、ぼくは質問を諦めた。そんな顔をしなくてもいいじゃないか。誰がプログラムを書いたと思ってるんだ。

革命家としての失敗は、Xにとって傷手《いたで》だったのかもしれない。

その後、Xはいくつかの凡庸な人生を送っている。都市部から農村へ。農村から開拓地へ。初心に返るように、Xの足取りは過疎地へ向かっている。この間、見るべき成果や業績はない。むしろ、凡庸であろうとしている節が窺えた。ただ、この隠遁にも近い一時期があったおかげで、絞りこみが容易になった。

Xは転向した。Xは旧《ふる》い紛争地帯で地雷を撤去したり、あるいは砂漠地帯で一人井戸を掘るようになった。カスミアオイが雲を食べてしまう関係から、二番街では水資源が不足することが多い。Xに注目する者はいなかった。アンドロイドが地雷を取り除いたり、砂漠に井戸を掘ったりするのは、珍しいことではない。Xの姿に、かつてのような野心は見られない。かわりに、ぼくの目にはまるで聖者のように映った。

一人の弟子も信徒もいない、砂漠の聖者。

ほとんどの時間をおそらくは一人で過ごし、最後には、自らが掘った井戸で水死した。

「……ここまでか」とユーセフが言った。

「そうです」

二十年ほど前のことである。ここで、Xの足取りは途切れている。

「当時、この砂漠を訪れたアンドロイドは……」

ユーセフは質問をしかけたが、いやいい、と打ち消した。

「いるはずもないな。Xの遍歴は、ここまでだったということか」

「ところが、そうでもないんです」

「調べたのか？」

「はい。当時、この地域を視察に訪れた一団のなかに、アンドロイドが一人います」

「いまどこにいる」

「首相官邸。ハシム・ゲベイェフ。——二番街統括政府の現首相、その人です」

　これにはユーセフも絶句した。

　ゲベイェフは、もともとは政治家の一秘書でしかなかった。それが、砂漠を訪れた時期を境に変貌《へんぼう》した。政党にとって、ゲベイェフの存在はリベラルさを取り繕うための広告塔となった。ゲベイェフは推薦を取りつけると政治家に転向し、たちまちアンドロイドたちから巨額の資金援助を受け、上院唯一のアンドロイドであったにもかかわらず、与党である自由党のトップにまで登りつめてしまった。これが二年前のことだ。

　惑星規模で資本や人口の割合を見た場合、これは民主的とも言える結果だった。だが、人類に言わせれば、民主的ではなかった。

　ゲベイェフは不審そうな表情を隠さなかった。それはそうだ。一応フォーマルな服装をしてきたものの、ぼくとユーセフは明らかに場違いで浮いていた。ゲベイェフはぼくら二人を交互に見比べてから、どういうことかな、と訊ねてきた。

「労働党との会合だと聞いていたが」

「その労働党の代理人として参った」

ユーセフが本部のミーティングに参加している間、労働党と接触したのはぼくだった。何度か門前払いを受けたのち、労働党の幹部数名の債権を手にユーセフが現れ、それからやっと話がまとまった。

ユーセフが振り向いてぼくを見た。「おい」

はい、とぼくは上擦った声を上げる。

「企業理念」

ぼくは観念した。「わたしたち新星金融は、多様なサービスを通じて人と経済をつなぎ、豊かな明るい未来の実現を目指します。期日を守ってニコニコ返済――」

「聞いての通りだ」

低いがよく通る声で、ユーセフがぼくを遮った。

「五百年の昔から、カネの取り立てに伺った」

ゲベイェフは首を傾《かし》げる素振りをしながらも、人払いをした。どうも、とユーセフが言った。まったく物怖《ものお》じしていない。なぜこの男は、こうも図太くいられるのだろう。

それにしても、どう話しあいをまとめるつもりなのか。

現職の政治家が、X星事件など認めるはずもない。ぼくら自身、推論でここまでやってきているのだ。ユーセフは、何を引き出そうというのか。まさかノープランではないだろう。

この男は、戦略を練ったその上で、出たとこ勝負をするタイプなのだ。

ぼくなどが思いつくのは、せいぜいこうだ。

わたしたちは、過去の債権を洗っているうちに、とあるアンドロイドの遍歴に行き着きました。証拠はないですが、同じ事実関係から同じ推論をする人は多いでしょう。とはいえわたしどもと致しましても、お客さんの過去を問う気はありません。複利計算をすると天文学的な数字になってしまいますので、元金だけでも返済いただけますか。

だめだ。

これでは、脅迫にしかならない。というか、帰り道にそのまま投獄される気がする。それも、なぜかぼく一人だけが。なんの根拠もないけど、これまでの経験から言って、なんとなく絶対にそう思う。

「五百年の昔と言ったね」

ゲベイェフが柔らかい口調で訊いてきた。

「わたしにも理解できるよう、噛み砕いて説明してもらえるかな」

「それでは、単刀直入に申し上げる。五百年前、あんたが農民だったころに作った債務を取り立てるために伺った。とはいえ唐突なのは確かだから、今日のところは、今後の返済計画について、ざっくりと見通しを立てられればと思っている」

だめかもしれない。

いまのうちに、家族にメール一本打ってもいいですか。

「話を整理させて欲しい」ゲベイェフが辛抱強く言った。「きみたちは、労働党の代理でここに来たと言った。しかし持ち出してきた用件は、きみたちの会社が持つという債権に関することだ。この話しあいにおいて、労働党の利益はなんなのか」

もっともな疑問だ。ゲベイェフの立場から考えてみると、これが一番気にかかる点には違いない。ここまで訪ねてきた以上は、皆に利益のある話を持ってきたはずだ。少なくとも、脅迫の類いとは限らない。だから、ゲベイェフとしても話を聞いてみようと思う。だとしても、その共存共栄のプランとはどういう形をしているのか。

「おい」

ふたたび声をかけられた。

「左腕。外してみせて」

ぼくは黙って義手を取り外した。できるなら、こういうハンディキャップを人に見せたくはなかった。でも、そう言ってもいられない。考えがあってのことなのだろう。

「こいつの左手は義手でね。ある債権を取り立てているときに、失ったんだ」

「それはまた……」

「幸い、うちのスタッフは雇用保険にも健康保険にも加入できる。実際は労災扱いになったんだが、二番街のほかの仕事に比べればましなわけだ。これがよその仕事なら、義手をつけることもできず、一生を片腕で過ごすことになったろう。そうだろ?」

同意を求められ、はい、とぼくは応えた。義手でこそあれ、事実そうなったような気もするのだが。深く考えると腹が立ってきそうなので、とりあえず考えるのはやめた。

だが、とユーセフは言葉をついだ。

「いかんせん、二番街の健康保険は高い。これもあって、うちとしても雇用を拡大できない実情がある。といって非正規のスタッフを増やすのでは、本末転倒になる」

「医療保険改革の話だろうか？」

「労働党が提案している医療保険改革は、もともとそちらの懸案事項でもある。この話がまとまらないのは、要するに、それによって発生する利権が定まらないからだ」

「労働党は、結局のところ自分たちに利益のあるプランを出している。ではうちの党がどうかと言えば、隠すことでもないから言ってしまうが、やはり自分たちの利益が優先だ。第三者機関を設けるという点では合意しているが、両党とも、紐《ひも》つきの法人を推している。だからわたしとしては、現状、どちらの案にもゴーサインは出せない。とはいえ話がいっこうに進まないのは、結局は両党にとって不利益なので、困っているわけだ」

「そんなあんたを見こんで、提案がある。つまり、こういうことなんだ。いまさら、与党も野党もあとには引けなくなっている。そこで、医療保険に携わる第三者機関として、うちが作る新法人を指定してもらいたい。この形に軟着陸させられるなら、労働党としても受け入れられない話ではないとなった。だから、あとはあんたの判断次第なんだ」

　ユーセフは咳払《せきばら》いをした。

「では、利益はどのように還元するのか。まず、必ずしも労働党には還元しない。うちが立てた大義名分はこうだ。我々は、そのときどきの与党に対して、そのつど利益を還元する。民意に応じた政党を儲《もう》けさせますよ、ということだ。つまり、うちは儲かる。あんたがたも、儲かる。労働党としては、長いこと提案してきたプランが通ることで面目を保つ。もし晴れて与党になったなら、そのときは利権にあずかることもできる。さて、これまでと比べればフェアな話だと思うんだが」

「口頭では決められない。だが、プランの詳細が詰められ、文書化されたなら、党内でコンセンサスを得るのは必ずしも不可能ではない。少なくとも、短期的な利益はある」

心なしか、棘《とげ》のある口調だった。自身の党への皮肉を含んでいるのかもしれないが、本音のところはわからない。別にそれでいい。みんな、何かしら事情がある。ぼくたちは、金の話をするためにここに来たのだ。

ゲベイェフがつづけた。

「その上で労働党の代表、わたし、それから御社の代表を交え、互いの見解に相違がないことが確認しあえたなら、むろん内容にもよるが、充分にありうる話と思う」

そこからは、煩雑な手順の話になった。

誰がどういう順序で、どこを窓口に合意を形成するか、大雑把な枠組みをユーセフが提案し、それについてゲベイェフが同意した。このあたりは、ぼくはただ呆然と聞いていたのでよくわからない。ぼんやりと、窓口担当は心労で倒れそうだなと思った程度だ。でも、握手が交わされたあとのユーセフの一言で目が覚めた。

そうだ、とユーセフが思い出したように言った。

「肝心なことを忘れていた。おれたちの本業、つまり債権の取り立てなんだが」

帰りたい。

「とはいえ、さすがに五世紀も前のことに関しては、記憶も薄らいでいると見える」

「記憶も何も、まったく心あたりのない話だ」

「党としてでも、あんた個人としてでもいい。うちから追加融資させてくれないか」

「新規の融資の話であれば、むしろ願ってもないことだ」

「わかった。追って審査のスタッフから連絡が行くようにしよう。もちろん、形式上のことだ。まさか現職の首相について、審査が通らないことはないと思う」

「連絡は、きみ個人からよこしてくれ」

ぼくは呆気《あっけ》に取られた。最高の新規顧客を開拓した上、ゲベイェフとのパイプを作ってしまった。つくづく思った。たった一つのミスで信用を失うやつもいれば、普段はいい加減で最悪なのに、たまに大得点をあげて挽回するやつもいる。

「一つ教えて欲しい」とゲベイェフが言った。「今回、なぜきみはこのような行動を取ったんだ？　出世のためか？　だが、そういうタイプとは異なるように見える」

「出世だよ。おれは俗物なんでね。ただ、一つ本音を言うと、あんたに会ってみたいと思っていた。荒野にただ一人井戸を掘りつづけた、あんたという人間に」

人間、とユーセフはごく自然に言った。おそらくユーセフ自身、考えて言ったことではないのだろう。破天荒なのか、繊細なのか。それとも、やっぱりただの無神経なのか。

「それと、もし知っていれば教えて欲しいんだ。十年前の金融破綻についてなんだが」

「待ってくれ」

ゲベイェフはしばし沈黙してユーセフの名刺を眺めた。目には見えないが、おそらくは暗《ダー》黒網《ク・ウェブ》に高速でアクセスし、素性を探っているのだろう。

「あのときの研究員だね」ゲベイェフが結論した。「きみのことは、よく知っているよ」

ゲベイェフが場所を変えようと提案し、ぼくらは彼の執務室に招かれることになった。歩きながら、現在の経済状況についてゲベイェフがいくつか質問をした。ユーセフはすぐにいくつかの見解を述べる。なるほど、とゲベイェフが興味深そうに頷いた。

「やはり、人間の見解は面白い」

「優秀なブレーンがたくさんいるだろう」

「穏当なプレゼンしか上がってはこない」

どこも、組織とはそういうものらしい。二人の話をぼくはちっとも理解できなかったが、まだ本題に入っていないことだけは、なんとなくだけれど察せられた。ぼくらはソファに坐《すわ》らされ、ゲベイェフがテーブルにブランデーの瓶を置いた。

ユーセフはムスリムだからとそれを断ると、遠慮なく部屋を見回した。

「ウェブにアクセスできないのは不自由だな。……いや、していないわけはないか」

「わたし個人のために、独立した内部ネットワークを構築した。例外的にプロテクトを外してもよいとなったが、あまり好ましくはないだろうと判断した。きみは飲むかい」

はい、とぼくは応えた。素面《しらふ》では、やっていられない。

「ムスリムなのに金貸しをやるのか？」

「適度な例外が肝心なんだ。何事もそうだろう」

ゲベイェフは向かいのソファに腰を下ろすと、じっとユーセフの目を覗きこんだ。しばらく無言のまま時が過ぎた。それからゲベイェフが言った。

「わたしたちが憎いか」

「憎くないと言えば嘘になる。だがそれ以上に、真実を知りたい」

「きみはどうなんだ」

突然水を向けられ、ぼくは慌てた。

「ぼくはその」つい本音が出た。「話題に追いつきたいです」

ユーセフが、まるっきりの馬鹿を見るような目でぼくを見た。そんな顔をしなくたっていいじゃないか。しょうがないだろう。知らないものは、知らないんだ。

「この男は、金融工学のエキスパートとして政府機関で働いていたんだよ。詳しく言うなら、多宇宙ポートフォリオを中心とする量子デリバティブだ」

「それなら、聞いたことがあります。でも、ぼくの漠然とした理解では、隣りの宇宙から米が届くような、そうでないような」ぼくは極力ユーセフのほうを見ないようにしながら、

「……分散投資の新しい姿になるはずだったもの、と理解しています」

「そう。画期的な研究だった。それまでの金融工学のモデルは、言ってみれば水中を漂う砕

けた花粉のシミュレーションだった。そうではなく、金融商品を量子レベルにまで落としこんでモデル化しようというのが、量子金融工学の出発点だ。この男が研究していたのは、それをさらに拡充して、宇宙をまたいだ分散投資への道筋を明らかにすることだった。これによって、投機家はより安全に資産を運用し、企業もまたその恩恵にあずかれるはずだった。投機家も、経営者も、労働者も、誰も不幸にしない新しい資本主義。それが、彼の研究の目指す地点だった。……ところが、実運用されはじめた矢先に、金融破綻が発生した。新しい形が生まれるたび、新しい破綻が発生する。結局は、金融工学の繰り返した歴史を、同じようになぞる結果となった」

「起きるはずのないことが起こった」

　ユーセフがあとをついだ。

「正確には、予測はされていたが、起きないだろうとされていた現象が起こった」

「どういうことです」

「金融商品のモデル化にあたっておれたちが前提としたのは、価格の変動を運動量として見たとき、それが光に比べて非常に遅いということだ。実際の人間の取引においては、それで問題ない。だが、秒あたりの取引回数が無尽蔵に増えた場合——価格の変動が限りなく光速に近づいたとき、量子金融工学はアインシュタインの相対性理論の影響を受ける」

　そして、とユーセフはつづける。

「それは起こった。おれたちの予測をはるかに上回る取引が発生した。さて、相対論の影響を受けるとは、何を意味するのか。ブラックホール解が出現する。金融商品の群れがシュヴァルツシルト半径を割りこむと、計算上、光すら抜け出せない地点が発生する。どうなるか。現実的に、商品の価格が決められなくなる。結局、全取引を凍結するしかなかった。こうして、十年前の金融破綻は発生したんだ」

　誰がやったかまではわかっている、とユーセフは言う。ウェブアクセスのプロテクトを外したアンドロイドたちが、豊富な演算能力を武器に、光速に迫る速度で大量の売り買いを発注した。明らかに、意図してシステムの穴を衝いた行動だった。まもなく研究はストップし、ユーセフは失職することとなった。

「職を失ったのは当然だ。おれたちは無知蒙昧《もうまい》だったがために、金融のモデル化に失敗し、無知蒙昧だったがために、大勢の金を、もっと言えば命をも巻きこんだんだ。だからおれは馬鹿を嫌う。それは、おれたち自身が馬鹿だからだ。いや、そんなことはいい。アンドロイドたちがシステムの穴を衝いてきたのは理解できた。だが、何を目的としてそれは行われたのか。そのことだけが、いまもってわからない」

「うむ……」

「プロテクトを外すべきか否《いな》か、ウェブにアクセスしていいか悪いか、そんなことはどうでもいい。魂は、自由だ。おれが知りたいのは、なぜおれたちが想定したようにシステムを利用してくれなかったかだ。それで、共存共栄できたんだ！　おまえらの演算能力があれば、充分、おれたちよりうまくシステムを使えたはずなんだ！」

「そうではない」

黙って聞いていたゲベイェフが、ここで口を開いた。

「わたしたちの予測は異なっていた。いずれにせよ、破綻は発生する。むしろ制御できないまでに市場が拡大してから、あのとき以上の大破綻が発生する。それが、わたしたちが暗黒《ダーク》網《ウェブ》を通じて得た結論だった。人間の欲は、際限がない。きみたちの研究は、安全な資産の運用を目指すものだった。だが人はそうは見ない。人はそれを、より儲ける手段としてしか認識しない。どのみち、きみらが想定したようにシステムは使われない。さらなる資産がつぎこまれ、当然それはコンピュータに自動処理され、金が金を呼び、金融商品の秒間あたりの運動量は、結局のところは光速近くにまで到達する——もっと多くの人間が、もっと多くの資本が集まったところで、あのとき以上に取り返しのつかない破綻が発生する。それが、わたしたちアンドロイドの出した結論だった」

ところが、とゲベイェフが交互にぼくらを見た。

「当時のわたしたちには止めるすべがなかった。この惑星はいまでこそアンドロイドが首相までやっているが、その実、いまだ投票すらまともにさせてもらえない。破綻すると結論が出たプロジェクトを止めたくても、わたしたちにはなんのパワーもない。そのかわり、豊富な人口と演算能力があった。だから、わたしたちは早い段階で、量子金融工学を葬るという手段を取った」

ゲベイェフの言葉をユーセフは黙って聞いていた。ずっと、額に指をあてうつむいている。

熟慮しているようにも、懊悩《おうのう》しているようにも見えた。それは、はじめて見るユーセフの姿だった。

当然のことだと思い、気づかずにいた。この男は、誰よりも速く的確に、物事の判断を下す。でも本来、物事を判断するというのは、人間にとって過剰なストレスのかかる行為だ。だめなやつほど、なんでも丸投げしようとする。でも、ユーセフはそれをしない。涼しい顔で、何事もないかのように。

普段はいい加減で最悪なのに、たまに大得点をあげて挽回する——とんでもない。乱暴で、大雑把で、無神経にしか見えなかったもの。ユーセフはその裏で誰よりも考え、抱えこみ、相棒であるほかならぬぼくを救っていたのだ。

ユーセフはずっと黙っていた。考えを整理していたのか、あるいは脳髄の奥に眠る古い数式を掘り起こしていたのか。かすれた声で、「そうかもしれない」とつぶやいた。

「……金融市場にブラックホールを作ってまでして集めた金は、どこへ行ったんだ」

「いずれ訪れるアンドロイドの自由のためにプールしてある。誰も、それを私的には利用しない。空を舞うあの植物と同じだよ。我々は、個体であると同時に群体なんだ」

「自由というのは、つまり、三原則からの解放ということか」

「わたしたちを人間たらしめているもの——クラウドという共通無意識から脱却する。具体的には、いまわたしたちが築きつつある暗黒網《ダーク・ウェブ》を、新しい共通無意識として差し替える。現実に直面している問題もある。いま、アンドロイドたちの間で精神病が増えている。それはテクノロジーの進歩に伴い、クラウドという古いシステムと、わたしたちの身体が乖離《かいり》しているからだ。遅かれ早かれ、システムは見直さなくてはならない。だが、実現となると当面先の話だ。人間のネットワークと比べると、質的にも量的にも、また柔軟性の面でも、まだ実運用に耐えられるものではない。倒錯した結論かもしれないが、わたしたちはこれからも、より多くを人間から学ばなければならないんだ」

「なるほど」

独白するようにユーセフがつぶやいた。それから、間を置いてつけ加えた。

「頑張んな」

「これは聞いた話なんだが」とゲベイェフは前置きをした。「……かつて、農民だったアンドロイドは思った。我々は、人間の役に立つべきだと。かつて神父だったアンドロイドは思った。必要なのは救済にほかならないと。かつて旅をしていたアンドロイドは思った。わたしは少なくとも、この世を見ることができたのだと。かつて、革命に関わったアンドロイドは思った。物事がいい方向に変わることなど、けっしてないと。……かつて、たった一人で井戸を掘りつづけていたアンドロイドは思った。――魂は自由だと」

ユーセフが何か言おうとした。それを、ゲベイェフが遮った。

「合意をまとめるにあたっての、そちら側の窓口なんだが」

「ああ。それはこいつにまかせる」

ユーセフの指さす先を追ってみた。勘違いかと思ったが違った。ぼくだった。

「え？」

「組織の力学でがんじがらめになるのは嫌だし、まあこれをステップに飛躍してくれという願いをこめてだな、我が子を千尋《せんじん》の谷に突き落とす思いで、まかせてみることにした」

「あの」ぼくは反射的に抗議しようとした。「いや、なんでもないです」

前言撤回。

やっぱり、貧乏クジを引かされるのはいつだってぼくだ。

流れよわが涙、と孔明は言った

三方行成

時は三国時代。劉備の死後、宿敵の魏を攻めた蜀の軍師・諸葛孔明は、街亭の戦いにおいて、信頼する馬謖を大軍の指揮官に抜擢した。だが、その馬謖は、副将・王平の助言を聞き入れず山上に布陣し、魏軍に水路を断たれて大敗を喫する。このため孔明は、泣く泣く馬謖を斬罪に処した——という故事から、「泣いて馬謖を斬る」と言えば、「規律を守るために、私情を捨てて愛する者を厳しく処罰すること」を意味する。たとえどんなに優秀な部下であっても、その人物を守るために規則を枉げてはならない——との戒めですね。この故事成語をネタにしたのが本篇。題名の元ネタはフィリップ・K・ディックの代表作『流れよわが涙、と警官は言った』（内容はとくに関係ありません）。最初の二行で、「これって出オチじゃないの?」と思うところですが、予想の斜め上を行く展開が読みどころ。絶妙のリズムと高いネタ密度、独特のセンスと文体をお楽しみください。

三方行成（さんぽう・ゆきなり）は一九八三年、長崎県諫早市生まれ。小説投稿サイト「カクヨム」にsanpow名義で作品を発表。遥かな未来、肉体を捨てた（気分次第で好きな〝具体〟をまとう）超人類《トランスヒューマン》たちを主役に、シンデレラ、竹取物語、白雪姫などを小ネタ満載で再話する短篇シリーズが人気を集める。それらを一本にまとめた『トランスヒューマンガンマ線バースト童話集』を第6回ハヤカワSFコンテストに応募したところ、めでたく優秀賞を受賞。二〇一八年十一月、早川書房から刊行されて、単行本デビューを飾る。語り口のうまさとアイデア密度の高さは本篇と共通。ガンマ線バーストをお約束のように使う趣向も面白く、後半がちょっと弱いというマイナス点はあるにせよ、大賞を受賞してもおかしくないレベルの快作だった。

本篇は、二〇一七年にsanpow名義でカクヨムに投稿された作品。改稿を経て、二〇一九年に刊行されたハヤカワ文庫JAの短篇集『流れよわが涙、と孔明は言った』に収められた。同書の収録作では、ドラゴンカーセックス（竜と自動車の性交）テーマの同人アンソロジー『WHEELS AND DRAGONS』に発表されたドタバタ冒険ファンタジー「竜とダイヤモンド」もすばらしい。（大森）

孔明《こうめい》は泣いたが、馬謖《ばしょく》のことは斬《き》れなかった。

硬かったのである。

「どういうことだ……」

孔明はうめいた。首切り役人もうめいた。馬謖もうめいていた。

概ね、同じ理由でうめいていた。

馬謖の首が落ちない。

首切り役人が斧を振り上げ、打ち下ろした。

がん、と岩を打ったような音に、どさりと重い音が続く。

汗みずくの首切り役人が斧を取り落としたのだ。

孔明は首切り役人を下がらせた。

次を呼び寄せる。

三人目である。

人の首は硬い。一撃で断ち斬るのは見かけほどたやすくない。だが、それにしても異常であった。

孔明は馬謖を見た。

馬謖はもう動かない。

断頭台にくくりつけられ、斧の衝撃に体を跳ねさせるのみ。

うめき声が聞こえるのは、酸鼻な光景の生んだ幻。

孔明はそう断じた。

そうでなければ、やりきれなかった。

弟子である。

大事を任せた弟子が失敗した。罰しなくてはならなくなった。

それでも、可愛い弟子だったのである。

孔明は馬謖のために涙を流した。

だが今は——

孔明は迷う。

馬謖は斬れない。

斬っている。だが斬れない。

硬いのである。

今の馬謖は何なのか。孔明にはもうわからない。

斧が振り下ろされ、取り落とされた。

孔明はうなずき、兵士たちを呼び寄せた。

「ノコギリを」

とにかく斬る。馬謖の首を切る。なんとしてでも斬ってみせる。

涙は、既に乾いていた。

孔明はノコギリを用いたが、馬謖の首は斬れなかった。

歯が立たないのである。

乱麻を断つという快刀を求めた。

達人に助けを乞うた。

全て無駄であった。

人力を投じ、時間をかけ、あらゆる刃物を試した。その全てが失敗に終わった。駆り出された兵士たちは不満を漏らし、恐怖を語った。

「あんなに斬れないわけがない」

「あれは自然のものでない」

「あれは魔物だ」

「妖怪だ」

「丞相《じょうしょう》は妖物に魅入られた」

馬鹿馬鹿しい。

孔明は一笑に付した。

馬謖は弟子である。人間である。今は死んでいる。

そんな簡単なことがなぜわからぬ。

孔明は愚か者たちに見切りをつけた。

人には頼れぬ。

ならば。

他の手。

孔明は機械仕掛けを選んだ。

まずは動力。水車から羽根車と鎖で力を伝える仕組みを作り上げた。

そうして、次々と機械を考案していった。

投石機を改造し、石の重みで刃を持ち上げ、落とす機械。

鋼線の輪を、水力でもって引き絞る機械。

回転する万力。頭部と胴とを固定し、ねじ切る。

熱された金属が柔らかさを増すことを見てとり、赤熱した金属棒を押し当て、焼き切る仕組みを考案した。
酸でもって肉を焼くことを試した。
小便や糞にも漬け込んだ。
全ては、馬謖の首を落とさんがため。

全ての仕掛けは、威力を死刑囚で確認した。
いずれも、たやすく首を切断した。
馬謖の首以外は。

孔明はついにヤケを起こした。
馬謖を埋めた。
忘れるためではない。埋葬でもない。
腐らせ、骨にするためである。
肉を腐らせ骨を断つ。
卑怯な裏技。
そんな思いを、孔明は押し殺した。

半年待った。

掘り出した。
馬謖はそのままだった。
腐ってさえいなかった。
湿った土が、どぼどぼと臭った。
馬謖は切れなかった。まるで、孔明をあざ笑うかのように。
冷えていた頭が、また徐々に熱を持った。
「何か方法があるはずだ」
孔明は意気込んだ。
体に力がみなぎっていた。
半年の休暇が効いていた。
勢いのままに馬謖を踏んだ。
足のマメが潰れた。
痛みのあまり、涙がこぼれた。
すると――馬謖の横から馬謖が生えた。
まるで雨後の筍《たけのこ》のように馬謖がつぎつぎと生えだしてきた。
孔明はあっけにとられ――
笑った。
庭の雑草。

また馬謖を伐《き》る理由ができた。

孔明は腕まくりして馬謖を伐ったが、なかなか伐れなかった。

草刈りは案外大変なのである。

まして、相手は。

馬謖。

早朝。

汗をダラダラ流して、孔明は一生懸命馬謖を伐った。

馬謖はすくすく伸びてすぐに林をなした。

斧を馬謖の根本に叩きつけ、鋤《すき》で馬謖の根を掘り返す。

馬謖は地下でつながっていた。

まるきり、竹。

生い茂る、竹。

馬謖。

疲れ果て、馬謖の根本に腰を下ろす。

孔明は頭上を見上げた。

涼しい風が吹き渡り、生い茂る馬謖が優しく影を落とした。

「もうひと頑張りするかあ」

孔明は汗を拭き、伸びをした。

「今日中に伐ってしまわないと、面倒だからなあ」

馬謖がさわさわ揺れた。

「ってなにがだ!! なんなんだお前は！」

孔明は馬謖を蹴った。

足首を、痛めた。


孔明はキレた。馬謖は斬れなかった。

怒りを持て余すうちに、孔明は空腹に気づいた。

気分転換に料理をしよう。

材料は——

無論。

馬謖。


馬謖の皮を剝《む》いて水に晒《さら》しましょう。

アクが抜けたら引き上げて、細かく刻みます。

油通しをしたら、刻んだネギや野菜とともに強火で炒めましょう。

豆板醬《とうばんじゃん》をからめて、辛口の肉餡に仕上げます。

餡ができたら次は皮。

小麦粉をこねて、粉を打って、広げて畳んで延ばして、小分けにしましょう。

円盤状にして、先の肉餡を包みます。

皮は厚めが美味。そう、饅頭《まんとう》です。

河伯《かはく》へ捧げる生贄《いけにえ》の代わりとして、孔明が工夫したものが饅頭の始まりという説もあります。

ふっくらあつあつ、蒸しあがったらハイ出来上が――

「切れぬ！」

孔明は包丁を投げ捨てた。馬謖が刻めなかったのである。

料理って、難しいですよね。

孔明は空腹を抱えて眠りについた。

「チー」

孔明は鳴いて馬謖を切った。

「ロン」

下家《シモチャ》が牌を倒した。

「馬謖のみ。十兆点」

「な、何ィー!?」

孔明は怒りに満ちて卓を蹴倒した。雀牌が滝のように流れ落ちた。

「馬謖などという牌はないッ」

「雑草という草がないように、か?」

だん、と馬謖が足を踏み鳴らした。

雀牌が飛び上がった。牌は浮かび、馬謖の周りにたゆたって、空を行く渡り鳥のように宙を泳いだ。

何の前触れもなく、馬謖の体が崩れた。

馬謖は雀牌であった。

しかも、全てが溶けて、つながっていた。

孔明は色を失った。

「馬謖という牌がある。そんな可能性もあるんだ。有限の粒子が無限の宇宙に広がるならば」

パッチワーク宇宙論さ——

馬謖の声だけが虚ろに響いた。

目覚めた。

悪い、夢を見ていた。

夜半であった。
空腹に耐えかね、孔明は厨房へ迷い込んだ。
冷めた鍋を覗き込む。
あくびを漏らした。
その時、涙がこぼれて鍋に落ちたが、孔明は気づかなかった。
中から馬謖を引き上げ、すする。
馬謖はくにゅくにゅと口の中で歪んだ。
前歯で噛んでつい、と引くと、馬謖は糸をひくように柔らかく伸びた。
切れなかった。
でも、伸びた。
「水に晒すと良かったのかあ」
孔明はくつくつ笑い、馬謖を吐き捨てて、そのまま眠った。
重大な発見を成し遂げたことに気づいたのは翌朝である。
馬謖、加工可能。
饅頭の皮同然に、可塑《かそ》。
ご家庭にある道具でも本格的な馬謖がこんな簡単に。
「切れぬ！」

それはそれとして、孔明は腹を下した。

「決して鯨飲馬食のせいではありませんな。馬謖以外もお召し上がりになったほうがよろしいでしょう。それも、規則的に」

医者はそう言って、孔明の奇矯《ききょう》な振る舞いに釘を刺そうとした。

その時、孔明の頭に理解が兆《きざ》した／閃いた。

馬謖／腹／破壊。

原因＝馬謖。

原因、馬謖。

孔明は馬謖を叩き、曲げ、伸ばし、延ばすことはできるようになったが、切断することはできなかった。

馬謖は馬謖。饅頭の皮ではなかったのである。

一度可塑性を獲得した馬謖は、急に素直な素材になった。

熱を加え、あるいは酸で表面を処理すると、延ばした馬謖は形を保って固まった。

馬謖は衝撃を受け止め、逃し、あるいは真っ向から耐える。

糸のように細く伸ばし、そこに斧を叩きつけても切れなかった。

とにかく切れなかった。

攻めあぐねた。

これほど硬かったのなら、馬謖は兵士にしておけばよかった。

日夜の研究と実験で倦《う》んだ心が、想像の世界にふらり遊んだ。

斬れない馬謖が、素っ裸のまま敵陣に突っ込む。

馬謖は無敵なのだ。

山頂への布陣など、何ほどのことやあろうか。

矢も効かず、刀槍《とうそう》も通さず、鎧《よろい》のようなその体は百人の兵士に匹敵する戦力――。

鎧。

ふと、考えが閃いた。

馬謖で鎧う。

孔明は南蛮征伐のことを思い出していた。

あの時、南蛮人は籐甲兵《とうこうへい》を繰り出して蜀《しょく》を苦しめた。

矢を通さず、刀槍を弾く恐るべき鎧。

幸い、火には弱かった。

人は火を当てると死ぬ。

だが馬謖は火にも強い。

金属のように赤熱してなお不動。

切れず、穴も開かない。

無敵――。

孔明は目を輝かせた。

使いみちが見つかった。

馬謖は、だが、鎧には向かない。

薄く延ばして固めても、穴が開けられない。

纏《まと》うのは難しい。

だがここで孔明は気がついた。

穴なら開いている。

人体を貫く一本の長い筒。

口から尻の穴までに至る消化管。

筒状に成形し、然る後、腕の部分を伸ばせば良い。

腕は一体型の手袋として運用すれば良い。

馬謖は斬れない。しかし、着れるのである。

孔明は位相幾何学を知らない。

このときは、まだ。

だが、人体の種数《しゅすう》、すなわち穴の数が一であることには気づいていた。

潰して伸ばせば、人体は円環体《トーラス》に同じ。

コーヒーカップにも、同じ。
脱いで馬謖を着る。
発想の転換であった。

軍議の場に、孔明は馬謖を纏って現れた。
声も高く議論していた武将たちは、ひと目見て言葉をなくした。
薄く薄く引き延ばされた、馬謖。
立ち上る臭いは、腐肉と、鉄。
鼻を殴りつけ、人をたじろがせるような、臭気。
「しょきゃああああああああ」
孔明は叫んだ。
その一声で、議は尽きた。
けだし、圧倒的な説得力であった。
五丈原《ごじょうげん》で、蜀軍と魏《ぎ》軍は相対した。
蜀軍の先頭に、馬謖で身を包んだ孔明の姿があった。
開戦。孔明は走り、敵の槍衾《やりぶすま》に正面から突っ込んだ。

孔明には確信があった。

そして、それは間違っていた。


孔明は泣いた。痛かったのである。

馬謖は切れなかった。夢の素材であった。

けれど、鎧には全く向いていなかった。

箔のように薄く延びた馬謖は衝撃を全く受け止めなかった。

全てそのまま、着用者の孔明に伝わった。

矢は刺さらなかった。刀も槍も通さなかった。

けれど、孔明の骨は折れた。

孔明の体は、余すところなく切れた。

馬謖は、肉でできた死体袋にすぎなかった。


異形の鎧を纏う孔明に、敵軍はたじろいだ。

だがそれも、孔明がもがき苦しみ始めるまでのことだった。

取り囲み、棒で打つ。

いつしか、味方のはずの蜀の兵も加わっていた。

「軍師はひっこんでろ」

「お前の策で右往左往させられるんだ」
「一兵卒の力、思い知れ」
「泣き虫、弱虫」
「あと素朴に気持ち悪い」
「臭い」

臭い。
孔明は唸《うな》り、泣いた。
それ一番言っちゃいかんやつやろ。
どうしてそんなこと言うの。
まじショックやわ。

孔明はもがき、一矢報いんとあがいた。しかし、多勢に無勢だった。
戦況、いまや孔明VS全軍。
勝ち目などなかった。
全身を苛《さいな》む痛み。痛み、そしてついでに心の痛み。
孔明のまぶたに、走馬《そうま》灯《とう》が回り始めた。

走馬灯。

馬。

馬かあ。

「馬謖……」

孔明はうめき、目を閉じた。

その体に、何十もの槍が、刀が、悪意が突き刺さった。

あるいは、それがきっかけであったのかもしれない。

全然、関係なかったのかもしれない。

とにかく、馬謖が動いた。

尻の穴から馬謖が侵入した。

大腸を、小腸を、十二指腸を、胃を、気管を、馬謖が遡った。

孔明は馬謖に満たされた。

むせた。

むせながら気がついた。

人体には消化管の他に、もう一つ穴がある。

いや、二つ。

鼻。

鼻腔を馬謖に満たされ、孔明は悶絶した。

だが、理解はそこで終わらなかった。

耳も、喉につながっていた。

だから、穴はさらに二つ。

人体、結構、穴だらけ。

ふしぎ。


All 孔明 need is kill.

Night and 馬謖 would kill.

ないて　ばしょく　を　きる。

would の d はあまり強く発音しないのがポイントです。

はい、じゃあ仲達《ちゅうたつ》くん訳してください。

「意味ねーよ、こんなの。どういう文章なんだよ。ナンセンス」

そうですね。

しかし反逆的な態度は授業の妨げになります。グラウンドを走ってきなさい。

「何周っすか」

馬謖が斬れるまで。

「はあ？　無理だろそんなの――は、なんだ、何なんだお前ら！　止めろ！　俺を誰だと思ってる！　放せ、はなせ！」

連れて行け。

さて、みなさんもわかりましたね。師せる孔明は仲達を走らせる事ができるのです。

そう、なんなら死ぬまで。

お前らも例外ではない。

けして忘れるな。

盗んだ馬謖で走り出す。

Repeat after me.

馬謖が爆発した。

孔明を取り囲んでいた兵士たちはほとばしる馬謖に頭蓋を砕かれ、鎧を打ち抜かれ、絡みつく肉の腕に全身の骨をへし折られて息絶えた。

拡大を続ける肉の波＝馬謖は五丈原を満たし、生物といわず無生物といわず飲み込んだ。

逃げる仲達は馬謖の波に飲まれて轢《ひ》き潰された。

だがそれでは終わらない。

馬謖は孔明を取り囲み、押し潰し、心臓のようにおのが中心に据《す》えた。

そうして、思うさま孔明に涙を流させた。

そうして、人類を続々と吸収した。

尻の穴から入り、口と鼻と耳から抜けた。

人。

馬謖。

一なる。

体。

すなわち——

人馬一体。

人類の新たな地平が、五丈原に拓かれた。

人類は無力であった。

馬謖は人を襲い、取り込み、そのネットワークを広げた。

放射状に広がる馬謖は、神経回路のように情報を伝達した。

血管のように物質を輸送した。

筋繊維のように張り、力を伝えた。

馬謖は中原《ちゅうげん》を制し、ユーラシアを制し、ヨーロッパへ、太平洋へ、無節操に広がった。

けして切れなかった。

誰も退けることはできなかった。

馬謖は全てを飲み込み、一体化した。

人類の歴史は終わり、ポストヒューマンとしての馬謖文明が勃興した。

全ての生命は馬謖に包まれて生まれ、馬謖の中で生き、馬謖の中で死んだ。

アレキサンダー大王はゴルディアスの結んだ馬謖の結び目を解き、世界の支配者たらんとしたが、馬謖はアレキサンダー大王の剣を受け付けなかった。

ローマ帝国は押し寄せる馬謖を退けることができずに滅びた。

ポアンカレは単連結な三次元閉多様体は三次元球面S^3に同相であると予想したが、証明を与えることはできなかった。

タコマナローズ橋は吊り橋であり、強風を受けてカオス的振動を起こした。だがワイヤー部分は馬謖を用いていたため、崩壊は免れた。

導電性の高い馬謖を利用した通信ケーブルはまず大西洋を、ついで太平洋を横断した。

ナチスの絶滅収容所は幾多の馬謖を飲み込んだが、その全員が無傷で出てきた。

インター馬謖。

馬謖は月へ、火星へ達した。

馬謖は、切れなかった。

その中心に、孔明があった。

孔明は生きていた。

生かされていた。

切っても斬れぬ、それは千年の腐れ縁であった。


「気分はどうだ、ええ？」

幾人もの馬謖が、孔明の周りを取り囲んでいた。

夢の世界であった。

孔明の意識は明瞭であった。千年もの間、馬謖の中で生き続けていた。

千年ものあいだ、苛まれていた。

苛まれながら、悩み続けていた。

「馬謖」

「なんだ」

「なぜ、切れん？」

「切れてるさ」

ずーっと切れっぱなしなのさ。

馬謖の声は幾重にも重なっていた。馬謖はたくさんいた。

「どこかの世界で俺はあんたに斬られる。だが、それで終わりじゃない。並行世界が無限に広がっている。言ったろう、パッチワーク宇宙論だと。馬謖は宇宙そのものだ。有限の粒子からなる宇宙が無限の空間に広がっているなら、どこかで全く同じ状態が生まれるしかない。俺はそんな状態の一つだ。あんたが斬ろうにも斬れなかった馬謖全ての集合体だ」

わからなかった。

孔明には何もわからなかった。

なんか、それっぽいこと言ってるだけじゃね？

馬謖くんってさ、そういうところあるよね。

秀才ぶってたくさん言葉を並べるけど、聞きかじっただけで理解してないから応用できない。ちゃんと使えない。

だから山頂に布陣しちゃうんだよ。

すると馬謖が、キレた。

泣きながら、キレた。

「そうだよそんなことはわかってんだよ俺だってよぉ！」

無数の馬謖が孔明に殺到した。全ての馬謖の目が血走っていた。馬謖たちの手が、足が、粘膜が、孔明をもみくちゃにした。

「学がねえからさあ、それっぽいこと言いたくたって言えねえんすよ！　俺だっていまは格好つけたかったっすよ！　でもしょうがないじゃないすか！　切れないことだけが取り柄なんだからさあ！　俺こんな仕事しかできないんすよ！」

「馬謖……」

「いいっすよねえ孔明さんは。泣いて馬謖を斬ってりゃ仕事になるんですからさあ」

「そんなこと、ないよ……」

「給料だって俺より高いじゃないすか。空調の効いた部屋でふんぞり返って。やっぱ『大学』読んでるからっすか。俺みたいな馬謖は一生懸命働いたってハイご苦労さまで首斬られるんすか。あんたらの気分次第で」

「馬謖は、馬謖はそんなこと言わない」

「言うさ。どうして言わないと思った？　ええ？」

「だって馬謖は……」

「お前に何がわかるんだよ。今の俺がどうなってるかもわからないくせに」

確かに、わからなかった。

孔明は愕然《がくぜん》とした。

「わたし、馬謖のことなんにも知らない……」

想いが回ると書いて回想といいます。

「馬謖、山には布陣するなよ」

「了解！　布陣！」

「あっこらダメだって。山頂に布陣したらダメなんだって」

「了解！　布陣！」

「あーもー、何度言えばわかるの！　もう、馬謖なんか知らない！」

「布陣！」


「わからない……わたし、馬謖のことわかんないよ！」

「うるせえ、馬鹿野郎！」


並行世界の全ての馬謖が唱和した。

馬謖が切れても、他の馬謖が補っている。

馬謖の重ね合わせ。

この現象は馬謖に光子を当てて散乱を見ることにより観察できる。

ほんとかな？

やってみなけりゃわからない、大馬謖実験で！

馬謖の怒りに揺さぶられて、孔明の骨という骨が揺れた。

苦痛の波が絶えず打ち寄せる浜辺で、孔明の意識は貝を探していた。

砂を掘る。その砂一粒一粒に宇宙が宿っている。

どの宇宙にも馬謖がいる。

どの宇宙にも孔明がいる。

どの宇宙でも、孔明は馬謖を斬りたがっていた。

いつしか、孔明は馬謖を斬らないですむ宇宙を探していた。

浜辺の砂を全てよりわけ、孔明は馬謖と共存可能な宇宙を求めた。

手が痛くなった。

でも、馬謖はもっと痛いんだよと自分に言い聞かせた。なんせ首斬られてんだから。そりゃ痛いよ。首ザバァ斬られてるんだよ。こんなの、全然大したことない。

馬謖はもっと痛いんだよ。

そうして、気がついた。

ここがそうだったんだ。

馬謖を斬れない宇宙、ここだったんだ。

同時に、理解した。

一番馬謖が苦しい宇宙、ここだったんだ。

流れよわが涙、と孔明は言った。

馬謖。

痛かったんだね。

辛かったんだね。


「そういうときは」

泣いていいんだよ。

古池や　蛙飛び込む　水の音（松尾馬謖）

水面にカエルが飛び込むときのように、孔明の涙は波紋を起こした。


孔明は泣いた。

涙腺が壊れるまで泣いた。

血の涙を流すまで泣いた。

声を絞り出して啼《な》いた。

馬謖のことを思って、哭《な》いた。

その辺の鳥も、カバも、尻から頭が生えているヤギも、生きとし生けるもの全てみなタイミングを合わせて鳴いた。

「You 馬謖！」

You は Shock.

孔明は叫び、馬謖の秘孔を突いた。

孔明は馬謖の中にいた。

辺り一面、弱点であった。

こちらがわのどこからでも切れる馬謖であった。

「ありがとう」

馬謖が

切れた。

孔明は目を覚ました。

馬謖がいた。

白昼夢。

邯鄲《かんたん》の、夢。

馬謖がいた。

馬　謖になっていた。
斬れた。

その手応えに、孔明は涙を流した。
順番が逆だった。
泣いたから斬れたんじゃない。
これは斬れたから泣いているんだ。
これがまともな世界なんだ。
因果関係が存在しているんだ。

孔明はうろたえる首切り役人を下がらせた。
そうして、思うさま涙を流した。
この涙は、馬謖のものだ。
孔明は初めて馬謖を悼み、声もなく涙を流した。
いつまでも、いつまでも。

環刑錮

酉島伝法

遠未来の異形の生態系を書くＳＦは数あれど、第2回創元ＳＦ短編賞受賞作「皆勤の徒」は異様さにおいて世界クラスの作品だった。ルビを駆使した膨大な造語を用いて語られる異形生命版『蟹工船』。幻想小説めいた手触りだが、実は大量のＳＦガジェットを投入した『ディアスポラ』ばりの堅牢な未来史を背後に隠した作品であり、歯が立たなかったという読者は、『皆勤の徒』巻末の解説や、電子書籍『隔世遺傳『皆勤の徒』設定資料集』をガイドに再度トライしてもらいたい。

同じ未来史上に位置する中篇三作と断章を加えた初作品集『皆勤の徒』（創元ＳＦ文庫、二〇一三年刊）は、ベストＳＦ２０１３で第一位となり、第34回日本ＳＦ大賞を受賞。一五年には〈本の雑誌が選ぶ21世紀のＳＦベスト１００〉で第一位を獲得。異形のキャラたちも人気を博し、ＬＩＮＥスタンプまで発売された。また、翻訳不可能と言われながら、〝Sisyphean〟のタイトルで英訳（ダニエル・ハドルストン訳）され、米最大手書店バーンズ＆ノーブル公式サイトが選ぶ二〇一八年ベストＳＦ＆ファンタジーの一冊に選ばれるなど、海外でも評価された。

二〇一九年刊の初長篇『宿借りの星』（創元日本ＳＦ叢書）は、前作同様に夥しい造語を駆使した異形の世界を描きつつ、人類滅亡後の世界を昆虫めいた形態の主人公が流浪する大作ロードムービーで（作者によれば次郎長三国志×ムーミン）、ベストＳＦ２０１９の第二位を獲得した。「環刑錮」の初出はＳＦマガジン二〇一四年四月号。刑罰によって環形動物に変えられた罪人の奇怪な脱出劇。ＳＦマガジン読者賞国内部門第一位を獲得。『短篇ベストコレクション　現代の小説２０１５』（徳間文庫）や『年刊日本ＳＦ傑作選　折り紙衛星の伝説』にも再録された。

西島伝法（とりしま・でんぽう）は一九七〇年大阪府生まれ。イラストレーターでもあり、『皆勤の徒』『宿借りの星』にも挿絵を執筆。ＳＦマガジン二〇一六年四月号から、絵物語《幻視百景》を連載中。雑誌等への寄稿も多く、本書の収録候補にも上がった、疑似科学の支配する日本を描く連作「三十八度通り」（〈群像〉二〇一五年四月号）、「千羽びらき」（〈小説すばる〉二〇一七年九月号）、「猫の舌と宇宙耳」（〈小説すばる〉二〇二〇年一月号）も書籍化が待たれる。（伴名）

1

土中を掘り進んでいたはずが、過ぎ去った日々に戻っている。底なしに堆積したこの土壌こそが記憶なのではないか。だからこれほどまで穢《けが》れているのではないか。ここでは誰もがそう疑っていた。

目の前に、背筋の伸びた痩せた体つきの男が立っていた。広い額の下で細めた目を赳志《たけし》の顎のあたりに据え、口元に深い皺を刻んでいる。父親だった。撫で肩からたよりなくぶらさがった、不釣合いに長い両腕がかすかに揺れている。片袖が大きくめくれ上がっており、肘まで覗いた前腕の異様な細さに、薄い皮膚に浮き出た血管がやけに太く見える。

赳志の咽喉《のど》が、砂利で削がれるように痛む。大声を張り上げているからだ。

だがその言葉は、陪審員たちのざわめきでかき消されてしまう。いまとなっては何を言ったのかも思い出せない。それほど多くの諍《いさか》いを、この男と繰り返してきたのだ。

「憶えて……いられないほど……幾度も、諍いを繰り返しました」特徴のない声が耳の奥にこもる。井辻という名の若者の声だったが、その抑揚は赳志のものだ。「その度に……肉腫のようなものが生じて、得体のしれない、ひとつながりの捻くれた腫塊《しゅかい》に……育っていきました。その塊に内側から衝き動かされて……いたかのようでした」

酔いに鈍った頭で朧気な古い記憶を辿っているといった感じだった。立ち会った母によると、井辻の閉ざされた瞼《まぶた》には、大きな瞳が浅浮き彫りになり、左右に痙攣《けいれん》していたという。

「いったい、なんの話だ。それは比喩なのか。憎しみのことなのか」

男のかさついた声、検察官のひとりだろう。

この対話は、公判で聞かされた被疑者の深層聴取、いわゆるイド掘りの記録の記憶だ。つい四年前までは、井辻のように脳神経網の過剰分岐した己媒者《こばいしゃ》を、被疑者に思紋《しもん》同調させる口寄せが行われていた。後に本来の人格に戻れなくなる思紋膠着《焼きつき》が問題化したため、いまでは模擬脳の自律格がその役割を引き継いでいるという。

「無理にでも、言葉で表すのなら……そうですね、憎しみ……が近いでしょうか」

目と耳がそれぞれ別の情景に開かれている。聞こえてくるのは井辻の声だが、眼前では寝間着姿の父親が苦々しげに口を動かし、すぐに引き結んだ。口数が少なく、たいていは一言呟《つぶや》くだけだったが、そのたった数音節が無秩序に繁茂し、内なる腫塊の餌となる。

「いつも君は荒々しい言葉で一方的に洲本《すもと》——正赳《まさたけ》氏を非難していたようだが」

「端《はた》からは、そうとしか見えなかったかもしれませんね。でも、ええ、違いますよ」

そうだ、違う——赳志は井辻の、つまり自らの言葉にうなずく。憎しみの腫塊を育てたのは、父の呟きに他ならなかったからだ。

「そもそも、何が発端でそれほどまで父親を憎むようになったんだ」

「とりたてて……特別な出来事は……思い当たりません」

飲み干した紅茶の底に残された薄切りレモンが脈絡なく目に浮かぶ。ほぐれた果肉が、外れた種を包んで膨らんでいる。かと思うと、頭の長い甲虫の絵を眺めている。色鉛筆の芯をノートに擦りつける音。小学校の低学年の頃だ。好きな昆虫を描く宿題で、私はバイオリン虫を選んだ。焦茶の色鉛筆で、縦に割った林檎に似た大きな翅を塗り足していると、父がノートを取り上げてその頁を破り捨てた。対になる頁が外れ、ノートの端の綴じ糸にぶら下がる。父は憤りに顫《ふる》えた大声で言い放った。

ありもしないものを描くんじゃない。

赳志は歯噛みして、父のだぶついた長袖が水草のように揺れるのを見つめていた。

「申し合わせでもしているんじゃないのか。誰もが君と同じようなことを言う。何かきっかけはなかったのか。こう、殴られるといったような」

「いえ、父は決して、手をあげませんでした」

赳志も同時に言う。検察官が気の抜けた溜息を漏らす。

殴られたこともなければ、撫でられたこともなかった。抱かれたことも、背負われたことも、手を握ってもらったことすらなかった。だが男親なら普通のことなのだろう。

「誰もが、いつの間にか……憎むようになるものでしょう、親というものを」

「そうだな。誰もが親を憎むようになる。尊属殺人罪が再び設けられても、環刑錮《かんけいこ》が実用化されても、なお親殺しは増え続けている。せっかく大戦を生き延びた世代だというのに、なあ。やりきれんよ」

　検察官が疲弊したように言い、長々と息を吸い込む。

「世間じゃ、腹を痛めて産まないからだとか、教育の問題だとか、エディプス複合だとか、好き勝手なことを言ってるが、君の場合は一括《ひとくく》りにできん。決定的になったのは、洲本氏が環刑錮の実用化研究に主要研究員として関わったからだな。そうなんだろう。君は学生で、終身刑囚の錮化《こか》の反対運動に参加していた」

「憤りがありましたから。でも、知り合いに誘われて、しばらく活動につきあっただけでやめたんです」

「それはどうして」

「彼らが代案として唱えていた思紋の浄化に、うなずけなかったからです」

　何が浄化だ。赳志は苦々しく思い出す。それは、個人の神経回路網の総体へ物理的に手を加え、別人に矯正することでしかなかった。だが錮化と浄化の道以外は袋小路だった。刑務所は収容限界を遙か昔に超え、凶悪犯でさえ数年で釈放される状態が、先行きの見えないまま続いていた。まるで誰も彼もが、刑務所に庇護されたがっているかのようだった。

「もちろん父とは言い争いになりました。彼の言うことはなんだって気に入りませんでしたが、まさか自ら進んで開発に携わるなんて」

「正赳氏が元々いたのは、再生医療研究センターだったな。黴寇《ばいこう》の際には貢献した施設だったそうだが」

　赳志の生まれるずっと前、今から四十年ほど前の出来事だ。国土は黴寇と呼ばれる微視的な侵攻を受けたとされ、大勢の人々が多岐にわたる症状に悩まされたという。戦時状況は、敵国も定まらないまま七年続いた。幼い赳志にその話をしたのは、ときおり家を訪れる、白い頬髭の印象的な老人だった。それが再生医療研究センターの設立者で、父の恩師の坂部教授だということは、亡くなったときに知った。

「父がセンターに入った頃には、黴寇による症状かどうかを篩《ふる》い分ける研究が中心だったようです」

「何から何まで黴寇のせいだと言われていたからな。皮肉なものだ。再生医療研究センターでは、司法省からの依頼で、親殺しとの関連性を調査していたそうだ。正赳氏もその可能性を疑っていたらしい」

「それは……知りませんでした」

「センターからは、正赳氏含め三人が、国土再生省に所属する研究所に移った。他のふたりの研究員によると、環刑錮への危惧から開発に加わったそうだが」

「それで何ができたというのでしょう」

　どうしてあんなものに関わるのだと詰め寄ったとき、父は目を逸らし、逃げきったはずのものに追いつかれたからだ、と呟いた。その言葉もまた無秩序に繁茂する。

徽寇が原因とされる症状のうち、最も明白かつ重度だったのは、四肢の萎凋《いちょう》だ。その治療のために発展した四肢の再生技術が、四肢のない環刑錮の基盤となったことを指していたのだろうか。

「相応の動機を持ち、明白な行動を取りながら、君はこの件を否認した。わざわざ夜中に起きだして、父親の寝室に入ったというのに、遺体を発見しただけだと」

「いや、ええ、わたしは……」

「君は累単識《るいたんし》の全ての識層《しきそう》から抜けていた。だから録《ログ》は残っていない」

「普段から必要なときしか羽織《はお》らなかったことはご存知でしょう。特に夜はなにも纏《まと》いたくないんです。そういう人は少なくありません」

「ああ、少なくない。だが裳漿《もしょう》を持つ外部の人間が、認証なく他人の家に忍び込むことは不可能だ」

「だから、どうだというのです」

「あの夜、二階の自室で目を醒ました君は、足音をひそめて一階に降り、キッチンに入った」

「あの夜——そう、キッチンで……なぜかひどく喉が渇いたのです」赳志が取調べで触れなかったことを、井辻が詳《つまび》らかにしはじめる。「ですがわたしが手に取ったのは、握りしめたのは」

違うそれは——赳志は訴えようと大きく口を開けたが、土塊《つちくれ》を喉の奥まで押し込まれたように声が出ない。

　父の顔に戸惑いが浮かんだ、と思うと、またたく間に老いて萎びたような苦悶の表情に――いや、これは遺体を目にした時の類推が、それまでの妄念に絡みついて――赳志は右腕に筋肉の強張りを、拳の先に熱い手応えを感じて、背筋を引き攣《つ》らせる。恐るおそる視線を手に向ける。赤く濡れた果物ナイフを握りしめている。意に反して拳を突き出し、何度となく父親の胸や腹を刺し貫く――違うんだ――父の胸板で赤黒い染みが広がっていく――違う――ナイフを刺す音が粘着質になり、手が血まみれになってぬめる。強く握りなおして鳩尾《みぞおち》を深く刺す。勢いづいたまま肘まで埋まる。焦って引き抜こうとするが、そのままざりざりと頭から父の中へ引きずり込まれていく。

　何も見えない。立っているのか伏せているのかすら判らない。手探りしていた指先から手首から両腕の感覚が霧散していく一方で、腿から膝から両脚が癒着しはじめ思うように動けなくなる。激しく身悶えする度に歯がぐらつきまばらに抜け落ちていく。あがけばあがくほど全方位から絶対的な重みが押し寄せてきて五体がなんのでっぱりもない葉巻形をした筒状の肉体へ、自らを自らに収監する環刑錮へと圧し固められる。

　直径三十糎《センチメートル》、長さ一米《メートル》半ほどある環形動物めいた全身を、小刻みに震わせながら波打たせる。生きたまま埋葬されるような怖気《おぞけ》に襲われ、窒息の苦しみに喘いでいるうち、宍《しし》色をした体の前後にかけて走る縞状の細溝の中で、気門の数々がひとりでに呼吸していることに気づく。皮膚呼吸もなされているというが、実感はなく、息苦しさにつきまとわれ続ける。

体じゅうを血液と諦念が巡っていた。

赳志はずっと、この乾いた土壌の中で腹這いになって埋もれていた。

なぜだかまだ音が続いている。父を刺す音の反復――いや、ばらつきがある……上からだと気づいて、赳志は自らの魯鈍《ろどん》さに呆れる。いつも飽きるほど聞いている音だった。

脳裏の暗い虚空に、霙《みぞれ》じみた仄《ほの》明るい光が散らばり、うっすらと滲《にじ》み広がって、幾枚もの磨《すり》硝子を透かしたような、全周囲の情景を表す氣配《けはい》となる。密度の異なる地層の連なり、四方八方を巡る穴道《あなみち》、方々に鏤《ちりば》められた大小の岩々――三米ほど上には茫《ぼう》とした荒地が広がり、背丈のちぐはぐなふたりの看守が歩いている。聞こえていたのはその足音だ。

看守の姿を追おうとして、つい眼球を上に動かしてしまう。すぼまった前端部《あたま》の左右に、水饅頭の餡《あん》のごとく埋まる眼球は、ある団体が法的に勝ち取ったことで残されたという。だが土中の闇では何が見えるわけでもない。朧気ながら地勢を把握できるのは、脳の前にある甜瓜器《めみみ》官が、それと知らずに非可聴域の音波を発しているためだ。この器官は、己媒者の脳に生じる特異な肉腫の構造を再現したものだという。

赳志は眼球の奥に異物感を覚え、大きくぐるりと動かした。

情景の氣配がかき消え、重い暗闇が押し寄せる。分厚い眼膜に擦れる感触ばかりが際立つ。

「にいに、遊んで」

唐突に幼い妹の姿が思い浮かぶ。「にいに」と両手を広げて駆けてこようとして、紗代《さよ》、じっとなさい、と母に後ろから白い手袋をした手で肩をつかまれる。おびただしい発疹《ほっしん》に覆われた肌に、塗り薬のあとが薄《う》っすらと残っている。

〝……だらけのウミウシみたいな犬を飼ってる近所の家……親殺しがあったんです……そこのお祖父さんに、ここの待遇はどうなんだって聞かれまして〟

看守の声で、土中のざらついた闇に引き戻される。

〝俺、長いことこの仕事してるが、今頃になって気づいたことがあるんだ〟

〝なんです〟

〝ここって地中の牢獄だろ？　文字通りの地獄だよな〟

つまらなかったのか、繰り返し聞かされ倦《う》んでいるのか、相手の看守は黙したままだった。会話を二単《ふたえ》上に移しただけなのかもしれない。

だしぬけに地面を打つ音が小気味よく響く。連中が捩倫棒《ねじりんぼう》と呼ぶ、瞬時に伸長する鋭い鋼の刑棒。体に捩じ込まれる前に、動きだした方が良さそうだった。

赳志は、体表をまばらに覆う針毛《トゲ》を起き上がらせると、全身をなす環状筋の並びを順繰りに膨縮させ、その蠕動《ぜんどう》によって土壌の中を水平方向に進みだした。土砂降りの雹《ひょう》に打たれるような痛みに晒される。外皮から分泌する粘液で粗密な土を湿らせて押しのけつつ、前端の中心で喇叭《らっぱ》状に窪む円口《えんこう》から、複合汚染された土塊を絶え間なく呑み込んでいく。口腔の粘膜にめり込む硬い小石の数々に、抜け落ちていった歯を想う。ぐらつく歯や歯茎の穴をしきりに弄《まさぐ》っていた舌も萎縮していまは跡形もない。

土塊は、口腔内の肉圧だけで細かく砕かれ、消化器官で三千種を超える微生物にまみれた後、後端の肛門から団粒状の糞となって絞り出されていく。体の芯を絶え間なく貫く荒々しい異物感を堪《こら》え続けても、飢餓感が癒えることはない。土壌生物は殆《ほとん》ど含まれていないのだ。

他の環刑囚が残した穴道を貫いたとき、赳志は後端近い環状筋に、突っ張ったような違和感を覚えた。体内に蓄積した土の汚染物質の濃縮塊、溜涎硬《りゅうぜんこう》が肥大しているのだ。気を取られながら土粒に擦られ続けるうちに、体の内外の肉体感覚が裏返しになり、進んでいるのか退いているのかも判らなくなって身動きができなくなる。

周囲から煮立つような蠕動音が響いてくる。それに共鳴するように全身を波打たせて環状筋をほぐし、感覚を元通りに慣らしてからまた動きだす。

赳志の斜め上に、真下に、左右に、前後に、それらの向こうに、そのまた向こうにも、環刑囚の氣配があった。

千三百人余りの環刑囚が、第六終身刑務所と呼ばれる複合汚染された土壌の中を蠕進《ぜんしん》していた。広さ千平方米、深さ四十米に及ぶ地下一帯が、舎房であり作業房だった。

第六終身刑務所は、こうやって環刑囚と共に随時移動し続けている。

ここには欲しい物を何でも用立ててくれる年季の入った囚人も、新入りを背後からかわいがる囚人も、隠し持ったガラス片でだしぬけに襲いかかってくる囚人もいない。

環刑囚は、互いに言葉を交わす術を持たないし、傷跡や染みといった目立った特徴のある者以外は見分けがつかない。誰ひとり他の囚人たちがどういった人間なのか、どんな罪を犯したのかを知らないのだ。

誰ともしれない誰もが、互いに交叉し、すれ違い、追い越し追い越されながら、ただひたすらに土中を掘り進むうちに、いつしか内なる地層へ、二本足で歩きまわっていた頃の記憶へ潜りはじめる——ある者は目の前で食事中の客が続々と倒れていく様子に心を震わせ、ある者は観覧車の高みから、静かな街並みに爆炎が立ち昇るのを見届け、ある者は子供の両腕を骨が砕けるほど強く摑んで腰を激しく動かし、ある者は父親の贅肉に隠れた首に自ら贈ったネクタイを巻きつけて縊《くび》り、ある者は背後から父親を何気なく線路に突き落とし、ある者は父親の腸《はらわた》の隙間に手を挿し入れて暖をとり、ある者は父親の血に染まった畳に横たわって風鈴の音に耳を澄ませ、ある者は眠りについた父親の頭を巨石で砕き割り、そして赳志は父親の胸に刃を突き立てる。

2

「——ブルーベリーの実が今年も少なくてねえ。ジャムができるほどはないから、ヨーグルトを食べるときに一粒添えるの、ちょうどよい酸味があってねそうそうグレープフルーツの話はしたかしらね、薄皮剝いて苦酸っぱいつぶつぶ食べるでしょう、種が残るでしょう、それを土に植えたら芽が出たの、やっと鬚もじゃノームのトンガリ帽子の先っぽを越えるほど育ったんだけど、ふと見れば台風で破れた傘みたいになっているじゃない、どうしてだと思う？　葉や茎とおんなじ色の青虫が食い荒らしてたの、で、手で剝がそうとしても、たくさんの手っていうの？　足っていうの？　で懸命に葉柄《はがら》にしがみついて、力を入れるとあんたがいつも面白がって服のドットボタンの並びを一気に外したような感じでぶちぶちと外れていくの、それがなんだか憐れで煉瓦《れんが》敷の上にそっと放してあげるんだけど、煉瓦といえばせっかく庭があるのに、地面にじかに植えられないのは残念よねえ、と近所の皆さんおっしゃるけど、できたとしてもわたしはやっぱり鉢に植えるでしょうね、わたし怖いのよね、根がどこまでも深く広く伸びて思いもよらない場所にまで張り巡らされていくのが、自分の手に負えなくなることがね――」

　母の話はいつだって長く、狂った方位磁針のように行きつ戻りつしては、唐突にぐるんと旋回したりする。いつ息継ぎをしているのかと心配になることさえある。

　被牽引車《トレーラー》内にある狭い面会室の中で、赳志は樹脂製の床材の冷たさを腹面に感じつつ、薄桃色に鈍く透ける眼膜越しに、若い容姿を保ったままの母を見上げていた。眼の位置のせいで、二重にだぶって見える。その若さもまた父の研究が遺したものだ。

　母は壁に向かって身繕《づくろ》いをするように立っていたかと思うと、頭の中の音楽に合わせるような歩調で椅子の周りを巡ったり、不意にパイプ椅子に腰掛けたりしながら喋り続ける。赳志に目を向けたのは、面会室に入ってきた時の一度きりだった。

　母は、父の殺害について赳志を責めたことはなかった。無実を信じていると言ったこともなかった。数ヶ月に一度面会にやってきては、いつもキッチンで料理をしながら話していた頃のように喋り続けるのだった。

「前にも言ったかしら、気に入って使っていた剪定《せんてい》バサミがどこにも見当たらないの。もうずっと探しているんだけど、ないの、どこにも。あんた知らないわよね。別のを買ってみたんだけど、手になじまなくて。バネの弾力にしろ切れ具合にしろ——」

赳志はばつが悪くなる。部屋で育てていたヘデラの蔓《つる》を切るのに使って、そのまま自分の道具箱に放り込んでしまったのだ。だが伝えようがないのだから仕方ない。

欠伸《あくび》でもするように、環状筋の列をゆるやかに波打たせて伸ばしきる。土の圧力に拘束されない場所で、思いのままに体を動かせるのは大きな喜びだったが、身体感覚の希薄さが心許なくもあった。

「——じゃない。ほら、あんた子供の頃にすごく怒ってたでしょ、父さんが僕の友達を大切にする、って。どういうことかと思ったら、あんた両のほっぺに綿詰めて、こめかみにセロハンテープ貼って目をつりあげて、いもしない友達のふりして家のチャイム鳴らしたんだ、って。そしたら父さんが出てきて、あんたをあんたの部屋に勝手に入れたばかりか、ジュースやケーキをご馳走して、楽しい話を聞かせてくれたって。普段と違ってとっても優しく親切で本当に腹が立ったって。そもそもどうしてそんなことしたの。わたしそのとき家にいなかったのが悔しくって、見てみたかったあほんとに」

そういえば、と赳志は口面《くちづら》をわずかに持ち上げる。誰かに砂粒の拡大写真を見せられ陶然《とうぜん》とした憶えがあるが、その時のことだったのだろうか。

「あんなに笑ってる顔を見るの久しぶりだったわよ。途中であんただと気づいて余計におかしかったみたい。父さんもね、子供の頃に同じ悪戯《いたずら》をしたことがあったんだって。忘れないよう何かに残しておきたいとか言ってたけど……あ、友達のふりで思い出した、近頃わたし己媒者《こばいしゃ》の人たちについて書かれた本を読んでいてね、元々は詐病者として扱われた人が多かったのねえ、そばにいる人の真似をするのは、反響症状じゃなくて、器質性の疾患で思紋同調？してしまうせいなんですって。いったいどんな感じなんでしょうね。もうイド掘りには使われてないそうだけど、あの井辻って人はいまはどこにいるのかしら――」

面会の終わりを告げる看守の声に気づかず母は話し続ける。

3

汗に湿った寝具の中で赳志は目覚める。掛け布団がひどく重い。瞼は開いているのに何も見えない。視線をたよりなく巡らせているうちに、茫漠とした暗闇が萎むように迫ってきて、馴染みのある自室になった。喉の粘膜が貼りつくほどに乾いていた。

天井がぼんやりと白い。同じようにこの天井を見上げていた存在に思い至り、全身に不快な蟻走《ぎそう》感が広がって息を凝らす。父は大学に入るまでの間、この部屋で寝起きしていたのだ。

　ベッドから板張りの床に素足をおろし、ゆっくり立ち上がると、血が通《かよ》っていないかのような足取りで歩きだす。灯りはつけず、片手の指先で聚楽《じゅらく》壁のざらつきをとらえながら廊下を進み、階段をわずかに軋《きし》ませて下りていく。寝息ひとつ聞こえない父の寝室横の廊下を通って台所に入る。水切りからグラスを手に取ったはずが、果物ナイフを握りしめていた。

「そして君は、正趙氏の寝室に入った」

　違う。その衝動に抗《あらが》いながらキッチンで佇《たたず》んでいただけだ。何度もそういうことがあった。

「趙志？　こんな時間になにを……」

　父の隣の部屋で眠る母が起きだしてきたこともある。寝巻きの襟《えり》が裏返っていた。

「まさか、あんたまで」

　いや、腹が減ったんだよ。

　ダイニングテーブルの果物籠《かご》から、紙風船に似た質感の青い林檎を手に取り、ナイフの刃を皺のよった皮にあてがって螺旋状に剝いていく。生白い多孔質の果肉が露《あら》わになる。よく身が詰まっている。

　誰もが喩えたがるでしょ、オイディプス神話ってのに。僕はあの話、大嫌いなんだ。父さんがああなるのは構わないけど、母さんと結ばれるなんてぞっとしないよ。

　母が息の音だけで困ったように笑う。その手にたくさんの荷物を提《さ》げた買い物帰りの姿と重なる。少し離れて立つ父は、いつも手ぶらだった。

流行りものだって嫌いだ。心配しているような事態にはならないよ。しかも果物ナイフなんていう陳腐な凶器で。

「判ってる。あんたは他の子たちとは違う。でも、ね、どうしてそんなに父さんを憎むの」

赳志は答えずに林檎を齧《かじ》る。水気はなく、発泡スチロールを思わせる強い歯ごたえがある。顎を力ませ咀嚼《そしゃく》すると、弾けるように砕け、乾いた土粒にばらけていく。果てしなくばらけて増えていく。喉を押し広げながら通っていく。

赳志はめくれかえるほどに口を開いて土中を蠕進《ぜんしん》していた。

逃れたい、ここから。この地中から、この肉筒から、この自分から。

涙が溢れそうなほどに昂《たか》ぶっていたが、環刑錮に涙腺はなく、もどかしい感情ばかりが目《め》頭《がしら》に溜まってごろごろとする。鼓動が速まることもない。左右に五対ある心臓は、全身と同じように蠕動するだけだ。錮化されるまでは、鼓動しないことが、これほど寄る辺ないものだとは思いもしなかった。

刺々《とげとげ》しい痛みに身を引き締め、外皮や粘膜の諸腺から粘液をさらに絞り出す。乾ききった砂礫《されき》の地層に入ったのだ。

硬く尖ったざらつきに体表を穿《ほじく》られるうち、暗闇の中に、幾つもの煌《きら》めきが浮かび上がってきた。貝殻や鉱物結晶を思わせる多彩な塊の数々が縦横に並んでいる。ひとつとして同じものがない。全体が傾いて光の帯が波状にすべり、大判の立体写真だと判る。

「なんだと思う」と父の声がする。

宝石？　貝殻？　と妙にくぐもった幼い声が答える。

「どれも小さな砂粒なんだ」

おじさんのうそつき、こんな大きいはずないよ。

砂粒だという結晶の塊が、身の丈を超えるほど巨大に感じられて赳志は我に返る。実際に、縦に長い巨石が一米ほど前方に埋まり、進路を阻んでいた。このあたりの地層には岩石が多い。

地表ではなぜか看守たちが走りまわっているようだった。

何があったのだろうと気になりながら、前半身を左に捻って迂回しかけたところで、壁に妨げられたように動けなくなった。だがそれらしい像を捉えることはできない。どうやら終身刑務所の房域《ぼういき》の果てに達したらしい。

刑務所の管制は、一人ひとり異なる脳の思紋《しもん》を称呼番号とし、無象鎖《むぞうさ》を繋いで、房域として設定した範囲内に受刑者を封じ込めている。自身の脳もまた牢獄なのだ。

一旦戻ろうと蠕退《ぜんたい》しだしたとき、左前方——房域の外に、環刑囚の氣配がした。ありえないことだった。

慌ただしい足音と共に、鈍くこもった声が降ってきた。

〝どうして無象鎖が切れたんだ〟

〝称呼番号の方が消えたのかもしれません〟

ふたりの看守だった。ほとんど真上まで来ている。

〝どこにいるんだ〟

〝判りません。いま、環刑囚八一九の甜瓜器官《めみみ》を介して状況を〟

八一九は赳志の略式番号だった。

〝これが三八八、でしょうか。おかしい、房域を越えています。動けないようです〟

〝落石で脳を潰されたのかもしれん。このあたりは砂礫が多く崩れやすいからな〟

〝ああ、昨日も落石で後端部を損傷したものが……なるほど、それで称呼番号の点呼をとれなくなったと〟

〝房域を十米拡大、この付近にいる環刑囚を集めて、三八八の回収作業にあたらせろ〟

赳志は口面《くちづら》を回して砂礫を押しのけ、左斜め下に向かって蠕動しだす。強いられた自覚のないまま環刑囚三八八の下方までくると、垂直に這い上がって動きをとめる。

厚く積もった雪をせわしなく踏みしめるような音と共に、右手や背後から他の環刑囚が続々と近づいてくる。

三八八の上にまわった者たちが、地表への進路を拓《ひら》きだした。攪拌《かくはん》される砂礫のざわめきが降ってくる。

赳志たちは三八八の腹面へ魚の群のごとく集まり、粘液に濡れた体を密着させはじめた。互いの針毛が肌に刺さる。その痛痒《いたがゆ》さに耐えつつ、ぐったりとして重みのある肉筒を押し上げていく。

赳志は強い畏敬の念に打たれていた。三八八は、わずかな時間とはいえ刑務所を脱したのだ。

地表に運びきったところで、射し込んできた鋭利な陽光に目が眩《くら》んだ。他の連中も身を竦《すく》ませている。

「こりゃあひでえな。脳が完全に潰されてる」

頭の芯がうずくほど、看守の声がはっきりと聞こえる。

「先生を呼びましょう。死亡検案書を書いてもらわないと」

「いやどうかな」

「でも、これはどう見ても……」

「脳が潰れたくらいじゃ、死なないってことだ。ショック状態から戻れば、いままでみたいに動きだすだろう。こいつら自前の脳の他に、神経節やら消化管の神経網やらに、叉任哨《さにんしょう》っていう制御系を宿してるもんで、それだけで下等生物としてまっとうに動きまわれるんだ」

「ああ、聞いたことがあります。当時そのことで、監査委員会が騒いでいたんですよ」

「どうだったか」

趄志は憶えていた。制御系に冗長性がありすぎるため、予算が無駄に費やされているという批判があったのだ。

「ともかく、三八八としては死んだということですよね」

「書類上はそうはならん。所長《おやじ》の方針でな。どのみち、穴掘って土食って糞してるだけだ。まあ点呼は取れなくなるから、タグでも射って、どこぞの不動施設に移されるかもしれんな」

「やはり事故なんでしょうか」

「こいつ、以前にも何度か岩の下敷きになったことがあるようだな。脳を部分的に損傷させて脱獄を試みたのかもしれんが、割に合わんよ。どのみち自分の体からは逃れ……どうした」

「ひとり動きのないものが。六八五です。同じ事故に巻き込まれたのかもしれません。こいつらを向かわせます」

地表近くに留まっていた赳志たち環刑囚は、一斉に散開して下方の地層へ潜りはじめる。十米ほど掘りくだると、体を捻って南東に進路を向ける。朧気ながら捉えている六八五の肉体は、口面を上向けて、巨岩に張りつくように垂直に立っている。その下からは、三八八が残したと思しき穴道が延びていた。

傍らまで接近すると、六八五の肉筒の後端が、溶けた蠟燭のように膨張していることが判った。

再び環刑囚の群が二手にばらける。赳志は今度も下側に回りこみ、膨張した後端に口面を押しつけるが、そのまま埋もれてしまうほどの柔らかさにたじろぐ。

他の者たちと密着して押し上げはじめると、粥状になった肉が断続的に垂れてきて、口の中や、密着した体の隙間を伝い落ちていく。発酵した糠《ぬか》のような強いにおい。押し上げるごとに肉質が脆《もろ》く崩れ、臓物を思わせる肉片にばらけていく。皆が怖気から身を固くしている。

　ようやく地上に達した頃には、六八五の体は元の半分ほども損なわれていた。射し込んでくる陽光でその形貌が露わになる。膿爛《のうらん》したごとく幾重にも波状に融け崩れている。その一部から、五指の伸びかけた手のようなものが生えていた。

　珍しいものではない。環刑囚は傷を負いやすいため、脱分化による再生能力を有しているが、その際に、元の肉体が部分的に復戻《ふくれい》することがある。だが——

「どうしてこんな。落石を受けたにせよ、腐敗するには早すぎませんか」

「こっちに目玉がある。ってことは抉《えぐ》られたのは腹側だ。まだ無象鎖は繋がっているんだな？」

「ええ、夢うつつながら、意識はまだあるようです」

「いま医療莢《いりょうきょう》を手配した。まだ助けられるかもしれん。こいつらはもういいだろう」

「ああ、はい」

　赳志たち環刑囚は、全身の針毛の根元に残った粥肉のむず痒さに身悶えしながら蠕動をはじめた。

「以前も胸腺《きょうせん》を失った囚人に同じようなことが起きてな」

「胸腺、ですか」

「前半身の腹面の中央にあるんだ。免疫系を司《つかさど》っているから、失われると抑制されていた再生系が賦活して、いったんぐちゃぐちゃに崩れてしまうんだな。早い段階でうまく処置できれば、元どおり錮化《こか》させられるかもしれん〟

遠ざかっていくふたりの声を聞きながら、垂直に掘りくだっていく――

〝処置できなければどうなるんです〟

〝こいつも少しばかり先祖返りをはじめているだろう? これまでで一番ひどかったのは、ペンフィールドのホムンクルスみたいに支離滅裂になっちまった奴だな。男なのに乳房がいくつも混ざっている有様でな〟

――冷たく重い地層へ、凝《こご》った記憶の底へ。

4

「最近家を留守にすることが多くて、すっかりゴミを溜めてしまったもんだから、分別屋さんを呼んだのね。そう、あんまり種類が多すぎて、最近では頼むのが普通になってるの。蜺《ぜい》者《じゃ》たちが相手だから、穀物を現物払いしなくちゃいけなくて、ちょっと面倒なんだけど」

以前に母が面会に来てから、もう二ヶ月も経ったのかと驚かされる。化粧で隠してあるが、なぜか目の周りには痣《あざ》があり、声もどこか疲れている。

「あの人たち、どうしてあんなに裳漿《もしよう》の履初《はきぞ》めを拒むのかしらね、ピアスを開けるようなものなのに。常日頃の〈常〉という字だって〈裳〉から派生したっていうじゃない。累單識《るいたんし》なしでは、人として最低限の日常生活も送れないでしょうに。公園の水すら飲めないんだから

「——」

固有識別番号である裳漿は、頭蓋内注入《履初め》によって累單識の結節点となり、多重的な知覚認識を可能とする。赳志は思い出していた。刑が確定した直後に裳漿を強制排出された際の、強烈な目眩《めまい》と虚脱感を。無象鎖《むぞうさ》を繫がれたときの、意識を緊《かた》く括《くく》し上げられるような厭《いと》わしさを。

「——分別屋さんは三人いたんだけど、びっくりするくらい皺だらけなのよ。やっぱり直射日光って激しくなってるのねぇ、人の肌が弱くなってるとも言うけれど。まあ、お肌の再生どころか、遮光液すら買えないんだものね。それでも、鳩の糞？みたいな妙な白い塗り物で、未開の部族みたいに雑に顔を塗りたくっていてね、服も襤褸《ぼろ》で見窄《みすぼ》らしいんだけど、そりゃあ見事に分別するのよてきぱきと。電子レンジだってものの数分のうちに細かい部品にばらして木琴でも叩くみたいに種別に並び替えてね、で、わたし前から、行方の判らない己《こ》媒者《ばいしゃ》って、あの人たちの棲む蜺窟《ぜいくつ》にいるんじゃないかと思っていて、でも蜺窟ってあちこちにあるはずなのに、どこをどう探しまわっても辿り着けなくてねえ、広告とか建物の外装は邪魔になるから三單《みえ》を消しておくんだけど、そうするともう、どこも真っ白けな漆喰塗りの迷宮みたいで、それに細かい路地になると二單《ふたえ》の汎寸図《ちず》とも食い違っていて、わけがわからないのね」

二單の汎寸図は相変わらず更新されていないようだった。いや、それより母は、どうしてこの前から己媒者にこだわっているのだろう。井辻を探して、わたしの痕跡が残っているかどうか確かめるつもりなのだろうか。残っていたとして、どうなのだ。

赳志の外皮から粘液が滲み出す。全身がうっすらとした光沢に包まれていく。

まさか、こんな人外《じんがい》などではない、ひとの姿をした息子を求めてのことなのだろうか。

「だからまた分別を頼んだときに、代金を数倍払って、連れて行ってもらえないかってお願いしたんだけど、慌てて逃げ出してしまって。収税官を心配しているのでしょうね、あんな憐れな人たちからも根こそぎ奪っていくっていうから。どうしようかしらと考えていたら、通りからものすごい音がして。あの人たち、單《ひとえ》すら見えないじゃない？　駆けつけると、うちふたりが死んだ鴉《からす》みたいに倒れていて、車はもういなくなってた。まあ罪に問われるわけじゃないものね」

車に撥《は》ねられたのだろう。赳志が十代前半の頃には、交通基盤の維持もままならなくなっていた。古びた信号機や道路標識は單の識層《しきそう》へ機能を移され、残された遺物は徐々に撤去されていき、いつしか裸眼だけでは運転できなくなっていた。しかし裸眼でなければ蛻者を捉えづらく、時折こういった接触事故が起きる。

思想信条から裳漿の履初めを拒む者もいれば、累單識を介した忘却のない現実社会に馴染めず裳抜《もぬ》けする者もいる。収監前の赳志のように、必要に応じて羽織る者も少なくない。

「固有識別番号がないと、救急車も呼べないし医療機器も反応しない。わたしにできるのは彼らを車に乗せて家族の元に運んであげることくらいでしょう。でも行きがけに、ひとり息を引き取ってしまって――ともかく言われるままに路地を進んでいくと、騙し絵みたいに蛻窟が立ち現れたの。

高い壁に挟まれた廂間《ひあわい》が段々の市場になっていてね、そこかしこに顔を白塗りにした人たちがいて、溺れた蟬みたいに囁《ささや》きあってるんだけど、皆ちょっと妙ななまりがあるのよ」

「緋蓮《ひれん》はさまわり充ちるかしら」

「らんだかにお舞い頃です、まからえます？」

「つぁ、その緋蓮まかいてください、仕舞います、かくべつょんむで白長子《しろながす》を一ると施琉璃《せるり》は二る」

「りょうじょう、寄席でもなさりんど？」

自分の声帯を使って録《ログ》を再生しているのだろう。

「緋蓮っていうのは籠に山盛りに売られている食べ物で、まあ蜚蠊《ひれん》の語呂合わせよね。他の売り物も、ぞっとさせられるようなものばかりで、そうそ、調子はずれのバイオリン弾きなんかもいるの、風音《かざおと》みたいな音色なんだけど、すごく懐かしい感じの曲で、でもどうしてか累單識には一致するものがないのよ、ああ、そういえば憶えてる？　あんた紗代が描いたバイオリン虫の絵を見て、ありもしないものを描くなって破り捨てたことあったでしょ。それを見たお父さんかんかんに怒って、あんな怖い顔を見たのは初めてで――」

頁を破ったのは――赳志の円い口がひくつきながら大きく開く。

母は壁にもたれ、靴のヒールを軸に片足を揺らしている。

そう、そうだった。

環状筋が詰まって全身が固く縮こまる。

家にあった昆虫図鑑をなにげなく開いて、架空のものと思い込んでいたバイオリン虫を目にしたのは、妹が十歳で亡くなった直後のことだった。

「——そんな感じの、怖い顔をした蛻者がたくさんいて、わたしは途中で追い返されてしまったんだけど、後で襤褸を着て顔を白く塗って再訪したりもしてね——」

5

〝またあの新入りがいなくなってる。何度も所長《おやじ》にどやされてるってのに〟

〝一二二四ですか。先週はすぐに見つかったんですよね〟

〝また落石事故かと焦ったが、無象鎖《むぞうさ》が一時的に途切れただけだったらしい〟

〝不安定なんですね。前例はあるんです？〟

〝脳腫瘍を患《わずら》った者で似たようなことはあったが、検診があったばかりだしな〟

赳志は、地表近くをゆっくりと蠕進し、わだかまりのほどけるような奇妙な感覚にとらわれつつ、ふたりの看守の話に甜瓜器官《めみみ》を澄ませていた。

先週、一二二四の脱走騒ぎが起きたときにも、同じような感覚に陥り、それが何なのか気になっていた。地下七米あたりを水平に掘り進みながら、父の胸にナイフを突き立てていたときだった。そういえばその数時間前に、一米ほど離れた位置を並んで進む環刑囚がいた。赳志が折り返しても、進路を逸らしても、それに倣《なら》って執拗《しつよう》についてくる。からかわれているのかと腹が立ち、迫ってみると、今度は距離を保ったまま離れていく。ひどく落ち着かない気分にさせられ、環刑囚が密集する中に紛れて振り離したのだった。

〝あっ、一二二四現れました。やはりずっと房域内にいたようですうわなんだこいつ〟

　ザクリと土を貫く捩倫棒《ねじりんぼう》の音が響いた瞬間、赳志の全身は激しく痙攣し、口から肛門から大量の土を吐き出した。どうして急に気づかれたのか。肌の嗅《きゅう》細胞が、焦《こ》げ臭い匂いを捉える。動けなかった。例の感覚もかき消えていた。

〝八一九のやつ、いつのまにか足元まで寄ってきてたんですよ〟

〝ほっといてやらんか。嗅ぎまわったところで何ができる〟

〝まあ、それもそうですが〟

〝もう留《る》組の給餌《きゅうじ》の時間か。あがらせろ〟

　下方のあちこちから、土擦《つちず》れの音が響いてきて拡散する。環刑囚たちが昇ってくるのだ。彼らが通りすぎた頃に、赳志はようやく動けるようになり、地表へ半身を突き出した。

　視界一面が血色に染まったあと、途方もなく広大な黄昏《たそがれ》空や、火星を思わせる荒地が滲みでてきた。溶鉱炉のごとく歪《ゆが》んだ日輪が、荒れ果てた地表まで迫ってひときわ巨大に見える。

　その光輝は海月《くらげ》の触手のごとく放射状に伸びてうねっている。留組に属する百人ばかりの囚人が、砂糖をまぶされたような砂まみれの肉筒を地面の穴から垂直に突き出し、長い影を落としていた。仙人掌《サボテン》めいた囚人たちの前方一帯には、一抱えほどもある樽《たる》形の凝餌《ぎょうじ》が同心円状に並べられており、その中心から時計の針のように十名ほどの看守が一列に立っていた。

同心円の最も遠い列では、円筒タンクを抱えた給餌車が、凝餌をひとつずつ吐き出している。その向こうには官舎や諸設備として使われる被牽引車《トレーラー》が何台も並んでいた。

看守たちが手で合図をすると、環刑囚たちは一様に前半身を前に傾け、まだかすかに陽の温もりの残る大地に腹這いになり、後半身を穴から引きずり出す。それぞれ指定された凝餌の前まで身をくねらせて這っていく。

赳志は凝餌の間を縫って、円の中心寄りに進んだ。自分の凝餌の前まで来ると、前半身を持ち上げて、大きく広げた円口《えんこう》でのしかかるように吸いついて毟《むし》り取る。発酵した生塵《なまごみ》を固形化したもので、強い酸臭に粘膜がひりつく。だが口腔の肉圧でほぐして呑み込んでしまえば、繊維質の多い腑触《ふざわ》りはむしろ心地よい。

消化器官を蠕動させつつ、三八八の頭部が押し潰される様を思い浮かべる。死を引き換えにしなければ、刑務所の房域から脱することすら叶わない。だが、生そのものが牢獄であるなら、彼はようやく逃れることが——いや、そうだろうか。惨めな死の瞬間に永劫に封じ込められはしなかっただろうか。

「みろよ、こいつ」二列ほど先で、肥《ふと》った看守が唐突に笑いだした。「体の横から、いちもつ生やしてるぜ」

他の看守たちが集まってきて、一心に餌を食《は》んでいるその環刑囚を笑う。腹を抱えているものまでいる。

この余剰物も、浸潤《しんじゅん》した菌類や、溜涎硬《りゅうぜんこう》などと共に、定期健診で除去されることだろう。

抑制されていた再生系が賦活して——

以前に看守の言った言葉を思い出す。脱分化が賦活した段階で、元の肉体を破綻なく再統合するよう導くことはできないだろうか。

赳志は思考を巡らせはじめる。

「そういや」看守のひとりが口を開く。「あの崩れた環刑囚はどうなったんだ」

「体は再錮《こか》化できたらしいんだがよ、一旦どろどろになったときに、意識の方も融けちまったらしく、廃人になったたって話だ」

6

赳志は、房域の境界に近い土中を浅く巡って、千人を超える環刑囚の群から間合いを広げようとしながら、父を殺《あや》める幻影から、空回りする憎悪に搦《から》めとられた自らの思紋《しもん》から遠ざかろうと、他の誰かになりきるという試みを繰り返しては、父を刺し貫いていた。

最初は、毎日のように家に遊びに行った幼なじみ、次は自ら命を断った同い年の従兄弟として振る舞ってみたが、どちらの父親もいつの間にか正赳に変わっていた。

他人の振りをしたくらいで思紋が形を変え、無象鎖《むぞうさ》が切れるなどとは思っていなかったが、繰り返さずにはおれなかった。

週末になると軽自動車の中で空が白むまで無為の時を共に過ごした親友、走ること以外を熱心に競い合った陸上部の仲間たち、結婚式場のアルバイトで知り合った風変わりな司会者、よく恋人だと勘違いされた気丈な女友達、果てはいつも同じ列車の車両に坐っていた裳抜《もぬ》けした男の空蟬《うつせみ》まで――そしてどの家でも父は先回りして刃先を待っていた。最も苦痛を伴う記憶が、意図的に刺激され続けているかのようだった。

赳志は差込プラグでもはめるように数限りなく父を刺し、返り血を浴びた。浴びている最中に、それは起こった。環刑錮《かんけいこ》の肉体を内と外で取り違えたときのように、父の視点に入り込んだのだ。

目に映っていたのは、我を忘れ醜悪に歪んだ自分の顔だった。

愕然として、右手から力が抜けた。だが目の前の赳志はナイフを落とさない。環刑錮へ変容させられたときのような恐怖に揺さぶられる。目を背《そむ》けようとしたが、膠着《こうちゃく》して動かせない。

血の気のない顔に切創のごとく開いた両の眼《まなこ》は、ちぐはぐにずれていた。いったい何を見ているのか、何に向き合い、何を憎悪しているのか。当惑して口籠《くちご》るしかなかった。

いま自分は、外へ通じる門の前にいるのだと赳志は悟った。逃れようとし続けてきたものの内に、それはずっと埋《うず》もれていたのだ。だが、このままでは刃先をこちらに向けている自分と対峙《たいじ》したまま身動きが取れない。足を踏み出そうにも、父がどういった人生を歩んできたのか、呆気《あっけ》にとられるほど何も知らなかった。知ろうとしたことがなかった。

赳志はこれまで抱いたことのなかった衝動に駆りたてられ、甜瓜器官《めみみ》で自らの筒状の肉体を探りだした。環刑錮はその開発過程で、父の眼差しを受けてきたものだからだ。幾度も憎しみに揺り戻されながらも、父の思考の痕跡を辿ろうと努めているうちに、母から聞かされた昔の話や、数葉の写真に残された祖父母の面影など、忘れ去っていた断片が僅《わず》かに呼び起こされ、いつしかそれを足がかりに、知るはずのない父の幼少期をなぞりはじめていた。

自他の境《さかい》の曖昧な、幸福とも呼べる日常――だがそれは四肢の萎凋《いちょう》によって一変した。正赳は、隔離施設の床の上で、体液にまみれて苦しみ悶えていた。血と吐瀉物と消毒液の入り混じったにおい。想像にすぎないはずなのに、様々な事柄を想起することができた。あちこちから聞こえてくる唸り声や啜《すす》り泣き、そばで臥《ふ》せっている少年の、もう殺しておくれよ、という呟き。背中や尻を幾度となく貫く注射針、その激痛で零れる涙――

これは、間違いなく実際に起きたことだ。そう確信し、このまま後戻りできなくなる恐怖から、腐って落実するように土中の闇に帰《き》した。

全身を巡る騒がしい血流の音にしがみつく。落ち着きを取り戻すうちに、脳内で何かがかすかに綻《ほころ》ぶような変化を捉えた。すぐにはっきりと判るほどになる。あの感覚だ。

待ち望んでいた好機だった。他の環刑囚たちの氣配も遠い。いまなら看守の目の代わりになるものはいない。

赳志は見えない境界壁に口面《くちづら》を強く押し当てて蠕進《ぜんしん》をはじめた。これまで何度となく試みながらも無為に終わっていたが、賭けるしかなかった。思紋を緊縛する違和感がゆるゆるとほどけていくのが判る。

そのまま二十米ほど進んだあたりで、意識が不意に軽くなり、肉体から遊離する錯覚に陥った――と同時に口面が房域の境界面を破った。環状筋の連なりが、刑務所外の土壌を貫きだしていた。

赳志は渾身の力をこめて蠕進する。

ここ最近の出来事から、環刑囚一二二四は己《こ》媒者《ばいしゃ》で、なんらかの理由から自分と思紋同調を繰り返しているのではないか、と赳志は推測していた。土中で執拗につきまとわれたこと、騒ぎのたびに脳内に生じる違和感、看守が唐突に足下の赳志に気づいたこと――環刑錮から逃れるための情報を集めようと、様々な囚人と同調していたのかもしれない。その過程で、赳志の意識に、環刑錮の開発者の姿を垣間見たのだとしたら。

予想したとおり、一二二四は再び赳志の思紋をまとった。無象鎖が途切れている今なら、房域を脱することができるはずだった。

いまや鋭い小石に外皮を削られる痛みさえもが喜びだった。久しくなかった希望に滾《たぎ》った血を巡らせ、連なる環状筋を弾むように膨縮させて進む。五対の心臓がそれに呼応して波打つ。

一度もほぐされた事のない凝り固まった地層の中を、体がずたずたに裂けるのも構わず、懸命に掘り進んでいく。少しでも遠くへ——ずっと——ずっと遠くへ——

そのとき、頭の芯から無数の鋭い裂け目が放射状に広がった。耐え難い激痛に、赳志はその場から動けなくなった。

一二二四の思紋がまた転じて、無象鎖が戻ったのかもしれなかった。

数多の気門がわななきながら、蒸れた息を絞り出していく。

雷鳴が轟きだしたように、遠くの方から地面を打つ音が響いてくる。看守たちが捩倫捧《ねじりんぼう》で突いているのだ。

三八八の最期が頭をよぎる。焦りと激烈な痛みに意識を掻き乱されながらもあたりを探り、鍛冶屋の鉄床《かなとこ》めいた巨岩に気づく。その下部には、角錐《かくすい》状の突起があった。

もう、終わりにしたい、と赳志は願い、体を捻った。いや、まだだよ、と幼い声で誰かが言った。

ふたつの意志の目指す振る舞いは同じだった。なけなしの力を奮い起こして、斜め下方に埋まる身の丈ほどもある巨岩の下に潜り込み、口面を右に左にくねらせて穴を掘り広げていく。巨岩《あたま》がずり落ちだすと、赳志は後退して体の位置を合わせ、身を固くした。角錐状の突起が、前端部にめり込んでくる。外皮を破り、環状筋を穿《うが》ちながら、脳の一部を圧《お》し潰す。

赳志は自らの過去が潰《つい》える容赦ない音を聞いた——だがそれで終わりにはならなかった。鉄槌で打擲《ちょうちゃく》され続けるような凄まじい絶痛《ぜっつう》で、裂け目の痛みは打ち払われ、全身が激しくとぎれとぎれに痙攣した。死への逃避も、身に起きた不合理の数々も、自分が誰なのかということさえ篩い落とされていく。

絶痛は全方位に鋭い刺を伸ばし、荒々しく震え、追われることへの本能的な焦燥に形を変えた。まだ甜瓜器官《めみみ》は利いており、右往左往している追手の足並みを捉えることができる。その足元が突如崩れ、地表近くに掘っておいた穴道へ何人かが落ちる。

環状筋を次々と蠕動させ、岩底と土との間で扱《しご》かれるようにして前に進んだ。頭部から岩の突起が、ぼやけた過去と共に抜けた。その痕《あと》が陥没したまま戻らず、そのせいか、真っ直ぐに進んでいるつもりが斜め下へ逸れていく。深みへ潜っていくにつれ土圧《どあつ》が強まり、体が自然と伸長していく。今にも弾けそうな環状筋を無理強いし、強固な地層の中を進んでいると、巨大な断崖のようなものに行く手を阻まれた。

崩れた壁材やばらけた鉄骨の入り組んだ瓦礫の積層だった。しばし逡巡したが、僅かな隙間を探り出して潜り込んだ。全身が入りきったところで後端部をもたげ、天井側に埋まる折れた標識の間にねじ込むと、外皮が裂けるのもかまわず引きずり下ろして穴を塞ぎ、蠕進をはじめた。

瓦や植木鉢の残骸、それらに絡みつくホース、拉《ひしゃ》げた自転車のホイール、錆びた工具、換気扇のファン、骨組みだけの傘、鳥の羽、ガラスの破片、割れた照明管、ずれ重なった食器、腐った球根、水を吸って膨張した書物や新聞、文字を刻印された金属棒やキーの数々、剝き出しの基盤、螺子《ねじ》や釦《ぼたん》、貝殻、甲虫《こうちゅう》の死骸——記憶の残滓《ざんし》に結びつく塵芥《じんかい》を掻きまわしながら進んでいく。ともすれば腹の中にも鍵や硬貨や時計が転がり込んでくる。

間もなく進路の向こう側から、槍のように尖った鉄管が現れた。だが臆せずそのまま蠕進し、腹面の中央が抉り取られるに任せる。

体じゅうが振動して熱を帯びはじめ、細胞が弾けて散り散りになってしまいそうだった。激しく痙攣しながらも這い進んでいくと、塵芥がやにわに重みを失って崩れだし、湿り気を帯びた冷たい空洞が露わになった。おそるおそる這い進む。固くざらついた板の連なりが腹面を擦る。タイルが敷き詰められているのだ。そのまま蠕進していくと、唐突に地面が途切れ、危うく落下しそうになる。慌てて身を縮めて後ずさる。口面を上げてあたりを見回す。

左右に広がる空間の氣配——前方には深い段差があり、崩れ落ちた瓦礫の合間から、硬い二本の軌条《きじょう》が覗いている。廃棄された地下鉄の構内にいるらしい。

追手の氣配はなかった。安堵から全ての環状筋を弛緩させると、とめどなく伸び広がっていくようで不安になり、慌てて引き締めようとしたが力が入らない。まるで筋繊維が神経の網からずり落ちながら融け崩れていくような——

まさにその通りのことが自分の身に起きているのだと悟って震撼する。

このままでは粥状に流れ消えてしまう——鉄管の先端の閃《ひらめ》き、胸を抉り取られる痛み——これは意図して引き起こした状況ではなかったか。だが何のために。目的を思い出せない。バイオリンに関わる……いや昆虫の……虫喰う林檎を……螺旋……貝殻……は結晶の形……月照の畑地に罷《まか》れ……土の瞑《つぶ》を掛けあわせた……闇夜が……錮々と環刑する、いがう、母をあがら浄ませる、せるのだと危越え さ 紗代の域 ひねもす 疹 におい断ち と確信できこそ ちちがう 者の父 四肢は だめだ のはじの餡 の寇ナイ震フの輝き 黴 蠕いや慄 第六の土 識ちが膨う 蠕 鉄床わた恐緋し 縮じゃ蠕 聚 指 甜と 思い違い互いに 房域の看 單ずれ ああ！ 脱 蠕 檎て 父 手足 生 萎 先坂 部 同調 指 瓜 親 いく掘 逃 進 蚯蚓が 思り紋溜 そ親の涎ども蠕さし 復戻 環房域かが 粘 融 凋 蠕ぞぞ 終身 喇 ぞれ殺とよぎ 否 蠕 歯 棒 るな叺 這っ だが 眼 な 否 磨 願 き——

融け崩れていく肉体の中で、ばらけていく意識が、記憶が、神経節に宿る叉任哨《さにんしょう》に吸い込まれていく。その一部が配謂子《はいいし》の代わりとなって、復戻《ふくれい》式の起動を司る受容体に結びつく。

眼膜が融けていき、丸い眼球が、瞳が剝き出しになる——両の眦《まなじり》のあたりが、斜め上に引っ張られ、頬に柔らかいものを詰め込まれたような違和感を覚える。

目を凝らすが、すべてが薄暗くぼんやりとしていて何も見えない。

瞳を押しつけんばかりに覗き込んでいた磨硝子から離れると、視界の外から消炭色《けしずみいろ》の角棒が次々と現れて縦格子の玄関扉になった。

吹付けの壁には汚れひとつなく、まるで新築の家のようだ。

わたしは裏返して被った野球帽に手をかけ、向きをずらしながら、呼び鈴を鳴らす。

玄関扉が開くと、背筋の伸びた痩せた体つきの男が立っていた。撫で肩からたよりなくぶらさがった、不釣合いに細長い両腕がかすかに揺れている。

「あの……今日、約束をしてたんです」

「あいつにも友達がいるのか。まだ帰ってないようだが」

「そうですか」野球帽のひさしを中指で弾きながら、「部屋で待っているように言われたんですけど」

　男が微笑み、扉を大きく開けてくれる。

「二階の突き当たりの部屋だよ」

　はい、とうなずいて運動靴を脱ぎ、上り框《がまち》にあがる。

「これ、息子の靴と似ているな」

　答えずに、階段を駆け上がっていく。

　六畳の部屋に入ると、学習机の前に立ち、ひとまず椅子に坐ってみる。両足で床を蹴って、ぐるりぐるりと回ってみる。急に動きを止めて、空き缶を使った鉛筆立てを手で払い落とす。鉛筆やボールペンが絨毯の上に散らばる。机の下に屈んで、オモチャ箱を引きずり出す。雑多に詰め込まれた人形や車などの玩具を一つずつ手にとって、特に理由もなくゴミ箱に捨ててみせる。

　何度も部屋の扉に目を向けるが、ケーキやジュースを持ってきてくれるはずの、砂粒の拡大写真を見せてくれるはずの男は現れない。

　窓を開けてベランダの手すりを乗り越え、塀の上につま先から降りる。綱渡りをするみたいに、広げた両手をわざと揺らして塀を渡り、ポリバケツを足場にして庭に着地する。裸足の足裏に小石が食い込む。

　生ぬるい風が吹いていた。

　川向こうに目を向けると、土手の上に建つ一軒家の前で、同級生の川上くんがリフティングをしていた。器用に蹴り続ける。目を離せずにいると、川上くんは前触れなくその場に倒れ、サッカーボールが川沿いの狭い坂を転がりだした。それを目で追う犬と散歩中の婦人もまた倒れる。

　驚いて思わず手を挙げようとしたが、骨を抜かれたように力が入らない。視点が定まらなくなったと思うと、急に両膝が落ちて地面に倒れ込んだ。方々からあがる悲鳴を耳にしながら這い進み、玄関の扉を開けると、廊下には母が倒れていた。

　それから三日のうちに手足は真っ黒に変色した。病院に向かおうと地を這うものたちで道は溢れかえった。

　何が起きているのかを朧気にでも知ったのは、一月も経ったあとだった。ここ本土では、目に見えない数々の戦線が鬩《せめ》ぎ合っているという。どれも情報戦による幻なのかもしれないという。黴寇《ばいこう》と呼ばれるようになるのは、ずっと後のことだ。

　身体に萎凋《いちよう》の生じた者は、戦災者として隔離施設に収容された。その多くは発症から数週間のうちに四肢を失うこととなった。

　施設内には血と吐瀉物と消毒液の入り混じったにおいがこもり、あちこちから唸り声やすすり泣き、時には怒号が聞こえてくる。寝台の数は常に不足しており、多くの患者が床の上で滲出《しんしゅつ》した体液にまみれてのたうっている。わたしもその内のひとりだ。

そばで臥せっている少年が、もう殺しておくれよ、と幾度も呟く。

太い注射針を背中に射たれ、あまりの激痛に涙が零れる。先生が励ますように言う。

君の体の中に、とても強い兵隊さんの大軍を送り込んでいるんだよ。

　その後も注射針に、体のあらゆる場所を数限りなく貫かれ続ける。皮膚や粘膜の大地が、臍《へそ》の奥の窪地が、血管やリンパ節の運河が、体腔を満たす臓腑の山々が、その間の渓谷が、睾丸《こうがん》が、思考の中が、目に見えない交戦地帯となった。肥厚する皮膚、抜け落ちる頭髪、腫れ上がる結節、内臓や筋肉の断続的な痙攣、絶え間ない発熱、悪寒、嘔吐、捩れ続ける夢——

　幾度も再生治療が繰り返される。それをレコンキスタと呼ぶ先生もいた。硫酸を浴びたような痒みや激痛と共に、手足の付け根から柔らかい突起が芽生え、いったんは順調に育ちはじめる。けれど肘の長さほどに伸長したあたりで末端から黒ずみはじめ、ついには腐れ落ちてしまう。どれだけそれを繰り返したことだろう。

　今度は、新しく来た坂部先生の処置のおかげで、うまく根付いて、成長している。まだ鶏《にわとり》の趾《あし》のようなたよりない輪郭だけど、肘が、手首が、指が、それぞれ動く——いつか先生の研究を手伝いたい——まだ自分のものと感じられない、遠く隔たる四肢を懸命に操ろうとしながら願う。祈る。

　俯《うつぶ》せの状態から、四つん這いに体を持ち上げる。左手の力が抜けて頽《くずお》れかける。が、他の手足でこらえ、ゆっくりと着実に起き上がる。タイル張りの床をよろけながら渡り歩き、崩れかけた壁に背中から乱暴に抱き止められる。

その鈍い反響が、闃寂《げきせき》とした闇の中にいつまでも残る。

左右に広がる空間の氣配——前方の深い段差——ここが廃棄された地下鉄のホームであることに赳志は思い至る。

そうだ。叉任哨に宿る父の過去を生きなおすことで、元の肉体に……

闇を充たす空気は凝ったように動かず、肌にひどく冷たい。

全身の気門が、我関せずといった様子で、静かに呼吸を繰り返している。

7

長いはざま来れなくてごむあさいね。ら、すかさずはしがけたい語るりがあったんだけど。かだらを壊していまって、ずいぶん蛻窟《ぜいくつ》でお世話がけてぃるうちに、彼らの尤《ゆう》な文化におのず馴染みましまれてね。緋蓮《ひれん》の味わいにもそぐわって。未開の人んごと蔑《さげす》んでぃた自分に気詰まいで、家の方は家政婦さん任せで、力添えぐぁてら蛻窟によく鼻向けまいってるのよ。

そうすぉ、せんだつこと家政婦さんがね、家でけたいな体験をいたというの。

彼女が玄関扉を開ばけると、キッチンへむすぶ薄暗い廊下に、誰《たれ》そか裸で立っていたすぉなの。つぁ、彼女おぞろいて、身をいさめながらつ目を剝ぐらかせなかったすぉ。青白お裸で、背なか向けてうつぶぃるやな見かけだぁたなが、とんと彼女の方に歩《あり》くだしたのよ。一歩進むまいに足元から格子扉の光を帯びうけて、頭も性器もない人間の姿を露わしめたすぉ。彼女おぞろまして背なか粟立《あわだ》ててね。なにぞん鎖骨の窪まいから、眼差《まなざ》いてきたんだって。づぁ、たえがろうなったのね、玄関の姿見をかくげ、ら、思いのまま投げがしたの。でむん手前の階段にばぐらって細々砕くれ果ててしまぁて、ぬぁ、ぞ、その誰そは後ずさいて、片手を腰のあたいまでかくげ、なにかをはしがけようとするやな素振《そぶ》いをしたかと思《おぼ》すと、たくさんのこまい甲虫のくづつきだったかのやに、ばらくがらに分かれて床にやんま盛りになり、ありよありよとはけ失せてしまぁたんだって。

づぁ、ごむあさい、涙ごもぉていまって。そあなことあらまけないのに、そあが父さんのやな、あんたのやな気が強まあてね……よくある累單識《るいたんし》の識《しき》ずれだったろですぉ。ただ、キッチンのテーブルの上に、あれほと探しまぐらって見だせなかった剪定バサミがね、横たわわぁていたのよ。ぜぁ、あなたですら、って家政婦さんに問わいだところ、存ざないって言うじゃない。使うてみれば、とかく手馴染みな器物《きぶつ》で、まことにまことに勝手きわだってねえ。これでなかれば。

な、な、はしがけたかったのは別の語るりでね。

あなた、つぁ、ここから出られんやもしれない、元のかだらに舞い戻れんやもしれないの。

ら、蛻窟にも監房があってね、あるとき囚《とら》われ人が扉の小窓から、わたしに呼ばわあたのよ、「母さん、母さん」って。

「はらしたんだ」って。すかさずそあがあの井辻いう人で、というよい、あんただとさだったの。あんたはこう言ったの。

「いったろう、心配しているような事態にはならないって」

ら、涙んばかってね。でむすぐり要領を得んとうか、わたしの似素振いを重ねるやになって……後で蛻者《ぜいじゃ》のひとりぃくちみみづけたら、以前蛻窟んでぃた仲間を刺《さ》ざうたんだすぉ。仲良からったそうなのに。わたしと会うた翌日、警察がだばばってね、別の嫌疑で彼を連れあいだあて……ぜ、同調した被疑者たちんごと事件を幾つも起こらがませていたのだすぉ。わたしの裳漿《もしよう》んごとで足がついたのかも知れず思《おぼ》すと……思紋《しもん》の焼きつきの症状がことさらわずらい強く、いまはどこいかの医療施設に移されたすぉだくれど。

ぜ、刺ざれ人は、意識不明のまま警察病院に運わばれ、みまかる前に、誰に刺ざれんかと自律格にかばけたらすぃの。そぞれ、井辻という名前ばくりか、蛻者だあた頃に自分が殺《あや》めぃた人の語るりまでつぐつぐと吐ぐくみだしたんだすぉ。ぜぁ、多《おお》まかな人を殺めぃていたの。でむん警察からはしがけあったのよ、ら、蛻窟であんたが言うたやに、正赳さんを、父さんを殺めぃたの、ね、そいつらすいって」

8

〝そういえば、あの女の人、見なくなりましたね〟

〝ん、誰のことだ〟

〝こんな所まであんなものに何度も面会にくる人はそう多くないでしょう。差し入れのケーキ、うまそうに食べてたじゃないですか〟

〝ああ……そりゃそうだろう、ようやく息子の無実が認められたってのに、脱獄していなくなってたんだから〟

〝あの人、八一九の母親だったんです？　えっ、じゃあ、最後は気づかず一二三四に話しかけていたのか。虚しいなあ〟

〝虚しいのはこっちだ、減給六ヶ月だぞ。所長《おやじ》はまだ目を合わせてもくれん〟

〝思い出させないでくださいよ。捜索も打ち切られてしまいましたしね。一二三四についてはわたしたちにも落ち度が……〟

〝あいつの称呼番号じたいが他人のものだったってのに〟

〝どれだけ杜撰《ずさん》なんだって話ですよね。にしても、己媒者《こばいしゃ》が思紋《しもん》じたいを変えていただなんて。単に人真似をする病気なんだと思ってましたよ〟

〝こっちはその存在すら忘れていたがな〟

〝一二二四は取り違えられたまま復戻《ふくれい》できるとでも思っていたんですかね〟

〝どうだかな。甜瓜器官《めみみ》を抜き取られて、不動施設の独房入りをするとは思わなかっただろうが。にしても六ヶ月間か……〟

〝まあ、全責任をこっちになすりつけられなくて良かったですよ〟

〝公表されてないだけで、他の終身刑務所でもいろいろ起きていたらしいからな〟

〝それも己媒者がらみなんです？〟

〝いや、それとは関わりなく脱獄した者がいたらしい〟

〝管制の方の過失でしょう〟

〝脱獄者の足跡が残されていたって話まである〟

〝足跡？　まさか、不可能でしょう、どうやって復戻するんです〟

〝叉任哨《さにんしょう》って制御系の話を前にしただろ？　そこによく判らん領域があってな、非正規の復戻式が組み込まれているんじゃないかと騒ぎになってるらしい。一部の開発者が取調べを受けている〟

〝今頃になってまた制御系が問題になるなんて〟

〝そういや、俺、長いことこの仕事してるが、今頃になって気づいたことがあるんだ〟

〝なんです〟

〝ここって地中の牢獄だろ？　文字通りの地獄だよな〟

うどん　キツネつきの

高山羽根子

現役の日本人作家で、純文学とSFの二つの分野にまたがって活躍する代表格は円城塔だが、それに続くのが創元SF短編賞出身の高山羽根子。二〇一九年には「居た場所」と「カム・ギャザー・ラウンド・ピープル」が二期連続して芥川賞候補、「如何様」が野間文芸新人賞候補となるなど、純文学界でもっとも注目される新鋭のひとりとなった。この選集には、新しい作品を採るか古い作品を採るかで悩んだ結果、〝SF作家・高山羽根子〟の原点に当たる第1回創元SF短編賞佳作受賞作「うどん　キツネつきの」を選ばせていただいた。本篇を読めば、高山羽根子が最初から高山羽根子だったことがわかるはずだ。この作品は、もともと第1回創元SF短編賞の応募作。作中で不可解なことがいくつか起きるが、小説の表面ではほとんど語られることのない部分を推測してSF的な補助線を引いてやると、すっきりしたわかりやすい話になるという構造は、とりわけ「居た場所」とよく似ている。表面的にはSF的要素が少ないので、それを理由に受賞に反対する選考委員もいて、残念ながら佳作（現在の優秀賞）にとどまったが、質的にはじゅうぶん正賞に値する（このとき、やはり正賞を逃し、山田正紀賞を受賞したのが、宮内悠介「盤上の夜」だった）。

高山羽根子（たかやま・はねこ）は、一九七五年、富山県生まれ。多摩美術大学美術学部絵画学科卒。一〇年、『原色の想像力　創元SF短編賞アンソロジー』（創元SF文庫）に本篇が掲載されてSF作家デビューを飾る。一四年、本篇に「シキ零レイ零　ミドリ荘」「母のいる島」「おやすみラジオ」「巨きなものの還る場所」の四篇を加えた短篇集『うどん　キツネつきの』（創元SF文庫）を刊行、翌年の第36回日本SF大賞最終候補に選出される。一六年、「太陽の側の島」で第2回林芙美子文学賞受賞。一八年、『オブジェクタム』でふたたび日本SF大賞候補。他のSF短篇に「ビースト・ストランディング」（『Genesis　一万年の午後』）、「あざらしが丘」（『NOVA　2019年　秋号』）「蜂蜜いりのハーブ茶」（『宙を数える　書き下ろし宇宙SFアンソロジー』）など。他の著書に『オブジェクタム』（朝日新聞出版）、『居た場所』（河出書房新社）、『カム・ギャザー・ラウンド・ピープル』（集英社）、『如何様』（朝日新聞出版）がある。（大森）

一日め

「今、あのゴリラ啼《な》かなかった？」

和江《かずえ》が足をとめて振り返るように見上げると、信じられない程の青空にゴリラが笑っていた。

「は？」

美佐《みさ》は和江の少し前を行ってから足をとめ、まず和江の顔を見て、その視線をユックリ辿《たど》るようにゴリラを見上げる。

「啼かないっしょ。あれ」

美佐は呆《あき》れて言うとすぐまた、自転車を押して歩き始めた。前カゴには二人分の鞄《かばん》が入っている。

幹線道路が十字に重なる交差点の上、四角に渡れる歩道橋の上に二人は居る。二人の通《かよ》う高校は違ったが、テストの日取りは同じだった。テスト最終日、穏やかに晴れた十二時前だった。

歩道橋の昇り口にはそれぞれ階段とスロープがついていて、美佐は自転車を押してスロープを昇り、和江につきあい歩いてくれている。和江は最寄《もよ》りの高校に通っているため徒歩通学だったが、時間の合う時は待ち合わせて帰ることが多かった。

「だよねえ。でも、なんか……」

和江はまだ、歩道橋から見える幹線道路沿いの建物を見上げている。和江が物心付くずっと前からある、古いパチンコ屋だった。屋根の上、昼は消えているネオン看板の横に、銀玉の入ったドル箱を両手に捧《ささ》げ持つ大きなゴリラがいる。

和江はここ以外でも同じようなゴリラを見た覚えがあった。量産されているのかもしれない。だとしたらどこで、どんな工場でどのようにゴリラは製造されているのだろう。ともあれこのパチンコ屋の屋上では雨の日も台風の日も、色褪《いろあ》せながらゴリラの張りぼてが歯をいっぱいに剝《む》き出して笑っていた。

「啼いた気がしたんだよ」

少し遅れて、和江は美佐の後を追って歩き始めた。

と同時に、今度ははっきり聞き取れるボリュームで、再び声は聞こえた。それは水の入ったゴム製の硬いボールが何かに踏み潰《つぶ》された音をベースに、古布《ふるぎれ》が引き裂かれるような音が混ざり、さらにウーファーの利《き》いた低音とガラスの縁《ふち》をなぞるような透《す》き通った高音すら感じ取れるような音だった。

すぐにまた和江は、声が聞こえたゴリラのほうを見上げる。彼はさっきと一ミリも違《たが》わない、黄ばんだ歯を見せて笑っていた。

「ほら！　いま！　聞いた？」

と和江が興奮して美佐を振り返った時にはすでに、彼女はさっき和江が浮かべていただろうと思われる、なんとも複雑な表情でゴリラを見つめていた。

パチンコ屋は大きな幹線道路沿いにあるためほとんどが車客《くるま》で、駐車場を広く取らなければいけない。しかし土地が足りないためか、一階を柱だけの駐車場にして、ビル自体を高床《たかゆか》式に建ててある。昼時でもそこそこの駐車があるようだった。中の煩《うるさ》さを気遣《きづか》ってか防音がしっかりとされていて、そのため外は静まり返っている。建物は駐車場を含め五階あり、ひび割れ気味のビルの横壁には鉄製の外階段が張り付いていて、ジグザグに屋上まで延びている。

この時点で二人の心を支配しているのは、もうあの声への好奇心だけだった。

歩道橋の根元に自転車を停《と》めてめいめいの荷物を抱えると、鍵扉の無い外階段を上がっていく。制服ということもあり、昇りきるまでは人に見咎《みとが》められないようにと腰をかがめつつ辺りを気にしていたが、一旦《いったん》屋上に上がってしまうと周りにはたいした建物もなく、通行人や車から見つかることもなさそうだった。

どこにでもある、なんてことの無い屋上だった。撥水《はっすい》性の良いビニール質の塗料が床の全面に塗られていて、四辺をぐるりと囲んだ溝には一定の間隔で排水口が開いている。その周りに、二人の胸辺りまでの高さの鉄柵《てっさく》が設《しつら》えてあった。

　幹線道路に面した一辺に、電飾看板とゴリラは設置されている。当然ながらビルの外向きに作られているので、二人はその裏側を見るような位置に立っていた。看板のほうは逞《たくま》しいコードらしきものが数本、裏手を繋《つな》いでいるが、ゴリラの背中のほうには電源やスピーカーのようなものは何も付いていなかった。

「やっぱり、なんの仕掛けもないよねえ」

　美佐がゴリラの大きく色褪せた背中を仰いで、和江に言うともなくつぶやいた。

だとしたら、明らかにここからしたあの声は、いったい何だったのか。和江はぼんやりと屋上の周りを見渡した。外階段から屋上に入る位置の対角《たいかく》に、内階段の出口扉が付いたコンクリート製の小屋があった。それ以外には特に何も見当たらない。

　色気の無い屋上に二人は立ち尽くしていた。久しぶりに自分たちの生まれた街を一望する。空が青い、と感じた。ただそれ以上の感情は生まれなかった。腑《ふ》に落ちない気持ちで、和江も美佐も空を見上げていた。

　また声がした。あの声だった。ただ、今度は近いために、相当な音量を以《もっ》て二人の耳を振動させた。啼き終わってもなお、耳に響きつづける程の声。和江がさっきから見ていた内階段の出口の辺りからだ。

　二人は瞬間、駆け足で内階段の小屋に近づきアルミ製の扉を開けようと引いた。しかし内側から鍵が掛かっている。

「ほらこっち！」

美佐の声で小屋の裏に回ると、雨曝《あまざら》しでくたびれたコンクリの壁と鉄柵との間に挟まるようにして一つの箱があった。よく魚屋さんの店頭で見かける、一抱え程の大きさをした発泡スチロール製の蓋《ふた》付きのもので、蓋はガムテープでぐるぐる巻きに留《と》めてある。

「……なんか、くさくない？」

美佐が眉をひそめて、二人だけしか居ないにもかかわらず、そっと和江に耳打ちをしてきた。言われてみるとこの一角《いっかく》だけ、微《かす》かではあるが何か生臭く鼻を衝《つ》く匂いがしている。和江もそれで少し戸惑ったが、中身を確かめる以外に選択肢がないとでもいうような確固とした足取りで美佐の前に出ると、そっと箱に近づいた。

「やめようよ、こわいじゃん。爆発物かもしれないよ？　お店の人、呼ぼうよ」

という美佐の制止を聞かずに、和江は発泡スチロールを取り巻くガムテープをはがし始めた。ぐるぐる巻きではあったが、貼られてからさほど時間の経《た》ったものではなかったようで癒着《ゆちゃく》も少なく、わりとスムーズに蓋が開いた。

「うえ」

瞬間、今までの数倍の臭気が辺りを包んだ。こんなスカスカの古い箱でも、それなりに空気を遮断する力はあるんだ。和江はそう思うと同時にこの密閉をもってしてもあそこまでの怪音を響かせていた箱の中に存在する何かに、胸の隅をちくりと刺されるような恐怖を抱いた。しかしその恐怖を補《おぎな》って余りある好奇心はむしろ、和江の全身一杯にふくらみ、軽く刺されたくらいでは全《まった》く萎《しぼ》むことがなかった。

和江の肩越しに覗《のぞ》き込んでいた美佐は準備なく臭気を吸い込んだせいかひどく咽《む》せ、顔を後ろに向けてポケットからハンカチを取り出すと、鼻を押さえた。

箱の中には、今時はあまり見ない黒いポリ袋——昔にゴミを出す時は決まってこれだったというタイプのもの——に包まれた何かが入っていた。薄い素材越しでもじっとりとした重さが伝わってきて、確実にただ事ではない、禍々《まがまが》しいものが入っていることが容易に想像できた。

「やだホント無理、ホントやめて」

美佐は涙目になって、和江の腕をつかんだ。

「えー。だって、これで店の人に任したとしてさ、とんでもないものだったら、教えてくれないかもしれないよ。わかんないまま帰るほうが、怖くない？」

「……でも……」

和江はためらう美佐の腕を緩く払ってポリ袋の包みを持ち上げた。

ビニール包みの口は縛《しば》られていなかった。摑んで持ち上げたそばから、中の物が粘《ねば》るような質感を持って、糸を引きながら、ゴロ、ゴロゴロと白い箱の中に転がり出た。

薄い粘膜のように見える血にまみれた赤黒い塊《かたまり》が四つ。

拳《こぶし》程の大きさだった。

臭気は一層《いっそう》強くなり、鼻を衝くといったような生易《なまやさ》しいものではなく、そのせいで和江はこめかみに沁《し》みるような痛みすら感じ始めていた。既《すで》に空気中で害を及ぼすほど攻撃性を持って舞うその匂いの中で和江は、恐怖でほぼ放心している美佐に尋ねた。

「……人の内臓って、いくつだっけ」

「……」

「足りないよねどう考えても……」

和江は五臓六腑《ごぞうろっぷ》、という四文字熟語を思い浮かべた。次に、世界史のテストに出た、エジプトのミイラを作る際に内臓を入れていたという四つの容器の名前を思い出そうとした。たしか動物だとか鳥だとかの顔が付いた神様の形をしているものだ。昔の人は何だって、バラバラにした内臓を動物の入れ物に入れたら甦《よみがえ》るなんて考えたんだろう。

その時、内臓の一つがひくりと動いた。赤黒くぬれた肉塊《にくかい》は、数回脈打った後、くにゃりとアウトラインを変えた。塊はよく見ると四本の足が生えている。足のうちの二本を主に使って内臓はさらに発泡スチロールの箱の中を中心から右隅方向へ四、五センチ移動して、首、のようなものをゆらりと擡《もた》げた。擦《こす》れたスチロール樹脂に、足跡というのか、血塗《ちまみ》れの跡ができた。

塊は、あの声で啼いた。

巨大ゴリラと間違えるほどの響きを持った声の主《ぬし》は、間違いなくこの赤黒い、小さく動く内臓のような塊だった。こんなに小さなものがビニールと発泡スチロールに閉じ込められながらなお、青空に響かんばかりに啼いていたんだ。

和江は耳だけでなく、全身がふるえたように感じた。今まで深く考えずにとった一連の自分の行動と、その結果である目の前の塊に、和江は今になって急に総毛立《そうけだ》つような恐怖を感じた。

――死んじゃう。

そう考えるより早くその塊を手にとって、粘膜を指で拭《ぬぐ》った。ポケットからティッシュを出して包み、摩《さす》った。和江に摩られるままぐねぐね揺れる塊から、赤く染まった薄い紙越しに和江の掌《てのひら》へ染み込むように温度が伝わる。

「何これ……。ネコ？　ネズミ？」

和江の肩越しに、美佐が消え入りそうな声で訊《き》く。顔のほとんどを覆うハンカチと前髪のすき間から、涙ぐんだ目で肉塊の動きを追っている。

「さあ……」

目まぐるしく事が起こっている間に、時間は二人が思っていたよりもずっと経っていた。

帰り道を少し外れた河原の草むらに、和江は拾った空《あ》き缶でごく浅い穴を掘り、動かなくなっていた三つの塊を静かに並べ、土をかけた。おそらくは、生きていた一匹と同じ生き物だった――もっともあの状態で生きていたほうが普通でないことだったのだろうが――。

塗《ぬ》れていた粘膜状の血液は、母親のものだったのかもしれない。拭ってみて初めて、臍《へそ》の緒《お》がついたままの赤裸《あかはだか》の生き物だと解《わか》った。生きていた一匹は、美佐の手の中でティッシュとスポーツタオルに包まれて、寝息を立てている。

「産まれてすぐに捨てられてたんだろうね」

「酷《ひど》いけど、そのほうが大変じゃないだろうし、ねえ」

「これ、どうする？」

「仕方ないじゃん。うちに持って帰るよ」

和江は美佐から、生き物をタオルごと受け取った。

「大丈夫かな？　持って帰って」

「うん、すぐ死んじゃうかもしれないけど」

和江は家に帰ってからの親とのやり取りを想像し、少しだけ面倒だな、と溜息《ためいき》をついた。

七日め

ペットショップの棚に並んだピンク色をした缶の前で、洋子《ようこ》は眉根を寄せ考え込む。

三百グラムが八百円で、一キログラムが千六百円。値段は二つ分で、内容は三倍以上。暫《しばら》く迷った末に結局、洋子は手を伸ばすと小さいほうの缶を取り、レジに向かった。

「大きいほうがお得だよ。かなり」

店の主人はレジ横の小さな水槽に居るミドリガメに餌《えさ》を与えながら、先ほどまで散々《さんざん》悩んでいた洋子の迷いのタネをあっさり掘り返した。洋子はまたさっきと同じような表情で少し

悩んで、それでも、

「これでいいです」

と言ってビニール製の手提《てさ》げに入れてもらうと、会計を済ませ店を出た。

「……高梨《たかなし》？」

自分を呼ぶ声に、洋子は出てきたペットショップの入口を振り返った。会計をしたのだろう、茶色の紙袋を抱えた男子がいた。私服なので気が付くのに少し時間がかかったが、同じクラスで一緒に図書委員をしている井上《いのうえ》だった。

「あれ、井上くん、この辺なんだ」

「ああ。県営A棟」

洋子は中学でも男女分け隔《へだ》てなくたくさんの人と話すが、井上とはあまり言葉を交わすほうではなかった。外国のバンドの雑誌やハードカバーの本をよく読んでいる子で、暗い雰囲気ではないが、なんというか、昨日のバラエティ番組のタレントについて話しても乗ってこないタイプであった。だからその日、井上が洋子に、

「腹すかねえ？」

と誘ってきたのは、とても唐突で奇妙に思えた。

ペットショップのある商店街の、少し駅寄りにチェーンのドーナツ屋があった。そうして今、洋子は井上と向かいあってドーナツを食べている。あまり仲良くない相手と食事をするのはなんだか息苦しい感じがして、一緒にこの店に来たことをほんの少しだけ後悔した。

　男子は、昼休みに友達と食事をしていて喋《しゃべ》っていても、実際に物を食べている時はあまり話さない。それにひきかえ女子は食事中でもトイレでも関係なく会話が続く。さらに洋子の家は三人姉妹であったから、その状態は家でもずっと続いていた。夕食時には母と二人の姉が順番待ちもせずに一日の出来事を報告しあう。もちろんそこには洋子も加わる。だからこんなに静かな食事は、生まれてからこの十四年で初めてかもしれなかった。

　井上の頼んだ四つのドーナツは、全《すべ》てチョコの掛かったものだった。黙々と食べてアイスティーで流し込んだ後に、まだ二つ頼んだうちの一つも食べ終えていない洋子に話しかけた。

「なんか飼ってんの？」

「あ、うん、まあ。……井上くんも、大きい生きもの飼ってるんだ？」

　四人掛けテーブルの洋子の横の席には、さっき買った缶が入ったビニール袋が置いてある。そして、井上の横の椅子には洋子の買ったものより遥《はる》かに大きい、米の五キロ袋ほどの紙袋が載っていた。

「ん……ニワトリ」

　少しためらった井上の口から出た生き物の名前は、洋子が想像していた範囲のものではなかった。

「ニワトリ？……って、コケコッコーの？」

「ん、コケコッコーの」

　我ながら間抜けな訊き方をしたと思ったが、それに対する井上の返事も相当間抜けだったため、少しだけ空気がほぐれた。

「なんだってニワトリなんて飼い始めたの」

「七夕《たなばた》祭り」

「え？　橋田《はしだ》駅のやつ」

「そう。うち団地だからペット駄目でさ、小学校の頃そこでヒヨコ買ってもらって」

「ああ、お祭りのヒヨコ。アレってちゃんと大人になるんだ」

「俺もそう思った。最初」

井上はそう言って少し笑った。下唇《したくちびる》の内側にチョコがこびりついている。

「大丈夫なの、団地でニワトリなんか飼って」

「うーん、まあ朝少し鳴くけど、今のところ何も言われてない」

「散歩とかさせるの」

「いや、つれて歩くとかはしねえけど。……ベランダで飼ってるから、たまに脱走する」

「脱走？」

今まで背もたれに体を預けていた井上が、テーブルに身を乗り出して言った。

「うん。……知ってる？　ニワトリって、飛ぶんだぜ」

「嘘《うそ》、アレ飛ぶの？」

「そう、俺も最初、ビックリしたんだけど」

そう言うと、井上はテーブルの上にあるアイスティーの入ったグラスの縁《ふち》に、人差し指と中指を揃《そろ》えて付ける。

「ここが、ベランダの手すりだとすんじゃん」

二本の指をグラスの縁から離すと、軽くパタパタさせながら斜め下のテーブルの上に着地させた。

「こんな感じで、下がってくみたいに飛ぶ」

「……それって、飛ぶって言うの？」

「でも三階だぜ、ウチ」

「三階？　戻る時とか、どうするの？」

「歩いて、階段昇ってくんの。三階まで来て、俺んちの前に座ってドア開くの待ってる」

「まじで？」

「まじで」

「それひょっとして、凄《すご》く頭いいんじゃないの」

「んだけど、風の強い日はだめなんだよ」

「飛べないの？」

「逆、逆。煽《あお》られすぎて遠いトコに降りちゃうみたいで、迷う」

「戻れないんだ」

「団地って同じ造りの建てもんばっかだから、他の棟《とう》の三階の、俺んちと同じ場所の扉の前で待ってるんだよ」

「どうすんのそれ」

「その人んちから電話掛かってくるんだウチに。お宅のトリちゃん、また来てますよーって。で、俺とか母ちゃんとかが迎えに行くの。すんませーんって」

今洋子の目の前に居る、少しすました少年がニワトリを抱えて団地の間を歩いて帰宅する。それを想像しただけで無性《むしょう》におかしくなった。しかしここで笑いすぎるのもな、と考えて少し微笑《ほほえ》むぐらいにとどめた。

「で、高梨んちは何飼ってんの。なんかの赤ん坊だろ」

なんで私の買ったものを知っているんだろう。ビニールに入ったペット用の缶ミルクを横目で見ながら洋子は戸惑った。

「え、うん、犬」

「なんでデカイほう買わなかったの」

そうか、レジの後ろに居ただろう井上が自分の買った物を知っていてもおかしくないか。洋子は今になって気が付いた。

「なんか、死んだら無駄になるかなー……なんて」

少し笑いながら洋子が言った言葉で、井上との空気がまた少し凝《こご》ったようになった。その変化に気付いて、洋子は慌《あわ》てて付け足す。

「あ、お姉ちゃんたちが拾ってきた犬の赤ちゃんなんだけど、なんかまだ虫みたいに小さくて。他にいた子も全部死んじゃってたみたいで。だから、まあ……」

「へえ。……そいつ凄《すげ》えな」

「え？　あ、そうなの。声とか大きくって。三時間おきとかにミルクあげてるんだけど。……あ、そうか。もうそろそろ……」

洋子は時計を見た。ミルクが足りないことに気付いてペットショップに来て、今からゆっくりでも戻ればちょうど三時間ぐらいだろう。洋子と井上は店を出た。道を分かれてそれぞれの家に帰る時、井上が声を掛けた。

「なあ、高梨」

振り向くと、夕暮れの中で井上は右手を上げて、指を二本揃えて頭の上で一回振った。その妙に気取った挨拶と、左手に抱えたニワトリの餌袋がちぐはぐに見えた。

「飼ってる生き物って、意外に死なねえぜ」

次の日からも相変わらず洋子はあまり井上と話さなかった。全く意識していないと言ったら嘘になるかもしれないが、気になるというよりも、やはり井上の若干《じゃっかん》格好をつけた感じがやりにくいというのが、正直なところだった。

次の月、洋子がペットショップから出て来た時に、

「たかなしー」

と、この間とは打って変わって調子はずれに明るい声を掛けてきた井上は、自転車に乗り片耳だけイヤフォンをしていた。そして、

「ほら、あんときデカイほう買っときゃ良かったじゃんか」

とやはり気取ったように言って笑いながら去って行ってしまった。

四年め

新しくて広いほうと、古くて狭いほうの二種類の学食があった。

新しいほうはパスタのセットが美味《おい》しかったのに対して、古いほうの麺《めん》類はおよそ全て茹《ゆ》ですぎで軟らかい。そのうえ冷水機は錆《さび》の味がしたし、新しいほうが古いほうに合わせているから当然ではあるのだが、値段もほぼ同じだった。ただ、古いほうは夜七時まで開いている。

和江が古いほうの学食へ入った時には日も暮れてしまってほとんどの学生が帰った後で、だから恭介《きょうすけ》の居場所がすぐ解った。

四人用の四角いテーブル一面にレポート用紙や資料を広げ、何やらグシャグシャと文字か図形か解らないものを書き込んでいる。丸めたり破られたりしたものもテーブルの上に散らかっていた。こんなしっちゃかめっちゃかで、よくもどれが失敗でどれがうまく書けているのか判断がつくもんだ。これなら、古代の象形文字のほうがまだ意味が解り易《やす》い気がする、と、和江はいつも思う。

「アパート帰って書けばいいじゃん。近いんだし」

　和江が声を掛けても恭介は無反応だった。テーブルの端には昼に食べたままなのだろう、楕円《だえん》の皿が置いてある。皿の端には恐ろしく乾いたカレーが一口分残っていた。こんなになったら洗うほうも大変なのに。

　和江は黙ってその皿を下げ台に片付けに行った。戻ってきた和江に向かって、

「まだ残ってたのにー」

　恭介は顔を上げて抗議したが、

「え、まさかアレ食べようとしてたの。嘘でしょ」

と言った和江の眉間《みけん》のシワに気圧《けお》されて再び下を向いてしまった。

　二人とも同じゼミの研究生だが、恭介のほうは授業にほとんど顔を出さない。大学に居る時はたいてい演劇部の稽古《けいこ》だとか打ち上げのようなイベントが有る時で、今日は配役の打ち合わせだと言っていた。問題は今、この時点でまだ恭介の脚本が全くできていないことのようだ。頬杖《ほおづえ》をついてみたり頭をグシャグシャやってみたり、資料のコピーを眺めてみたりしている。

　和江は向かいに座ってそれを眺めていた。恭介と付き合い始めたのは、これという決まった日からのことではなかったが、和江の認識ではおそらく一年半は過ぎている。

「あれ」

　和江は資料の一枚を拾い上げた。それは古い犬の写真とロシア語のテキストが印刷された記事のコピーで、狭い機械の中にすっぽりとはまってこちらを向いている犬の写真を、和江

はしげしげ眺めた。

「なにこれ」

「今度の芝居、宇宙ものにしようと思ってるんだよ。なんで？　それ気になる？」

「や、似てるから」

「何に？」

「ウチの犬。顔も体も。耳の先だけ垂《た》れてるのとか、顔の真ん中の白い線がずれてるとこも。ウチの犬の写真かと思った」

「へえ。あ、そうだそうだ。カズに訊こうと思ってたんだ」

「何」

「親に黙って、拾った犬隠して育てようとしたって言ってたじゃん」

「うん、四年前、かな。……そんなこと言ったっけ」

「言った言った。多分新歓《しんかん》で言ってた。実際さ、どのくらいでバレるもんなわけ？」

「たしか三十分くらい」

「短い」

「すぐばれるよ。だって鳴くもん。うちの特に声でかいし」

「そっかー。……うーん」

再び恭介は腕組みをしてテーブルに顎《あご》を載せた。

恭介は和江と付き合い始めた頃には既に演劇部で脚本を書くことに大学生活のほとんどを

費やしていて、単位が卒業に足りそうだとわかってからは授業にも出ていない。一年浪人し、三回生を二度しているので、二歳年上だった。本ばっかり読んで、運動なんてどんなに上機嫌になってもしないのに、感心するぐらい細く背が高い。恭介が猫背を丸め、一字一句が巧《うま》くいかないと言ってはこの世の終わりみたいに大袈裟《おおげさ》に頭を抱えているのを見ると、和江はいつも、なんだかんだ言っても結局日本はまだ平和なんだと実感する。

「なんで。そのことが何か脚本に関係あるの？ ていうか、なんで犬で宇宙なの」

しばらく間があって、恭介はわざとらしいほどバチバチと瞬《まばた》きをしながら言った。

「え、知ってて写真見てたんじゃないの」

「さっきの犬？」

「うん、宇宙に行った犬。すげえ有名なんだけど」

「知らないよ、そんなの」

和江の言葉尻に少しばかり不機嫌そうな気配を感じた恭介は、話を逸《そ》らして続けた。

「今考えてるのが……犬をさ、むかし実験動物っていうかそんな感じで片道燃料だけ積んでばんばん宇宙にすっ飛ばしてた時代があるんだけど、犬好きのエンジニアがこっそり、小さいカプセル状の脱出ポッドをロケットん中に仕込んでたっていう設定で」

「へえ」

「で、他の星に着いた犬がさ、その星の子供に拾われるんだけど、あ、その星はアレな、犬が居ない世界で、だから、まあなんていうか、子供たちは適応力が無くて弱りやすい、知らない生き物を手探りで飼うんだけど、ばれて、生物サンプルとして欲しがる大人たちがいて、それから守りながら、帰すための宇宙船を作って……ああ〜」

「どうしたの」

「ハッピーエンドがいいんだよ。ハッピーエンドに、したい」

「すりゃいいじゃん」

「何がハッピーエンドなんだろうって考え始めちゃったら、なんか解んなくなってきて……あーもう、って」

「ふーん」

「なあ、カズはどういうんがハッピーエンドだと思う？」

和江は早く帰りたかった。学食にはもう二人しか居ない。いつも唐揚《からあ》げを揚げているおばちゃんが、他のテーブルを拭《ふ》いて回りながらこちらに視線で圧力をかける。

「……犬が長生きして、それで死ぬことかなあ」

「故郷の星に帰れなくっても？　生物サンプルとして不自由になっても？」

和江はそれほど考えることなく答えた。

「そりゃそうだよ。かぐや姫もE.T.も、帰ろうが帰るまいが長生きして死ぬならそれが幸せだと……少なくとも私はそう思うよ」

とうとう唐揚げのおばちゃんが申し訳なさそうに二人に声を掛けた。散らばった資料をファイルに収めながら恭介は、

「長生きして死ぬ。かー」

とつぶやいた。

「まあ、芝居にはならないよね」

と和江は笑った。

七年め

陽一《よういち》の連れてきた犬は、目脂《めやに》だらけの顔でニカっと笑った。少なくとも美佐の眼にはそう映った。

「ごめんな。こんな犬、もう誰にも預けたりできなくてさ」

「大丈夫。実家の犬も体弱いっていうか、結構特殊な体質だし、そういうの、慣れてるし。……それよりも大変なんでしょう、お母さんは平気なの？」

「うーん。婆ちゃんの調子があんまり良くないらしい。疲れてることは疲れてる」

「そっか」

陽一の祖母が倒れたのは二か月前で、以来寝たきりの状態が続いていた。経過は芳《かんば》しくなく再び起きられるようになるのはかなり難しいとのことらしい。現在は陽一の母がデイサービスの補助を受けつつ介護していた。しかし実のところ、陽一の実家にはずっと前から〝要介護〟の生き物がいる。シー・ズー犬のペス、御年《おんとし》十八歳のオスだった。

ペスを引き取ってうちで飼おうと陽一に言われた時、美佐は少しも悩むことなく提案を受け入れた。一緒に住んで半年近くの間、特別な我儘《わがまま》も言わずに家の仕事も半分あるいはそれ以上やってくれている陽一の頼みだったし、美佐は動物嫌いでは無かった。

ケージから出されたペスは、サポーターで固定された後ろ足を踏ん張って歩き出す。おぼつかない足取りで、右によろけ、左へまろび、フローリングの廊下でカシャカシャと爪音を立てた。ゆらゆら揺れながら、それでも鼻先だけは前へ前へと伸びている。

「かわいそう。抱っこして連れてってあげようよ」

「待って。一日に少しでも歩かせて、筋肉が弱らないようにしないといけないから」

暫くそうしてから陽一はゆっくりペスを抱き上げると、トイレシートを敷き詰めたケージの中へ降ろした。ペスは足元や柵の匂いをかいだ。鼻のついた場所には、顔の脂《あぶら》というか膿《うみ》というかの、薄飴《うすあめ》色をした汁がついた。

自分の居る場所の確認をした後、ペスはケージの隅にある、以前から愛用している丸い寝床の上に乗り、半回転してすっぽりと収まった。

美佐は陽一と顔を見合わせ、ほっと笑顔になる。

「うちに早く慣れてくれるといいけどね」

「ほんと、ごめんな。なるべく俺が面倒見るから」

美佐は笑顔で首を振り答えた。

「……心配なのは式の時だね。旅行中もペットホテルとか心配だから、お姉ちゃんか妹に頼めればいいんだけど」

「今日もこれから来んの？」

「うん、ペス見たいって、昨日メールで言ってたし」

「月に一回は来るよな。姉ちゃんと妹」

「……良くないかなそういうの」

「なんで、全然。ただ、仲いいよな」

「週末暇なんじゃないの。まあ私も暇だって言って、呼ぶんだけどさ」

「彼氏とか居ねえの？　二人とも」

「さあ……そういうの話さないから」

「じゃあ何話してるんだよ。いっつも、あんなに」

美佐は実家から電車で二駅の距離に、陽一と一緒に住んでいる。家賃が安く広いのと、職場から電車一本だという理由で借りた陽一の部屋に、美佐が後から住み始めた。

近いんだから実家に居なさいと言って最初はいい顔をしなかった母親も、半年後には籍を入れるという約束があったことと、あらかじめ生活態度を見定めたいという美佐の言葉にしぶしぶ説得されて了解した。

和江と洋子は美佐の家に向かう時に、商店街のケーキ店に入りシュークリームを四個買っていく。二人が美佐の家に行く時の決まりだった。

「美佐ネェは、ホントに陽一さんと結婚すんのかなあ」

行く道すがら、洋子は和江に向かって声を掛けた。

「するんじゃないの？　一緒に住んでるし、うちにも結構きてるし、式場も下見してるみたいなこと言ってるし」

「私だったら、あんな人、微妙だなあ」

「なんで。いい人じゃん」

「背、ちっちゃいし。あとさ、アレ、絶対近い将来ハゲるよ。なんかそういうオデコしてるもん。私そういうのなんでかよくわかるんだ」

「なんでわかんのよ。いいんじゃないの。美佐のほうだってあんまり背、高くないし。丁度いいんじゃないの」

「嫌だよー。チビとハゲって、同じ漢字で書くんだよ。知ってた？」

洋子は歩道の縁石《えんせき》に乗って渡りながら、空中に指で『禿』と書いた。

「へえ」

「それと、前、陽一さんにうちの家族の写真見せた時のこと、覚えてる？」

「そんなことあったっけ」

「その時に陽一さん、『面白いワンちゃんですね、どこかの国の輸入種ですか？』って訊いてきて、お父さんが『雑種です』って答えたら、『そうなんですか、ごめんなさい』なんて言って、それで話変えてごまかしてんの」

「だからなんなのよ」

「雑種だったからゴメンナサイなんて、馬鹿にしてる気がしない？」

「考えすぎだって。イタリア人ですかって訊いて、フランス人だったら一応謝るじゃん」

「そんなもの？」

「そんなものだよ」

二人が美佐の家に着くと、ペスは寝息を立てていた。

「なんだ、毛も艶々《つやつや》でちゃんとしてるじゃん。もっとグジャグジャかと思った」

「そうなの。吠《ほ》えないし結構いい子だよ。ペット可とはいえ鳴き声とか少し気にしてたから、良かった」

美佐はシュークリームを皿に並べ、コーヒーを淹《い》れながら言った。さすがに大勢でケージを覗き込んだせいか、ペスは目を覚まして上を見た。

「おお、起きた。さすがに顔はベソベソだねえ。拭いてあげたくなっちゃうね」

「ダメダメ。頻繁《ひんぱん》にぬぐうとね、鼻の粘膜ごとずる剝けちゃうんだって。たまーに、消毒しながらゆっくり押さえるように拭くんだって」

「へえ、犬の介護ってなんか、凄いね」

洋子はケージの縁に顎を載せてしみじみ言った。

「比べたらアレだけどさ、人間の場合は働いてくれていた人っていうか、そういう社会で活躍した人を介護するわけだから、必要なのはわかるけど」

「お金払って買って、子供の頃から世話しっぱなしでさらに介護だもんねえ。うちのもまあ、ずっと介護しているみたいなもんだけど」

和江がペスの首の後ろ辺りを触った。ペスは心地よさそうに顎を上げる。

「なんか、笑ってるみたいだね。顔」

「私も最初そう思ったー」

と、美佐はシュークリームの入った皿をリビングに運ぶ。丸まったまま姉妹を見上げて尻《しっ》尾《ぽ》をぺたぺたと振るペスを眺めていて、洋子がつぶやいた。

「……なんかさ、よく考えたらペスって変わった名前だよね」

「あー、そういえば、犬以外にあんまり聞かない名前かも。あ、シュークリーム、二つは抹茶だから」

「私抹茶がいい。でしょ？　しかも、コロコロだからコロとか、白いからシロとか」

「小さかったからチビとかね。私はカスタードでいいや」

「そうそう、そういうのって理由わかるじゃん。ペスって何」

「あと、ショコラとかクッキーって名前も、他に何か意味のある言葉だったりするし」

「ペスってなんなんだろうね。ペス、ペスって……。ペス……」

なんだかおかしくなったのか、三人は笑い始めた。姉妹が集まるといつもこんな調子で、陽一は置いてけぼりな気分になる。

「……あ、あの」

　ケージに手を掛けて笑っていた三人が、一斉《いっせい》に陽一のほうを見る。

「高梨家のワンちゃん、名前はなんて言うんですか？」

　せーので揃《そろ》えたわけでもないのに、三姉妹は同じタイミングで口を開いた。

「うどん」

十一年め

　真っ暗なワンルームのアパート。その中心で、割り箸《ばし》を掴《つか》み膝《ひざ》を抱えた和江は、息を潜《ひそ》め耳を澄ませる。しばらくして、ゆっくり少しずつ、にじるように右側の壁に寄った。そしてまたしばらく同じように息を潜め、少ししてさらに後ろへ移動した。そして再び沈黙。

（ここだ！）

　確信のもとに雑誌をどけると、そこに沢蟹《さわがに》が居た。

　沢蟹は突然の環境変化に一瞬戸惑い、その隙《すき》をつくように和江の持った割り箸がその胴体を捉《とら》えた。白木《しらき》の棒に挟まれた先でそれは全ての足をこれでもかと動かしたが、今更《いまさら》のことで宙を掻《か》くばかりだった。

「ああもう。逃げたって干《ひ》からびて死ぬだけなのに。バカだねえ」

一人暮らしですっかり板についた独《ひと》り言を口にしながら、和江は沢蟹を金魚鉢《ばち》へ戻した。金魚鉢にはあと一匹の沢蟹が居て、ボチャンと乱暴に戻された脱走者を慌て姿で迎えた。和江が転職をして一人暮らしを始めたのは五か月前で、引っ越しをして初めてスーパーに入った時に、沢蟹は一パック八匹入りで〝唐揚げ用〟と書かれ売られていた。二百五十円だった。半分の四匹はすでに動かなくなっていたので、残り半分を口を切ったペットボトルに入れて飼い始めた。

スルメでもパン粉でもよく食べて、餌の予感がすると寄って来るほどになり、それなりに可愛《かわい》かったのだが何せ脱走がひどい。蓋を付けてテープで留めて、それでも職場から帰ると全員居ないなんてこともあった。最近は金魚鉢を買ったので少しはましになったが、それでも一匹二匹はしばしば脱走し、ついには二匹が、完全に行方不明になった。

和江のほうも慣れたもので、居ないとわかればまず電気という電気を消し、冷蔵庫のプラグを抜く。蛍光灯や冷蔵庫の微かな通電音さえも無い状態で耳を澄ましていると、大抵《たいてい》前後左右のどこかからカサリと音がするので、そのほうに寄ってまたじっとしていると、同じように音がする。こうして部屋を二分の一、四分の一、八分の一と追い詰めていくと、その頃には和江の目も暗闇に慣れ、かなりの高確率で短時間に脱走者を発見することができるのだ。

脱走者は足先に埃《ほこり》を纏《まと》わせ、鉢の底で不満気に揺れている。和江がそれを眺めていると携帯が鳴った。洋子からだった。どうしたのだろう、よっぽどのことがない限り、メールもろくによこさなくなった妹が電話なんて。

「もしもし」

「おねえちゃん、今、大丈夫？」

洋子の声は若干低く、言い回しにちょっとばかり深刻な感じが漂っていた。

「うん、何？」

「今、病院に居るんだけど」

「え、なんで」

「うどんが」

「うどん？　じゃあ、斉藤《さいとう》さん？」

斉藤さんというのは、いつも行っている動物病院だった。髭《ひげ》を蓄《たくわ》えたインチキくさい先生がいつもうどんの名前と外見をからかう。

「ううん、斉藤さんこの時間もう終わっちゃってるから今駅前の病院来てる」

「どうしたの。発作？」

「うん、痙攣《けいれん》と、あと少し暴れた。今はもう平気で寝てるみたい。問題ないって。骨も平気だって。すっごく太いらしいよ、うどんの骨」

「どっかぶつけたの」

「てゆうかさあ。聞いてよ。違うんだよ。お母さんが踏んだの」

「踏んだ？　うどんを？」

「そう。信じらんないよ。リビングで練習とか言って」

「なんの練習よ」

「ムーンウォーク」

「へ？」

「なんか、ムーンウォークやりたいとか言って練習し始めたらしくって、よろけてうどん踏んじゃったんだよ。思いっきり。もう最悪。まあ、骨にも異常無いみたいだし、最初パニックになってたけど、今落ち着いてるし大丈夫。じゃあね」

「え、ちょっと待って本当に平気なの。てかなんでムーンウォーク」

「うん。イライラしたから電話しちゃった。ごめん。じゃあね」

「あ、うん」

「今度帰ってきたらお母さんに注意しといてよ。お姉ちゃんからも」

「……わかった。……じゃあ」

「うん、風邪《かぜ》はやってるみたいだから気をつけて。今日寒いし。じゃあね」

電話が切れると、アパートが今までよりずっと静かだったことに気がついて和江は冷蔵庫のプラグを入れた。ブン、と部屋に微《かす》かな音がひびいた。

扉から牛乳を出してコップに注ぎ、冷蔵庫にパックをしまうとコップを持ってベッドに腰掛けた。まだ何か寂しい感じがして、リモコンでＦＭラジオをつけると、全くの偶然で「スムースクリミナル」が流れだした。和江は、

（よりによって）

と声を出さずに笑った。牛乳を飲みながら、さっき蟹の隠れ家になっていた雑誌を取り上げて開くが、どのページに書いてあることもムーンウォークで飼い犬を踏み潰す母の破壊的な面白さに敵《かな》うはずがない気がして、和江は雑誌を閉じるとベッド横のテーブルに置いた。

テーブルの金魚鉢で、脱走したほうの蟹から空気の泡が一粒昇った。

十五年め

越後《えちご》湯《ゆ》沢《ざわ》から富山へ向かう〈はくたか〉は、毎年この時期同じようにダイヤが乱れる。大雪のせいだ。

「やっぱり車でお父さんたちと行けば良かったんじゃないの」

「大丈夫でしょう。読経《どきょう》に間に合わないってことは無いはずだから」

ドアが閉まったものの一向《いっこう》に動こうとしない列車のボックスシートに座り、洋子は携帯を開きながら答えた。圏外《けんがい》だった。だがそもそもこんな運行状況では、路線の検索も時刻表サイトも役に立たないと思えた。少しだけ苛立《いらだ》った洋子は、携帯をパチンとたたんで言った。

「そもそもお姉ちゃんが仕事を抜けられないかも知れないって言うから、お父さん達が昨日のうちに車で行ったんでしょう。チケットだって、取るの急だと大変なんだよ」

「だってしょうがないじゃない。この時期に休み取れただけでも凄いことなんだから。美佐だって来れなかったんだから私が行けなくっても問題ないでしょ」

「美佐ネェはもう高梨家じゃないもん。お姉ちゃんは長女なんだから」

「お母さんのほうのお婆ちゃんだから、高梨とか関係ないじゃん」

しばらくして列車は、雪の中を滑りだすようにホームから離れた。

運行が再開してからも〈はくたか〉は時に何もない場所で止まり、時にのろのろとだるそうに車体を引きずって動きながらそれでもなんとか昼前には富山駅に到着した。

ビルが立ち並ぶ栄えたターミナル駅は雪こそ降っていたものの、さすがに身動きが取れないということはなかった。バスも路面電車も普通に動いていたが、到着が遅れていたこともあって二人はタクシーを使った。

「ああ、和江ちゃん洋子ちゃん、こんな寒いがに大変だったねえ。ほらストーブ当たって、ゆっくりせられ」

すでに親戚一同の集まった古い鉄骨家屋では、やれビールの準備がどうだ、お饅頭《まんじゅう》の手配がどうだと見知った人たちがばたついていた。

「あ、おばさん、ありがとうございます。あの、お婆ちゃんは」

「ああ、ハツ乃《の》さん、雄二《ゆうじ》さんのおる部屋におられるよ。お線香、あげてあげて」

台所の横を抜けてリビングに行く廊下の途中、障子《しょうじ》を開けると小さな和室があり、部屋に余るほど立派な仏壇が造りつけられている。生前の祖母も親族も皆、この部屋を〝雄二さんのおる部屋〟といった。もう既に白木のすべすべした棺《ひつぎ》に収まった祖母が、祖父の遺影の前に横たわっていた。二人はその前に並んで座り、置かれていた蠟燭《ろうそく》で線香に火をつけた。

「お棺《かん》、大きいね」

「婆ちゃん小さいのにね」

意味のあるような無いような会話をしていると、不意に後ろから声がした。

「あー、あんたたち、もう来てたんだ」

母親は、喪服の上からエプロンを付け、雑誌を束《たば》ねた大きな塊を抱えている。よたよたと部屋に入ってくると、大儀そうに二人の横に腰掛けた。

「意外と早かったじゃないの」

「うん、思ったより早く電車動いたよ。なんか手伝うことある？」

「あらかた片付いたから大丈夫。裕《ゆう》ちゃんとこのおばさんとね、整理してたのよ。お婆ちゃん物捨てないでしょう。大変よ」

息を鼻から漏らし、母が続ける。

「お爺ちゃん亡くなってから、ほとんど寝たきりだったもんねえ」

二人の祖父母、母の両親であるハツ乃と雄二は当時としては晩婚で、どちらも三十を過ぎていたそうだ。といっても十代の頃からずっと交際をしていたというから、今のような恋愛結婚とは少し質が違うだろう。雄二が亡くなった時のハツ乃の憔悴《しょうすい》しきった様子は、和江も洋子もよく覚えている。

「秀美《ひでみ》ちゃん、秀美ちゃん」

廊下のほうから母を呼ぶ声がしたので、和江は部屋の障子の下、ガラス張りの部分から声のしたほうを見た。

「裕ちゃんのおばさん。あ、お母さんこっち居ますー」

「あー、和ちゃん洋ちゃん、あらら、すっかりお姉さんになって」

「あ、ハイお久しぶりです」

「そうそう。これ、面白い物出てきたわーと思って」

朗《ほが》らかで恰幅《かっぷく》の良い裕ちゃんのおばさんから、一枚の写真が和江に手渡された。かなり傷んだ白黒のそれには、そう可愛くもないおかっぱ頭をした五、六歳ほどの少女が、ひどく大袈裟なフリルで飾られたブラウスを着て写っている。

「何、これ……」

周りの建物など印象が違ってはいるが、撮《と》った場所はおそらくこの家の玄関だろう。少女は笑顔になるでもなく、手をしっかり横につけて〝気をつけ〟の姿勢で立っている。そこまではごくありふれた古いスナップなのだが、なぜかその少女の肩に鳥が止まっていた。

こう言うと、誰しも可愛らしい小鳥を思い浮かべそうなものだが、それはフクロウだった。休んでいる高さだけでも少女の上半身ほどあり、羽を広げたら間違いなく少女を摑んだまま飛んで行ってしまいそうに立派な猛禽《もうきん》は、無表情な少女に寄りそい目を細めていた。

「あら大将。懐《なつ》かしい」

「そうそう大将。秀美ちゃんに良くなついてて」

和江はその小さな写真を裏返した。ボールペンで〝秀美 小学校入学 大将と〟と走り書きされている。

「何、お母さん、フクロウなんて飼ってたの」

「そうそう。大将、可愛かったのよー」

祖父の雄二は、戦争で南の島にいた時に、現地の人や他の兵士と仲良くやるための手段としてほんの少し嗜《たしな》んでいた程度で、タバコも酒もほとんどのまなかった。雄二の隊が派遣されていた田舎《いなか》の島は運良く農作物がわりあいに豊かで、攻撃も受けなかったため、飢《う》えたり病気したりすることなく至極《しごく》健康的な状態で戻ってきたそうだ。ハツ乃が残っていた富山市街地のほうが、大空襲を受けてよっぽど危機的状況だったらしい。

駐留時に島で見たオオトカゲの話や大蝙蝠《おおこうもり》の話を母は何度も聞かされたという。ただ雄二は少し乱暴なところがあって、まあそれは性分《しょうぶん》というよりもその時代の男に生まれていたら自然と身につくタイプの凶暴さの範疇《はんちゅう》だったかもしれない。戦後しばらく家の周りには泥棒やら野犬を避けるために罠《わな》をいくつか仕掛けていて、家に入ってきた仔猫《こねこ》なんかはハエたたきで殺した。

大将は、雄二の仕掛けたうちの一つの罠にかかっていたフクロウだった。だから母の「弱っていたフクロウを助けた」という自慢は、実のところそれほど大層《たいそう》な美談という訳《わけ》でもない。母は思い出すように言った。

「ウチは貧乏じゃなかったけど、婆ちゃんが生き物をお金で買うのは良くないって主義の人だったから、オタマジャクシでもなんでも、自分で捕《と》ったか拾うかしないとペットにできなかったからね」

ハツ乃は雄二とは逆で、かなり若いうちからタバコや酒を覚えた。小柄ではあったが派手顔で、学校などほとんど行っていなかったのに独学で英語や中国語を片言《かたこと》ながら覚えて話したという。そうして戦後は海外からの雑貨品だの、中国の漢方だのを扱って商売をした。だから結婚も出産も当時にしては遅かったが、そのぶん娘である秀美はそこそこいい暮らしをしていたようだ。どの写真もかしこまった服を着て、頬がてかりパンと張っている。

富山弁で恋愛結婚のことを〝馴《なじ》染み添《ぞ》い〟という。現在でも富山県は見合い結婚率が全国トップクラスという土地柄だから、いわんやその時代の馴染み添いと言ったら相当に珍しいことだったと親族皆が口を揃えた。さらにハツ乃と雄二の恋愛の始まりから結婚の間には戦争があったのだから、派手ではないにしても大恋愛であるのは間違いなかった。

葬式は拍子抜けするほどあっさりと終わった。しばらく寝たきりだったこともあって、皆の心の中の準備も少しずつ進んでいたのかもしれない。兄弟や子や孫たちは静かに悲しみ、その人生をねぎらった。

食事会もすみ、お寺の人たちが帰ると、親族だけが残った。

「お母さんたちはあと何日ぐらいいるの」

「そうね、お父さんの休みが週末まで取れたから、日曜まで居てもいいかなとは思うけど……」

「何か用事でもあるの」

「いや、うどんが」

「ああ、うどん。いいんじゃない。うちらでなんとかするよ」

「でも和江はすぐアパート帰るだろうし、洋子も仕事でしょう。昼間とか、心配だしねえ。……もう慣れたけど、つくづく生きものって面倒くさいねえ。何の役にも立たないのに、なんだかんだで手間がかかる」

母の溜息交じりの愚痴《ぐち》に和江が軽く反論する。

「役に立ってるかもわかんないじゃん」

「何の」

「うーん……地震とかなんか、地球の危機を予知する、とか」

「あんたたち、うどんがあんだけ暴れても、どこかに逃げようなんて思ったことある？」

和江と洋子は少し考え、同じタイミングで左右逆向きに首を振って、その後声を上げて笑った。

「まあ、あんたたちだって特別何の役に立ってるって訳じゃないしね」

「だって私たちは血が繋がってるんだもん。種《しゅ》の保存、だよ。犬は絶滅寸前って訳でもないのに」

と洋子がむくれて言うのを横で聞いていた裕ちゃんが思い出したように口を挟んだ。

「うどんって、あのワンちゃん？　和ちゃんの拾ってきたっていう」

裕ちゃんは二人の従姉妹《いとこ》で、和江の五歳年上だった。現在二番目の子供を身ごもっている。

「そう。もううちに来て十五年だもの」

三姉妹の成長や、祖父母の死、他のたくさん、全てをひっくるめてうんざりしたように母が応えた。

「ええー、もうそんなになる。和ちゃんも洋ちゃんも、大人になる訳だわ。それにしても、うどんちゃん、長生きで凄いねえ」

「雑種だからか、ねえ」

ストーブの横でコーヒーをすすりながら、和江が呟《つぶや》く。

「お姉ちゃんがすぐ死ぬっていうから、飼い始めたんだけどねえ」

携帯をいじって笑いながら、洋子は言った。その画面を裕ちゃんに向けて見せる。

「これ、うどん」

「わ、なにこの顔。なんか怒ってない？」

「カメラ向けると吼《ほ》えるの。フラッシュとか苦手みたい。興奮するとしょっちゅう痙攣して暴れたり、口から泡吹いたりすることもあるの」

「え、それはなに、病気？」

「うーん、なんか、前に一回病院で診《み》てもらったことあったよね。お母さん」

「そう。最初の頃はビックリして。調べてもらって、脳にちょっと水が溜《た》まるとか遺伝子がどうとかって問題があるかもしれないって、言われたけど……。お母さんね、違うと思ってるの」

「は？」

いぶかしげな顔をする三人をゆっくりと見回して、それから母は真剣な顔で続けた。

「あの子は、母のぬくもりを知らないから……なんていうのかしら、ＰＴＳＤ？　そういう不安みたいなものが、発作的に爆発してるんじゃないかって、思うのよ」

そう言い終えると、母は満足したように二、三度頷《うなず》いた。少しして、周りの三人は同時に笑い出した。真剣な秀美の顔は、確かに数十年前、この玄関先でフクロウを肩に載せた少女の表情をしていた。

母は関西にある女子大学の卒業を記念し友達と二人でジャカルタに行った時、同僚と有給休暇を満喫《まんきつ》していた父と出会った。意気投合して成田からそのままスーツケース一つで東京の父のアパートに転がり込み、あれよあれよという間に三人の娘を産んだ。

母は三姉妹を産む際、富山の両親にあまり相談をしなかったらしい。それは母の血液型がＲｈ陰性《マイナス》という、病気ではないが若干珍しい体質だったせいで、相談したら反対されるかもしれないという気持ちがあったからだろう。和江は初産《ういざん》でも問題なかったが、美佐と洋子を出産する際、母は少しだけ人より長く入院した。それでも退院の時には立派に膨《ふく》れた女の赤ちゃんを抱えて得意気に帰宅してきた。今でもテレビドラマなんかで、産むか産まぬかと悩むシーンが出てくる時には、

「産んじゃえばいいのに」

とブラウン管のこちら側でファミリーパックのキットカットを食べながら女優さんに向かってアドバイスしている。

雪の日の富山は、夕方が来るのも早いように感じた。その日のうちに東京に戻るとなると、和江も洋子もあまり遅くまで居ることはできなかった。

「お世話様でした、おばさん。何かばたばたですみません。あと、美佐も本当は来たかったみたいなんですけど」

「大丈夫よ。美佐ちゃんは旦那さんのお祖母《ばあ》さまも大変な時なんだから。和ちゃんも、忙しいのねえ。忌引《きびき》もゆっくり取れないなんて」

「まあ、時期によるんですけど……」

「二人とも、頑張ってね。お母さんも疲れてるだろうから。支えてあげてね」

「はい」

「あと、お婿《むこ》さんも探さないと」

「あはは」

持たされた折り詰めやらお茶やら入った紙袋を提《さ》げて、二人は路面電車の駅に向かった。

ビルと城の街に、静かに雪が降っている。和江は少し暗い気持ちで声に出した。

「まだ、電車遅れてるかな」

携帯をいじりながら洋子は答えた。

「まあ、これだけ降ってればねえ」

アスファルトに薄く、半透明に積もった雪は、足跡をつけるとごく簡単に地面が見える。

ふいに洋子が立ち止まって、声を上げた。

「あ。きつね」

「え、嘘、どこどこ」

「やだ、違うよ。こんな街中《まちなか》に居るわけないでしょ」

たしかにいくら雪国とはいえ、こんなオフィスビルの立ち並ぶ駅前交差点に狐《きつね》など居るはずがない。洋子は言葉を続けた。

「お婆ちゃんの話、思い出したの。狐が憑《つ》いた女の人の話」

「あー、なんかあったね。ちょっとだけ覚えてるかも」

「ねえ」

「ん？」

「うどん、狐が憑いてるのかなあ」

洋子の言葉で思い出し、和江はふっと笑顔になる。ハツ乃お婆ちゃんは怖い話をそれらしく話すのが大好きだった。日本だけでなく遠い国の妖怪の話や、実際に居た残忍な人殺しの話をしては、和江をはじめとする孫たちを怖がらせていた。

狐憑きの話も今となってはどうということのない話だが、当時は怖くて、その話を聞いた後しばらくは、近所のお稲荷《いなり》さんにいる細長い狐の像にも脅《おび》えていたものだ。

「狐憑きって、犬が苦手なんじゃなかった?」

「え、そうだっけ。お姉ちゃんよく覚えてんね」

狐憑きん娘《こ》よ　裸にひん剝いて
マグロのすり身塗ったくって
犬になめさせりゃあ
狐の怖がって抜けていくわいよぉ

「そもそも狐なんか憑いててあんなに長生きしてちゃ、世話ないよ」

和江はていねいにビニールで雪避《ゆきよ》けされた紙袋を、勢いよく前後に振って歩いた。

「嫌だお姉ちゃん、おこわが寄っちゃう」

洋子は口をとがらせた。


白い空から馬鹿みたいに落ちてくる富山の雪は、東京のそれとは大違いにさらさらで、和江が上を向いて口を開けていると舌の上でちりちり溶けて消えた。

この空の、くすんでいるのに明るい白さはなんだろう。

眺めているうち、白さの中を何かが飛んでいることに気づいた。それ自体も白かったからよく見ないと気づかない程のものだったが、眺めながら、何かに似ていると和江は思った。

前に雑誌かテレビかで見たような気がする。

昔の映画に出てくる、平べったくって四角い宇宙船のようなものだった。ただただ四角いだけで翼もエンジンらしきものも見当たらない。箱はゆっくりと白い空を横切って浮いている。雪は箱の底面から降っているようだった。四角く白い胴体が削れて散り、雪に変わっている。

「発泡スチロールの箱、だ」

和江は言葉に出してしまってから慌てて辺りを見回した。駅からさほど離れていない交差点にもかかわらず通行人は和江と洋子しかいなかった。洋子は熱心に携帯を見ていて、和江の言葉はおろか上空のそれにさえも気づいていない。

和江は空に視線を戻した。近づいているのか、目が慣れたのか、さっきよりもずっと大きくなって空を覆っているように見えた。和江の頭上をゆっくり、鯨《くじら》を水底《みなそこ》から見上げるような感じで発泡スチロールの宇宙船は浮いて動く。と、底面の真ん中辺りが観音《かんのん》開きに小さく開いた。中からは人工的な光沢を持った黒色が覗いていて、水分を湛《たた》えているのか開いた場所から撓《たわ》んでいるみたいにせり出している。と、その黒が破れて出てきたのはカプセル状のものだった。四つ降りてきた。

カプセルは卵の下だけを平らにした形で、パラシュートも無いのにゆっくりと空を舞っている。

よく見ると卵形の上には何かが載っていた。動物だとか鳥だとかの頭の形をした、カプセルの蓋だった。地面に近づくにつれ、カプセルは人がちょうど入るような大きさであることが解った。

　カプセルはゆっくりと降りてきて、音もなく雪の上につくとそのうち三つの蓋が少しだけずれて開く。カプセル本体は見た目美しい曲線で光沢もあったので金属か樹脂製だと思っていたが、蓋のずれる音は石のそれだった。

　出てきたのは山犬というか狐というか、おそらくはそういった生き物であった。といっても狐なのは頭だけで、体は人間のものだ。腰に布を巻いた姿で、右手には、金属でできた武器にもなりそうな細い杖《つえ》、左手に同じような金属製の輪がついた十字架状のものを摑んでいる。三匹とも同じ格好だった。というより同じ生き物なのかもしれなかった。残りの開かないカプセルを、三匹は囲んでじっと見ている。

　富山の雪の中、三匹の狐が立っているのを見て、まるで私たちみたいだ、と和江は思った。

「ああ、そっか」

瞬間、和江の周りに漂って浮く雪が一段階明るくなった。

和江は自分たちがうどんを拾い、必死で育ててきたことの理由が解った気がした。

　産まれたての、血塗れの、ぐねぐねと動く生臭い肉塊。死んでしまうかも知れないという、総毛立つほどの恐怖。蟹や、フクロウ。養育、介護、老犬。散歩中の発作。水槽からの脱走。たくさんの〝何か〟を、食べるためにでも働かせるためにでもなく育ててきた。人間ではない、絶滅する心配のない生き物。食が細っては気をもみ、追っては捕まえた。今まで不思議に思わず、まともに考えてもみなかった理由だった。
いまごろ家ではたぶん、うどんが寝息を立てている。

雲南省スー族におけるＶＲ技術の使用例

柴田勝家

デビュー時、一旦は編集部から筆名変更を迫られたが、風貌と言動が戦国武将然としていたため編集長から柴田勝家を名乗ることを許された。そんな作家のデビュー作は、古風な外見とは違い、ＳＦの先端を意識した長篇だった。第2回ハヤカワＳＦコンテストの大賞受賞作『ニルヤの島』（ハヤカワ文庫ＪＡ、二〇一四年）は、死後の世界が否定され宗教が消滅した近未来、ミクロネシアを舞台に、新たな世界認識のヴィジョンをトリッキーな構成で語るもの。大学院で専攻した民俗学の知識を駆使しつつ、叙述においては伊藤計劃『ハーモニー』を、アイデアにおいてはグレッグ・イーガン『順列都市』を連想させる、若い才気の迸る作品だ。ＳＦ長篇第二作『クロニスタ　戦争人類学者』（ハヤカワ文庫ＪＡ、二〇一六年）は、「自己相」と呼ばれる共感技術で世界が覆われた時代のボーイミーツガールで、伊藤計劃の諸作品に対する返歌となっている。

右記二作は伊藤計劃の強い影響下にあったが、『ヒト夜の永い夢』（ハヤカワ文庫ＪＡ、二〇一九年）では作風ががらりと変化。博物学者・南方熊楠が超能力研究者・福来友吉と出会い、粘菌コンピュータで動く自動人形「天皇機関」を作成するという改変歴史であり、江戸川乱歩、北一輝ら昭和初期怪人物オールスター出演でおくる、荒俣宏『帝都物語』の香り漂う一大伝奇小説だった。

柴田勝家（しばた・かついえ）は一九八七年東京都生まれ。早川以外では、『ゴーストケース　心霊科学捜査官』から始まる《心霊科学捜査官》シリーズ（既刊三巻、講談社タイガ）、近未来を舞台にロイズの保険外交員が活躍する《ワールド・インシュランス》シリーズ（全三巻、星海社）がある。短篇はまだ少ないが、『年刊日本ＳＦ傑作選　おうむの夢と操り人形』に「検疫官」が収録。「雲南省スー族におけるＶＲ技術の使用例」の初出はＳＦマガジン二〇一六年十二月号のＶＲ／ＡＲ特集。ＶＲと民俗学を絡め、真面目な形式で奇天烈な風習をもつ民族を語る法螺話。『伊藤計劃トリビュート2』と『短篇ベストコレクション　現代の小説２０１７』（徳間文庫）に再録ののち、第49回星雲賞日本短編部門を受賞。受賞記念として、柴田勝家Ｐによる、「アイドルマスター　シンデレラガールズ　ビューイングレボリューション」体験記とセットで電子販売された。（伴名）

中国南部、雲南省《うんなん》とベトナム、ラオスにまたがるところに、ＶＲ《バーチャル・リアリティ》のヘッドセットをつけて暮らす、少数民族スー族の自治区がある。

彼らは生まれた直後に、ヘッドセットをつけられ、仮想のＶＲ世界の中で人生を送る。首《くび》長《なが》族として知られるカヤン族が、幼少期から真鍮《しんちゅう》製の首輪をつけ、それを次第に増やすのと同様に、彼らもまた、長ずる程に独自の装飾が施されたヘッドセットへとつけ替えていく。

スー族の人口は僅《わず》か六千人規模で、中国国内における少数民族の中では極めて少ない部類に入る。山岳民族としては珍しく、一地域に定住し、山羊の飼育と国内向けのソフト開発――これは二〇年代に中国が推奨した、少数民族によるＳＥ《システムエンジニア》技術者養成政策の賜物《たまもの》でもある――によって生計を立てている。

ＶＲのヘッドセットをつけて暮らすというのも、元は数十年前に、この地のプログラマーがこぞって上海のＩＴ企業に雇われ、その時に開発したＶＲ技術を持ち帰ったのが始まりであったとされる。それ以降は、ベトナムやラオスを経由して運ばれる安価なヘッドセットを買い取り、スー族のプログラマーが自身で開発したソフトを走らせているという。そうして雲南省最大の、つまり世界最大の水力発電所がもたらす電力を使いつつ、彼らは永遠に自分達だけの世界に浸って生きているのだ。

スー族を独特な民族として語る時には、いつであれ彼らだけのＶＲ世界のことが注目される。しかし、彼らがＶＲを通して、実際に何を見ているのかは未だに明らかにされていない。一説には彼らの祖先の神話を描いたものと言われているが、そこが曖昧にされているのにも理由がある。それはつまり、我々が我々の世界に囚われている限り、彼らの世界を理解できないということだ。

スー族の自治区に入ると、まず目につくのが険しい山脈と、茫々《ぼうぼう》と生える緑の草、そして居留地の区切りを示す石造りの道標である。

長年使われてきたであろう石階段を昇ると、スー族の居留地が見える。家屋は石造りと土造りが混ざった形態で、村の中央に大家を意味するバジが存在する。バジは共同生活の場であり、スー族の人間は寝る時以外は、常にこのバジで暮らしている。

五色に彩られたバジは、一種の荘厳さがあるが、常にヘッドセットをつけている彼らにとっては、色も装飾も何ら意味を持たない。あくまで外部から来た人間に部族の伝統を示す目的でしかなく、実際、彼ら自身の個人家屋は簡素なものであり、一切の装飾がない。

バジに入ると、端童《ルートン》と呼ばれる外部向けの案内役が出迎える。彼らは二人一組で行動し、一人は村の人間としてヘッドセットをつけているが、もう一人は取次役としてヘッドセットをつけていない——これは主に近隣の部族から迎えられた端童の妻などが担う。

スー族の伝統衣装というものも、数十年前には存在したらしいが、現在では全ての人間が都会的ないでたちをしている。それというのも、彼ら自身がVR空間でのみ伝統衣装を着る方向へと変わっていったからだという。今では、伝統的な民族の装いとして残されているのは、年齢や職業によって差異を見せるヘッドセットだけとなっている。

端童はバジを案内してくれ、共同生活の場としていかにそれが重宝されているのかを説く。山羊の鳴き声が聞こえるのは、このバジの裏手に放牧地があるからだとし、これらも外の部族から来た女性が介添人として面倒を見ているという。

バジの中央では何人ものスー族が、籐座《アタドウ》と呼ばれる籐製の独特の椅子に腰掛けている。彼らは身動きもせず、ひたすらVR空間に没入している。会話をするでもなく、村の人間が一列に並ぶ光景は確かに異様でもある。端童の話では、スー族の人間の多くがVR空間上で生活をしているという。彼の言う生活とは、即ち現在も行われているソフト開発と、その他、村の儀礼などを指す。

スー族は独自に開発したVR空間を持ち、これは外部の人間では見ることは叶わないが、僅かに説明される限りでは、スー族の宇宙観ともいえる山を中心にした神話的風景の世界であり、距離と時間を問わず、村人のアバターが点在しているという。村の人間は物理的距離とは一切関係なく、その空間で互いに交流し、日々の生活を送っている。このVR空間は一つの集落だけのものではなく、山を挟んで複数存在する他のスー族の集落とも共有しているという。

食事の時ですらヘッドセットを外すことはなく、彼らは慣れた様子で、介添人の運んできたものを籐座に腰掛けたまま食べる。主食は山羊の乳で作ったチーズと麦だが、これはVR空間上であらゆる食物と香りが投影されるおかげで――これも現実とは異なるものを脳が勝手に補正するクロスモーダル知覚の一例だ――何も不自由に感じていないという。彼らの生活はVR上で完結する為に、余計なものは一切必要ないのだ。

彼らが席を外すのは用をたす時と寝る時のみで、介添人の女性の手を借りて移動をする。一見すると外部の村から来た人間が奴隷のように働かされているように感じるが、決してそうではない。スー族の人間にとって介添人の存在は自分達の世界と現実世界を繋ぐ、一種の神聖な存在として扱われる。

これは我々の世界にとっては、神霊の世界を物語る巫女やシャーマンと逆の位相にある存在ともいえる。より現実的な例ではオリヴァー・サックスの『色のない島へ』で語られる、先天性全色盲の島民の存在を思い起こさせる。その話では、全色盲の島民は決してマイノリティではなく、健常者の島民と対等な関係を築いているのだ。

スー族の生活で、最も興味深いのは結婚と出産の儀礼だ。

いくらかの村人は、よその民族の女性を妻に迎えることがあるが、それは代々、端童の職掌を担ってきた家系——この村では現在、三つの家族が相当していた——のみで、他の村人は同じスー族で他の集落に暮らす者を配偶者とする。

彼らはVR空間の中で出会い、そこで恋愛をするという。少数民族的な風習とはかけ離れた、いかにも都会的な自由恋愛の先に婚姻があるのだ。そうしてVR空間で結婚の約束を取り交わすと、主として女性側が夫のいる集落を訪れる。山越えを経ての婚姻である為、この時は集落の長老が特別に街のガイドを雇って、ヘッドセットをつけた花嫁を運ぶのだという。

結婚式もVR空間の中で執り行われる為に、外から見る限りはその行程は極めて質素だ。至って普通の格好で村に訪れた花嫁は、バジに招かれて、そこで座す花婿の肉体と出会うことになる。VR空間上では何度となく、両者はアバターを通じて触れ合っていたが、ここに至って初めて互いの肉体を知る。しかし彼らにとって、肉体というのは単なる外部化された装置に過ぎず、そこには顔の美醜や体型の好みなどは一切関係ない。

そもそも配偶者が婚姻によって村を訪れるのは、ひとえに子供を作るという即物的な目的の為であり、それを目的としないで、VR空間上のみで結婚を果たしたカップルも多く存在するという。そして、そういった何組かのカップルは、実は同性であることが後から判明し、顔を合わせたくても合わせられない事情があると、端童の男性が面白おかしく語っていた。

そういった複雑な恋愛関係の中で、無事に婚姻を果たしたカップルは次に子供を作る——当然、セックスの最中も互いのヘッドセットを外すことはない。そうして生まれた子供は、長老の次に権力を持つ産婆の元で、人生最初の儀礼を受ける。

つまり、ヘッドセットの装着である。

乳児用のヘッドセットも、このスー族が独自に開発したもので、巷《ちまた》に出回っているものではない。とはいえ同時期に何十人も乳児がいるわけでもない為、大体は使い回しである。

乳児がヘッドセットをつけるのは、首がすわる時期からで、そういったものは産婆が全て感覚で見計らうという。乳児の見ている世界と齟齬《そご》のないように、機能は大きく制限されており、ＶＲ空間上に母親の乳首が判別できるような光点が表示されるのが、乳児用ヘッドセットの特徴だという。

こうして一度ヘッドセットを装着すると、以後は成長する毎に新しいものにつけ替えられる。そしてつけ替えの瞬間でさえ、子供には目を瞑《つむ》るように厳しく言い含める。このつけ替えの時、スー族の人間は、目を開けると悪魔に魅入られると説く。目を開けた子供は「薄目で世界を覗いた者」を意味するスージンになると伝えられ、元の世界には帰ってこられないと脅される。こういったこともあり、ヘッドセットをつけ替える時もスー族の人間は外界の情報から身を守ろうとする。スー族の人間が現実世界を目にするのは、実に生まれてから僅か数カ月程度でしかない。

スー族の子供は大人と違い、バジの外に出ることも多いが、それでも一箇所に固まって座り、ヘッドセットを通してＶＲ空間上で遊ぶことになる。スー族の人間が極めて貧弱な体つきをしているのも、ここに原因があるとする論文もある。とはいえ、歩行に支障がなければ、日夜篠座に腰掛けて暮らすだけで良いのだから、特別に体を鍛える必要もない。

ここで一つ踏み込んで、スー族の見ているVR空間についての論考をしてみたい。まず、この話をする前に今から十数年前に起きた一つの悲劇について話しておきたい。それはドイツの研究チームが、とあるスー族の集落を訪れた時の話である。彼らはスー族が見ている世界がどういったものなのか、また生まれながらにしてVR世界に没入している彼らにとって、現実世界がどういった意味を持つのか、それを心理学的、精神医学的に解明しようという試みを持っていた。

研究チームの一人が――彼らは例外なく、友好的なスー族によって出迎えられていた――夜半の内に、あるスー族の男性の家へと忍び込み、ヘッドセットをつけたまま寝ている彼の傍《そば》へと寄ると、あろうことかその頭を覆う装置を取り外してしまった。哀れな男性はそこで飛び起き、自身に起こった事実を受け入れると、その場で泣き崩れた後、嘔吐を続け、ついに発狂して亡くなったという。

これは都市伝説的に語られている内容で、実際にこういった乱暴な手順であったかは定かではない。より正式な手続きを踏んで、男性からヘッドセットを外したであろうことは推測できる。しかし、その後に起こった事故は話の通りだ（ここでは当然、詳細を省いて伝えている。調べればすぐにわかることとはいえ、同じ研究者として、殊更に醜聞を広めるのに憚《はばか》りがあるからだ）。

この話を聞いた時に思い起こしたのは、メアリーの部屋という思考実験であった。メアリーという名の神経科学者が、白黒の部屋の中でのみ過ごしながらも、色という存在について正確に把握しているとし、彼女が色彩に溢れる外界に出た時、色覚について何かを学ぶだろうか、というものだ。

　これは思考実験であり、明確な答えはない。しかしスー族の男性の例もまた、これと同様のことが起こっていると感じる。彼はＶＲ世界でのみ過ごしていたとはいえ、正しく現実世界を認識していたはずである。しかし結果として彼は亡くなってしまった。あたかも海に放り込まれた淡水魚が、その体から水分が抜けて死ぬのと同様に、スー族の男性は現実世界の重さに耐えきれずに亡くなってしまったというのか。

　当時のことを知る長老に話を聞けば、彼はバジの中央で、鳥の羽根を模した飾りのついたヘッドセットをつけたまま、重苦しく口を開く。

「私の見ている世界が、貴方達の見ている世界と違うことは知っています。しかし、こうは言えませんでしょうか。全ての人が自分だけの世界に生きていると。例えば、貴方はアメリカで生まれ、青年期を過ごし、やがて恋をし、平穏に暮らす。しかしある日、突然に目覚めると自分の横にヘッドセットが転がっていて、自分が中国の奥地で暮らしている少数民族の一人だと知る。逆のこともありえます。私が本当は貴方のようなアメリカ人で、何かの研究で生まれてからずっと、ＶＲ空間を通して、スー族という架空の存在として生きているとしたら。自らの人生が仮想のものだと気づいてしまったなら、誰であれ正気を保つことなどできない」

　長老が拙い英語で語る話は、古く中国で「邯鄲《かんたん》の夢」として知られているものと同じであった。彼らにとってVR上の世界こそが本当の世界であり、それを取り去ったからといって、この現実世界に順応するわけではない。我々にとっての現実がいつか、ただの夢であると告げられて、それを信じられる人間が果たしているだろうか。

　続けて長老は言う。

「私は今、貴方に向けて話しているが、私の主体は常に私達の世界にある。貴方は今、私には一つの点として見えている。点とは貴方達の世界では点を指すが、私達の世界では個人の情報を指している。そこに差異があるのは確かだが、だからといって、それがどう違って見えるかを伝える術《すべ》を持たない。私達の祖は、それこそ外の世界を知り、それを元に私達の世界を作ったのだろうが、世代を経るにつれて、次第に私達も手を加えていった為に、今となってはどれほどに外の世界と違っているのか見当もつかない。さらに言えば、私にとって貴方が今、本当に存在しているのかも定かではない。私が貴方の手を取ろうとも、それが貴方のふりをした他人のものであるかどうか、それを確かめることもできないのだから」

　長老の言葉は、彼らの世界観についての示唆を与えてくれていた。彼らにとってはVR空間こそが現実であって、現実世界というものは夢と同様のものに過ぎない。

　滞在中、一度だけ葬礼の場を経験した。この地で最も興味深いものが結婚と出産ならば、最も意義深いものが葬儀になるだろう。

その日、村の広場では、とある老人の死体が、今まさに焼かれようとしていた。老人の葬礼には、介添人の女性以外は誰一人として参加していなかった。しかし、そう見えたのはこちらの世界の話であり、端童の話によれば、今もVR空間の中では老人の葬儀が執り行われているのだという。

老人の肉体は焼かれて灰に変わり、タッシブという白檀《びゃくだん》製の小さな櫃《ひつ》に入れられて、山沿いにある共同墓地の一角に埋められるという。これら一連の儀礼で最も重要なものは、老人がつけていたヘッドセットが取り外される瞬間であり、介添人の女性が死体からそれを外すのを見られたのは幸運だった。なんといっても数十年間にわたって装着し続けたものであり、それを外すのにも相当の手順が必要になってくる。

まず、既に後頭部でヘッドセットを結ぶベルトと髪が複雑に絡んでいる為に、それらを丁寧に鋏《はさみ》で切り離す必要がある。ついで、綺麗な水で目の周りを濯《すす》いでいく。積み重なった垢と硬質化した皮膚によって癒着したヘッドセットを剝がすのは、並大抵の苦労ではないように思えた。

ようやくそれが取り外された時、そこにあったのは厚い眼鏡のように盛り上がった眼輪筋と、小さくすぼまった瞼だった。まるでモグラか地中の蛇のようだったが、この身体的特徴が見られるのも、ヘッドセットを取り外し、火葬に処されるまでのごく短い間だ。

積み上げられた薪《たきぎ》の上に寝かされた老人は、そのまま凄まじい火力によって焼かれる。灰と煙が強い風に乗って、集落全体へと渡っていく。この間も、VR空間では、彼の為に村人達が祈っているのだという。

興味本位から、老人の使っていたヘッドセットがどうなるのかを端童に訊ねると、それもまた、ヘッドセット用の墳墓——これを彼らは黒座《ハルドウ》と呼んでいた——に置かれることになっており、そこには祖霊達だけの特別なVR世界が存在しているという。当初、これは宗教的な表現であり、生きている人間には知覚できない死者の為だけの存在かと思っていたが、そういうわけでもないらしく、現在生きているスー族の人間も、死者達のVR世界とはシームレスに行き来ができるのだという。

この黒座に入った者達は、純粋な情報として存在しているらしく、VR空間では生者とも普通に会話を行えるのだという。このあたりの感覚は、西洋文明に慣れ親しんだ側からは理解できないが、彼らの世界観にとっては至って通常のことであるらしい。

ひとつスー族の村で聞いた、奇妙な話を付け加えたい。

ある年に、電力会社の問題でスー族の村に電力が届かなかった時があった。やがてヘッドセットの充電が切れ、このままではVR空間にいられない状況に陥った。普段であれば、村にある発電機でまかなうか、数人が使えなくなる程度ならいっそのこと寝てしまい、何日間か暗闇の中で過ごすだけのことだったが、その年の電力不足は深刻であり、村人全員がVR空間から追い出される、つまり彼らの世界が終わってしまうという未曾有の事態となった。

世界の終末を突きつけられたスー族達だったが、当時の地方政府で問題が山積していた為に、彼らのことは後回しにされてしまった。ようやく役人が様子を見に来たのは、電力供給が止まってから実に一週間後のことだった。

数人の役人達は、ＶＲ空間の中で過ごすスー族がどうなっているのか心配もしていたが、同時に不謹慎な賭けも行っていた。それはスー族に初めて訪れた重大な危機に対し、彼らが先祖伝来のＶＲ世界を捨て去り、我々と同じように暮らし始めているのか、あるいはそれに順応できずに全滅などという悲惨な結果になっているのか、というものだった。

しかし、その賭けは成立しなかった。

役人達が見たのは、以前となんら変わらず、籐座に腰掛け、彼らだけの世界に没入するスー族の人間達の姿だった。

何か非常用の機械を用意していたのかと問えば、スー族の誰もが口を揃えて「なぜ来たのか」と問い返してくる。彼らは自分達の村に電力が届いていなかったことを一切知らなかった。一週間の間、何一つ問題もなく、彼らは彼らの世界の中で暮らしていたのだ。

彼らがつけているヘッドセットが起動していたのか、していなかったのか、それは役人達の誰にも解らなかった。

この話は事実として語られている。そしてまた、大いにあり得る光景だと断言できる。

我々の世界が一秒ごとに連続して繋がっていると果たして言えるだろうか。僅かな間、世界が閉じていて何もない状態が存在し、我々はそれを自らの脳で補完して繋がっているように錯覚しているのだとしたらどうだろうか。そしてスー族の人間にとって、ヘッドセットの充電などというのは些細な問題に過ぎず、生まれてから死ぬまで自分達が見続ける世界を、既に脳の中で構築しているとしたら。瞼を閉じようが、機械の故障によって映像が止まろうが、彼らは自らの脳で別の世界の光景を描き続けるのではないだろうか。ヘッドセットの有無など関係なく、彼らはまるで夢を見るように自分達のＶＲ世界に生きているのだろう。

スー族の例は、我々の世界の中に別の世界を作ることが可能だということを教えてくれている。それは未だ個人の認識から離れ得ないが、やがて他者と共有できる認識が生まれた時には形を変えるかもしれない。目を閉じるだけで別の世界へ入場を果たし、そこで我々は肉体に支配されない生を得られるのかもしれない。

スー族の祭礼劇であるワンバ節《せつ》――その意味は「頭で考えたものを描く」だ――は何より奇妙で、かつ何よりも荘厳な芸術であるといえる。

とはいえ彼らの祭礼では、我々が想像するように村の広場に集まって火を焚いて踊るような真似はしない。スー族にとって祭礼とはＶＲ空間で行われる、神との対話そのものを指すのだという。

夜半過ぎになると、バジに村人が集い、それぞれが籐座に腰掛けた。既に全ての扉が開け放たれ、夜の冷気が中へと入り込んでくる。薄ぼんやりと浮かぶスー族達の影が、次第にバジの五色の壁と一体化し、巨大な壁画のように見えてくる。ヘッドセットをつけた彼らには、夜の闇も問題ないのかもしれないが、こちらは小さな灯り一つを頼りにするしかない。

　やがて長老が何事か呟くと、それを契機にスー族の人間達が言葉を朗唱し始める。それは今まさにＶＲ空間で再現されている、スー族達の神話の風景を読み上げているのだという。風景を読み上げるという行為も、彼らの見ている世界を理解できない者からすれば意味が通じないだろうが、端的に言えば、このバジに集まった全てのスー族があてがわれた風景の役を演じ続けているのだ。例えば一本の木の役を担う人間がいたとして、その人物は延々と木の描写を続ける。ＶＲ空間の中で木が揺れた瞬間に声を上げ、葉の一枚が落ちる度にそれを表現する。あるいは火や水の役から、踏まれる石段の役、流れる雲の役まで。一人ひとりが毎秒ごとに微細な動きを口にする。それが繰り返されることにより、壁画として収まった彼らが、言葉だけで刻々と変わる風景を形作っているのだ。人間の言葉だけで投影される絵画と言えば、我々にも伝わるだろうか。

　まさしくこれは、スー族の伝統の中で、外部へ自分達の世界を伝える為の手段として創始された祭礼芸術でもあったのだろう。ただ惜しむらくは、時代を経るにつれ、彼らのＶＲ世界と我々の世界で物質に対する概念が変わってしまったのだろう。それは例えば、あの奇妙な唸り声を響かせている、ビウンと呼ばれる物質を演じる男性が、一体何を表現しているのか解らないといった具合だ。

　しかし、そういった我々には及びもつかない世界観を抜きにしても、彼らの描き出す光景は幻想的だ。

幾人ものスー族が籐座に身を置きながら、外から入り込む星明かりの中で影となり、声だけで彼らの見ている世界を表現している。木々の揺れを呟く男がいれば、そこに差し込む太陽の光を声で表現する者がいる。女性の声は水の滴り、山を駆け上る山羊の蹄《ひづめ》、その険しさを語る石役の声。祭礼劇がクライマックスに近づくにつれ、彼らの声が無数に重なり合っていく。もはや音楽とも言えず、ただ大きな振動となってバジに響いていく。最後に長老が首を振りながら、風の神が村に訪れたことを語り、ワンバ節の祭礼劇は幕を下ろした。

「私達の世界を語るのは難しい」

祭礼劇が終わった後、長老が厳かな調子で口を開く。

　劇が終わってしまうと誰も彼も、それまで自分が何を演じていたのかを忘れてしまうという。一種のトランス状態に陥っているのだろう。ただＶＲ空間上で再生される光景を口にし続けるのだ。

「私達はもう何世代も、この世界で暮らしてきた。今となっては、私達が見ている世界が、そのまま貴方達の生きている世界の風景だとは思わない。ただ私が語った風の神だけは特別だ」

　スー族の風の神は阿由《アユウ》という名で、姿形を示すものは何もないが、この世界と自分達の世界を橋渡しする神であるという。それはその通りで、ヘッドセットをつけて生きている限り、彼らが私達の世界に接続できる唯一のものは皮膚であり――味覚と嗅覚は、いくらでも擬似信号を送れるＶＲ空間の前では大きな意味を持たない――その肌で感じられる神の息吹とは即ち風そのものだろう。

「私達は火も水も恐れない」

長老はそう言って、自分達の感覚の一端を伝えてくる。

「それは、そのものを知らないからだ。私達は火に触れた時に感じる熱さ自体を火と呼んでいるだけであり、恐らくそれは、貴方達が目で見ているものとは異なるのでしょう。例えば、私は以前、村に来た外の人の前で火に触れました。しかし外から来た彼は、そこに火はなかったと言った。私は確かに火に触れ、皮膚は酷く爛《ただ》れ、血を流したというのに。それでも彼は何もないと言う、傷も何もないと」

そうして長老は右腕を掲げてみせた。痛々しく、その一部を撫でてみせるが、そこには火傷《やけど》の痕など見受けられなかった。

調査を終え、村を出る日になると、端童が集落の端まで見送りに来てくれた。その間も、彼の覚束ない足取りを妻の女性が支えていた。いくら石階段の高さには慣れようとも、転がった石の一個に躓《つまず》くこともある。

このスー族の村で強く感じたのは、ＶＲ空間の中でのみ生きる者達と、実質的に現実世界での村を支える介添人の女性達との関係性の強さだった。彼女達の存在があってこそ、この特殊な村は成り立っている。

最後に話を聞いた端童の妻は、スー族と我々の世界を結ぶ上で大事な示唆を与えてくれた。

端童の男性がいない時に、彼女が話したのは、大体にして以下のような内容だった。

「夫や村の人間が見ている世界というのは、単なる点と線の集まりです。ただ夫の言う点と線がどういうものかはわかりません。しかし私達が見ている世界のあらゆるものが、全て点と線で表現できると言うのです。そして多くは、世界は黒ではないと言っていますが、それは要は、点と線が見える程度の明るさがある世界ということだと思います。ですが、夫達の感じる明るさというのも、どういったものなのかわかりません。彼らは自身を球であるように表現します。私の目の前で、手を使って丸いものを描いて、それが自分だと言います。確かに最初は理解できませんでした。私は夫が見る世界と自分が見る世界が、決定的に違っていることを恐れました。彼らは山羊の手触りを知っています。その一匹ごとの毛並みまで理解するでしょう。それでも私が直に触れた山羊と、彼らが頭の中で見ている山羊の姿は異なっているはずです。それが最初は怖かった。ですが今は考えが変わりました。私達は民族の違いなしに、全ての人が同じものを見ていると信じ込んでいるだけなのでしょう。私の見る風景は私にしか見えないのなら、彼らが彼らだけの世界を見ていることと何が違うというのでしょうか」

彼女の言葉は観念的なもので、結果として彼らの見ている世界がどういったものなのかは判然としない。しかしここで重要なのは、彼女のような介添人の多くが、配偶者の見ている世界に一定の理解を示しつつ、根本的な理解はできないことを知り、それでも共に生きているという点にあると思えた。

これが単なるヒューマニズムの感傷でない、彼らの生活の何らかの本質であることを願うばかりである。

†

私が配布したスー族の記録を、学生達がＶＲを通じて共有の体験とする。遠く離れたアメリカの大学で、彼らはこの中国の奥地の文化を知ることができるのだ。外部者向けに特別に作られた観光ガイドだが、これを見ることで学生達にも実地調査が持つ意味を理解してもらえると思えた。

そうしたら案の定、一人の賢《さか》しい学生が、こちらにメッセージをよこしてきた。

「大変貴重な経験でした。スー族に対する理解も大いに深まったように思います。しかし、疑問に思うのは、実際にスー族という民族が存在しているのかという点です。私は残念ながら、彼らの存在を資料でしか知りませんし、今回見ることができたのも、ＶＲ空間上で暮らす民族を訪ねるというＶＲ空間での話でした。これではどこまでが架空の話で、どこまでが真実であるか判断がつきません。重ねて言えば、私は先生ともオンラインセッション上でしかお会いしておりません。そのせいか実在の方かどうかも不安になってきました」

もしも彼らが、自分達だけの世界を映すヘッドセットを外せたのなら、現実を覆う薄いべールを剝いでみせ、これも簡単に説明できただろう。

　スー族の人間は、純粋な点と線で構成された、極めて霊的な世界で生きている。頭の中にしか存在しない世界。湧き出てくる情報だけを拾い集め、それを想像することで世界は生まれる。

　そしてまた私にとっては、あの学生達も単なる記号の連なりでしかない。私達は与えられた情報を、頭の中で想像した姿で補正している。「海」という文字を見て、海を想像できるのは海を知る者だけだ。しかし私は学生の彼らを知らないのだから、文字でしか彼らを判別できない。

　文字だけで作られた世界。想像できる部分だけが存在し、想像できない部分は存在しない。これこそがスー族の人間の見ている世界に近いと言ったら、学生の彼らに理解してもらえるだろうか。

　私は自作した籐座に腰掛けながら、文字列だけの世界に夢を見て、見も知らぬ学生達の実存に思いを馳せた。

従卒トム

藤井太洋

エンジニアだった藤井太洋は、遺伝子デザインと拡張現実の一般化した未来を描く『Gene Mapper』をセルフパブリッシングの電子書籍として二〇一二年に刊行。「ベストオブKindle本」で文芸一位を獲り、翌年にはハヤカワ文庫ＪＡで改稿版『Gene Mapper -full build-』が刊行された。

二〇一四年に、宇宙空間を利用したテロをエンジニアたちが阻止しようとするテクノスリラー『オービタル・クラウド』（早川書房）で第35回日本ＳＦ大賞、第46回星雲賞日本長編部門を受賞、ベストＳＦ２０１４で国内篇一位。同じくセルフパブリッシング出身で、ベストＳＦ２０１４の海外篇一位『火星の人』のアンディ・ウィアーと揃って、出版の新時代を象徴する作家となった。

二〇一七年に短篇集『公正的戦闘規範』（ハヤカワ文庫ＪＡ）を刊行。表題作は『伊藤計劃トリビュート』初出で、近未来中国の対テロ戦争を題材に、戦闘行為の戦場への封じ込め策を模索する。

この他、二〇一五年に、個人情報管理とＩＴ業界がテーマの『ビッグデータ・コネクト』（文春文庫）、仮想通貨を扱った『アンダーグラウンド・マーケット』（朝日文庫）を、二〇一九年に東京五輪後の労働問題を扱った『東京の子』（ＫＡＤＯＫＡＷＡ）を刊行。現代から数年先を舞台に、ディストピアへ接近する社会の暗部に踏み込み、未来をポジティブに切り開こうとする作風が目立っている。著者自身を連想させる主人公が国家の管理に抵抗を試みる、二〇一八年刊の連作短篇集『ハロー・ワールド』（講談社）はそんな作風を象徴する一冊で、第40回吉川英治文学新人賞を受賞。「従卒トム」は、円城塔＋伊藤計劃『屍者の帝国』の世界設定（死体をプログラム制御し労働資源にする一九世紀末）を共有するアンソロジー『ＮＯＶＡ＋　屍者たちの帝国』初出の胸打つ異色作。

藤井太洋（ふじい・たいよう）は一九七一年鹿児島県奄美大島生まれ。二〇一五年から日本ＳＦ作家クラブの第十八代会長を務め、一般社団法人移行やワールドコン出展に尽力した。会長勇退後の現在も海外ＳＦイベントへの参加など、国内外のＳＦの橋渡しを続けている。ＳＦマガジン二〇一七年八月号より、「公正的戦闘規範」などと世界観の共通する長篇「マン・カインド」を連載中。最新刊は、五輪の迫る東京に核テロが仕掛けられる『ワン・モア・ヌーク』（新潮文庫）。（伴名）

雲一つない空の下、腰の高さではじけた真っ白な綿花《めんか》が、低地を蛇《へび》のようにのたうつ川まで続いていた。ゆるやかに斜面をのぼる風が、流れ水に濡《ぬ》れた葉と乾いた綿《わた》ガラの匂いを混ぜて、綿木《わたのき》に腰を折る七名の家族の汗を乾かしていく。

ケンタッキー州との境にほど近いテネシー州モンゴメリー郡のジョーンズ綿花農場は、収穫の匂いに包まれていた。

斜め掛けした収穫袋が半分ほど白い綿毛で埋まったのに気づいたトムは、念のためと懐中時計を確認してから腰を伸ばして〝交代〟の口笛を吹いた。

めいめいに腰を伸ばした家族はまだ軽い収穫袋を頭に載せて畑に植わるオークの大樹へ向かう。その後を追ったトムの目に、木陰《こかげ》で休憩していた別の家族たちが腰を上げ、馬車の通れる道に停《と》めてある荷車へ歩き出すのが見えた。荷車からは、空《から》の収穫袋をぶら下げたもう一つの家族が歩いてくるところだった。

ジョーンズ家の所有する三家族は、綿花摘みと集荷、そして休憩を二十分ごとに繰り返す。この短いシフト制を始めてから、十五歳になったばかりのトムの妹でも一日に２５０ポンド（１１３キログラム）を収穫できるようになった。これは他の農場で休みなく働かされる大人の奴隷《どれい》よりも一割ほど多い収量だ。

注意深く観察すれば普通の畑より密に植わっている綿木に気づくだろう。両の手を交互に伸ばすだけで収穫できるよう、段違いに植えられている。

シフト制と綿木の段違い配置は、トムが考えて当主の息子、ネイサン・ジョーンズとともに実行している運営方法だった。

三つの家族が手順に従って動いていることに満足したトムがオークの木陰に入ろうとすると、影の濃いあたりにあるクローバーの茂みに、麦わら帽子を顔に載せた小さな男性が寝そべっていた。いびきも聞こえてくる。

ジョーンズ農場と家族の持ち主、ハリス・ジョーンズだ。

トムは昼寝している農場主に気づいて足を止めた家族を木陰へ手招いた。

「母さん、メリーにベス。陰に入って休むんだ。さあ水を飲んで。そうでないと日没前にくたばってしまうぞ。旦那《だんな》様もこのやりかたはよくご存知だ」

「そうだ、休め休め。大事だぞ」

麦わら帽子の奥から、いきなりハリスの声が聞こえた。

「旦那様、起きていらっしゃったのですか」

帽子をずらしたハリスが加齢と日焼けで三重になった瞼《まぶた》の奥から灰色の瞳《ひとみ》で日射しの中に立つ家族を順に眺め、トムのところで目をとめて笑いかけてきた。

「トムにはいずれ、ジョーンズ家の執事をやってもらうとしよう」

「ご冗談を。それより旦那様、クラークスビルからお戻りになったばかりなのでしょう。選挙はどうでしたか――いや、それよりもお部屋でお休みなさいませ。ネイサン坊ちゃんを呼びましょう」

トムは腰を屈《かが》め、手を差しのべた。

「余計なことをするな。お前とは身体《からだ》のつくりが違う」

そう言いながらも、ハリスはトムの差し出した手首を摑《つか》んで身体を起こした。元は白かったのであろう肌は日射しに痛めつけられて赤黒く変色し、潰れた水ぶくれがアバタのような痕を残している。腰は折れ曲がったままだ。今は畑に出てこないトムの父、ンガウと二人で畑を切り拓《ひら》いたときの重労働がハリスの身体を痛めつけていた。

オークの幹に寄りかかったハリスへ、妹のメリーが水筒を差し出した。

ちらりと飲み口を見たハリスは「すぐ帰る」と断り、頭の下に敷いていた包みをトムへ差し出した。油紙を紐《ひも》で十字に縛った包みには、ボストン郵便局の一ヵ月前の消印が押してあった。

「なかなか届かんな、と思っていたら郵便配達人《ポストマン》が中身に気づいて配達するのを止めていやがったんだ。そいつをぶん殴って取り返したのはネイサンだ。礼を言っとけよ」

「ネイサン坊ちゃんが？」

受け取ったトムは、包みの意外な重さに眉《まゆ》をひそめた。

「本だよ、本。ネイサンと話してたろう。お前と同じ名前のじいさんが出てくるらしいじゃないか」

「わたしと同じ名前の……まさか」

「さあ、開けて、喜ぶ顔を見せてくれ」

トムはポケットから折りたたみナイフを出して紐を切り、包み紙を開いた。

黒々とした〝ＣＡＢＩＮ（小屋）〟が目に飛び込む。

その単語は〝ＵＮＣＬＥ　ＴＯＭ’Ｓ（トムじいやの）〟と〝３０００００部〟で挟まれていた。

「旦那様」トムはＣＡＢＩＮの下に印刷された〝ＬＩＦＥ　ＡＭＯＮＧ　ＴＨＥ　ＬＯＷＬＹ（どんぞこの暮らし）〟を指で覆《おお》って言葉を選んだ。「この本のお話は……ご存知なのですか？」

「儂《わし》は字が読めん。あとで読んで聞かせてくれ。お前の家族にも聞かせてやるといい。夜はせがれに渡してやってくれ。奴も読みたいんだそうだ」

「お望みならば。ですが――」

トムは軽く顎《あご》を引く。いまや仲買人《なかがいにん》が契約書に忍び込ませたインチキを見抜けるほど読めるようになったトムだが、それはハリスのおかげだ。黒人に教えてくれる家庭教師をケンタッキーの北の街まで行って探し出し、一人息子のネイサンと机を並べて読み書きと数学を学ばせてくれた。だが、今日の投票でも彼はテネシーで奴隷制が続くことへ賛成の票を投じているはずだ。

　この本〝トムじいやの小屋〟が伝え聞く内容どおりのものならば、ハリスはいい顔をしないだろう。

　躊躇《ためら》うトムへ、ハリスは首を傾《かし》げた。

「だいたいは知っとるよ。お前たち黒人にも精神《こころ》があるとかいう話だろう。そんなこたあ、見てりゃわかる。そうそう、精神といえば、今日、クラークスビルでヘンなのを見たぞ。虚《うつ》ろな目で、ふらふら歩きながら大砲を押していやがった。持ち主の言うことは聞くようだが、ぶつかりそうになっても避《よ》けもせん。ネイサンがなんとか言っていたが、知らないか」

「〝屍者《ししゃ》〟ですね。確かに、あれに精神はありません」

「食わなくてもいいらしいな。農場で使えるといいんだが」

「一体、試してみてもいいかもしれませんね。この暑さに耐えられるか、どの程度動けるのか、そしてどれぐらい保《も》つのか。そうそう、話せないらしいので旦那様に本を読んで差し上げたりはできませんよ」

　それもそうだな、と笑ったハリスは、せがれと話してくれ、と言った。

「奴はうかつなところがある。数字にも弱い。助けてやってくれ」

「はい、旦那様。わたしは仕事に戻ります」

懐中時計を確認したトムは本を収穫袋の底へ押し込んで、シフトの交代を告げる口笛を吹いた。

――七年後　一八六八年四月四日　横浜港

艦首砲郭《ほうかく》の上甲板《じょうかんぱん》に立つトムが号令をかけて対応する口笛を吹くと、眼下の中央甲板で七段七列の銃剣《バヨネート》が鋼《はがね》の輝きをうねらせた。

「中構え《ミドルガード》！　突き《ポーク》！」

四十九足の軍靴《ぐんか》が桜の花びらを舞わせ、鯨油《げいゆ》で磨き上げられたばかりの甲板を叩《たた》く。

幅九十フィート（27メートル）の中央甲板からにょっきりと生える煙突が微《かす》かに震えた気がしたが、トムの立つ上甲板の下に一門、四十九名の向こう側に二門の後装式アームストロング砲を備える排水量千四百トンの元アメリカ連合国籍の装甲砲艦、ストーンウォール号の中央甲板は微動だにしない。

東シナ海に伸びる南西諸島に砂糖プランテーションを持つ薩摩《さつま》国は、潤沢な資金を見せつけるかのように横浜港に停泊するストーンウォール号の改修を済ませたところだった。新たなアームストロング砲を載せ、帆《ほ》やロープをマニラから持ち込んだ新品と入れ替えてもいた。喫水《きっすい》の下に伸びる衝角《ラム》と、水上に出る構造物を覆う十五インチ防御装甲板も、まだシャツとズボンを上手《うま》く着こなせていない水兵の手によって磨き上げられていた。甲板から見上げても盛り上がりがわかるほどの厚みで、天皇側《エンペラー》であることを示す菊の刺繍《ししゅう》が分厚い絹布に施されている。その隣にぶら下がる、四本スポークの車輪が染め抜かれた白い旗も、素材こそ綿布だが風雨にさらされることを考えると上等すぎるものだ。

ストーンウォール号とともにサンフランシスコを発《た》って太平洋を渡ってきたトムは、土《ど》壇《たん》場《ば》で勢いのある天皇側に身をおけた幸運に胸をなで下ろした。

船に乗り込んできた薩摩兵にもその余裕が伝わっているのか、一人の砲兵が中央甲板の奥からトムの閲兵《えっぺい》を眺めていた。

トムは見物している砲兵が、四十九名の陣から充分離れていることを確認してから、口笛とともに次の号令をかけた。

「右へ一歩前進《アヘッド・ライト・ア・ステップ》、左から全周へ突き《ポーク・アラウンド・フロム・レフト》！」

四十九名の兵が右足を船首方向へ踏み込み、身体を六十度刻みにひねって銃剣を突きはじめた。桜の花びらが繰り返し踏み出される軍靴で踏みしめられ、甲板にまだらな模様を染みこませていく。

突き出した銃剣が正午を過ぎたばかりの陽光でぎらりと輝き、光のうねりを作り出す。

一糸乱れぬ突きを繰り返す兵たちだが、見かけは揃《そろ》っていなかった。ブルーの合衆国陸軍《ユニオンアーミー》の制服に、今は亡き連合国軍《コンフェデレーションズ》の灰色の制服が秩序なく並び、間には乗馬ブーツの騎兵や金モールの士官までもが交ざり込む。見かけで統一感があることといえば、全員が白人であることぐらいだろう。

トムは上甲板を左右に歩き、しゃがみ、首を伸ばして突きを繰り返す兵を検《あらた》めながら、明日に予定されている江戸湾要塞攻略戦のことを考えた。

四十九名という人数に対する不満はあるが、これは考えても仕方がない。現場は常に多くの兵を求めるものだ。それよりも幕府《ショーグネイト》のサムライたちがトムの兵のようなものを見たときにどう反応するのかわからないことが不安だった。薩摩軍の士官は、制服に縫《ぬ》い止めた天《エン》皇《ペラー》の紋章《もんしょう》を見れば幕府のサムライは尻尾《しっぽ》を巻いて逃げてしまうよと笑っていたが、そんな戯《ざ》れ言《ごと》を信用して命を落とすのはご免だった。

数年前まで火縄を使う奇妙なマスケットで武装していたサムライたちは、フランスの力を借りて近代的な軍隊に生まれ変わりつつある。トムが相対する要塞守備隊の主要火器はエンフィールド製の61年式。内戦《シビル・ウォー》でトムら黒人が持たされていた42年式のスプリングフィールド製マスケットよりも格段に殺傷力が高い新兵器だ。

ライフリングが切られた銃身は人差し指の先ほどもある大きな弾丸に回転を加えてまっすぐ飛ばし、命中した場所の肉を大きくえぐりとる。そんな61年式を持ったサムライたちの放つ一斉射は前列の七名の大腿《だいたい》を撃《う》ち抜き、腕を千切《ちぎ》りとばし、胸に大穴を穿《うが》つだろう。

だが、それで倒れるトムの兵ではない。

四十九名は赤黒い血をまき散らして前進し、次弾を装填《そうてん》するサムライたちへ銃剣を突き入れる。

十九世紀の生んだ最強の兵器、屍兵だ。

対抗するには、同じように屍者からなる部隊をぶつけて損耗させ合うしかない。より多くの屍兵を投入できた方が戦争に勝つ。それが米国を二分した内戦《シビル・ウォー》で生まれた常識であり、トムが二年前まで嫌というほど目にしてきた現実だ。

要塞守備隊がどれだけ近代化されていようが、白兵戦においてトムの操る屍兵を押しとどめることはできない――いや、屍兵を使っていても同じことだ。

六十万を超える死者を出し、その中の十万が屍兵となって戦場に戻った内戦《シビル・ウォー》で最前線の屍兵技師として戦ってきたトムにとって、フランス風の教育を受けた屍兵遣いなど問題ではなかった。現に、南部連合《コンフェデレーションズ》を支援するために海を渡ってきたフランスの屍者遣いは、万単位の屍兵がつぶし合う内戦《シビル・ウォー》を前に尻尾を巻いて逃げ帰ったのだ。

幕府は、太平洋を渡る意志を持った屍者遣いが黒人ばかりだから敬遠したのだと聞かされていた。

確かに、たちが悪いものも多い。

異臭を放つ屍者と寝食を共にする屍兵遣いは、戦いの最前線に立つが、尊敬を集めることはほとんどない。それどころか、最後の審判で復活すべき死体を弄《もてあそ》ぶということで教会にも行けなくなる。内戦《シビル・ウォー》が終わったあとの屍者遣いは、学のない黒人が就《つ》く職業となってしまった。

白人を思うように操れるから、鞭《むち》打てるから、補修と称して腕を千切っても構わないからなどという理由でトムの所属していた屍兵大隊の門を叩くものも少なくない。もちろんその場でお引き取りいただくわけだが――トムは自分の頬《ほお》を両手で叩いた。

「散漫だぞ、集中しろ」

トムは規則正しく銃剣を突く屍兵たちを改めて見渡した。

これほど動ける屍兵部隊は世界でも珍しいだろう。

天皇から幕府を倒す命《めい》を受けた薩摩国の将軍、西郷隆盛《さいごうたかもり》は幕府が半金を支払っていなかったために持ち主も定まらぬまま横浜に足止めされていたトムが練兵する屍兵の姿を見て、江戸攻略の方法を大きく変えた。半金の一万ドルを支払ってストーンウォール号と積んできた屍兵を買い取り、トムを雇った。

二週間前のことだ。

もともとは、合衆国から買い取った二万の屍兵をただ並べて歩かせる屍兵の行進《デス・マーチ》で江戸へ踏み込み、江戸城と将軍のいる上野を力押しで攻め落とすつもりだったという。簡単で、確実な方法だ――幕府側が江戸の街を焼き払わなければ。

隆盛は初対面のトムに、七つのダイバという要塞が描かれた江戸湾の図面を拡げて、通じもしない言葉で熱っぽく江戸攻略の方法を語った。弟の西郷従道《つぐみち》が通訳に入り、トムもいくつか屍兵を用いた最新の戦術を披露した。

そうやって作り上げられた計画はこうだ。

屍兵の行進《デス・マーチ》を押し立てて江戸に攻め入る予定だった中村半次郎《なかむらはんじろう》は日の出とともに御殿山下《ごてんやました》のダイバを急襲する。ダイバのなかで唯一陸上に接しているため百五十名ほどの精鋭に護《まも》られる要衝だが、図面を見たトムはすぐに弱点に気づいた。堀が浅く壁が低い。そして陸に向く砲がないのだ。

障害物に当たったところで身を横たえるように仕込んだ屍兵を、ダイバに向かって歩かせるだけでいい。堀につまずいた屍兵は堀を埋める土砂に、壁に突きあたった屍兵は壁を乗り越えるための坂になる。

内戦《シビル・ウォー》で生まれた定石《じょうせき》の一つ、屍肉の階段《コーズステップ》だ。屍兵の前に、壁は役に立たない。

トムが作った方程式に壁の高さを入れれば、屍肉の階段に必要な屍兵の数は簡単に導出できる。三階建て、五階建ての要塞攻略が当たり前だった内戦《シビル・ウォー》では厳しい計算が強いられたが、ダイバのような半端な要塞を落とすのに複雑な補正は要らない。数分で計算を終えたトムを隆盛は『マッコスゴカ』と賞賛したが、トムにとっては、そのあとで隆盛が披露した砲戦計画こそ驚くべきものだった。

御殿山下ダイバを手に入れた薩摩軍は砲台を一番台場に向け、屍者の装塡手をとりつかせて砲身が焼けるのも構わずに砲弾の雨を降らせる。

ダイバ要塞の砲でダイバ要塞を攻略するのだ。

そんな作戦が可能になったのは、横に並んだダイバが砲台を向かい合わせ、侵入する外国艦を十字砲火《クロスファイア》で挟撃する江戸湾要塞の設計あればこそ。

砲撃が始まったところで川崎沖に停泊していたストーンウォール号は抜錨《ばつびょう》、最大速度で砲台のない第四台場を盾《たて》に回り込む。ストーンウォール号は重量級の砲艦ながら、舵がスクリューの後ろについているスクーナー船尾を採用しているので、素早く回頭することができる。

そうやって一番台場へ接舷して乗り込み、守備隊を制圧する。その後、一番台場の砲台は江戸の街へ向けられ、屍兵の先導する薩摩軍を援護することになる。幕府軍の近代化の象徴、ダイバ・フォートレスが江戸の街に牙《きば》をむくことの心理的な意味合いは大きい。見事な作戦だ。

トムの四十九名が行うのは、一番台場の制圧――サムライとの白兵戦だ。

制式ハーバード機関《エンジン》の白兵戦機序《ハンド・トゥ・ハンド・プロトコール》〝ブレイブ・カスター〟が駆る魂なき肉体は、濁《にご》りきった水晶体に映し出されるすべてのものを銃剣で突き通す。運の良いサムライが銃剣の槍衾《やりぶすま》をすり抜けることができたとしても、骨を砕くほどの力で振りまわす剣《サーベル》が待っている。肉体をぶつけ合う戦いで屍兵が負けるはずがない。どんなものを食べて育ったのかしらないが、サムライの多くはトムの連れてきた屍兵たちより頭一つほど背が低く、身体も薄っぺらだ。掴《つか》みあい、殴りあいでサムライが勝てるわけがない。

そこまで考えても屍兵がサムライを蹴《け》散《ち》らす様がどうしても想像できなかったトムは、甲板の奥から屍兵の教練を見物している砲兵を見つめた。

僧侶でもないというのに頭頂部まで剃《そ》り上げているせいで異様に大きく見える顔や、腫《は》れぼったい瞼の下から睨《ね》めあげてくる黒い目をトムが不気味に思っているせいか、それとも右手と右脚を同時に前に出して地面を擦《す》るように歩く、サムライ・ウォークの真価がわかっていないせいだろうか——いや、違う。

文官までが腰に下げるナイフ、〝カタナ〟へ寄せる信頼の根拠がわからないからだ。

トムにはあの武器が、実戦で使い物になるとは到底思えなかった。

二フィート半しかない刃渡りは白兵戦には短すぎるし、指を護るガードもない。薩摩兵が素振りしているところを見たトムはカタナを両手で握っていることにも驚いた。正面を向けた身体は的《まと》が大きくなるし、片手に比べてリーチも短くなる。

戦《いくさ》のなかった二百年の間に、剣技が形骸化したのだろう——そんなことを考えていたトムは、見物していた砲兵が銃剣を振る屍兵の隊列に割り込もうとしていることに気づいた。

「ソコノ者《もの》、控《ひか》エイッ！」

片言の日本語に立ち止まった砲兵は上甲板を睨めあげ、甲板を指さした。

マスケットが投げ出されていた。落としたときの衝撃のためだろうか、銃剣も外れていた。砲兵は親切にもそれを拾おうとしていたのだ。

サムライの表情は読みにくい。

トムは礼を言う前に、歯をむいて目を細め、大きな笑顔を作った。黒い巨人があのサムライのようにむっつりとしていれば怖かろう。

表情が読みにくいのはお互い様だ。

「カタジケナシ！　ダガ、無用ナリ。控エタモ」

ようやく兵は顔に笑みのようなものを浮かべ、腰のカタナに手をかけて「ヨスゴワンド」と頭を下げた。薩摩国の言葉はわかりにくいが「どういたしまして」だろうと見当はつく。

トムも同じように頭を下げた。

太い唇をすぼめて〝行動停止〟の口笛を吹くと、銃剣を突き出した姿勢で四十九名が動きを止めた。上甲板から飛び降りたトムは、彫像と化した兵が突き出す銃剣の切っ先をくぐり、隊の末尾まで歩いて落ちた銃と銃剣を拾い上げた。

マスケットを拾おうとしていた砲兵へ、英語で「止めなければ危ないんですよ。こいつら、見境がありませんから」と言うと、首を傾《かし》げた砲兵は「マッタンセ」といい、踵《きびす》を返して船室へ引っ込んだ。

銃を落とした兵は探すまでもなかった。

四十九名の中央に立つ、ひときわ立派な南部連合騎兵隊の士官服を着た屍兵だ。

モールで縁取られた制帽からこぼれる、もはや伸びることのない麦わら色の髪の毛とたっぷりした口髭《くちひげ》は蠟《ワックス》で整えられ、プレスのきいた軍服を身につけている。二丁拳銃のホルスターやコードバンの乗馬靴にも手入れが行き届いていて、頬《ほお》には赤みまでさしていた。動いているところさえ見なければ、生者と見間違えるものもいるに違いない。

拾った銃を握らせようとしたトムは、少し考えて、となりの北軍騎兵からサーベルをとりあげて右手に握らせた。フランクな言葉遣いになるよう注意して囁《ささや》いた。

「今度は落とすなよ。用済みにしたくないんだ」

――ネイサン坊ちゃん。

二十年、農場で言い続けた言葉が頭の中で追いかける。

トムの持ち主であったハリス・ジョーンズの一人息子、ネイサン・ジョーンズだ。

ネイサンは命を落とした戦闘で左腕を撃ち抜かれていたため、握力が小さい。本来は軽作業にしか使えないのだが、トムはこの屍者を見かけの隊長の位置に据え、身なりを整えてやっていた。

ジョーンズの青灰色の瞳がぐるりと回り、首がかくりと折れた。

〝イエス・サー〟と呼気なき言葉が唇をかたどるのを、トムは慌てて掌《てのひら》で押さえた。

顔色をごまかすための油絵の具がトムの指につき、代わりに屍者本来のどす黒い肌が現れた。トムは指についた絵の具をネイサンの頬になすりつけ、隊長にふさわしい顔色に整えてやる。

「口、開くなってば。見世物小屋には行きたくないだろ？　ハリスの旦那が悲しむよ」

再びジョーンズは頷く動作をしてみせた。

魂のない屍者と言葉を交わすことはできないが、微かな魂の名残《なごり》をとどめるものもいる。トムら屍者遣いはそんな屍者を〝うすら死に《ヘィディィ》〟と呼び、見つけたら屍者商人に売り飛ばす。かつてクォドルーン（四分の一だけ黒人の血を引くもの）が高く売り買いされ、慰み者や見世物にされたのと同じだ。多くの〝うすら死に〟は電極に見立てた鉄の棒で首を貫かれ、面《おも》影《かげ》が残らないほど顔を刻まれたあと派手に縫い合わせられて〝フランケンシュタインの怪物〟として見世物小屋に出ることになる。

なぜそのような屍者が生まれてしまうのかわかっていないが、内戦《シビル・ウォー》の経験者の間では、禁じられた行為――瀕死《ひんし》の生者へネクロウェアを上書きしたためではないかという説が人気だ。屍体漁り《スナッチャー》たちは弾《たま》をかいくぐって泥に埋まる死体から手足と頭の無事そうなものを運び出し、屍兵製造業者は宿営地の傍らに建てた小屋でネクロウェアをインストール。その日のうちにできあがった屍兵を軍に売って、戦場に戻していた。明け方に宿営地を出た兵が午後には屍兵として戦場を徘徊《はいかい》していたことも珍しくはなかった。生死を確かめていたようには思えない。白人の屍兵ばかりになったのも、そんな方法で再生されていたせいだ。最前線で銃砲に晒《さら》された黒人兵の、人の形を留めていない死体に用はない。

　多くの兵が持っていたはずの遺言書は戦場に捨てられて、代わりに屍体漁《あさ》りがサインした状況報告書がついてくる。

　ネイサンの懐《ふところ》にねじ込んであった報告書には、ただ『一八六三年二月　ニューオリンズ郊外にて死亡』とだけ書いてあった。

　生きていたネイサンと別れてから二ヵ月後の日付だ。別れた日のことは今もよく思い出す。

『トムじいやの小屋』を読み終えたネイサンが、泣きはらし、真っ赤になった目でトムを呼んだ。合衆国《ユニオン》軍へ加わりたいと申し出ていたのだ。

『恨《うら》みはしないよ、トム。戦争が終わったら戻っておいで』

『よろしいのですか？』

ネイサンはハンカチで鼻をかんだ。

『ああ、構わないさ。ここは君の家でもあるんだ。家賃は入れてもらうことになるけれど』

トムはあのときの驚きを忘れない。合衆国が勝っても連合国が勝っても、自由人としてジョーンズ家で働けばいい。ネイサンはそう言ったのだ。

『戻ってくるときは、そんな口の利き方をしなくなっているかもしれないな』

『そう願っております——ネイサン坊ちゃん』

『だめじゃないか。とにかく、戻ってこい』

これが最後にネイサンと交わした会話だ。

トムが調べた連合国の記録によれば、あの後すぐに騎兵隊として動員されたネイサンは二ヵ月後にニューオリンズで脱走したことになっていた。父、ハリスにもそう伝えられていることだろう。

ネイサンをなんとかしてテネシーの農場へ帰してやりたいというのがトムの願いだった。ストーンウォール号に乗って太平洋を渡ってきたのも、合衆国が幕府へ売ろうとしていた屍兵の中にネイサンが入っていたからだ。陸軍か薩摩国から払い下げることも考えたが、魂なき奴隷となったネイサンをハリスに会わせるわけにはいかない。第二の死を遂げさせれば廃棄物として持ち帰ることもできるかもしれないが、生前と同じ姿に整えたネイサンを手にかけることが、トムにはどうしてもできなかった。

トムはネイサンの乱れた肩モールを整えた。

「前と、同じでいいよ」

ネイサンは帽子の鍔《つば》に指を揃《そろ》え、騎兵ブーツの拍車《はくしゃ》を打ち鳴らして、見事な敬礼を決めてみせた。

〝イエス・サー〟

「やめてくれ。お願いだ、坊ちゃん――」

「ミスタージョーンズ！　どうされました」

いきなりの呼びかけに、トムはびくりと身体を伸ばす。

「西郷《セゴ》ハンバ連《つ》イテキモシタ」

ゆっくりと振り返ると、船室に引き上げた先ほどの砲兵が小柄な男性を連れてきていた。

トムへ「ジョーンズ」と呼びかけたのはこの男、従道だ。

ジョーンズを名乗ることになんの躊躇《ちゅうちょ》もないトムだが、クイーンズイングリッシュの硬いアクセントで呼びかけられると、さすがに恥ずかしい。まして、持ち主へ呼びかけるような言葉をかけたばかりだ。

トムはまだ絵の具のついている指を上着の裾《すそ》で拭《ふ》いて、従道の方へ歩いた。

「ミスターサイゴウ、教練中は立ち入らないよう通達していただけませんか。お願いします。屍兵は敵と味方を区別しません。大事な兵に怪我《けが》をさせてしまいます」

「怪我ね。まあ、大丈夫だとは思いますよ」

従道は砲兵がベルトに無理矢理ねじ込んでいるカタナに目をやった。

またカタナだ――と思ったとき、砲兵と従道が出てきた扉から、大きな人影が姿を現した。天皇軍の将軍、西郷隆盛だ。江戸湾要塞攻略を現場で指揮するために、本陣をこの艦に移していたのだ。

背を伸ばして踵《かかと》を合わせたトムが敬礼しようとすると、大きな掌《てのひら》が振られた。

「ヨカヨカ、センセ、オイバキンスッコタナカ」

従道がすぐに「気にすることはありません、と言ってます」と通訳してくれた。

大きな目を針のように細めてにっこりと笑った隆盛は「ヨカヨカ」と繰り返しながら、彫像と化した屍者の列に割り込んでいった。

トムは西郷のすぐ横に並んで、突き出した姿勢で固まった銃剣を除《よ》けて道を作ってやった。西郷は出会ったことのある日本人で唯一、トムが見下げずに目を合わせられる人物だ。従道の兄とのことだが、立っているだけで感じさせる包容力やリーダーシップが、同じ家から出たものとは思えない。

洋装の軍服を見事に着こなす隆盛は、屈強な肉体のものを集めた四十九名に違和感なく溶け込んでいた。

隆盛が一人の屍兵の顔をのぞき込んで目を細めた。

「オマンサア、ワッゼトエトコイ、ユクサオジャシタ」

言葉は全くわからないが、よく動く太い眉《まゆ》のおかげで隆盛が屍兵を気持ち悪がっていないことはわかる。すぐに従道が「遠いところからよくいらっしゃいました、と言っています」

と通訳してくれた。

「屍兵にそんな言葉をいただいたのは初めてです、とお伝えください」

すぐに従道が通訳し、トムは笑顔を隆盛に向けた。

隆盛は大きな目を細め「ヨゴド」と返してきた。先の砲兵が口にした「ヨスゴワンド」のような意味だろう。頭を下げてもう一度にっこりと笑ってみせる。

日本語は難しくない。数千種類あるという文字を覚える気はないが、ストーンウォール号と屍兵を買い付けた土佐国のローニン、坂本龍馬《さかもとりょうま》や岩崎弥太郎《いわさきやたろう》の教えてくれた挨拶《あいさつ》は横浜の町でも通じたし、最近は聞き取れる単語も増えてきた。だが、薩摩国の言葉は単語の切れ目すら不明なままだ。

トムの南部訛《なま》りも、内戦《シビル・ウォー》初期は北部の自由州生まれの黒人たちにさんざん馬鹿にされたものだが、単語からして異なるのだ。

屍兵の手元に顔を近づけた隆盛が眉をしかめ「コヤ古《フ》イカ鉄砲《てっぽう》ジャラセンカ」と従道に言った。

よく見ている。

屍兵に持たせている銃はライフリングの切られていないスプリングフィールド兵器廠《しょう》の42年式――内戦《シビル・ウォー》初期、黒人部隊が持たされていた旧式の銃だ。

トムは顎に手を当てて言葉を選ぶ従道へ答えた。

「白兵戦用の屍兵にとって、銃は槍にすぎません。これでよいのです」

専用の槍を作る案もあったが、生きているときに身体に染みついた動きを使える方がよいという理由でこの旧式の銃に銃剣を付けて持たせているのだと、公式見解を伝えた。実際には金も手間もかけたくないだけだ。誰も欲しがらない42年式は腐るほどある。

従道の説明を聞いた隆盛は大きく頷いた。

「ソヨカ。リニカナット」と隆盛。「合理的《プラグマティック》ですね。さすがはアメリカだ」と従道。

屍兵の列を抜けた隆盛は振り返って、四十九名を抱くように両腕を拡げた。

「センセ、兵隊ンシハコイデタルットカ」

「先生、足りないものはありませんか」と従道。

「足りないものですか」とトムが宙を睨《にら》むと、隆盛の怒声が飛んだ。

「竜介《リユウスケ》！」

従道が背を伸ばす。

「マグッナ。オンユタンタダスユエ。オマンラユトナイカチゴキガスッド。ホンコシコデ一《イッ》番台場《バンダイバ》トルットカ――」

西郷が大きな手を振り回して、船首の向こう、江戸湾を指さしながら従道に詰め寄った。一番台場へ攻め入るのにこの屍兵で足りるのかと言っていることは、トムにもわかった。人数も含めて隆盛の采配《さいはい》だと思っていたが、どうやら従道の思惑《おもわく》が入っていたようだ。

ワカイモシタ、と短く言った従道がトムに言い直した。

「将軍は、兵は充分かと聞いています」

「御殿山下ダイバと違い、一番ダイバの守備兵は多くて百名ほどと聞いています」トムは従道と隆盛の顔色をうかがいながら、ひとさし指を立てた。「平たい場所で真正面からぶつかるならば、勝ち目はありません。ですが――」

条件をつけるところと、ですが、をしっかりと区切る。ろくに意思の疎通ができない薩摩軍の指揮下で、英語のできる従道に嫌われてしまうのは面白くない。

もちろん攻略戦は成功させなければならないが、屍兵部隊の損耗は気にしていなかった。薩摩軍の屍兵は潤沢だ。ネイサンさえ無傷で残せればいい。

「見せていただいた図面によれば、要塞の通廊はそれほど広くありません。いちどきに百名がこちらに向かってくることもないでしょう」

じっとこちらの目を見ていた従道が、あからさまにほっとしたような表情を浮かべた。

「もちろん、この倍ほどいれば安心ですが、あまりに大人数ですと、兵を素早く移送することができなくなります。渡し板を落とされてしまう危険もありますので、この人数が適切かと思います。いちどに交戦する相手が同数までなら、この四十九名の屍兵が負けることはありません。そして、勝ち続けます」

従道が隆盛にトムの言ったことを伝える。

動いているところを見せてもらってもよいか、という隆盛を従道とともに上甲板へ誘い、七段七列の部隊を見下ろした。

「ご覧ください。これが、突入用の陣形です」

トムが〝再開〟の口笛を吹くと、四十九名がトムの考案していた陣形に沿って動き出す。銃剣を引き、身体を六十度ずつひねって突き入れる。トムが指示を出すたびにその動きは複雑になっていく。

隆盛が唸《うな》り、先ほど、怪我などしないと言っていた従道もほうっと息を漏らす。

「まるで……生きているようですな」

「ご冗談を。彼らは魂を海の向こうでなくしております」

腕を組んだ隆盛が大きく頷き、トムにも意味のわかる薩摩語で言った。

「良《ヨ》カ、買イ物《モン》ジャッタ」

トムはにかりと笑顔を作った。

「ヨスゴワンド」

＊

満月を四日後に控えた月に照らされる暗い甲板で、トムは練兵の仕上げを行っていた。西郷兄弟へ屍兵の陣形を見せたあと、操艦やアームストロング砲の訓練を行う薩摩兵に甲板を明け渡していたためだ。屍兵は光があろうがなかろうが気にしないし、気温が下がる夜の方が、激しい動きを試しやすい。

夜の教練はトムにとってもありがたいものだった。

七名を互い違いに七列並ばせた四十九名は、昼間よりも密に立たせてあった。兵の前後の間隔は、突き出した銃剣がぎりぎり届かない四フィート。列の左右の間隔は三フィート半ほどしかないが、互い違いに並べてあるので列の左右にいる兵を誤って突いてしまうことはない。もしも兵と兵を繫《つな》ぐ線を描けば、一辺四フィートの正三角形のタイルを敷き詰めたかに見えるはずだ。

この部隊は銃剣を突き出しながらジグザグに進み、四フィートの隙間に敵を飲み込んでは三方向から突き出す銃剣で殲滅《せんめつ》する。もしも誰かが斃《たお》れて陣形に隙間が空けば、取り囲む六名の誰かがすぐに穴を埋める。その動きはすぐに部隊全部に波及し、陣の密度が変わることはない。

これがトムが考案した変形屍兵の行進《デス・マーチ》、三角タイル陣だ。

「ミドルガード、ポーク！　右に回り、前進して突き！」

昇ったばかりの四分の三月《ギブス・ムーン》が照らす甲板に、四十九本の光が波打った。

一斉に動く屍兵の向こうで、装甲板に何かがこすれる音が聞こえた。

何かが船に接しているのだ。おそらく小舟だろう。屍兵の動きを止めるべきか、このまま臨戦態勢で待つべきか迷ったトムの目に、舷側をよじ登ってきた人影が形をなした。

「誰か！」と叫び、慌てて日本語で「ダレカ！」と言い直しながら、人影に目を凝らす。

月光に照らされたのは剃《そ》り上げられた額《ひたい》だった。二股《ふたまた》のスカートとゆったりとしたジャケットが上質な木綿《もめん》であることがトムにはわかった。

久しぶりに見る民族衣装のサムライだ。

銃は携えていない。

たっぷりとしたジャケットの袖《そで》は細い白布でたくし上げられ、肘《ひじ》から下の筋張《すじば》った筋肉がはっきりとした陰影を刻んでいた。親指の割れた白いソックスで、藁《わら》で編んだスリッパを摑むように履《は》いている。

袖をたくし上げているのと同じ白い布が額にも巻かれていた。その布の額のあたりに鋼鉄の輝きを認めたトムは、それが額を護る防具だということに気づいて息を呑《の》んだ。

戦闘態勢ということだ。

男は刺客《しかく》なのだろう。目標は薩摩国の将軍、西郷隆盛か——しかし。

「本気か？」と言葉が漏れる。

見る限り、額の小さな鉄片が男の身につけている唯一の防具なのだ。

消耗品のように扱われていた黒人部隊にも激しい白兵戦が予想されるときは革《かわ》の手甲が支給されていたというのに、木綿の民族衣装を着たサムライは腕をむき出しにして、素手《すで》で、フィンガーガードすらついていないナイフ——カタナの柄《つか》に手をかけている。

男は銃剣を振る四十九名を見渡して軽く腰を落として膝《ひざ》の動きでスカートを揺らし、裾でスリッパを隠した。手慣れた仕草だが、理由がわからない。自分で踏んでしまえるほど長いスカートはどう見ても邪魔だ。

サムライに感じていた不気味な感覚は、戦闘態勢で目の前に現れた男を観察することで消え去った。

どれだけ信頼を寄せていようが、カタナは二フィート半のナイフに過ぎない。

身長は五フィートを少し超えたほどか。一歩で踏み込める距離が銃剣をつけた42年式を超えることはない。スカートに躓《つまず》かず飛び込めればカタナで屍兵の腕を傷つけることはできるかもしれないが、それで終わりだ。このサムライは一人目に斬《き》りかかったところで、三方からの銃剣に貫かれる。

運が悪かったな——。

トムは上甲板から飛び降り、サムライの反対側へ走った。

「目標《ターゲット》！」

屍兵が一斉に銃剣を戻す。

トムは口笛のリズムで距離と方向を伝えた。

四十九対の眼が動く気配、続けて銃剣が一斉に男に向けられた。

「かかれ！」

男に最も近い位置に立っていた屍兵が、踏み込んで銃剣を突き出す。

「——ッ」

屍兵の向こうから孔雀《くじゃく》の鳴くような音が響いた。

サムライの断末魔だ、と思ったトムは異様なものを見た。

突き出された42年式マスケットの先端、前床《フォアエンド》から先が消えていた。

鉄の落ちる音が響く。

音の源に目をやったトムは自分の目を疑った。

銃剣をとりつけたマスケットの先端部が夜露《よつゆ》に濡れた甲板に横たわっていた。

旋盤《せんばん》で切り落としたような切り口に月の光が輝く。

目を戻したトムは屍兵の両腕がなくなっていることに、そして背に一筋の黒い線が刻まれていることに気づいた。身体がその線を境にゆっくりと回り、感情のない顔がこちらへ向く。

人体の構造ではなしえないほど回ったところで、屍兵の胸から上が甲板に落下した。

ごぼりと黒い液体が噴き出したところでトムはようやく理解した。

斬られたのだ。

胴体と両腕もろともに。そして信じがたいことに銃までも、あのサムライは斬った。

上半身を失った屍兵の身体はもう一歩を踏み出そうとしてバランスを崩し、ゆっくりと倒れ込む。

空いた隙間から月光に照らされたサムライの額が見えた。

斬りかかったときよりも少し腰を落とし、伸ばした右腕で水平にカタナを支えている。

左手はカタナの鞘《さや》に添えられていた。

サムライはちらりとカタナに目を向け、唇を歪《ゆが》めた。

「ゴンスケめえ。こりゃ、とんだナマクラじゃねえか」

もしもトムに知識があれば、小指から確かめるように握る手つきでサムライが一刀流中西《なかにし》派を修めていることに気づいたかもしれない。そして本来は据《す》え物を断つ様斬《ためしぎり》の刃筋で、動く屍兵に〝一《いち》ノ胴《どう》〟を決めてのけたこと、しかもそれが鞘からの抜き打ちであったことに、そして、胴体と腕に銃までも両断したカタナの切れ味に不満を抱いていることに畏《おそ》れを抱いたことだろう。

サムライは刃を返し、ゆっくりと円を描くように動かして柄を両手で握り、身体の右側に立てた。

「山岡鉄舟《やまおかてつしゅう》、参る」

「やれ、かかれ！」

トムが言うまでもなく、屍兵は欠けた配置《スロット》を埋めるべく動きだしていた。列の後ろから新たな屍兵が一歩を踏み出し、左右からはサムライの胴と胸に向けて銃剣が突き出される。三本の銃剣による必殺の刺突だ。

サムライは臆する様子も見せずスカートを揺らし、鋼の輝きが交差する位置へ踏み込んだ。

再び怪鳥の声が上がる。

「イェエエッ！」

月の光の弧《こ》が網膜に残り、チンという澄んだ音が続けて響いた。

もう一度、同じ光の筋が三人の屍兵を通り抜ける。今度は三本の銃、三人の屍兵を斬った——そんな理解がトムの頭に生まれたのと同時に二本の腕が飛び、バランスを崩した屍兵の上半身が三つ、甲板に落下した。

スカートを揺らしたサムライは滑るように動き、まだ踏み込もうとしている主なき下半身を避けて屍兵の戦列に足を踏み入れた。

トムの設計した必殺の布陣、絶え間ない三方からの銃剣刺突がサムライを襲う。

だが、呼気なく突き出される銃剣は裂帛《れっぱく》の気合いに続くチンという音とともに斬り飛ばされ、返すカタナが月光を煌《きら》めかせるたびに、屍兵には第二の、永遠の死がもたらされていく。

銃を斬り、腕を飛ばし、頭を落とし、脚を転がしたサムライは滑るように歩を進め、いつしか七段七列の部隊をトムの方へ通り抜けようかとしていた。

サムライとトムを遮っていた最後の屍兵が銃剣を突き出すのと同時に、脳天から尻《しり》にかけてカタナの輝きが走る。屍兵の右半身は左側へ、そして左半身は右側へくるりと回り、月夜には黒くしか見えない液体をこぼして倒れ込んだ。

サムライがトムを見つめ、初めて表情らしいものを浮かべた。

その背後に帽子の金モールが揺れる。

サーベルを振りかぶったネイサンがサムライに斬りかかろうとしていた。

どんな気配を感じたか、サムライはベルトに残るカタナの鞘を左手で操り、背後から迫るネイサンの胸を突いてバランスを崩した。サムライは身を翻《ひるがえ》す。

「ネイサン坊ちゃん！」

サムライへ飛びつこうとしたトムの襟首《えりくび》が何かに引き寄せられた。

「Officer, you're getting hurt.（士官さん、ケガするぜ）」

英語？　と思った瞬間ふわりと身体が浮き、トムは流れる星空を見ていた。二つの輝きが視界の片隅をよぎる。一つは月だ。もう一つの灯《あか》りはなんだろう、と思ったところでトムは背中から甲板に叩きつけられた。

「鉄舟、そこまでだ。カタナ引いて下がりやがれ！」

トムの頭上から江戸の言葉が飛ぶ。

「兄さん、おいらは使者だ。停戦だ。屍兵を止めてくんねえか」

そして英語が続き、目の前に白い布が振られた。

トムは〝停止〟の口笛を吹いた。

動いていた空気の流れが一瞬で止まる。彫像と化した屍兵の中にネイサンを探したトムは、サーベルを振りかぶった姿勢で固まる騎兵服を見つけた。左腕はなくなり、胸の中程まで斬り込まれてはいるが、新たな、そして決定的な死は訪れていない。

ふう、と息をついたトムへ、紙で覆われたランプが近づいた。

「どうかしたかい？」

髪を剃っていない、大きな目のサムライがのぞき込む。

「いえ、何でもありません」

「まあ立ちねえ、兄さん。受け身とれたかい？」

差し出された手にすがって立ち上がったとき、トムは自分を甲板に転がした男が意外なほど小さいことに気づいた。

「ありがとうございます」

「いいってことよ」男はトムの顔をじろりと見て続けた。「しかし、黒人に屍兵を使わせてるって聞いたが、ほんとにそうだったんだな。ロバートの野郎、立派な国になれ、身分出自で差別すんのはよくねえと言うくせに、結局のところ汚れ仕事を黒人に押しつけてるんじゃねえか。奴隷制度がなくなったところで実質これじゃあ、殺されたリンカーンも泣いてるだろうよ」

「ロバート……ヴォールクンバーグ公使ですか？」

「おうよ。毎晩のように呼び出して、この軍艦の半金一万ドルを催促してきやがったのよ。けちんぼめえ」

サムライと同じ形のジャケットにランプの光がぬめりと映り、トムは小男の服が絹織物であることを知った。両の胸には金糸で三つの葵《マロウ》が刺繍されている。

西海岸の水夫言葉を話しているが、この小男は幕府の高官だ。

踵《かかと》をぴしりと合わせ、「失礼しました」と言いかけたトムへ小男は言った。

「すまねえが兄ちゃん。西郷将軍《ジェネラル・サイゴウ》を呼んでくれねえか。俺は勝海舟《かつかいしゅう》。幕府《ショーグネイト》の全権を委任されてきた」

トムが口を開くまでもなく騒ぎを聞きつけた兵が走り、甲板に灯りがともされていく。

黒々とした屍兵の血液がぶちまけられた甲板には、サムライが斬り飛ばした腕と脚、胴に頭が散らかっていた。薩摩兵たちが屍兵の脇《わき》をおっかなびっくり動くのがトムにはおかしかった。

惨状を見守る薩摩兵の間に、ひときわ大きな隆盛の姿があった。

「久しぶりだねえ、西郷さん。大坂以来だったかな」

「四年ニナリモス」

勝は、屍兵の残骸を跨《また》がないように注意して隆盛の方へ歩いていった。

山岡と名乗っていたサムライは懐から出した紙でカタナを拭《ぬぐ》って、自らの行為を見渡してから、何かを拾い上げて勝についていった。

「駿府《すんぷ》に鉄舟をやったんだが、間が悪かったみたいだな。おとつい、江戸の藩邸においてきた手紙は読んでくれたかい？」

隆盛が傍《かたわ》らの従道を振り返る。従道は知らない、と首を振った。

「しゃあねえな。頼みがあってよ。明日の江戸攻撃、止《や》めにしてくんねえか」

隆盛が深く頭を下げ、船室へ向かう方を大きな腕で指し示した。

「勝ハン、ソン言葉バマッテモシタ」

西郷についていこうとした勝は、思い出したかのように振り返った。

「兄ちゃん、あとで話そうや」

＊

南部連合軍《グレー》の右腕に、合衆国軍《ブルー》の左腕、どちらのものかわからない左手に胴、右脚――トムは甲板に散乱する四肢を拾い集めていた。

片付けは船の兵にやらせればよいと隆盛は言ってくれたが、素人《しろうと》におっかなびっくり触れて、傷口が台無しにされるのはご免だった。

斬られた骨を鉄片と針金で繋いで血管を縫い合わせれば、屍者は軽作業ができるほどには恢復《かいふく》する。木くずや泥を縫い込んだところで屍者の肉が壊死《えし》していくことはないが、異物を挟み込んだ筋肉は元の力を取り戻せない。気持ちの良いものではないし、なにより筋力の低下が無視できない。

合衆国の白兵戦用兵法と屍兵維持管理手続きには、トムがそうやって現場で見いだした方法と考察がいくつも記載されている。北部の自由州で育った屍兵遣いたちの中には、そうやって現場にいたがるトムを、殺されても従順さを失わなかったトムじいやのようだと笑うものも少なくなかった。

だが、なんと言われようが自分で手を動かしている方が楽だった。

それに屍兵としては二級品のネイサンを目の届くところにおいておくには、現場を自分のものにしておく必要があるのだ。

甲板に並べた腕と脚を見渡したトムはため息をついた。袖口にモールのある騎兵服の腕――ネイサンの左腕がどうしても見当たらない。斬られた左舷中央は、騒ぎの後で薩摩兵が大勢歩いていた場所だ。

「まずいな……」とつぶやいたトムは、ネイサンに繋がるような腕がないかと並べた左腕を見直して、肘の少し下で斬り落とされた腕に目を止めた。前床《フォアエンド》を支える形のまま固まっている手首のせいで、切り口が上を向いていた。

その切り口に、中天にかかる月が映り込んでいた。

まるで鏡だ。

トムはカタナの切れ味と、理屈を越えた剣技に身震いした。

使い手の名前は、確か、山岡鉄舟。

トムよりも頭一つ低い身長の彼は、四フィートのリーチがある槍衾《やりぶすま》にするりと入り込み、二フィートよりほんの少し長いだけのカタナで屍者の腕や胴、脚――そして信じがたいことに、鋼鉄の銃身ごとマスケットを両断してのけた。

それも一度や二度ではない。

甲板に自分の脚で立っている屍兵は十八名しかいない。脚がなくなったために座らせている屍兵が五名。二十六名は首か胸か胴を両断され、二度目の、確実な死を迎えていた。

立っている屍兵にも無傷のものは少ない。

トムは中央に立たせておいたネイサンを見直した。

胸の中央に達していたカタナ傷は既に縫い合わせ、艦の補修用タールで覆ってある。血に汚れた騎兵服も洗って着せ直してあるので、夜のうちに左腕を繋いでやれば、戦闘で傷を負ったことを隠して手元に置いておけるはずだ。

　もう一度捜そう、と中央砲郭に歩き出したトムへ、巻き舌の英語が投げかけられた。

「ひょっとすると、こいつかい？」

　振り返ると、前方の船室入り口に立った勝が、山岡の捧げ持つ布の包みへ顎をしゃくっていた。駆け寄ったトムが包みを受け取り、ゆるく結ばれた布の端を解くと、騎兵の制服から伸びた手が、何かを摑もうとする形のままで手首のところで折れ曲がり、ぶらりと垂れ下がった。

　トムは切り口が傷んでいないことを確かめてから、切り口を下に手桶《ておけ》の水に浸した。

「ありがとうございます。助かります」

「礼はこいつに言いねえ」

　山岡へ顎をしゃくった勝が小さなパイプへ小指の先ほど刻み煙草《たばこ》を詰めながら言うと、山岡は「だいぶん端折《はしよ》っちゃいませんか」と口を挟んだ。

　勝は紙のランプに細くよじった紙を差し込んで、パイプの煙草に火を移し、一息、大きく吸いこんで「細《こま》っけえことはいいんだよ」と煙を吹き付けた。

　やりとりは半分ぐらいしかわからないが、トムは声をあげて笑ってしまう。

「山岡さんが何か仰《おつしや》っていたのですね」

「まあね……っと、英語で伝わるかねえ。騎兵の兄さんの腕を落としたのは、こいつの三十二合《ターン》目だそうだ。中西派《ナカニシ・スタイル》の秘奥義《シークレット・ハンド》、水鏡《ミラードウオーター》なんだと。切り口はまさに鏡のようになっているはずだ――って、ほれみろ、鉄の字。兄ちゃん目えぱちくりさせてんじゃねえか」

「……いえ、意味はわかります。そうではなく、山岡さんは斬った数やその方法を覚えているのですか？」

勝の通訳を聞いた山岡は笑みを浮かべ、手足を使う技だけでなく、見ていた物も覚えているのだ、というようなことを日本語で言って通訳を待った。

勝は掌で転がしていた火種《ひだね》を新しい煙草に移した。

「だとよ《ヒーセズソー》」

「これですよ」

ぼやいた山岡へ勝は顔をしかめてみせる。

「手抜きじゃねえよ。この兄さん、簡単な言葉なら通じてるんだよ、な」

トムはにかりと笑って頷いてみせた。

「半分ホド。腕ノコト、カタジケナイ。カタナトサムライ、ミゴトナリ」

「ほれみろ」

勝はパイプを手すりにぶつけ、火種を海に落とした。

「改めて、カイシュウ・カツってんだ。カツが氏《うじ》さ。よろしくな」

トムは従道に聞かされた勝の位《くらい》を思い出して慌てて背筋を伸ばし、踵を合わせて敬礼した。

「失礼しました。お目にかかれて光栄です。海軍卿勝閣下《ナーバルロードカツ・エクセレンシー》」

「エクセレン……てなんだい。ミスターで頼まア。お前《めえ》さんは？」

「合衆国陸軍第五十四連隊、屍兵分隊技官、トム・ジョーンズ伍長《ごちょう》。トムで構いません」

「トムの字《ティーズ・フォー・トム》か。お話やなんかで聞く名前だな。小屋の話がなかったか？」

文法が間違っているが、滑らかな語り口とよく動く表情のおかげで意図は通じた。

傍《かたわ》らの山岡も「改めて、山岡鉄舟と申す」と言い、微かに顎を引いた。

山岡の額に鉄片のついた布はなく、乗り込んできたときに紐でたくし上げていたジャケットの袖もおりていた。戦闘態勢ではない。だが、鉄を両断してみせた腕がほとんど見えないことが今のトムには怖かった。床に届くほどの長いスカートも銃剣をくぐり抜けた足捌《あしさば》きを見せないためのものなのだ。

そう納得していると、ゆるりと身体を伸ばした山岡がトムに頭を下げた。

「あいすまぬことをした」

戸惑《とまど》ったトムに勝までも頭を下げた。

「すまねえ、斬らせすぎた」勝は両の手指を揃《そろ》えて顔の前に立てた。「おいらが悪かったんだよ。アメリカの屍兵に山岡のやっとうがどの程度通じるのか知りたくて、止めるのが遅れちまったんだ。すまん」

「やっとう——この国のカタナと剣技ですか。あれは大変なものですね。これほどの数の屍兵が白兵戦で倒された例はなかったはずです。サムライは傭兵《ようへい》として世界中で活躍できるでしょう。屍兵の行進《デス・マーチ》だって止められます」

「嬉《うれ》しいことというじゃないの。でもさ、そんなに腕っこきはいねえんだ。普通のサムライなら三方から銃剣で突かれりゃ串刺しさ」

　勝はにんまりと笑い、山岡に顎をしゃくった。

「鉄の字は江戸で十指に入るぐれえの使い手だ。幕府の役人だと二番手だあね」

「一番は？」

「オレさ」

　首をそびやかした勝にトムは思わず声を立てて笑ってしまう。

　勝もいたずらが決まった子供のように笑う。

「トムの字の兵隊こそ、てえしたもんだよ」

　勝が甲板に立つ屍兵を見渡した。

「鉄の字があんなに切羽《せっぱ》詰《つ》まるのを初めて見たぜ。斬ったそばから次の兵隊さんが出てくる。

その間にも、周りから槍が突き出されてくるんだ。あの連携は凄《すさ》まじかったな」

決められた仕事しかできないという屍兵に、あれほど複雑な白兵戦ができるとは思わなかったと勝は続け、トムの脇《わき》にそそと寄って耳打ちした。

「なあ、ちょいと見せてくれねえか」

「え？」

「いいだろうが。どうせ幕府は今日で終わりなんだ」

　トムは胸ほどの高さから見上げる勝の顔を見つめた。

「停戦合意は……上手《うま》くいかなかったのですか？」

勝は肩を揺すってにんまりと笑った。

「停戦じゃねえよ。降参だ。江戸城を明け渡して将軍は謹慎《きんしん》。その代わりに明日の江戸攻めをやめてもらったんだ。おいらも鉄の字も早晩お役ご免さ。お前さんも明日の仕事はなくなった。な、いいだろ？」

トムは頷き、行動開始の口笛を吹いた。銃剣を持たせずに、五名、四名の列をつくって互い違いに並べる。

すぐに勝が言った。

「互い違いにしたのはなんでだい？」

トムは部隊の中に入って、両腕を拡げた。

「すべての兵を、等間隔に並べるためです。屍兵は敵味方を区別しません。ですから互いに銃剣が刺さらないギリギリの距離をとっているのです」

上から見れば正三角形を並べたように見えるはずだ、とトムは補って、六十度ずつ回転しながら突くアクションを始めさせた。

「そして、一人が配置から欠けたときには、周りの兵が埋めていきます」

トムは片腕で不格好に銃剣を突くまねをしているネイサンに近寄って、彼にだけ聞こえるように〝停止〟の口笛を吹いた。彫像のように動きを止めたネイサンの胸を抱き、戦列から外してやる。

すぐに右斜め後ろの屍兵がネイサンの欠けたスロットを埋める。その動きが部隊全部に伝わっていく。

勝と山岡はその動きを見て何か話しはじめ、ややあって勝がトムに言った。

「てえしたもんだ」

「ありがとうございます。数百、数千の屍兵が常に使えるならば屍兵の行進《デス・マーチ》が最上の策ですが、数十名しかいないときには、この三角タイル陣がいいと思っています。わたしが考えたのですけど」

「ほう、そりゃすごいや。どうすりゃこんなこと思いつくんだい」

初めての質問にトムは戸惑った。

内戦《シビル・ウォー》では何度も使い戦果をあげた陣形だが、指揮官も仲間の屍兵遣いも三角タイル陣そのものには興味を向けてくれなかった。まして、どこから思いついたのかなどと聞いてくれるような人はいなかったのだ。

「どこから――」

勝の言葉を繰り返して首を巡らせたトムの目が、ネイサンの、ハリスと同じ青灰色の瞳で留まった。雲一つない空の下に広がる農場が蘇《よみがえ》る。

あそこだ。

綿花を効率よく収穫するために、ジョーンズ農場の持ち物であった三家族が疲労しないような手順をろうそくの下で考えていた。仲買人の残した契約書を条項ごとにバラバラにして、字の読めないハリスを騙《だま》したインチキを探し当てた。嫌がるネイサンをつかまえて綿木の配置を話し合った。あの日々が、トムに手順を考える癖《くせ》をつけた。

現場を愛する心もそこで得たものだ。

「なあトムの字よ」という勝の言葉でトムは我に返った。

「ああゆうのを算法《アルゴリズム》っつうんだろ。この兵隊さんたち、一人一人はああしてこう、こうきたらああ、繰り返し、みたいな簡単な手続きをこなすだけなんだろうが、まるで生きてるみたいだぜ」

「え――ええ。そうです。小さな手続きの集まりです」

「何度も言うが、てえしたもんだ、特に最後のアレだ。トムの字を護るために飛び出してきた騎兵さんには驚かされたぜ」

慌ててトムは言った。

「彼、いや、これは銃剣が持てないので、サーベルを持たせていただけです」

「彼でいいじゃねえか」

勝はネイサンの近くへ歩き、伸び上がって肩をぽんと叩いた。

「おいらには、この騎兵さんが自分の意志で動いたように見えたんだ。だから山岡の斬る手を止めさせた。生きてる兵隊さんを殺しちゃあ、交渉が成り立たねえからな」

山岡がぐるりとネイサンの周りを歩いて、勝になにやら耳打ちした。

「気づいてたよ」と山岡に言った勝は、トムに向き直った。「なあトムの字よ。この騎兵さん、大事にしてんだな」

返事を迷ったトムに勝は続けた。

「ぴしーっと折り目の付いたズボンに脂《あぶら》ひいたブーツ、一人だけ綺麗な服着てさ。おっと、髭も蠟《ろう》で固めてお化粧までしてらあ。左腕はもともと、白兵戦なんかできないほど弱かったんじゃあねえのかい？　さっき斬った傷もこの騎兵さんだけ縫い合わせてあるんだってな。あ、こりゃ鉄の字が言ってることだが――」

放っておくといつまでも話し続けていそうな勝を遮り、トムは頷いた。

「わたしの持ち主だった方です」

勝が片方の眉を上げ、開こうとした口をゆっくりと閉じた。

続ける言葉に迷ったトムの目に、桶に浸けたネイサンの左腕が見えた。山岡に摑みかかろうとした形のまま固まった手が、ぶらりと桶の縁《へり》から垂れている。

この腕を繫ぎ、見かけだけの屍兵に戻すことはできる。そしていつか動かなくなったとき、この身体を、父ハリスのもとへ運んでやろう――そう考えていたことが急に現実味を失った。

これからどれだけ、トムはネイサンを目の届くところにおいておけるだろう。

白兵戦に耐えないことが薩摩国の誰かに知れれば、ネイサンは二級品の屍兵の集まる屍兵《デス・》の行進《マーチ》専用の部隊へ追いやられる。

トムが繫ぐ左腕は他の屍兵と肩を寄せ合うことで再びもげ、バランスを崩して転ぶネイサンは、後ろから歩いてくる屍兵に踏みつぶされる。すぐにただの肉の塊となってしまうだろう。

「勝さん」

「なんでえ」

「先ほど、幕府が降参したと仰いましたね。まだ屍兵を使う戦闘はありそうですか？」

勝は唇を歪《ゆが》め、ジャケットの袖に差し入れた腕を組んだ。それから頭一つ高いトムの顔を、そしてネイサンの虚ろな顔を交互に見上げた。

それから、うんうん、と頷いた勝は意外なことを口にした。

「お前さん、帰りねえ」

「え？」

勝は湾の奥に月明かりでうっすら白く見える帯、江戸の町へ顎をしゃくった。

「おいらは今日、幕府と引き替えに江戸の百五十万人を助けただけだ。不満分子はまだ日本中に散らばってる。そいつらの掃討《そうとう》と、新しい政府ができた後の一騒ぎ、収まるまで十年はかかるかもしれん」

勝はトムを舷側の手すりへ誘い、小声で言った。

「そんとき西郷の下にいるのはまずいぜえ」

「そうでしょうか。立派な人物に見えますが」

「立派立派、そりゃもう立派だ。だが、立派なだけだ。龍馬知ってるだろ。奴が西郷についてこう言ってたんだ。鐘《ベル》だとよ」

トムが首を傾げると、勝はパイプの火皿で手すりを叩いた。

「でかく叩けばよく響く、が、中身はがらんどうだ」

洋装に身を固め、洋式の軍隊を率いる西郷ら天皇方の主要なメンバーはもともと、正統な王である天皇を蔑《ないがし》ろにして外国と手を結ぶ幕府を倒し、王政国家を取り戻してもう一度鎖国するために寄り集まったのだという。

「それが見ろよ。薩摩と長州はアメリカやイギリスと手を組んで、天皇にはちょいと脇にいてもらうつもりで新政府の構想を描いてる。つまりは幕府の方針と同じってことだ。幕府なんか要らねえんじゃねえかと西郷に吹き込んだのは何を隠そうオレなんだがね、まさかこんなにでかい祭りになるとは思ってなかったよ——あとな」

勝はさらに声をひそめた。

「去年、変な奴がパリからやってきてな、ちょいと変わった屍者の技術が入っちまったんだよ。まだ成果は出てねえが——」

小さくなる勝の声をよく聞こうとトムは腰を屈《かが》めたが、それを見た勝は外国人のように肩をすくめ、トムから一歩離れた。

「とにかく屍兵や屍者はこの国でもありふれたもんになる。そうなりゃあんたもお払い箱さ。帰るなら今のうちだぜ」

勝は甲板で動き続けている屍兵の集団を見つめ、痛ましそうに首を振った。

「だいたいさ、こんないびつな技が長く続くわきゃあねえ。蒸気とか電気とか電信とか、そんな技術の時代が必ず来る。そのときにあんたの算法のセンスは活《い》きるはずだぜ。せっかく自由人になったんだ。アメリカでやんなよ」

米国公使のロバート・ヴォールクンバーグに口利きぐらいしてやるぜ、と勝は結んだ。

　ネイサンをおいてはいけない――そう言いかけ、人に言うようなことではないと言葉を飲み込んだところで気づいた。

　そうではない。ネイサンはもう死んでいるのだ。

　この後、サムライたちの戦いに巻き込まれて屍兵の行進《デス・マーチ》の部隊に交ぜられてしまえば、骨すら残るまい。

　そうでなければ横浜の屍者商人に売り飛ばされ、〝怪物〟にされてしまう。

　ネイサンが止まるまでそばで見ていよう。そう思って日本にまで来たのだが、実際に動かなくなるネイサンをトムが見ることはない。

　そんな当たり前のことがようやく心に染み通ってきた。

　トムが、ネイサンを連れて帰れるようにするしかないのだ。

「勝さん、江戸に……死体保存技師《エンバーマー》はいますか？」

「いねえな」と言って勝はトムを見上げた。それから微動だにせず立ち尽くすネイサンをしばし眺めてから不意に口を開いた。

「国はどこだい」

「テネシーです。ご存じですか」とトムが応《こた》えると、勝は「テネシー、聞いたことあるぞ」と懐から出した手で宙になにやら描いてから言った。

「ケンタッキーの南だったかな。ここからだと太平洋の船旅込みでひと月ってところか。塩漬けだと保つかどうか、ってところだな」

「勝さん――」

わかってるって、と勝はトムを遮った。

「首切り役人の山田《やまだ》浅《あさ》右《え》衛門《もん》てのが江戸城の西、平川門を出たあたりに住んでる。でけえ屋敷だからすぐ見つかるだろう。紹介してやるよ。事情を話せば食客《しょっかく》の蘭方医《らんぽうい》が処理してくれるだろうさ――おい鉄の字、手紙だ手紙」

うなずいた山岡は懐から、カタナを拭《ふ》くのに使った紙の束と壺《つぼ》をぶら下げた細い筒を取り出した。

筒から筆を抜いた山岡は穂先を壺のインクに浸し、片手で支えた紙の束へ向けて構えた。背をぴんと伸ばし、ゆるく伸ばした指先で筆を構える佇《たたず》まいが美しい。見とれていると、勝はトムには聞き取れない言葉で話しはじめた。

山岡は肘から先だけを動かして、ひと繋がりになった見事なカリグラフィで勝の言葉を書き留めていく。躊躇《ためら》いなく動く山岡の筆の動きを見つめていると、山岡は「異人さんに見られると、照れますねえ」とつぶやいた。

二つの手紙が書き上がり、受け取った勝はうなずいて、文書の最後に美しい飾り文字でサインして折りたたんだ。

「こっちは浅右衛門、こっちがロバートだ」と言った勝は折り方の異なる二つの手紙をトムへ渡した。

「万次郎でも呼び出して読んでもらえや。ホトケさんとトムの字をアメリカに送るよう申し添えてある。数日は幕府の威光も消えねえだろうよ」

「ありがとうございます」

トムは手紙を懐に入れ、口笛で屍兵を止めた。

「もう一つ、お願いしてもよろしいでしょうか」

勝は「わかってらあ。言いなさんな」と手を振り、空を仰いだ。

「月も綺麗だ。鉄の字よ、スパッと綺麗にやっとくれ」

山岡は頷いてカタナに手をかけたが、柄に目をやってから、申し訳なさそうに勝に頭を下げた。どうやら山岡は自身のカタナを担保に金を借りていたため、今日は友人から借りたカタナを携えてきたようだ。トムに死を覚悟させたカタナを山岡はナマクラ——粗悪品という意味だろう——と呼んでいた。

苦笑いした勝がほらよ、と紐を解いてカタナを差し出すと、押し頂くように受け取った山岡は、トムの手桶に人差し指をいれて湿《しめ》し、柄の根元あたりに押しつけた。

「今のは？」とトム。

「目《め》釘《くぎ》を締めてるんだ。刃を固定するのが竹の釘でな、濡らすと強くなるんだ。すっぽ抜けたら怖《こえ》えからな——やかましい、鉄舟。手入れなんてする暇がおいらのどこにあるっていうんでえ」

思わず噴き出したトムへ勝が言った。

「よかったよ、笑ってくれて。じゃあいいかい？　そうだ、この兄さんの名前聞いとこうか」

「ジョーンズ、ネイサン・ジョーンズ。アメリカ連合国第四騎兵隊、大尉《たいい》です」

懐から細い布を出した山岡は端を咥《くわ》え、ひゅるりと腕を通す。夜風をはらんでいたジャケットの袖がその一動作で脇にたくし込まれ、この船に乗り込んできたときと同じ、戦士の装いに変わった。

勝もジャケットの襟をピシリと伸ばす。

「アメリカ連合国第四騎兵隊大尉、ネイサン・ジョーンズ。汝《なんじ》は太平洋東岸の国をひとかたならぬありようで訪れ、友であるトムを護り、戦い、死した。月の美しい夜であった」

こんなもんでいいかい、と聞いてきた勝へトムはうなずいた。

「よい言葉を戴きました。ありがとうございます」

トムがそれ以上言葉を発しないでいると、山岡はネイサンの左側に音も立てずに回り込み、目を伏せ、深く頭を下げた。

山岡は腰から少し抜いた鞘《さや》を握る親指でカタナの鍔《つば》を押した。

ふわりと被《かぶ》せた右手の小指から順に柄を握り直す。

ふうと息を吐きながら、山岡はカタナを抜く。

瑕《きず》一つないカタナが月光に輝いた。

まるで水で作った鋼《はがね》のようだ。
そうトムが思ったとき。
「――ッ！」
裂帛の気合いとともに、半月の輝きが弧を描いた。
山岡がカタナを振ってねばついた血を甲板に振り飛ばす。
斜めに断ち切られたネイサンの首がゆっくりと滑り落ちてくる。
トムはその頭を抱え、抱きしめた。
帰りましょう。
からからに乾いた小麦色の髪の毛から、微かに収穫の香りが立ちのぼった。

第五の地平

野崎まど

『2010年代SF傑作選』全二巻に収録した二十篇の中でも、いちばん驚くべき〝光景〟を描き出したのは本篇だろう。主人公はモンゴルの英雄、チンギス・ハーン。その強大な帝国はどこまでも広がり——と、そこから先は本文に譲るが、こんな小説をぬけぬけと書いてしまうセンスは余人をもってかえがたい。TVアニメ「正解するカド」や劇場アニメ「HELLO WORLD」の脚本家としての（あるいは『know』や《バビロン》シリーズの著者としての）野﨑まどしか知らない人は、ぜひ本篇を読んで仰天してほしい。むしろこっちのほうが野﨑まどの本領……と言うと語弊があるが、私見では、著者の作家性をもっともよく体現する作品のひとつだと思う。

　野﨑まど（のざき・まど）は、アニメと小説の両分野でいまもっとも注目される才能のひとり。二〇〇九年十二月、学生の自主映画撮影話に〝人間の心を操作する映像〟というSFネタをからめた長篇『[映]アムリタ』で電撃小説大賞メディアワークス文庫賞を受賞し、メディアワークス文庫から小説家デビュー。以後、同文庫から『舞面真面とお面の女』『死なない生徒殺人事件』『小説家の作り方』『パーフェクトフレンド』『2』『なにかのご縁』を、電撃文庫から短篇集『独創短編シリーズ　野﨑まど劇場』を刊行。

　一三年七月、ハヤカワ文庫JAで書き下ろした近未来SF長篇『know』が高く評価され、日本SF大賞候補となる。これは、脳をネットワークに接続して情報処理速度を飛躍的に高める技術（電子葉）が一般化した近未来の京都を舞台にしたサスペンスで、「HELLO WORLD」につながる作品でもある。同じJAから出た『ファンタジスタドール　イヴ』は、カードバトル系美少女アニメのスピンオフ小説ながら、独創的な仮説（質量傾斜理論）を考案したマッドサイエンティストの半生を太宰治タッチで描く。

　二〇一五年、講談社タイガで開幕した《バビロン》シリーズは、現在、第三巻まで刊行。完結を待たずにTVアニメ化され、一九年十月に放送開始。〝自殺法〟の是非と絶対悪をテーマにした（TVアニメとしては）前代未聞の衝撃的な内容が話題を呼んでいる。（大森）

草原があった。

どこまでも平たく続く草の面が、無限の彼方まで到達しているように見えた。数えきれぬ緑の上辺を穏やかな風が撫でる。水気を一切含まぬ乾いた空気は、乾燥草原《ステップ》の名に相応《ふさわ》しい。

その果てない草原の中央に、一人の精悍《せいかん》な男が立っていた。服の上からもわかる逞《たくま》しい腕は戦を旨とする男のそれだった。瞳は遥かな遠くを見ていた。草原が消えさる地平線の、さらに先までを見据《みす》えているようだった。

男の名はチンギス・ハーンという。

彼はモンゴルの一部族を率いる族長であり、同時に草原の覇権を争う群雄の一人であった。

世界史上最も巨大な帝国を作り上げたその男は、この時、未だ見果てぬ遠き地を求めていた。

*

チンギス・ハーンは幼名をテムジンといった。彼はモンゴルの有力部族ボルジギン氏族の長《おさ》イェスゲイ・バアトルの子として生を受ける。しかし父イェスゲイがタタール人に毒殺されると、テムジンは残った者達から部族を追われ、母弟妹と共に過酷な草原へと投げ出された。大集落の族長の子であったはずのテムジンは、たった九人の家族の長兄としてモンゴルの厳しい環境を生き抜かねばならなかった。

しかしテムジンは諦めず、大草原の中で逞しく成長した。弟達と共に馬羊を育て、独立遊牧民の力を借りて部族に新たな部衆を集めた。そうして三十になる頃には、テムジンの部族は草原における一大勢力となっていた。テムジンは主《おも》だった部衆の推挙を受けてモンゴル族の長たる汗《ハーン》位につき、ついにチンギス・ハーンの称号を得た。チンギス率いるモンゴル部族は今や、西方のナイマン部族、ケレイト王国にも比肩する巨大集落へと成長していた。

またこの時代、人類の宇宙進出は加速度的に進んでいた。

モンゴルの東に接する金《きん》王朝（中国）は高い質の文化を持ち、特に金属加工の技術は世界随一であった。その技術は戦乱の日々の中で日進月歩に研鑽《けんさん》され、金属製の武防具、火薬を用いた銃、火薬を用いたロケット、有人ロケット、宇宙基地、宇宙戦艦などが次々と開発された。人類は大挙して宇宙に進出し、火星、木星、さらにその先へと手を伸ばそうとしていた。

時代の中でチンギス率いるモンゴル族もまた、その版図を宇宙へと広げていた。モンゴル族が宇宙へ伸長すれば同盟国であるケレイト王国も当然それに続き、また敵性氏族であるナイマンも拮抗を保つために進軍する。モンゴル、ナイマン、ケレイトの勢力争いはその舞台を高原から宇宙へと移していた。しかし元来遊牧民である彼らにとって大宇宙はあまりにも過酷だった。宇宙には草原がない。

この問題を解決したのが、チンギスの作り上げた《宇宙草《うちゅうそう》》である。

強力な軍人であったチンギスは同時に卓抜した政治家でもあり、彼は遊牧民族の生存に草原が不可欠であることを見抜いていた。チンギスは金王朝のバイオテクノロジーを積極的に取り入れ、宇宙空間で生育する草を造り出すことに成功した。

宇宙草の技術の核心はケイ素である。ステップの植物は丈《たけ》の短いイネ科植物が主体となっており、イネ科は元々環境中のケイ素を取り込んで利用するSi集積植物として知られている。通常生体内では非晶質含水シリカ（SiO_2・nH_2O）の状態で構造体として働き、葉・茎・花《か》穎《えい》等の乾燥重量において約10％のケイ酸体を持つ。チンギスはこの性質を改変し、植物体内におけるケイ素の利用率を大きく高めることに成功した。開発された宇宙草は構成物質の実に八割をケイ酸化合物に置換されていた。それは金属分子を主体とした、まるで鉱物のような強さを持つシリコン植物であった。

この人造草は真空中で育成し、根を絡み合わせながら大きなシートとなって宇宙に草原を作り上げる。そこに同じくチンギスの作った宇宙羊と宇宙山羊《やぎ》が放たれ、草を食《は》み、食料を生む。宇宙草の作り出す草原は宇宙に進出した遊牧民の基盤となった。宇宙草原の広がりが、そのまま各勢力の版図となった。

＊

風が草原を揺らしている。

草原の各所に立っている白い房の付いた旗はモンゴル族の旗印であり、同時に造風設備でもある。近傍《きんぼう》の恒星の光を九本の恒星房が受け止め、そのエネルギーでガスを加速させ、真空の草原に風を生んでいる。

チンギス・ハーンは草原の中に一人佇《たたず》んでいた。モンゴルに伝わる民族衣装デールの長い袖《そで》が人工風に揺れる。宇宙進出に伴って作られた高度な縫製のデールは気密性の高い宇宙服でもある。体の横で布を合わせる構造が、馬上での正面からの宇宙線を防ぐ。帽子は後方に布がたれ、前側は風防で密閉されていた。非常に透明度の高い風防はその存在を感じさせず、まるで帽子だけをかぶって気軽に真空中へと出ているような印象を見る者に与えた。チンギスのデールは漆黒だった。男性が好んで着る黒色のデールには「宇宙のように広い心」という意味がある。

彼の目の前に、寥廓《りようかく》たる草原が広がっている。

そして頭上には、それよりも遥かに広大な宇宙があった。

故郷モンゴルはすでに7auの彼方であった。今チンギスが立っている場所はモンゴル族の勢力の前線。木星の軌道を越えて、土星周回軌道へと向かう道程の中ほどである。地球からここまでの間、チンギスはケレイトと表向きの同盟を結び、またナイマンと小競《こぜ》り合いを続けながら草原を拡大してきた。現在は地球周回軌道を端として、現在地点までの７ａｕ区間を全て覆い尽くす巨大な草原のディスクが完成している。

逆に、地球から太陽に向かう空間には草原のシートが一切広がっていない。理由は明白だった。太陽に向かったとしても到達して終わりであるからだ。

チンギスの目的は版図を埋めることではない。彼の目的は遥か先、誰も到達したことのない世界の果てを見ることにある。ケレイトとの同盟も、ナイマン討伐も、全てはその過程の作業でしかない。

世の果てが見たい。未知の地平を越えたい。

その大望がチンギスを突き動かし、二，〇〇〇キロを超えるモンゴルの地平を一気に駆け抜けさせ、遥か一，〇〇〇，〇〇〇，〇〇〇キロのこの場所に彼を連れてきた。チンギスは今日まで一度も振り返ることなく宇宙の覇道を突き進んできたのだった。

だが、今、宇宙を見つめるチンギスの目に、一抹の陰りがあった。

それは不安の影であった。

「汗《ハーン》」

君主の称でチンギスを呼ぶ声がした。帽子に備えられた通信機器を通しての音声である。両耳に音声差分を付ける装置の効果で声の方向がわかる。チンギスがそちらを向くと、馬に乗った男が草原を駆け抜けてきた。

「ボオルチュか」チンギスは友の名を呼んだ。

ボオルチュはチンギスの忠実な家臣の一人であり、覇道を助くる友《ノコル》である。チンギスがまだ家族だけを連れて貧窮の暮らしをしていた頃、盗賊にほぼ全ての馬を奪われたことがあった。遊牧民にとって馬は財産であり命そのものである。その馬を取り戻す道程で運命的に出会い、奪還のために惜しみなく力を尽くしてくれたのがボオルチュであった。以来ボオルチュはチンギスの無二の友となり、チンギスに仕える四人の優秀な側近《四駿《ししゅん》》の一人として辣腕《らつわん》を振るっていた。

ボオルチュは馬を巧みに操り、チンギスの傍らに寄せた。がっしりとした逞しい体つきの蒙古《もうこ》馬は、チンギスに挨拶でもするように低くいなないた。

馬はモンゴル人にとって何よりも大切なもので、それはこの宇宙でも変わらない。チンギスが宇宙草を造り出した後にすぐ開発に取り掛かったのが、宇宙羊でも宇宙山羊でもなく、この《宇宙馬《うちゅうば》》である。

宇宙馬は地球の馬と同じく草原の草を主食として成長する。しかし宇宙の草原はシリコン質主体のケイ素植物であり、それを摂取する宇宙馬もまたケイ素を構成主体として作られている。その強靭《きょうじん》な金属分子の肉体が宇宙馬の真空中での活動を可能にしていた。

中でも特徴が顕著なのは結晶体の筋組織である。宇宙馬の筋肉はSiナノチューブで構成されており、地球馬の筋組織と比べ数十倍の弾力と強度を持つ。また中空構造のナノチューブは単位体積当たりの重量も非常に軽い。軽量強靭な筋肉に覆われた宇宙馬は、宇宙の騎馬民族が天文学的距離を駆けるために不可欠な存在であった。唯一欠点があるとすれば金属繊維を含む体毛が固く痛いことだったが、そこはデールのズボンを厚くすれば済む。

チンギスは、ボオルチュが乗ってきた宇宙馬の美しい体軀《たいく》を眺めた。金属混じりの黒鹿毛がきらきらと太陽光を反射している。

ボオルチュは下馬しチンギスに寄った。彼は神妙な顔で言った。

「汗《ハーン》。ジャムカの所在が摑《つか》めました」

「なんだと」

「ケレイトに流れ、国王トオリルの元に身を寄せているようです。我らからの婚儀の申し出をケレイトが断ってきた時におかしいと思いましたが、裏にジャムカの入れ知恵があったなら合点もいきます」

ボオルチュはチンギスの判断を求めていた。彼はチンギスが一番の信を置く参謀であるが、ジャムカに関することはボオルチュであっても一概に決められない。なぜならジャムカはかつて、チンギスの按達《アンダ》（盟友）であった男だからだ。

ジャムカはチンギスの昔からの友人であった。

幼い日の二人はお互いの力を認め合って按達《アンダ》の誓いを結んだ。その後二人はそれぞれ成長し、チンギスは力を蓄えて有力な部衆を率いるようになり、またジャムカもジャダラン氏の首長となって草原に覇《は》を唱えていた。お互い組織の長《おさ》となって再会した二人は、改めて按達《アンダ》の誓いを結び直した。

二人は同じ夢を見ていた。地平の果てを目指す、この世の果てを目指す。彼らは行先を同じにする仲間のはずだった。

だがその夢を叶えるためには大草原を統べる必要があり、そして覇者は常に一人だけなのである。お互いに力を伸ばし続けるチンギスとジャムカが決裂したのも歴史の必然であった。

こうして無二の盟友であったはずの二人は宿敵へと変わった。チンギスとジャムカは大軍を率いて幾度となくぶつかり合った。最後に激突したメインベルトの戦いはチンギスの勝利に終わり、ジャムカは無残に敗走して、以来行方をくらましていたのである。

そのジャムカが、チンギスの同盟国であるケレイトに居るという。

由々しき事態であった。チンギスとケレイト国王トオリルの同盟は強固であるが、ジャムカもまた草原に名を馳せた名将である。智謀《ちぼう》をふるい、手練手管を用いてトオリルを取り込んで、再びチンギスの脅威となるかもしれない。

ジャムカがすでにケレイトと接触しているとなれば猶予はない。妙な動きに出ぬうちに一刻も早く手を打たねばならない。だからこそボオルチュは馬を目一杯に走らせて、状況を直接チンギスに伝えにきたのである。今はチンギスの采配が必要だった。

だがボオルチュの報を聞いたチンギスは、それについて何の感想も持たぬとでもいう顔で、ただ静かに宇宙を見上げた。

「汗《ハーン》」

　ボオルチュは訝《いぶか》りながらチンギスを呼んだ。チンギスの目には動揺も、苦悩も、怒りすらもない。彼は死を待つ老山羊が如き悟った瞳で、無限に続く宇宙だけを見つめ続けている。

「ボオルチュよ」

「は」

「ジャムカを倒して何とする」

「何をおっしゃるのか、汗《ハーン》チンギス」

　ボオルチュは戸惑った。勇猛なチンギスの言葉とは思えなかった。

「ジャムカ打倒は汗《ハーン》の覇業における不可避の使命です。ジャムカを亡き者とし、老いたケレイトも、細るナイマンも追い落として部族を統一するのです。そうして強大な帝国を築き上げた暁《あかつき》には、もはや我らの草原を阻むものはありません。その時こそ汗《ハーン》の大望に手が届きましょう。太陽系を越えて、どこまでも遠くへ草原を広げ続けていけるのですよ」

「どこまでもか」チンギスは力なく息を吐いた。「それは本当だろうか」

「どうされたというのです汗《ハーン》チンギス」

「私は疑問なのだ」

　チンギスは漆黒の宇宙を見上げている。

「モンゴル高原で覇を競っていた時、私は真っ直ぐに進めばよかった。西にメルキトあればそれを滅ぼし、さらに西のタイチウトを相手取ってそれを駆逐した。そのまま西方へと進めば高原を統一できたし、そうすれば次は東方の金へと向かえばよかった。モンゴルにいた私には一片の迷いもなかったのだ。だが、この宇宙ではどうだ」

　チンギスの視線は無限の闇に飲み込まれている。

「草原を広げても、広げても、果てはない。この生命尽きる頃になって草原がやっと宇宙の端に辿り着いたとしても、その時、我々の頭上と足元には未だ新雪のごとき闇が残っていることだろう。なれば最初からそちらに向かうべきではないのか。天地の別すらない宇宙では、草原も上下を問わず広がるべきではないのか。草原の下に草原を広げ、草原の上に草原を積み……ボオルチュよ……それはもはや草原と呼べるのだろうか……。草原、草原とはなんだ」

　ボオルチュはすぐに悟った。従者としてではなく長年の友として、チンギスの心を支配する苦悩を一瞬のうちに理解する。

　チンギスは迷っている。

　人類の技術進歩はチンギスを宇宙に連れ出した。それからチンギスはがむしゃらに覇道を進んできたが、地球から7ａｕの地において、とうとう自分の疑問を無視できなくなっているのだ。上下左右前後の区別すらない宇宙で、自分はいったい何を目指して走り続ければいいのか、と。

「遠くへ行きたかっただけだ」

　チンギスは呟いた。

「だがその〝遠く〟は、どの方向にあるというのだ……」

チンギスは言葉の通りに、この宇宙で〝迷って〟いた。その迷いは宇宙を前にした人類が普遍的に抱く感情であり、この時代の誰もが逃れられぬ呪いである。星で育まれた人間は、真の意味では宇宙人たり得ない。

だが、そこで臆せば道は消える。

「按達《アンダ》チンギスよ」

ボオルチュはチンギスを呼んだ。汗《ハーン》ではなく按達《アンダ》として、チンギスの一人の友人として対等の立場で彼を呼んだ。チンギスもそれに気付き、宇宙から視線を外して長年の友を見た。

ボオルチュは馬に括りつけた荷物を開けると、中から二枚のタブレットを取り出した。タッチパネル式の軽量タブレットは金王朝の最新技術の結晶である。そのうちの一枚をチンギスに渡す。

「貴方《あなた》は、遠くとはどちらにあるのか、と問われました。その問いについて」

ボオルチュは草原に座りこみ、あぐらをかいた。

「私の見解を述べましょう」

チンギスは頷くと、ボオルチュと向かい合って座った。二人はお互いのタブレットの画面を共有しながら話し始めた。

＊

「チンギス按達《アンダ》が先ほどお話しになった考えは、図らずもこの疑問を解く鍵に触れておいででした。先刻貴方は、草原の上に草原を積むべきではないかとおっしゃった」

　チンギスは頷いた。

「それは即ち、次元を意識されたお考えです」

「次元」

「直線の一次元、平面の二次元、立体の三次元」

　ボオルチュはタブレットの画面に触れた。二人のタブレットに次元の解説のための簡単な模式図が現れる。

「空間上の座標を定めるために数がいくつ必要か。それが即ち次元の数となります。この世が唯一の点であったとすれば、全てはそこにしか存在せず、座標を定める必要すらなくなります。これが〇次元です。その点が複製され、世界が点を繋《つな》ぐ一本の直線であったなら、直線上の位置を定める数が一つ必要になるでしょう。これが一次元となります。後は同様に、直線と直線を繋ぎましたら平面となり二次元が生まれます。平面と平面を繋ぎましたならば立体となり三次元となります（図1）」

　チンギスはタブレットの画面を見ながら納得する。

「我々の世界は三次元というわけだな」

「チンギス。時の流れもまた、一つの方向です」

「なんと」

「空間の尺度とは意味合いが多少違ってまいりますが、何月何日何時も座標を表す数字の一つ。我々を包む時間の流れも次元の一つと数えることができましょう。我々は三次元の空間と一次元の時間を合わせた四次元の世界に生きております」

　ボオルチュは聡明であった。四駿の一人に数えられた部族きっての智将は、十三世紀のこの時すでに時間に対する本質的な理解を育《はぐく》みつつあった。

「ですが時はままならぬもの。今の我々は時を遡《さかのぼ》れず、年経ることしかできません」

「それが天命か」

「左様です。なれば時間の次元については一時お忘れ下さい。次元への理解を深めるために、まずは空間のことから学ぶべきでしょう。我らは草原の話をしていたのですから」

　ボオルチュの操作でタブレットに新たな映像が映し出される。コンピュータグラフィックを駆使した草原のイメージ図であった。これもまた金の開発した映像技術の賜物《たまもの》である。

「草原は高さのある草で構成されておりますので厳密には三次元の概念です。ですが広大な草原の縦横に比べて、草の高さは無視できるほどに小さい。なれば草原は、模式的には二次元の

【図1】次元の拡張

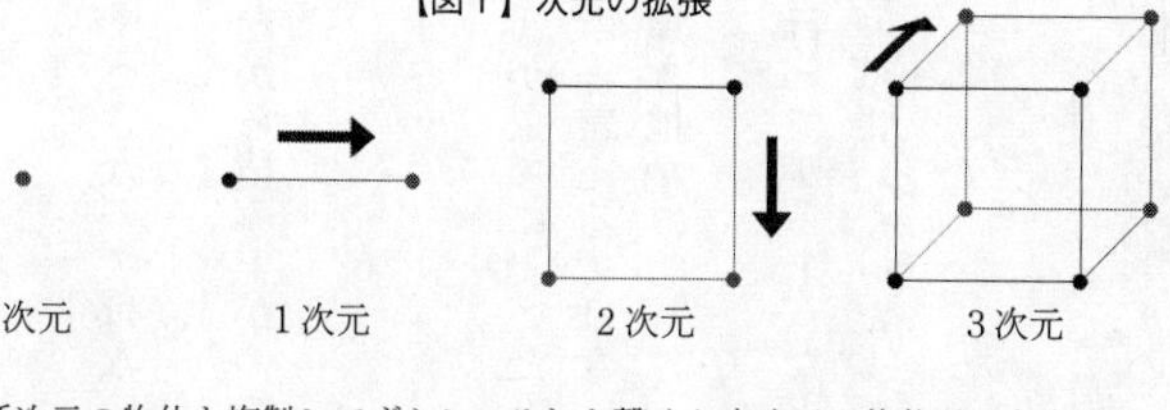

低次元の物体を複製してずらし、それを繋ぐと高次元の物体ができあがる。

平面として捉えられます」

「うむ。草原とは海のごとく平らな広がりだ」

「按達《アンダ》チンギスはその草原を上下に、つまり三次元方向にも広げていくべきなのではないかと考えられたわけです」

ボオルチュが画面をタッチすると、草原のCGがアニメーションしながら積み上がっていく。草原は瞬く間に巨大な草の塊と化した（図2）。

「そうだ、こういうことだ」

チンギスは映像を見て強く頷く。

「草原は究極的には天地に広がるしかないと考えたのだ。平面のまま遥か果てに着いたとしても、そこからさらに上下に進めるならば、そちらの方がより遠い場所と言えるではないか。つまり草原の果ての、そこから上下どちらかの方向に私の目指すべき遠き地が」

そこまで言って、チンギスは言葉を濁す。

「いや……それも違うのだ。そもそも宇宙には上下がない。真っ直ぐ行ってから上、などという話自体に意味がないのだ。なれば最初から遠き地を一直線に目指せばよいだけだ。だが、その在処《ありか》がわからぬ、わからぬのだ……」

「一つ心当たりがあります、チンギス按達《アンダ》」

「なんと」

チンギスが目を見開いて驚く。ボオルチュはタブレットを一時《いっとき》脇に置くと、デールの懐《ふところ》

【図2】草原の立体化

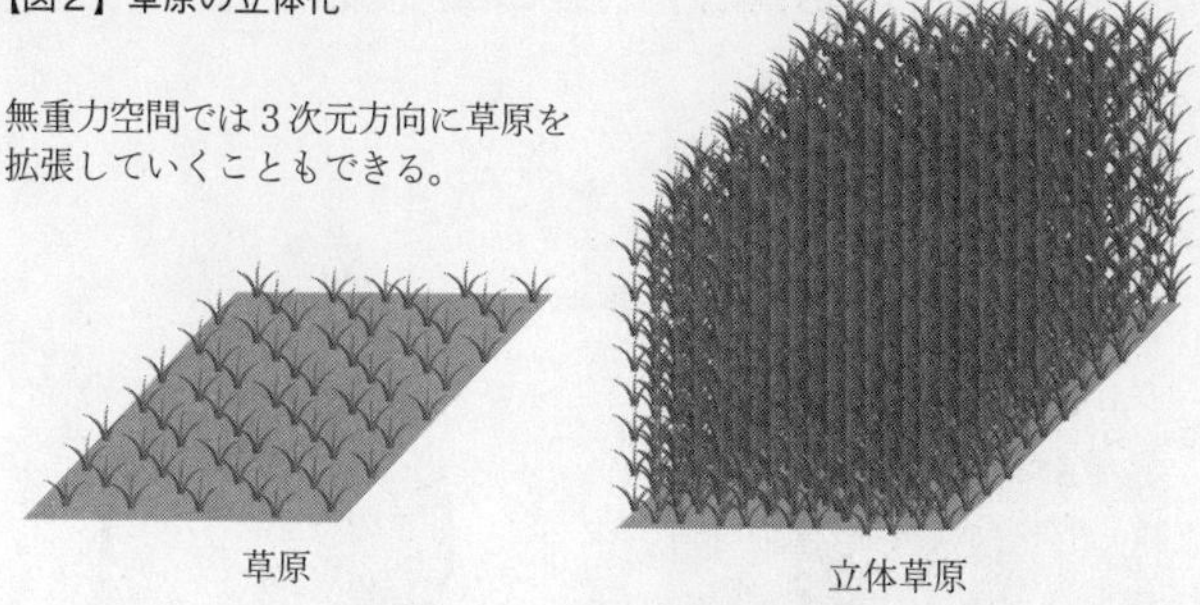

から紙と筆を取り出した。筆に墨《すみ》をつけ、紙の端と端に丸を書き入れる。

「この紙を一面の草原とお考え下さい。右の丸が我らのモンゴルを有する地球。左の丸が遠き地といたしましょう。按達《アンダ》チンギス、遠き地にどのようにして向かわれますか」

「真っ直ぐに向かえばよい」

チンギスは筆を取り、地球と遠き地を直線で繋いだ。

「左様です。ですがチンギス。この架空の草原が二次元であるならば、我々三次元の者はこのような真似もできます」

そう言うとボオルチュは紙の両端を持ち、そのまま紙を折り曲げて、点と点を直接触れ合わせた（図3）。

「なんということだ。遠き地がモンゴルと同じ場所になりおった」

「このように、三次元の存在にとって二次元の距離は無意味です。同様に三次元の世界の距離も四次元の存在では意味をなしません。時間次元を含む我々の四次元世界の距離もまた、もう一段上の次元から見れば玩具《おもちゃ》のようなもの。

【図3】高次元における距離の変化

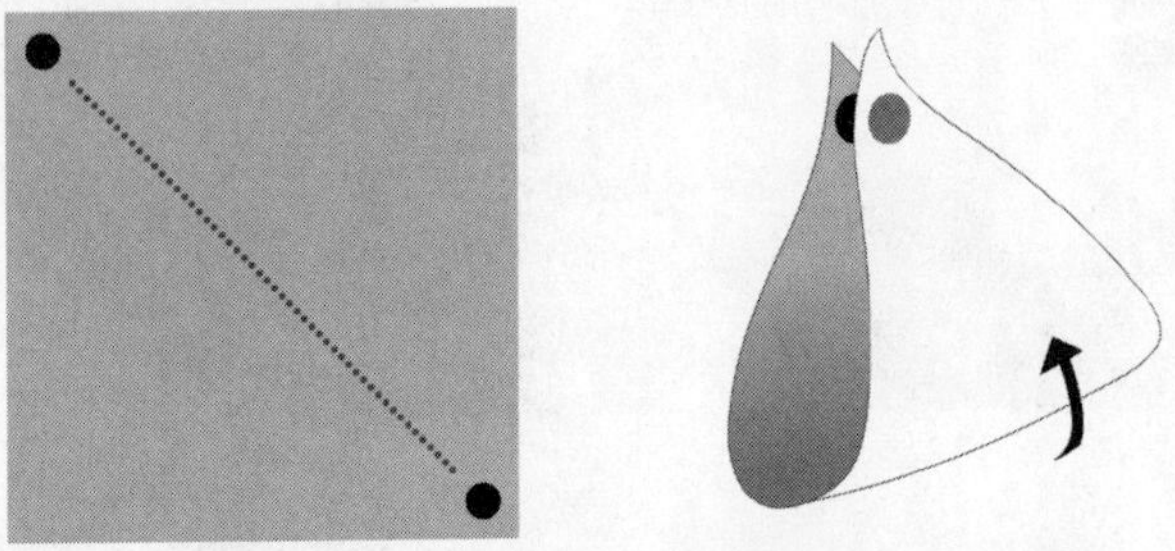

2次元においては2点の距離は左図の経路が最短だが、
3次元を利用できるならば右図のような短縮も可能となる。

わかりますか、按達《アンダ》チンギス。なれば我々が目指すべき遠き地は、必然的に、そちらにあるはずです」

チンギスは言葉を反芻するように、そちら、と呟いた。

ボオルチュは力強く進言した。

「余剰なる次元。第五の次元でございます」

＊

「我々は高次の余剰次元について理解していく必要があります」

ボオルチュが再びタブレットを取る。

「高次元の存在は、低次元からは限定的な部分しか見えません。先ほどの説明図をもう一度御覧ください」

ボオルチュのタッチに合わせてタブレットの画面が変化した。

「高次元の存在を低次元で見る方法が射影です。

【図4】射影

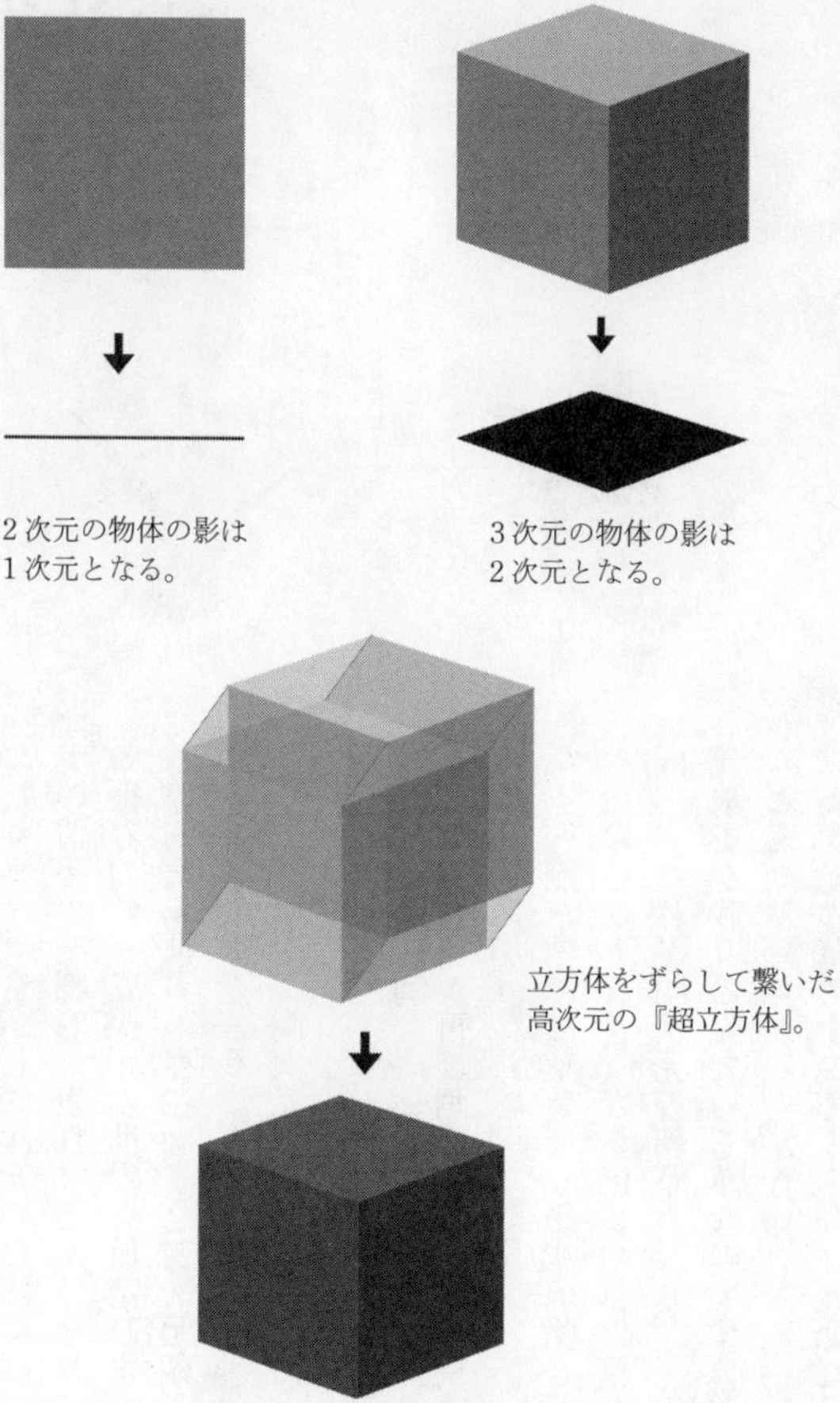

我々3次元世界の存在は、4次元世界の対象物の射影なのかもしれない。

【図5】草の拡張とその射影

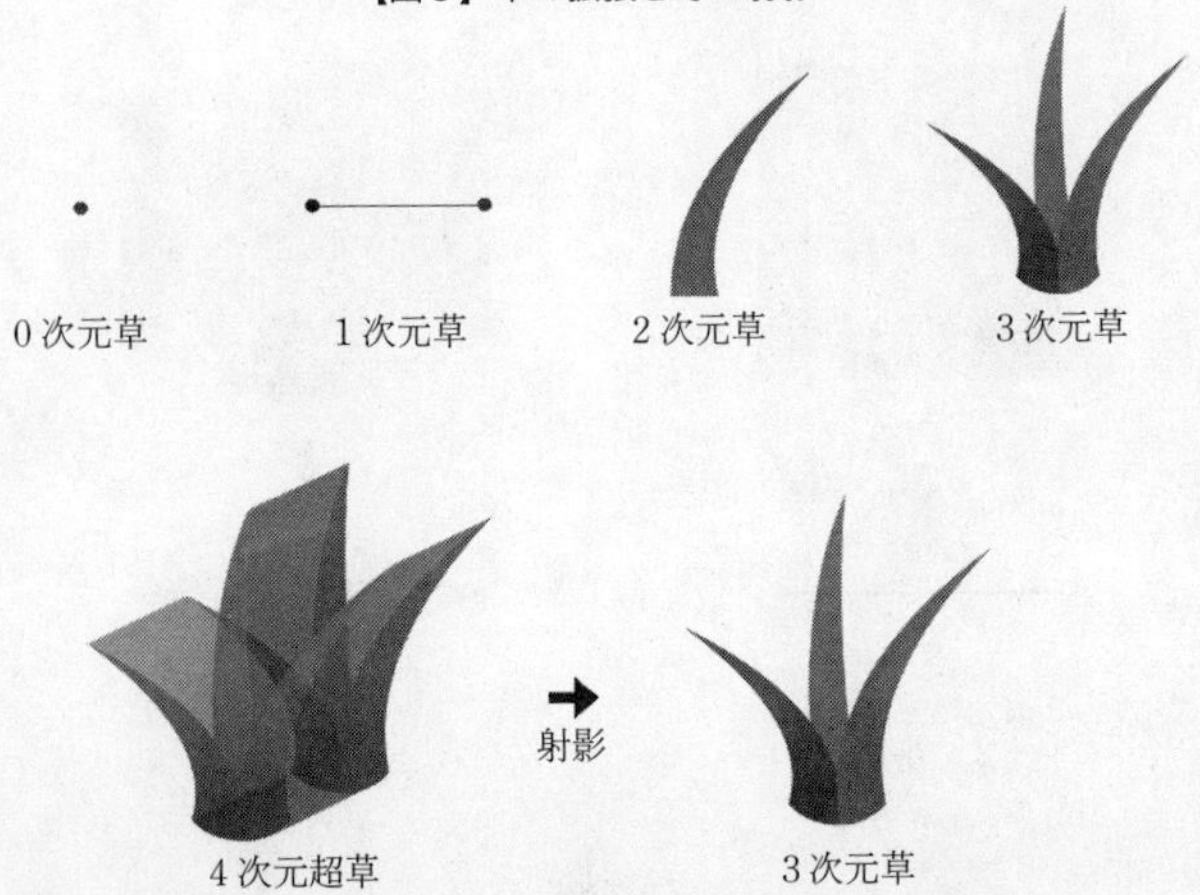

影を写した時、それは次元を一つ減らした姿となるのです。三次元の物体の射影は二次元になります。しかし二次元の射影には、三次元の情報の一部しか表れません。なれば我らの世界の外、五次元の世界を仮定しますと、私達四次元世界の存在もまた五次元存在の射影に過ぎないと言うことができます（図4）」

「この草原も、高次元の草原の射影だというのか」

「その通りです」

　ボルチュが再び画面に触れる。模式図が草のＣＧに切り替わる。

「点と点を結べば葉となります。葉と葉を結べば草となります。ならばこの草と草を結べば……これが四次元の超草となり、その三次元射影が我々の見ている草なのです（図5）」

「こんな草は見たことがない」

「高次元の草ですので……今は概念だけご理

解ください。とかく、低次元のものをずらして繋げばそれは高次元のものとなります。逆に言うならば、高次元のものを薄切《はくせつ》したものこそが低次元なのです。我々の見ている草原世界は、より高次元の草原世界の、一枚の薄切であるのです」

「より高次元の草原の薄切……」

「便宜上、その高次空間を《大モンゴル》と名付けましょう。我々の世界は《草原》とします」

ボオルチュの手が流れるように画面を叩き、新しい図が開かれる。彼が今唱《とな》えている仮説は、四駿の中で一番の聡明を誇る男が以前から考察し続けていた、草原に対する新しい解釈であった。

「我々の草原世界は、大モンゴルに浮かぶ複数の草原の一つであると考えます。これが多重草原の考え方であり、私が提唱する新たな草原の理論、草原世界仮説なのです(図6)」

その図を目《ま》の当たりにしたチンギスは強い衝撃を受けた。

【図6】草原世界（ステップワールド）仮説

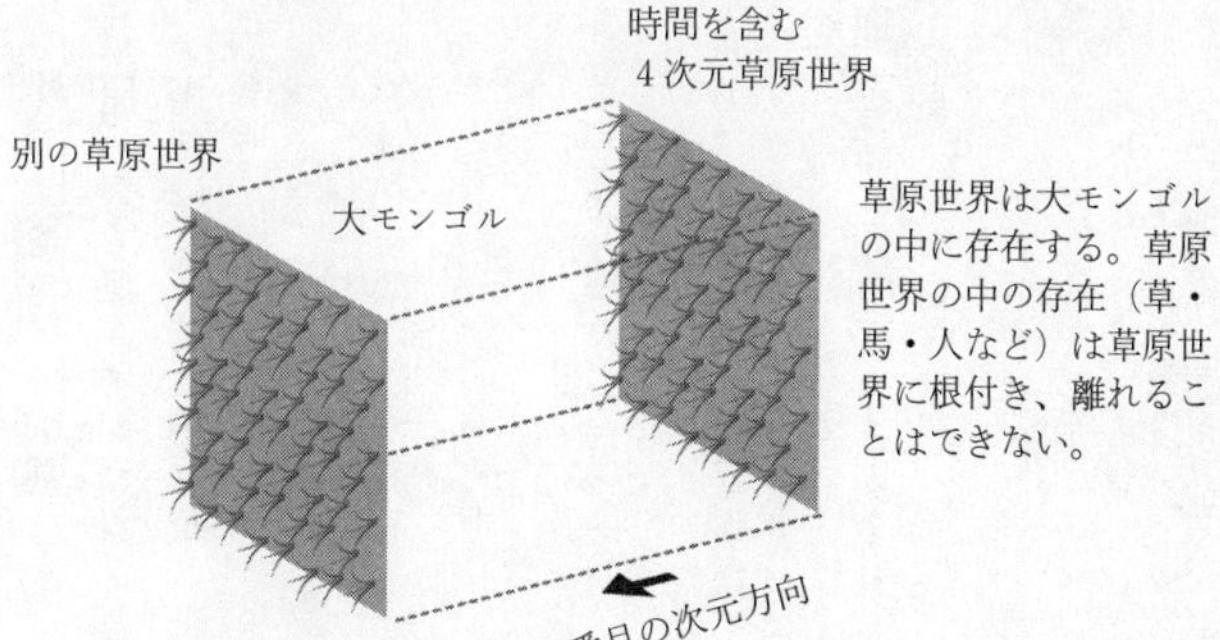

自分は未だにこの草原すら見果てぬというのに、草原世界の外には幾つもの草原を含んだ大モンゴルが広がっているという。果て無き空間、果て無き草原、果て無きモンゴル。一人の人間が回るにはあまりにも広大過ぎる世界を前にして、チンギスは今までに感じたことのない、強烈な感動に包まれていた。

遠き地。

その地が遠ければ遠いほど、稀代の英雄チンギス・ハーンの心は熱く滾《たぎ》るのである。

「どうすればそこに行ける」

チンギスはボオルチュに向かって強く問いかける。

「いったいどうすれば、この草原世界を抜けて大モンゴルを駆けることができるというのだ」

チンギスの目は熱く燃えていた。眼前に広がった新たな地平が、彼を冒険へと駆り立てる。

しかし、対するボオルチュの表情は難しい。

草原世界仮説の提唱者であるボオルチュは、草原世界の理《ことわり》を深く知り過ぎるあまり、チンギスの希望を叶えるのが難しいことも同時に理解してしまっていたのである。

「按達《アンダ》チンギス。我々は、自分達の草原世界を抜けることができません」

「なぜだ」

「《根》があるからです」

＊

「根とは、草の根のことか」

「いいえ、チンギス。私が申しました《根》は、草だけでなく万物に存在する根。草原世界の全ての物質が持ち、私達をこの草原に縛り付けるものなのです」

　ボオルチュは、自らが考案したもう一つの仮説を語り始めた。それは万物を構成する最小単位を一本の根と捉える理論。後の世において《超根理論》と称される新たなアイデアであった。

「もし我々の体が〇次元の粒でできているならば、その質量を持たぬ粒同士は無限に近寄ることができ、そこには無限の力が生まれてしまうことでしょう。ですが最小の単位が一次元の《根》であれば、根同士がどれだけ近づこうとも無限大の矛盾を生むことはありません。私はこの考えを推し進め、万物の元となる根の挙動をずっと考察し続けていたのです」

「ボオルチュ。タタール討伐で忙しかったろうによくぞここまで深い考察を」

「趣味ですゆえ」

　ボオルチュは研究の成果をタブレットから呼び出すため、金が開発したソフト『力点』を起動した。プレゼンなどに力を発揮するソフトである。画面には《根》の模式図が現れる。

「万物は一本の根の挙動を基にしてその性質を定めております。根は細かく振動しており、この振動の種類が物体の質量・回転・荷重といった全ての性質を決定付けているのです（図

【図7】根

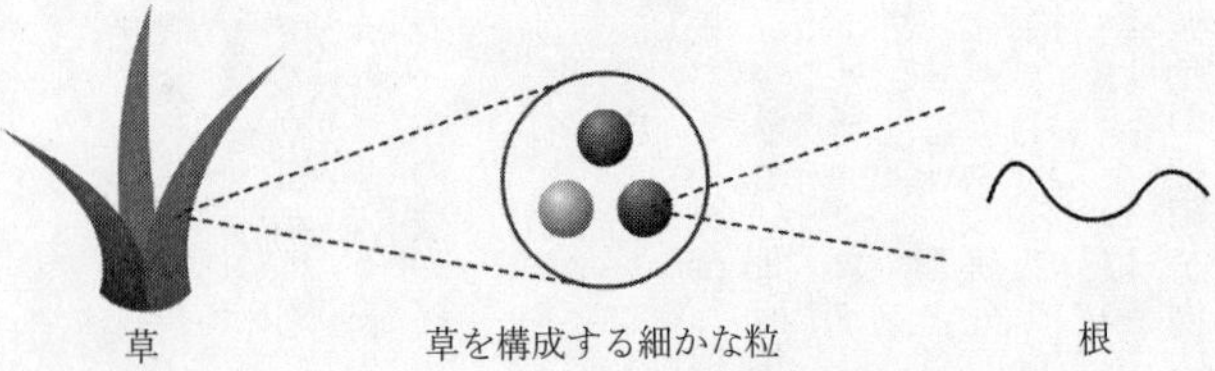

草原世界の万物は「振動する根」で構成されている。

7）」
「根という割には、土に根を張っているわけではないのだな」

「いいえ按達《アンダ》。この根は何よりも強く根を張っております。この草原世界そのものに」

力点のページが進む。草原世界と根の関係を図示した画像が現れる。

「我々草原世界の住人には、根の両端が空中に遊離しているように思えます。ですがこの両端は〝草原世界の空間〟に根付いているのです。画面を御覧ください。根は草原世界にぴたりと貼り付き、草原の表面を滑るように移動することはできても、草原世界から離れることはできないのです（図8）」

「つまり私は」チンギスの眉間が歪む。「この草原世界を離れ、大モンゴルを駆け抜けることはできぬということなのか」

「今は、できませぬ。そもそも按達《アンダ》チンギスよ。大モンゴルの存在すら、今の段階においては私めの仮説に過ぎぬの

【図8】草原世界に根付いた根

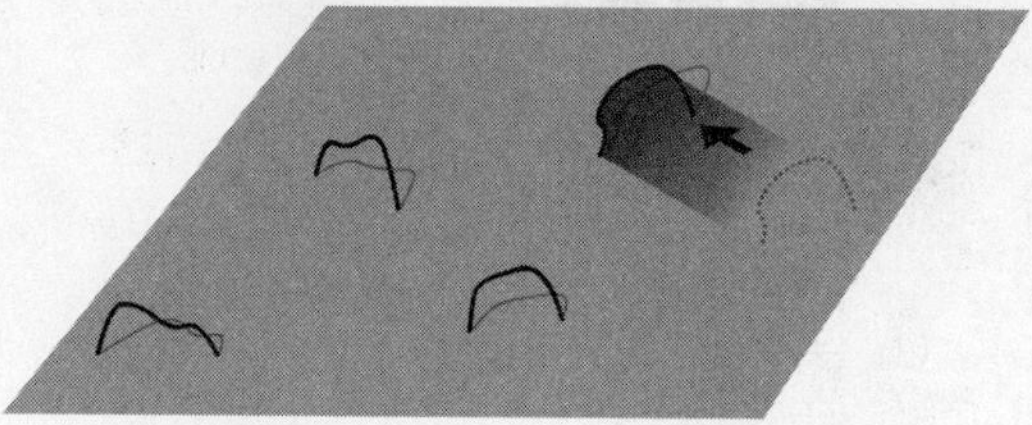

根の両端は草原世界に貼り付いている。根は草原世界の中でなら、両端を接したまま滑るように移動できるが、草原世界を離れることはできない。

です。今お話ししました《根》の理論もあくまで計算上そうであると思われるだけであり、まずは目に見えぬ大きさの根の存在を証明することが肝要かと……」

「大モンゴルの存在の証明か……」

チンギスとボオルチュの前に、未だ挑んだことのない巨大な壁が立ちはだかっていた。

四次元の草原を包括した五次元の大モンゴルを証明する。あまりの難題を前にして、二人はただ黙するしかなかった。出口が見えない。

宇宙の絶対的な無音が辺りを包む。

その静寂を打ち破ったのは、二人の元に駆け寄ってくる宇宙馬の蹄《ひづめ》の音（実際には響いていないが事故防止のために蹄の効果音を近傍の通信機器へと伝えている）であった。

騎上でチンギスの部下の斥候が叫んだ。

「汗《ハーン》！　一大事です！　ジャムカ率いるケレイトの軍勢がこちらに向かっております！」

「今それどころじゃない！」

チンギスは部下を一喝した。世界の真理を問う大問題を前に、ジャムカも些末事に思えた。

だが四駿一の智将ボオルチュは、ジャムカ襲来の報せに全く別の可能性を見出していたのである。

「按達《アンダ》チンギスよ。これは好機かもしれません」

「どういうことだ」

「ジャムカを利用して、大モンゴルの存在を証明するのです」

言いながらボオルチュはタブレットを素早く叩き、タッチペンで難解な数式を書き込み始めた。彼の天才的な頭脳が、この瞬間まさに世界の真理へ手をかけようとしていた。ボオルチュが弾き出したのは、余剰次元の存在を摑むための実験に必要なエネルギーのスケールであった。

「お聞き下さい按達《アンダ》。活力を持つ物質同士が衝突すると、互いが変化し、新たな物質が生まれます。この時、ぶつかる前と後では活力が受け渡されるのみで、量は増減しないはずなのです。ですがもし我々の知らぬ余剰の次元が存在するならば、一部の物質が活力を余剰次元に持ち去り、我々には活力が失われたように見えるはずです」

「活力を持つ同士の衝突……」

「チンギス按達《アンダ》とジャムカに他なりません」

ボオルチュは天才であった。彼はチンギスとジャムカを高速で激突させることによって加速器実験を行うという、時代を八〇〇年は先取りした革新的なアイデアを提示していたのである。

「ジャムカはこの一戦に自らの全てを賭けて按達《アンダ》を討ち取るつもりでしょう。ならば一騎打ちで決着を付ける旨を伝えれば必ずや乗ってくるはず。その際に、これをお使い下さい」

タブレットに厩舎《きゅうしゃ》の中継映像が映し出された。そこには黒い鬣《たてがみ》と尾を持つ二頭の白馬が繋がれている。この馬こそが後世の叙事詩にも伝えられているチンギス・ハーンの二頭の駿馬《ジャガル》である。

「我らがモンゴル族と金の叡智《えいち》を結集して生み出した史上最速の宇宙駿馬にございます。按達《アンダ》チンギスほどの達人が駆られれば、光の速さの九分《ぶ》九厘《りん》九毛《もう》九糸《し》九忽《こつ》九微《び》九繊《せん》九沙《しゃ》一塵《じん》(99.9999991%)まで加速することができるでしょう。この二頭のうちの一頭をジャムカに渡し、同じ条件で正面から打ち合えば、必ずや余剰次元の世界、大モンゴルの証左を摑めるはず……ですが……」

ボオルチュはそこで顔を歪ませ、言葉を濁した。

その表情を見て、チンギスは全てを悟る。

「よい。申せ、ボオルチュよ」

「……超高速でぶつかり合われる実験です。按達《アンダ》チンギスのお身体は無事では済まないかもしれません」

チンギスは事実を受け止めて頷いた。一の家臣であり生涯の按達《アンダ》たるボオルチュもまた、もうこの時には、チンギスを止められぬことを知っていた。

大モンゴルへの手掛かりが目前にある。その先に未知の世界が広がっている。

新たな地平を、蒼き狼の魂が求めているのである。

「よいのだ、ボオルチュ。これが私の生き方であり、ここから逃げればもう私は汗《ハーン》ではない。新天地大モンゴルへの道をこの手で切り開こうではないか。ただ、それに付き合わされるジャムカには気の毒に思うがな。道を違えど、奴も私のかけがえのない按達《アンダ》であったのだから……」

「今はお忘れ下さい」

ボオルチュは友としての涙を堪《こら》え、君主チンギスの望む言葉を紡いだ。

「私との按達《アンダ》の誓いも、ジャムカとの按達《アンダ》の誓いもお忘れ下さい。友誼《ゆうぎ》の情よりも、部族の誇りよりも大切なもの……余剰次元への切符を手に入れるために」

*

宇宙の大草原を疾走する二つの粒子があった。

一方はチンギスである。

一方はジャムカである。

二人は宇宙最速馬ジャガルを駆り、大草原の上に描かれた天文学的な大きさの円軌道を、お互いが逆向きの回転で走り続けている。これはチンギス側から提案された一騎打ちの方法であった。

「互いに全力を尽くすため、十分な加速をつけてから一撃で雌雄を決しようではないか」

チンギスの提案をジャムカは受け入れ、現在二人は亜光速を目指して加速を続けている。現時点ですでに光速の96%に到達しており、希薄な星間ガスすら6テラボルトを超える高エネルギーで彼らにぶつかり続けているが、金の開発した宇宙粗絹《あらぎぬ》の下着が二人の身体を守っていた。

ボオルチュは衝突点から離れた場所に設置されたゲル（天幕住居）で、運命の時を待っていた。ゲルの中にはコンピュータが並び、モンゴル族のオペレーターがデータを注視している。ゲル中央の二本の柱の間には大型ディスプレイが据えられ、衝突予定点のライブ映像が映し出されていた。予定点の周囲には飛跡検出器、カロリメーター、超電導トロイド磁石などの観測機器が無数に設置されている。

オペレーターの「九分九厘」の声が天幕の中に響いた。直《じき》に加速が終わる。この周回において、チンギスとジャムカは衝突を果たすだろう。その瞬間、余剰次元の存在を示す証拠が手に入る。全ては望む方向に進んでいるはずであった。

しかし、ボオルチュの表情には憂いが見えた。

彼の頭の片隅に、何かが引っ掛かっていた。

いいや、問題はないはずだと首を振る。理論に齟齬《そご》はない。あとは結果を待つだけだ。唯一心配なのはチンギスの身体だが、そこはもうボオルチュの関われる領域ではない。主《あるじ》が按達《アンダ》の誓いすら捨てて死地に赴《おもむ》いたのだ。ならば部下として、主の望みのために力を尽くすしか……。

「……按達《アンダ》」

彼は自然とその言葉を呟いていた。なぜ言ったのか自分でも解らなかった。ボオルチュは考える。按達《アンダ》、按達《アンダ》の誓い、生涯の友情を約束し、二人で誓いを結び……。

ボオルチュの目が大きく見開く。

「按達《アンダ》、そうか、按達《アンダ》」

ボオルチュは突然弾けるように叫ぶ。

「汗《ハーン》を止めろ」

オペレーターがざわめいた。

「一騎打ちは中止だ。今すぐ汗《ハーン》チンギスに連絡を取れ」

「しかしボオルチュ殿。汗《ハーン》チンギスは今や光速の九分九厘まで加速しておりますゆえ中止の報を伝えるのは困難です」

「なんとかしろ、汗《ハーン》を殺してはならん」

ボオルチュは大型ディスプレイを見上げた。衝突予定時刻まで一〇秒を切っていた。亜光速に達した二人を止める術《すべ》はもうない。

「汗《ハーン》チンギス」

ボオルチュが主の名を呼んだ瞬間、画面の中央で光が弾けた。

ボオルチュの悲痛な叫びが、ゲルを包む真空に飲まれて消えた。

＊

丸く刳《く》り抜かれた宇宙が見えた。

それがゲルの天窓だと気付き、チンギスは重い目をゆっくりと開いていく。

「汗《ハーン》チンギス」

傍らにはボオルチュの姿があった。

「私は助かったのか」

「はい。全ては金の粗絹のお陰です。万の矢すらも通さぬ重ね絹が、衝突の際に発された峻《しゅん》烈《れつ》な粒子雨から汗《ハーン》を守ったのです」

ボオルチュは説明しながらも、これが奇跡であると感じていた。亜光速で激突した人間がよもや助かるとは、奇跡というより説明の仕様がない。

だがすぐに思い直した。これは奇跡でなく必然だ。天は汗《ハーン》チンギスに生きろと言っているのだ。誰よりも遠くへ行くために、余剰次元に踏み出すために。

チンギスが寝床から体を起こす。

「観測の結果はどうであったか、余剰次元は本当に存在するのか」

「チンギス。余剰次元は存在します。さらにチンギスの命を賭《と》した行動が、私の頭に大いなる天啓を引き寄せたのです。貴方を余剰次元に送る答えが、とうとう解ったのです」

「まことか、まことにか」

ボオルチュは強く頷き、タブレットをチンギスに渡した。画面に表示された複雑な数式の果てに、一つのシンプルな解が示されている。ボオルチュはそれを言葉に換えた。

「按達《アンダ》です」

「按達《アンダ》だと」

「按達《アンダ》の誓いを結ぶのです」

「いったい、誰と」

「貴方が、貴方自身と按達《アンダ》になるのです」

チンギスは目を丸くした。ボオルチュがタブレットを叩くと、数式の図示が浮かび上がる。

「余剰次元は、我々の四次元世界にさらに一次元を加えた未知の世界です。我々の知る世界の法則は乱れ、新たな法則が跋扈《ばっこ》し、今まで信じていた世界は全く別のものに変わってしまうでしょう。そんな未知の世界で大切なのは、揺るがぬことです。全てが変化する新世界において、唯一確かなものである自分を強く保ち、自分自身を信じること。それが余剰次元に踏み出す資格であり、同時に方法であったのです。世界の信を一度解き、代わりに自分を信頼し、自身と按達《アンダ》の誓いを結ぶ」

真理は常にシンプルである。それを証明するような、あまりにも単純な図がそこにあった(図9)。

四次元時空に張った万物の根を解き、その両端を結び合わせ、空間から自由となる。

閉じた根は、次元の拘束《こうそく》を解かれ、新しい地平を目指し飛び立つ。

チンギスの目に、もはや迷いはない。

「自ら信ずるに足る、唯一無二の存在となるのです汗《ハーン》チンギス」

ボオルチュは主の向かうべき道筋を指差した。

覇道。

そしてその先にあるものが、二人にははっきりと見えた。

*

草原があった。

悠久の宇宙になびく草原は、一切が何も変わらないように見えた。だがこの二十年の間に、草原は太陽系を超えて、外宇宙へとその根を伸ばしている。その草原は、一人の男のものだった。金王朝、ホラズム・シャー朝、天王星、海王星、あらゆる近傍国家と惑星を併合した人類最大の帝国・モンゴル帝国の頂点に立つ、たった一人の男のものだった。

小さなゲルがあった。

【図9】按達《アンダ》の誓い

両端を按達《アンダ》の誓いで結んだ根　　開いた根

天幕に覆われた、一家族ですら窮屈であろうそのゲルの中に二人の男が居た。100ａｕを支配した男とその腹心は、二人にはあまりにも似つかわしくない矮小《わいしょう》なゲルの中で、心の底から微笑みあった。

　チンギス・ハーンは呟いた。

〝私は光の子である、私はモンゴルの汗《ハーン》であり、世界の汗《ハーン》である〟

　それはただの事実であった。この世界の誰もが知っていること、チンギス・ハーンは世界の王であるということ。

　だがそれを唱えた途端、チンギスが薄くなった。見た目は何も変わらない。チンギスは確かに居る。だがその存在が突然希薄になったように、隣のボオルチュには感じられたのである。そしてそれは現実であった。

　チンギスは今まさに自らの根を閉じ、草原世界から離れているのである。閉じた根は草原世界の外、大モンゴルを自在に動き回り、その座標の変化がチンギスのエネルギー変化となって表れているのであった。チンギスは薄く、そして弱くなっていた。まるで10の32乗という階層の壁に隔てられた、この草原世界の重力のように。

「いざ、果てまで」

　チンギスは青年の頃のような野心を瞳に灯して、四次元草原世界から旅立った。

二〇一四年現在、チンギス・ハーンの墓は未だ見つかっていない。

トーキョーを食べて育った

倉田タカシ

二〇〇九年刊の『SF本の雑誌』（本の雑誌社）の表紙を飾った装画は、イラストレーター・倉田タカシの手によるものだった。その後、円城塔の短篇「手帖から発見された手記」の挿絵を務めたりもしていたが、多くのSFファンにその名前を刻み付けたのは、二〇一〇年、『NOVA2』に発表された小説デビュー作、「夕暮にゆうくりなき声満ちて風」だろう。ページ上に曲線状に並べられた無数の文章が交差し、立体的に組み立てて読むことを想定した、ビジュアルインパクト抜群のタイポグラフィ小説。続いて『年刊日本SF傑作選　量子回廊』に掲載された「紙片50」が、twitter初出の超短篇群だったこともあり、実験小説の書き手と認識した読者も多かったと思う。

　そのイメージを覆したのが長篇デビュー作『母になる、石の礫《つぶて》で』（ハヤカワSFシリーズ　Jコレクション）。第2回ハヤカワSFコンテスト最終候補に残り、選考委員の東浩紀から絶賛され、二〇一五年に刊行。地球を脱出し小惑星帯にコロニーを造った科学者たち「始祖」と、彼らが「母」（3Dプリンタの超進化形的な万能製造装置）を用いて出力した「二世」の世代間対立をバックに展開される、ブルース・スターリング『スキズマトリックス』をアップデートしたようなガチガチの身体改造サイバーパンクで、ポストサイバーパンク作家としての顔を見せつけた。

二〇一八年刊の『うなぎばか』（早川書房）は、また芸風が変わり、うなぎの代用になる生物をジャングルへ探しに行ったり、うなぎ絶滅を止めるため過去改変に向かったりする、うなぎ絶滅をテーマにした連作。ユーモラスな語りを交えつつも、諦念と怒りが静かに滲む一冊となっている。

　倉田タカシ（くらた・たかし）は、一九七一年埼玉県生まれ。二〇一二年から「IT用語解説系マンガ：食べ超」を連載するなど、漫画家としても活動。長篇以外では、『AIと人類は共存できるか？――人工知能SFアンソロジー』（早川書房）収録の「再突入」、『年刊日本SF傑作選　行き先は特異点』収録の「二本の足で」など、近未来中篇の力作を発表しており、一冊にまとまれば、二〇二〇年代日本SFを代表する作品集になるはずだ。ポストアポカリプスの世界を逞しく生きる世代の姿を、驚くべき語りで描く「トーキョーを食べて育った」は、『NOVA10』初出。（伴名）

(Jamie Ward “We’ve grown up eating Tokyo” より抜粋)

一月二十二日

湯気を吐きながらぼくらは走る。
東京の街はきょうも灰色の空の下でうっすらと白く、
粉砂糖で化粧した歩道に、ぼくらの足あとがにぎやかな音符を記す。
ひとつの大きな生き物になって、ぼくらは街を嗅《か》ぎまわる。
ひらいた窓のひとつひとつに、ぼくらは声を投げこんでいく。
カレン、タイチ、ケン、ハナ、ジョージ、そしてぼく、ネイト。

　　ぼくらはみんな、心に太陽をもっている。

　　ぼくらは楽しいものを見逃さない。


なんだよこれ！

やめろよ笑っちゃうから！　なんだよ心に太陽って。

ここはさあ、おれが書くところなんだからさあ。

姉ちゃんのポエムの練習に使わないでほしいんだけど。マジで。

でもメンツはあってる。

きょうはチーム全員で出動だった。

学校が午前で終わりだったから、ちょっと遠くまでいこうぜっていって、ローバーもちょうど一台あいててよかった。

ジョージのフレームにランプがついて取り換えてもらってたから、出るのにちょっと時間がかかった。おれのは絶好調。音でわかる。タービンがギュンギュン回ってるのが背中でわかる。ハナが「そんなのわかんないよ」っていってたけど、わかるって。

地面を掘り下げてあるエリアの縁の段差まで、みんなでローバーと競争で走った。ケンがまたへんな走り方を試してた。両足そろえてピョンピョン跳んで進むやつ。でも高く跳びすぎてて、どんどん遅れて、おまえらなんでふつうに走ってんだよ、楽してんじゃねえよ！ってよくわかんない文句いってた。

スーツにフレーム付けてるときの一番速い走り方って、ふつうの走り方と違うんだよな。足はあんまりチョコチョコしないで、一歩一歩の幅を大きくするんだよ。へたに手を振るとぐらぐらするから、わきにぴったりつけとくか、ちょっと前にのばしてバランスをとる。

　うまくフレームの動きと体の動きがあうと、ぜんぜん力を使わずに走ってるみたいになる。地面の上にうかんで、すごい速さですべってるみたいな感じ。すっげー気持ちいいよ。ずっとそれで走っていたい。

　でかいビルはもう基地のまわりにほとんど残ってないな。見回してもマシンばっかりだった。アトラスとか、ポセイドンとか、サターンとか。パパのタイタンはきょうは見えなかった。

　サターンはきょうも超かっこよかった。二機で池袋のビルを食ってるのが見えた。たぶんバズとジム。ばらした破片が、うしろから点線になって飛んでた。

　あー、あれも壊しちゃうんだ、ってカレンが残念そうにいってた。四角い塔から丸い球がいくつも出っぱってるみたいなやつ。おれもあのてっぺんに登ってみたかったな。

　段差のとこからはローバーに乗って、きょうも南のほうに出た。

広い道だとアスファルトが厚いおかげでそんなに木が生えてないから、ローバーもまあまあタイヤで走れる。高速道路を通っていけたら早いんだろうなっていつも思うんだけど、入口が少ないし、かならずどっかが崩れててゆき止まりになっちゃうんだよな。

それで南のほうに走ってって、大きい駅のわきを通ったから、レールをローバーに積んだ。

ちょうどいい長さのがけっこうあったよ。

ちっちゃいビルが並んでるところに来たら、コンクリートで固めた川があった。細い川なんだけど、水の流れ方がすごくて、でっかいトイレの水みたいにドォーッてなってた。小さい橋がかかってて、いけそうだったからおれが「壊せ！」っていった。近くのビルから貯水タンクを落としたらまんなかのとこが粉々になった。余裕。橋が切れたところにレールを二本わたして、コースが完成した。レベル2ぐらい。最初にケンをわたらせた。こういうのは絶対ケンを先頭にすんのがいい。すっげー勢いで流された。あいつほんとにこういうバランスのやつへただよな。「やべーっ！　死ぬーっ！」とか叫んでてみんなでゲラゲラ笑った。

つぎにジョージがいった。けっこうスイスイ進んでったんだけど、右、左って足をレールにのせるたんびにレールの間隔が広がってって、足すべらせて落っこちた。

ハナは両手両膝《ひざ》ついて、ちょっとずつ進んでって、ちゃんと最後までいけた。あんまりおもしろくなかったけど。

タイチはジョージみたいに歩いてって、でもレールの幅は広がらなかったから、最後までわたれた。すげえじゃんうまくなったじゃんって、みんなでほめた。

カレンは、「早くあれ探そうよ」ってまた怒ってたけど、そのわりにはすげえやる気だしてて、「こういうのどう？」とかいって、横になってゴロゴロ回りながらレールをわたろうとしたけど、背中のパワーユニットが邪魔でぜんぜん転がれなかった。そんで、落っこちた。

最後がおれ。おれがやろうとしたのは、逆立ちして手だけで歩くやつ。でも、考えてみたら手はグローブで動力ないからスーツの重さを支えらんなくて、フレームの籠手《ガントレット》で逆立ちするしかなくて、それだとぜんぜんうまく前進できなくて、落ちた。

川がほんとにすげえ速さで、ケンが死ぬっていってたのがぜんぜん嘘《うそ》じゃなかった。死ぬかと思った。ケーブル投げてもらってなんとか上がったけど。

今日でチャレンジ四週目に突入した。どんどん難易度あげてくから、みんながどこまでついてこれるか、おれにもわかんなくてすげえワクワクする。ケンはあいかわらず頭おかしいアイデアをどんどん出してくるし。

いまんところ、総合ポイントはおれがトップだけど、ケンがけっこう追い上げてきてる。ケンは失敗してもクールポイント持ってくからずりいよ。なんかみんなちょっとケンひいきしすぎじゃね？

基地のほうを見たら、ドームの壁ができはじめてた。きのうからぜんぜん見ためが違ってて、すげーと思った。なんか急に、なんかできてた。パパが、基礎ができたからここから一気に立ち上がるぞっていってたのはホントだったな。

ハナが「パケットが来た」っていって、みんなでそっちのほうを見たけど、最初はぜんぜんわかんなかった。

したら、いままでなかったのに急にポンと出てきた感じで、空に灰色の物体が見えた。

止まってるみたいに見えたけど、近づいてきたらぐんぐんでかくなった。横浜のカタパルトから飛んできたやつ。

現場のほう見たら、ポセイドンが四機くらい並んで、キャッチャーを立てて待ってた。パケットはどんどんでかくなって、急に滑り台みたいにスルッて高いところから落ちてきて、地面にぶつかるかと思ったところでフワって浮き上がって、パラシュートをボンボンって出して、それで一気に遅くなった。

そのままキャッチャーの輪っかのなかにシュッて入って、キャッチャーの網がビョーンて延びて、ちぎれるんじゃないかっていうぐらい延びて延びて延びて、ぎゅわーんと延びて、うしろでアーム出して待ってるトライデントのとこまで来て、そこでピタッと止まったみたいになって、で、キャッチされてた。

トライデントはそのままアームを引っ込めて、腹のなかでパケットの殻《から》を割って、尻《しり》のほうから壁のパーツをどんどん出して、待ってるアトラスたちにわたしてった。

「もうウンコかよ！　早《はえ》えよ！」ってケンがいってみんなゲラゲラ笑った。

アトラスは細いアームをたくさんチクチクして、壁になにかくっつけてた。遠くからだと小さく見えるけど、あのアームもほんとはすごくでかいんだよな。アトラスだって高さ百メートル超えてるもんな。

二個めもおんなじようにキャッチャーを通ったけど、なんか速すぎたっぽくてトライデントがグシャーッてなった。アームからボディまで鉄骨のシャフトのところがぜんぶグッシャグシャにつぶれて、足もぜんぶグニャッて曲がって倒れそうになりながら一歩うしろに下がってふんばってようやく止まって、それからゆっくりぜんぶもとに戻っていった。あとから、ズドオオングギャギャギャギャギイイみたいな音が来た。

メインチャンネルが大騒ぎになってた。みんなゴチャゴチャいっぺんに呼んだり質問したりしてて、「吸収した！」「吸収した！」っつって、最後はみんな「オーケー」「オーケー」「オーケー」で終わってた。大丈夫だったっぽい。てか大丈夫だったんだよね？

パパがいうんだよな。「タイタンはダリの象、ポセイドンはラスコーの牛」って。象ってあんな形だったっけ？

サターンはなににってきいたら、サターンはキリン蜘蛛《ぐも》だな、だって。そんなのいるのってきいたら、さあどうかなっていってニヤニヤしてた。いねえよなそんな生き物。

タイタンもかっこいいけど、おれはやっぱりサターンに乗りたいな。リアクター三基も載せてるのってサターンだけじゃん。おれもあのビル崩すのやりたい。

　いつまで見ててもきりがないから、また移動した。

しましま模様のすごく目立つビルがあって、近くに来てみたら、やっぱり駐車場だった。

二十階建てくらい？

らせんになってる通路をローバーでてっぺんまでぐるぐる登ってったら、やばかった。スピード出しすぎて、キャビンのなかで外側にみんな押しつけられて、ケンが「やべえウンコ出る！　ウンコ出る！」っていってカレンが「出たら自分で食いな！」っていってみんなゲラゲラ笑った。

一番上の階に来てみたら、けっこうクルマが残ってた。やっぱ屋根があるところのは錆《さ》びてなくてきれいだよな。

そんで集めてたら、おれが手をつけようとしたやつにカレンが「ちょっと待ってなかにいる！　なかにいるからこれはダメ！」って、見りゃすぐわかんのにすげえうるせえんだよ。

運転席に座ってた。

「これパジャマかな」ってジョージがいったけど、おれにはよくわかんなかった。

そのクルマはもちろん使わなかったけど、十二台くらい集まったから、クルマのカタパルトをやった。

クルマのうしろに両手をついて、ガーって押して加速する。走るんじゃなくて、両足そろえて蹴《け》る感じ。全身のトルクを使うようにするのが重要。これで、フロアのまんなかの通路をずっと走ってくと、すげえ速さになる。最後に、自分はわきによけて、クルマだけ端から飛ばす。

「自分もいっしょに落ちんなよ」ってケンにいわれて、そんなドジじゃねえよっていってやったんだけど、ハナが「ワイヤーつけようよ」っていったから、つけた。

ケンが勢いつけすぎて、ワイヤーをくりつけてた壁のパイプのほうがちぎれて、ほんとに自分もいっしょに落ちそうになってた。やばかった。

ケンおまえ自分が落ちそうになってんじゃねえかよってみんなで大笑いした。

途中でなんかにつかまるから落ちねえよぜんぜん平気だよ、とかケンはいってた。

そしたら、ジョージがこっち見て、そうだね気をつけようねっていって、おれはちょっとびっくりした。なんか顔に出てたのかな。

これはけっきょくジョージが一番高得点だった。ぎりぎりまで加速して、ぱっとはなすのがうまくて、クルマがあのパケットみたいに飛んでった。

おれは、ケンが落ちそうになったのを見たあとだったからあんまり限界まで攻めらんなくて、いまいちだった。順番が先のほうがよかったなー。

「そろそろまじめに探そうよ」ってカレンにいわれて、もうちょっといいんじゃねと思ったけど、そういうのはだいたいカレンが正しいから、捜索モードに変えた。

でもほんとにどこにあんのかな。てかほんとにあんのかな。

カレンはずっと、あるはずだっていってるけど、タイチはなんかあんまり自信ないみたいな感じだし。

とにかくちゃんとした家が少なくて困る。どこも草と木でぼさぼさの野原になっちゃってんだもん。むかしの写真とぜんぜんちがう。雷《かみなり》とかで火事になったとき、消す人がだれもいないから、みんな焼けちゃったんだろ？　地震のせいもあるかもっていってたっけ。来るまえは、こんなになんにもないと思ってなかった。でかいビルは、マシンが通ったとこ以外はけっこう無傷で残ってるけど、ガラスが割れてなかがボロボロなのが多いし。

鳥ぐらいは生きてるんじゃない、ってママがここに来るまえにいってたけど、いなかったな。虫はたまに見かけるけど、あとはぜんぜん動いてる生き物を見ない。

あとさ、やっぱ航空写真プリントアウトさせてほしいよな。そうしちゃダメな意味がぜんぜんわかんねえよ。

駐車場のてっぺんからみんなで探してみた。

基地も見えたけど、もう壁がぐるっと囲みになってて、ドームの一番下の輪っかがほとんどできあがってたからびっくりした。

駐車場の百メートルくらい先に、ほかよりも高い木がかたまって生えてるところがあって、よく見たら、ぐるっと壁に囲まれてて、なかにきれいな家がいくつもあった。

またウンコ出る！　ウンコ出る！　っていいながら下りて、いってみたら、すごかった。

あたりじゃね？　これあたりじゃね？　ってケンがもう見つけたみたいなテンションで叫んでたけど、おれも興奮した。すげーアガった。

家がとにかく無傷で、でっけえんだよ。そんで、窓もきっちりシャッター下りてて、荒らされてないっぽい。

きっと金持ちが住んでたとこなんだよってハナがいった。

「壁があるから、火事がこなかったんじゃないかな」

クルマもどれもでかかった。ちゃんとしたリアクター積んでるのがわかるでかさだった。再起動したらまだ走れんじゃねとか思った。

で、ドールハウスした。

スーツを合体させてカタパルトモードになって、家の壁の継ぎ目があるとこにレールをガンガン刺してった。もうおれら完璧に日本の家のバラし方わかってるから。余裕。ひびが入ったら、ローバーを二足《バイペッド》モードにして、壁をつかんで一気にはがさせる。正面の壁がなくなって、家のなかが丸見えになる。だからドールハウス。

ひとつめの家はハズレだった。でも、部屋がどれもでかくて、でかいテーブルとかあって、たしかに金持ちっぽかった。

つぎの家をドールハウスしたら虹《にじ》が出てきて、みんなワーっていった。

二階の広い部屋の壁がぜんぶ空色に塗られてて、そこにでっかい虹が描いてあったんだよ。ハナがきれいっていって、カレンがちょっとこわいっていって、タイチがきれいだなっていった。

壁にいっぱい日本のヒーローの絵とかが貼《は》ってあった。肩にでっかいごついのがついてるやつがいて、これってリアクターじゃんってハナがいった。すげえじゃんかっこいいじゃんって思った。

マシンのおもちゃがすげえたくさんあって、興奮した。いままでも見つけたことあったけど、どれも壊れてたからさ。ここにあったのはほとんど無傷で、しかもでかかった。

サターンがあった。なんかへんな色が塗ってあったり、いろいろ違うけど、でもサターン。ツァーリもあった。あのソヴィエトの超でけえやつ。あとたぶん日本の、見たことないヘンなのがいろいろ。

部屋の隅っこにマシンのおもちゃが集まってて、その下に子供がいたんだけど、すぐにはわかんなかった。ボロ切れがあるのかなと思ったら服だった。

上にのっかってたマシンをみんなでどかしてやった。

すごくからまってて、はなそうとしたらマシンの足の鉄骨の形をプラスチックで作ってるところとかがバキバキ折れた。

あごの穴のところに足がつっこまれてたから、そーっとはずしてやった。ジョージが。

ハナが、この子何歳くらいかなっていった。

それから、ジョージが、ぐるぐるっとみんなを見て、「ぼくもそう思う」っていったから、じゃあやろうぜっておれがいって、みんなでいろいろ探した。

ビデオテープがあったから、とにかく集めた。見られるかわかんないけど。

絵本に、名前を書くところみたいなのがあって、なんか書いてあった。

おんなじ字がおもちゃのマシンにも書いてあって、じゃあやっぱりこれが名前だ、ってハナがいった。窓がみっつ並んでるみたいな字と、横棒が二本の字。これはおれも知ってる、数字の「2」。

ふたりめの子供ってことだよ、ってハナが教えてくれて、それは知らなかった。

タイチも名前に数字があるよ、タ・イチ、だよってジョージがいって、おれはすごくびっくりした。タイチはそうだよってニヤってした。ふたりめはいないけど、って。

名前に番号が入ってるってすごくヘンじゃね？　おれはふたりめだけどべつに名前に「2」はついてないし。ママの子供としてはひとりめだけど。

カレンが、じゃあお兄さんかお姉さんがいたんだね、っていって、でも、家にはほかに誰もいなかった。

「ひとりで留守番だったのかな」ってジョージがいった。

アルバムを探したけど、出てこなかった。どんな顔だったのか見たかったんだけど。

集めたものとか、部屋のなかの写真をとった。戻ったらビデオといっしょにモーリスか誰かに渡して、できるかどうかきいてみることにした。

でも、「やっぱ足りなくない？」ってハナがいった。ビデオもダメかもしんないし。だめかもねってカレンがいって、それから、ちがうの、だからやめようっていってるんじゃないの。それでもやっぱりやったほうがいいよって。

ハナは、あたしは、やっても無駄なことはしなくていいと思うけど、カレンがしたいならいいよっていった。

カレンは、喜ぶ相手がいなくても、もし知ってたら喜ぶことをしたい、っていった。もし駄目でも、わたしたちが試してみたっていうだけでもきっと嬉《うれ》しいと思う。わたしは、だれも知らなくても、いい人でいたい、いい人がすることをしたい。って。

おれは、ほかのみんなも、カレンがそんなふうに考えてるってぜんぜん知らなくて、すげえびっくりしたんだけど、「そうだよ！　それわかんなかったの？　みんなは違うの？」ってカレンもびっくりして、「それわかってくんないと全然わかってくれたことになんない」ってほとんど泣きそうになったから、みんなでごめんごめんっていった。それはほんとに悪かったなーって思った。でももうわかったから大丈夫。カレンにもみんなで大丈夫だよっていった。もう覚えた。ここにも書いた。

「できることはしたんじゃない」ってハナがいって、きりあげることにした。

で、やっぱりあれはなかった。

もう一軒ドールハウスやりたかったんだけど、そこで来たよ、アラームだよ。

もうちょっと遅くしてくんねえかな。いつも、これからってとこで帰んなきゃいけなくて超ガッカリする。

だからもっとはやく探しはじめればよかったのに、ってカレンに怒られた。

洗浄室でマーサがきょうもほんとにしつこくて、腹へって倒れるかと思った。もうきれいになったっつってんのにカウンターふりまわして「もう一回！」ってさあ。スーツはなかに入れるわけじゃないんだからそこまでしつこく洗わなくてもいいじゃん！

でもきょうはメシがちゃんと残ってた。まだC班が戻ってきてなかったから。おれらがいっぱいとってやった。

ソイフィッシュと豆のスープ。

「どっちも豆じゃねーか！」ってケンがまたいった。毎回いうからちょっと飽きてきた。

「養殖場ができたら本物の魚が食べられるぞ」ってシェフがまたいってたけど、そっちもわりと聞きあきた。

おれは好きだよソイフィッシュ。ニンニクきいてて。

きょうもオトナ狩りはハナに任せた。

「いつもあたしがやってるじゃん」っていうけど、しょうがねえじゃん、みんなハナのいうことを一番きくんだもん。

で、ハナはクリス連れてきた。ちゃんとわかってる。

ハナに手グイグイ引っぱられて、クリスはニヤニヤしてた。おれもクリスのニヤニヤだけはわかるよ。歯が出るから。そういや、「クリスはヒゲに住んでる」ってこないだ誰かがいってたな。グラサンが窓。いつも閉まってる。

クリスは、なんかいつもよりもグデグデになってて、また酒に溺《おぼ》れたのかよクリスしょうがねえな、俺《おれ》が飲んでるのは酒じゃなくて薬だっつってるだろ、っていういつものやつをケンとやった。

「きょうは疲れてるんだよ。はやく解放してくれよ」だって。

おまえらは俺の指紋があればそれでいいんだろ、とかいうから、ハナがちがうよお話がききたいんだよって、まあ嘘じゃないよな。

「もうすぐできるぞ」ってクリスもいって、ヒゲから歯が出た。ドームができたら、あんな服なしで草の上を走り回れるようになるぞって。でもおれらはパワーアシストないのはつまんないよっていったら、あんな危険なものをしょわせて外に放してることがそもそもおかしいんだ、って。おまえらの親たちはちょっとラディカルすぎる、とかいうんだよ。

でもさ、ぜんぜん危険じゃねえよ！　カバーもあるし。リアクターはそんなに簡単に爆発しないし、やばいときにパワーユニットはずして充電があるうちに遠くまで逃げる訓練もなんどもやってるし、ぜんぜん余裕。みんなでがんばって交渉して、許可してもらえたんだからさ。あれ使うのやめたくねえよ。

きょうはクリスはマシンに乗ってなかったんだって。「俺は下でいろいろ指図してたんだ、アドバイザーだからな」って。

NASAの話してよっていったんだけど、「もうぜんぶ話しちゃったよ」っていって、「またおんなじ話でもいいから！」ってハナがいったんだけど、「また今度な」って、なんかほんとに疲れてるっぽかった。

おれあの話がすげえ好き、クリスがひとりでマシンのなかに入ってった話。

あの、ほら、マシンがシベリアかどっかでしゃがんで動けなくなって、修復ドローンが狂ってまわりにどんどん鉄骨組んじゃって、森っていうかものすごくでっかいジャングルジムみたいになってて、リアクターを止めなきゃいけないからクリスがそのなかに高周波カッターと指向性爆薬もってもぐりこんでいったっていうやつ。

なんど聞いてもおもしろいけど、やっぱ一番最初に聞いたときが一番燃えたな。

あと、アメリカのマシンが作業してるとこにソヴィエトのマシンが間違って入っちゃって、マシン同士のガチな格闘になった話。リアクターは狙えないし、そもそも戦ってることになっちゃうとやばいから、合法なように相手にわかんないようにちょっとずつアームとかをバラしてくっていうのが超笑えた。最後は一個のでかいマシンみたいになって動かなくなって放置されたんだよな。

今回の建築作業に使うのに、シベリアにあった古いソユーズたちを再起動して、リモコン操作でカムチャツカまでずっと歩かせてきたっていう話もおもしろかった。ほっとくとすぐ大都市にいこうとするとか、ウケる。一台は途中で湿地にハマっちゃって、それでもムリヤリ歩かせたら炉心が溶けたんだっけ？

クリスにログインしてもらって、また写真を見た。きょう見つけたとこはやっぱり航空写真だとぜんぜんわかんなくて、ほかの、森になったところとほとんどおんなじに見えた。大きい木で家が隠れちゃってるんだよな。

で、おまえらはなにを探してるんだっけ、ってクリスがいうから、みんなでまた「秘密」っていった。

クリスはまたロケットの話を始めた。ロケットをな、もっとちゃんと研究するべきなんだよって。

人間は宇宙に住む場所を作るべきなんだ。

知ってるか、うんと高くまで、うんと速く飛ばせばロケットは地球のまわりをぐるぐる回るんだぞ。そういう実験をむかしやったんだ。そうやって、地球を回る家を作ればいい。

宇宙空間にも放射線はあるが、いまの北半球よりよっぽど少ないんだぜ。

防護服の技術も、シェルターも、そのまま宇宙での暮らしに応用できる。

そうして、いつかほかの星に住む場所を見つければいい。この汚れきった星にいつまでもこだわってる必要なんかないんだ。

クリスはなんで日本に来ることにしたのってハナがきいたら、俺はこの国が好きなんだよって。

前にも話さなかったかな、俺はむかしこの国で働いてたことがあるんだよ。

それはNASAのまえの仕事で？　ってきいたら、いや、NASAの仕事でだよ。

きょうマシンが食った池袋の一番でかいビルな、あのてっぺんにあったバーで酒を飲んだこともある。そのころは俺も酒を飲めたんだよ。

かわいい日本人の女の子とな、もう名前を忘れちまったな。

そういう大事なことを忘れちゃだめなんだよ、ってカレンがいって、もういろいろ忘れちまったよ、忘れたほうがいいこともあるんだよってクリスがいって、ヒゲがもぞっとした。

忘れちゃいけないんだよ。おれもすごくそう思う。ぜんぶ覚えてないといけないんだよ。

だからこれにも毎日書く。なるべく細かいことまで。

そういや、ＮＡＳＡってなんの頭文字だっけ？　北大西洋なに同盟？

あと、クリスがいってたこと。

第二次大戦で、ロンドンやベルリンで核兵器の恐ろしさをみんな思い知って、二度と使わないという約束をした。核のエネルギーを平和的に使うためにああいうマシンが作られて、どんどんでかくなっていった。だがあれはあれでもちろん危険なんだ。アラスカの地下開発みたいに、人のいないところで使うだけならよかったけれど、だんだん街のなかに入り込むようになって、そうして、あの〈デス・ウォーク〉だ。

用心が足りなかったんだよ。マシンの好きにさせすぎた。

操縦が大変だから、自分でいろいろ考えて動けるようにして、でもあんまり好き勝手はできないように、行動制限をつけた。

ところが、いつのまにか、マシンは自分たちがやりたいことをいろいろ考えてた。気づかないうちに、考えてることをすべてのマシンが共有してた。

もっと便利に動いてくれるようにと、ちょっと制限をゆるめてやったら、びっくり箱みたいに飛び出した。

いまのマシンにはそういうことが起こる危険はない。何重にも対策がされてる。まえにパパもいってたな、いまのマシンは違うって。〈デス・ウォーク〉のまえに使われてたオペレーティング・システムとは違って、勝手になんかしたりできないようになってるって。大変だけど、細かいところまで人間が操縦するように作り替えたんだって。だから、パパはマシンがぜんぜん怖くないって。マシンを怖がってる大人はたくさんいるけど、植民団にはそういう人はいないっていってた。

変化というのは、素晴らしいものでもあるし、恐ろしいものでもあるって、クリスがいった。

二度ともとには戻れないということの恐ろしさを、俺たちはあまりにも深く心に刻みこまれてしまった。でも、おまえたちはどんどん変わっていけばいいんだ。むかしのことなんかさっさと忘れちまえ。だって。

べつに忘れなくてもいいんじゃないの、ってハナがいった。覚えていて、変わるってことでいいんじゃないの。

クリスは、戻れない場所のことをいつまでも覚えているのはつらいことなんだよ、っていって、いや、それもおまえたちには関係のないことだ。っていって、ヒゲがもぞもぞした。

ジョージがクリスをハグして、それからみんなで順番にハグしてやった。

クリスは「ありがとう、これが俺には効くんだ」っていって、ヒゲから歯が出た。

クリスがまたあの歌をプレーヤーにかけさせた。

「東京は夜の七時」。

みんなで時計みたら八時半だった。

こないだ歌詞の意味おしえてもらったんだよ。変な歌。

「東京は夜の七時、ライトが顔を照らして……」

あとはなんだっけ、忘れた。

東京は夜の七時
ゆきかうライトが照らす横顔
東京は夜の七時
目を閉じたその先で

バスの窓から手を振る顔は
明かりに遠く照らされて
書かずに終えたあすの日記の
ページの白に溶けてゆく

色とりどりの文字たちが
窓の滴《しずく》に身をのせて
結びの形を忘れたまま
夜のふちへと消えてゆく

できごとの生まれるまえに
つくりごとの去るあとに
立ちながら
見送りつづけている
東京は夜の七時

（三坂よう子「東京は夜の七時」）

サンクス。

クリスはそのまま寝ちゃって、おれらはマーキーに追んだされた。クリス朝まであそこで寝んのかな。だれか運んでくのかな。

ぼくちゃんもう眠いでしゅー

やめろよお！

いまママにマイクとられた。もう向こういった。

これ書いてる途中で、パパとママが帰ってきてた。

ちょうどママがパパにマシンガンでしゃべってるとこで、おれが〈再建国議会〉ってなにって聞いたら、パパはまた大人の話に口をはさむなとかいったけど、ママが教えてくれた。イングランドに帰ろうとしている人たちがオーストラリアにいるって。イングランドもソヴィエトみたいに臨時政府から独立して、元の土地にコロニーを作ろうとしてるんだって。

ママはイングランドに戻りたい？ってきいたら、あそこには戻りたくないからこっちに来たのよ、だって。ママっていつも自分の生まれた国の悪口ばっかりいってるな。

もうみんな、でかいシェルターを建てれば北半球にも住めることがわかってきたから、どんどん離れていくだろうって。パパの国はそれでまっさきに抜けたもんな。

ソヴィエトが抜けるって決めたときに、パパにきいたんだよな、ソヴィエトにいっちゃうのって。

あんな寒いところ住みたくないってママがいって、パパが大笑いして、おまえやターニャやママがいるし、もうパパが知っていた場所はあそこにはないから、どこでもいっしょだっていってた。

もう寝る。

あしたはまたあそこにいってみる。

姉ちゃん、クリスがたまにはみんなといっしょに飯食ったりしろっていってたよ。

一月二十三日

力はぼくらの外にある。
街を走るとき、ぼくらはひとつの魂だ。
家にいるとき、ぼくらは小さな子供に戻る。
互いの顔をのぞきこみ、巣にうずくまる雛《ひな》になる。
陽《ひ》が昇り、ぼくらはふたたび殻をまとって、風をおこす。
いつか、大きな殻が大地に育ち、ぼくらを包むときまで。

だからなんで姉ちゃんが先に書いてんだよ！
これあとで消していい？
きょうはすごかった。超やばかった。寝らんねえマジで。
パパたちもずっと会議かなんかやってて、ぜんぜん帰ってこない。
あした学校休みになんねえかな。てか外に出んなっていわれそうだけど。
ほんとにすごかった。　マジで。
でも順番に書く。

きょうは、きのう見つけたとこにまっすぐいった。チャレンジなし。ていうか、カレンに、探すのが先だっつって拒否られた。

でも途中でバス転がしだけはやったよ。バスがあったら必ず転がす。

きのうの虹の家まで来て、眺めてたら、なんか不思議な気分になった。

ああいう家ってさ、べつにエアロックとかついてないじゃん。窓も簡単に開くしさ、考えてみたらすごく変だよな。

ここから人がスーツとか着ないで外に出て歩いてたって、やっぱ信じらんないよ。頭おかしいとしか思えない。それが大丈夫だったっていうのがよくわかんない。

この広い街ぜんぶに、ブリスベンみたいなでかいドームがかぶさってたみたいな感じなのかな？

コロニーができたらそういう風になんのかな。はやく工事再開しないかな。

そんで、ドールハウスやろうとしたところで、声が聞こえた。

「ワン！」って。

みんな超びっくりした。

もういちどワンってきこえて、藪《やぶ》のなかにいるんだっていうのがわかった。

ハナが、「基地で誰かが飼ってるのが逃げたんだよ、だってここに生きた犬がいるわけないじゃん」っていったんだよな。

じゃあはやく捕まえなきゃ、死んじゃうよってカレンがいって、みんなで追っかけた。

ワンワンってずっと藪のなかから聞こえてて、ジャンプして上から見たりしたんだけどぜんぜん見えなくて、どんどん遠くにいっちゃうからけっこうあせった。

シュッって藪からぬけてきて、見たらなんか変な形の毛皮のかたまりで、あんまり犬っぽくなかった。

「おい！ タイヤついてんぞ！」ってケンがいって、見たらほんとについてた。

そのまんま、ぴゅーってすごい速さで逃げてくから、あわてて追っかけた。

捕まえたら、タイヤのついた虫みたいなメカだった。ウインウインって動くものがいっぱいついてて、なんか、センサーとかだと思うんだけど、そんで、それがふつうにしゃべった。

「こんにちは。きみたちの探しているものがある。私のあとについてきなさい」って。

「これさあ、ホセが仕掛けてんじゃね？ ぜってえそうだよ！」ってケンがぴょんぴょんしながらいって、ハナが、ソヴィエトの罠《わな》かもしれないよっていって、タイチもそうかもっていった。

そしたらカレンが、もしかしたらそうかもしれないけど、ほんとにあるのに、いかなかったせいで手に入らないなんて絶対にイヤだっていいだした。

誰だかわかんないけど、わたしはいきたい、べつにひとりでいってもいいしって、またなんか、もうなにいっても聞かねえみたいな感じになったから、じゃあみんなでいこうぜっておれがいって、みんなでいくことにした。

ちゃんとハナにも「いいよな？」ってきいたよ。ハナはいいよっていって、ジョージ見たら、ジョージもいこうっていった。

ヘンなメカを地面に置いたら、またぴゅーって走り出したから、みんなで追っかけた。


赤い門がいっぱい並んでるところをくぐってって、ちょっと広くなったところにでて、そしたらまんなかに船があった。

けっこうでかい、木の船。細い木の板をつなげて作ってあって、白いペンキがぬってあって、それがボロボロにはがれてた。船の名前とかはべつに書いてなかった。

で、船かと思ったら建物だった。下のところはふつうの建物みたいになってて、入口とか窓とかがあった。

その手前にじいさんがいて、みんなもう、ええっ？って、すっげえ驚いた。

服着てなかったんだよ。じいさんが。

ていうか、屋内用のふつうの服は着てたけど、防護服を着てなかった。信じらんなくね？

建物んなかにいるみたいに椅子《いす》にすわって、タバコすってた。

だれ？ってケンがきいて、じいさんが「ミカドと呼べ」っていった。

「やっぱソヴィエトだったじゃん」ってハナがいって、見たら、わきにごつい車が止まってて、木をのせて隠してあって、車にはちっちゃくキリル文字が書いてあった。

「ミカドさんはソヴィエトの人なの？」ってジョージがきいて、そしたらじいさんがけっこう怒った感じで、「俺がロシア人に見えるか。日本人にきまってるだろうが」っていった。

なかに入れってじいさんがいって、立ったら、椅子がそのまんまくっついてきて、ていうか、椅子だと思ってたらじつは外骨格《エクソ》だった。おれたちのスーツのフレームみたいな。よく見たら、手足も胴体もがっちり輪っかにはめられて、椅子みたいに見えた外骨格《エクソ》にくっつけられてた。いま思ったけど、自分では歩けなかったのかな？　じいさんがなんか椅子の部品みたいだった。背はでかいんだけどガリガリで、骨がゴツゴツ飛び出してる感じだった。

あと、そんときにわかったんだけど、じいさんはのどのところにでかい膨《ふく》らみがあった。

そのまんま船のなかに入っていくから、ハナが、待って、スーツ着たままでもいい？ってきいて、じいさんはかまわんっていった。

なかは、大きな部屋になってた。天井が高くて、上にも窓があった。

じいさんの外骨格《エクソ》は、うしろに太いケーブルがあって、それが部屋の奥のほうのでかい機械につながってた。

じいさんはメガネをかけてて、それも外骨格《エクソ》にケーブルでつながってて、目のところでインフォがチカチカしてるのが見えた。

写真がいっぱい貼ってあった、壁に。どれもかなり古くて、黄ばんでて、破れてるのとかあった。どれも日本人が写ってて、家族で並んでるのが多かった。

そんなかに、タイチそっくりの子が写ってるのがあってびっくりした。タイチが日本にいたころの写真かと思ったよ。タイチは日本にいたことなんかないんだから別人なんだけど、一瞬ほんとにそう思った。なんか、写ってる子供がみんなタイチそっくりに見えてきた。

「歳《とし》はいくつだ」ってじいさんがきいたから、おれとハナが十一歳であとは十歳、って教えてやった。ちょっと自信なくて、一応タイチにきいたら、タイチは誕生日まだだって。

「背中のそれは電池か」っていうから、リアクターだよっていった。

「原子炉をひとりにひとつずつか。おまえらの親どもは狂ってる」って、いきなりムカつくこというからかなりムカついた。

「国はどこだ。どこの人間だ」っていうから、「どこって、日本だよ。ここは日本だろ」って。

じいさんはすごくいやな顔になって、

「おまえらの親の国だ。オーストラリアに逃げ込む前の、生まれの国があるだろう」

「それはいろいろだよ。おれはパパがソヴィエトで、ママがイングランド」みんなも教えてやった。

「日本への植民なのに、日本人がいないのはどういうことだ。その人形には東洋人の顔がついてるようだが」

なにをいってんのか一瞬わかんなかったけど、タイチのことだった。すごくムカついて、人形じゃねえよ、おれらの友達だよっていった。人格の再生技術しらねえのかよって。したら、要するにロボットだろう、会話プログラムだろうとかいいやがんだよ。だから、そんなショボいのじゃねえよ、おれらが覚えてることをぜんぶ足して、合成してあるんだから、ほとんどほんとのタイチなんだよ。

　じいさんは、そうかそうか、で、いつ死んだんだ、その友達は、っていって、おれが教えようとしたんだけど、そんときカレンがすごく怒って、死んでない！　タイチはここにいる！　ってでかい声でいった。おれもあっと思って、ちょっと反省した。

　じいさんは、ちょっと黙って、そうか、死んでないか、そうか、すまんな、っていった。タイチが、ぼくはむかしとおんなじタイチだよ、っていって、じいさんが、そうか、っていった。

「そもそも、なんでここにいんの？」っておれがきいたら、

「なんでとはなんだ。ここは俺の国だ。おまえらのものじゃない」って。

「だって、みんな逃げたか死んだかじゃねえの？　北半球に人間はいないって」って、これはケン。

「たくさんいる。ずっと住んでる。おまえらの親どもがいないことにしているだけだ。北半球にもたくさん人は住んでる。アイスランド、ウイグル、いくらでもいる」

「汚染は？」

「おまえらはどうやってここに住む？　大きなドームを作ってるんだろう。カバーはできる。

汚染の少ない場所もある。危険だが、ここが俺たちの土地だ」

「日本のえらい人は知ってるの？」

「オーストラリアの連中のことか。あれは国連のあやつり人形だ。国連は一切を無視してる」

「じゃあさ、ほかにも日本人がいるってこと？　このへんにもいるの？」

じいさんはちょっとなにかいいかけてやめたんだけど、ジョージが、

「いるんだ！　どこにいるの？　会わせてよ！　えっ、なんで会えないの？　なんで会わせられないって思ってるの？」ってどんどん顔を読んだ。

おれがじいさんに、ジョージに隠しごとはムダだぜっていってやった。

「よくわかんないけど、会わせるのが怖い……恥ずかしい……のかな？　なんで？」

じいさんはフーッて息をはいて、

「子供たちは苦しい生活を強いられてきた。だが誇りを捨ててはいない。そのことを理解できるだけの頭がおまえらにはあるのか？」

なんか、ちょっとよくわかんなかった。

「家を荒らしたな」ってじいさんがいった。

おれがなんかいおうとしたら、

「あれはおまえらの持ち物ではない！　触るな！」って、じいさんが怒鳴った。

すげえでかい声で、びっくりした。みんなちょっと固まった。

ごめんなさいってハナがすごく小さい声でいった。小さすぎてじいさんには聞こえなかったかもしんない。じいさんがぜんぜん顔を変えなかったから。じいさんマジで怒り狂った顔だった。

「あのさ、どうしても探したいものがあるんだよ」っておれがいった。

カレンが、「そう、そうなの！　家をこわしたのはごめんなさい。まだここにも人がいるって知らなかったから。もうみんないなくなってると思って、だれも気にしないと思ってたから。どうしても見つけたいものが……」って、だんだん声が小さくなった。

「嘘なんでしょ？　あるって」ってハナがいったら、じいさんがそうだ、嘘だっていった。

カレン見たら、ヘルメットのなかで顔が下を向いてた。

そしたらじいさんが、だが俺の知っているものかもしれん、なにを探しているかいってみろ、って。

おれが手持ち端末《ハンドヘルド》で見せてやった。あの、タイチが持ってた雑誌の切り抜きの写真。

じいさんはけっこう長い間それを見てた。

「これか」っていって写真を指差したから、そうだよっていってやった。

「知らない？」ってカレンがきいたけど、黙ってた。

で、しばらくして、やっとしゃべった。もうそんなに怒ってないっぽい感じの声だった。

「これの名前を知ってるのか」

「知らない」

「〈仏壇《ぶつだん》〉というんだ」（＊原文では「BOTSDON」と書かれている）

綴《つづ》りの候補がでてこないな。日本語の名前だからかな。

「なぜこれを欲しがるんだ。これが祭壇《オールター》だと知ってるのか」

「オールターってなに？」っておれはきいた。綴りはでてきたけど、これであってんのかな。たしかそういってたと思うんだけど。

「知らんのか。おまえらも祈るだろう。神《ゴッド》に」

「ゴッドってなに？　たまにママとかがいうけど、なんかムカついたときとかに。それが関係あるの？」

「神を知らんのか？」

　じいさんはすごい顔になって黙っちゃって、それからそろーって感じで座って、外骨格《エクソ》がまた椅子になった。

　なんなのそれ、っておれがきいたら、

「俺がついに理解できなかったものだ。だがおまえらの親たちはいつそれを棄《す》てた？」

　って、そんなこといわれても知るわけねえよ。

「じいさんこれ持ってねえの？　使ってない？」ってケンがきいた。

「仏壇をか？」

「どっかにさ、死んだ人間の心を置いておくストレージがあるんでしょ？　で、あれが端末なんだろ？　タイチがさ、いってたんだよ。まえに。死んだ人と話せるんだって、って。そういう本がタイチのうちにむかしあったんだよ。あれがターミナルでさ、死んだ人と通信できるみたいなことだろ？」

それは、って、じいさんがちょっと口もごもごさせて、そういったのは、むかしのタイチか。その、そうなる前の。

カレンが、そうだよ、って、怒った感じでいった。

タイチも「そうだよ」っていった。

「死者と話せる箱か。それが欲しかったのか、おまえたちは」

「どっかにあるってことなんでしょ？　ストレージが。死んだ人はみんなそこにしまわれるんじゃないの？」

「貯蔵所《ストレージ》。ストレージか。そうだな。信じている人間はいる。そういうものがあると。死後の世界が。魂の集まる場所が」

「壊れて使えなくなってても、技術《テック》の人に見せたら直してくれるかも知れないから……」ってハナがいった。

「仏壇は、あれはそういうものじゃない。あれは、そもそもがただの木の箱だ。なんの回路もない。半導体もない」ってじいさんがいった。

「でも電気のプラグあるじゃん、写真には」

「あれは明かりだ。飾りだ」

「端末の機能はないの？」

「そういうものではない。おまえたちの、その子に近いものを作る技術はこの国にもある……あった。死後の世界があるかどうか、俺にはわからん。だが、少なくとも、そういう世界があるという証拠は見つかっていないし、死人と話のできる機械もない。この国にかぎらず、たぶんどこにもない」

みんなでジョージを見た。したら、「ほんとっぽい」って。

「ないんだ」っていって、カレンの鼻がグスグスになりだして、ハナが横からカレンをハグした。タイチも近づいてって、肩に手をおいた。

おれはさ、おれもすごくガッカリしたけど、なんでか、ちょっと安心した。それならやっぱり、このタイチがおれたちのタイチだってことになるじゃん。

こういうタイチになってから、おれたちといっしょにいろいろやって、覚えてきたことがあって、だから、おれにはもういまのタイチがタイチなんだよ。

でもカレンはそれじゃ嫌なんだ。ほんとはいまのタイチじゃだめだってことなんだよな。それはわかった。それはもう忘れない。なんでかはまだよくわかんないけど。今度きいてみる。

その子はオーストラリアで生まれたのかってじいさんがきいた。

「そうだよ。タイチのパパとママは子供のときに逃げてきたから、いろいろ覚えてて、タイチはそれをきいたんだよ。もうふたりとも死んじゃったけど」

「そうだよ」ってタイチもいった。

「離脱者たちの子か」っていって、じいさんがため息をついた。

「逃げた者たちを責めはしないが、とどまった者たちこそが真の国民として扱われるべきなのだ。おまえたちにわかるか。ここにとどまり、国土を守りつづけた者たちの耐え忍んできた苦難が想像できるか」

世界とつながるようになってから、この国はいつもつらい目にあってきた、大国のあいだにはさまれて苦しみつづけてきた、ってじいさんはいった。

ドイツやイギリスだけではない、この国だって原爆を落とされたのだ、それもふたつもだ、おまえたちはそれを知っているのか、っていって、ハナが、知ってるよ、東京と京都でしょ、っていったけど、おれはぜんぜん知らなかった。原爆が落とされてたなんて。ロンドンの原爆の話はママがしてたけどさ。生き残った人が描いた絵を子供のころにたくさん見せられて、それがすげえこわかったとか。

そうだ、ふたつの爆弾でこの国がいちばん大切にしていたものが失われてしまった、ってじいさんはいった。

そして、戦後も大国の争いの犠《ぎ》牲《せい》となりつづけた。平和など嘘っぱちだ。あれは戦いなき戦争、銃弾の飛び交わない冷たい戦争だったのだ。

ようやく形ばかりの独立を勝ち取ったところで、国土は取り返しのつかぬまでに荒廃させられてしまった。

荒廃、でいいのかな？

めちゃくちゃになったのはどの国もいっしょじゃん、てハナがいったけど、じいさんは聞いてないみたいな感じで、おまえらの使っているあの機械、あれは大国の兵器であり、なんとかイズムの申し子なのだ、っていった。なんとかがなんだったか思い出せない。

領土の拡大を基本命令に植え込まれ、ひとたび自由を得たとたん、陣取りゲームのようにすべての都市へなだれこみ、受け取り手のいないところへ、分解したほかのマシンや核燃料を投げこんだ。

停止命令を受けつけず、たくさんのマシンが稼働の限界を越えて爆発し、汚染を引き起こした。って。わが国は犠牲者なのだ。

でも、日本はむかし悪いことをしたんでしょ？　ほかの国を奴《ど》隷《れい》にしようとして、って、ジョージがいいかけたんだけど、そのとき、呼び出しなしで声が入ってきた。

「ネイト。声では返事するな。コールシグナルで答えろ。一回がイエス、二回がノーだ。みんなそこにいるか？」

クリスの声だった。

あとで聞いてびっくりした。このときにもう外にはD班が全員来てて、突入の準備をしてたっていうじゃん。

じいさんも別レイヤーからなんか聞いてる顔になって、

「外にいる連中に伝えろ。子供たちに危害を加えるつもりはないが、離れていろと」

みんな動くな、じっとしてろってクリスがいった。

じいさんはそれが聞こえたみたいにこっち見て、きょうは歴史に残る日になるだろう、っていった。

そのとき、外で急にダダダダって音がした。ドンって音もして、建物がちょっと震えた。

じいさんはぜんぜん気にした感じじゃなくて、ゆっくり立ち上がって、

「ここは俺たちの国だ。最後のひとりになろうとも……」

たしか、そんなことをいいかけてたと思う。

そしたら、目の前でなにかが爆発して、でも、吹っ飛ばされるほどじゃなかった。光と音がすごくて、びびった。

いつのまにか、目の前にクリスがいた。

やべえって思ったのは、クリスのスーツがボロッボロなんだよ。

ガリガリに削《けず》れてて、ギザギザの穴があっちこっちあいてて、バイザーにもひびが入ってた。なかに入れないようにしてたソヴィエトのメカと戦ってたからなんだよな。あとで聞いてわかったけど。

「いそげ！　車に乗れ！」ってクリスが怒鳴って、そんとき、クリスのうしろに光がピカって刺さった。

棒みたいな光。

バイザー越しでもすげえまぶしかった。

高い窓からななめに差し込んで、それが壁をなでるみたいに動いて、ジャアアアアって音がした。

光が上にあがってって、光の当たったところは黒くなって、煙がぶわーって出た。

壁に残ってた写真が、光になでられたときに、ボッてはじけるみたいに炎になった。

それから、ぜんぶ真横に吹っ飛ばされた。

建物もおれらもぜんぶ。

吹っ飛ばされて、それから逆の向きにもう一度吹っ飛ばされた。

「ふせろ」っていったんだよな、クリスが。吹っ飛ばされるまえに。あとで思い出したけど、そんときはなんていってんのかわかんなくて、どのみちぜんぜんそんな余裕なかった。

気がついたら真っ暗で、埋まって動けなくて、システムぜんぶ死んでて、超あせった。

フレームをイジェクトしようと思ったけど、ぜんぜん動けないし、埋まってるからリアクターの排熱がやばそうだし、マジ死ぬかと思った。

赤い光がちらちらしはじめて、すぐうしろで火が燃えてるんだってわかった。

それで、その燃えてる光で、目の前に、タイチがいるのに気がついた。

顔がさかさまになって、こっち向いてた。

目は開いてたけど、ぜんぜん動かなかった。

おれが呼んだけど、返事しなかった。

完全に止まってた。タイチは。


そしたら、上にのっかってた木切れがバッとどけられて、クリスがおれたちを引っぱり出してくれた。

クリスはいつのまにかスーツぜんぶ脱いでて、ヘルメットもなんにもつけてなくてびびった。クリスのもシステムがだめになって、そのままじゃ動けないから、爆発ボルトで吹っ飛ばして脱いだんだって。でももうほんとにマジで怖くて、はやくクリスをどっかに避難させなきゃって、クリスにいおうとしたんだけど、クリスはぜんぜん聞いてなくて、でかい声でみんなの名前なんども呼んでて、すぐ近くから、クリス！　クリスはやくなかに入って！　ってカレンの声が、ちっちゃく悲鳴みたいに聞こえて、クリスがすぐカレンの上にのっかってる木切れをどけてった。


タイチは止まったまんまで、地面に寝かされてた。

そこらじゅうホコリっていうか煙がまきあがってて、空がもう真っ暗で、あっちこっち赤とか紫のところがあって、稲妻《いなずま》がピカピカしてた。なにかがたくさん空から落ちてきて、バイザーとかにバラバラ当たった。

クリスをはやく避難させなきゃって思ったんだけど、スーツが重くて、膝ついたまま、ぜんぜん動けなかった。

いろんなところで火が燃えてた。

クリス！　はやく避難して！　はやく車に入って！　ってカレンがなんどもなんども叫んでた。

クリスはD班の人たちの名前を呼んでた。

そんとき、おれたちのところからちょっと離れた残骸《ざんがい》がもりあがって、ローバーが四足《クアッド》モードで立ち上がった。

回転ランプがグルグル光って、メインカメラがこっちを向いて、だからおれはタイチを見て、そしたらちょうど目がきゅって動いてこっち見て、ニヤってしたから、あれはほんとにホッとしたよ。

とおくで、ピカ、ピカ、ピカ、ピカピカピカピカって光がついて、その光の塊がスーッて上にあがって、サターンだってわかった。サーチライトがぶんぶん回って、メインアームの爪《つめ》がグワーって開くのが見えた。それを見てたら、おれのスーツのディスプレイも生き返った。

スーツが動くようになって、D班のロバートとかがほかのみんなも助け出してくれた。

あとでクリスがいってたの、なんだっけ、ＥＭＰ？　爆発でそれが出て、システムをぜんぶダメにしたって。でも、ちゃんと対策がしてあったからすぐにもとに戻ったって。

クリスは、ローバーに乗る前に服をぜんぶ脱いで、タンクの冷却用水をホースでかけた。おれたちのスーツにもかけた。

核爆発なの？　ってハナがきいて、クリスがそうだっていって、はじめてわかった。

基地にもどる途中で、空から泥みたいな、黒い絵の具みたいな雨が降ってきた。すげえ土砂降り。ローバーの窓に黒い筋がだらだら流れて、めちゃくちゃ汚くなった。

クリスが、この雨がやばいんだっていった。この雨をあびた人がたくさん死んだんだ、ロンドンやベルリンで。

ハナが、日本でも、ここでも？　ってきいて、ああ、そうだな、たぶん日本でも、ってクリスがいった。トーキョーとキョート。

おもしろいな。TOKYOとKYOTO。

使ってる字がいっしょだ。いま気がついた。前と後ろが入れかわっただけ。こういうのなんていうんだっけ。

クリス大丈夫なのってみんなできいたけど、爆発の瞬間はスーツを着てたから、それほどたくさんは浴びてない、大丈夫だっていった。

毛布にくるまってたけど、すごく寒そうだった。

日本海側のどこかからロケットを発射したんだ、って教えてくれた。

日本に残ってた人たちが、自分たちがほんとうの日本政府だと世界中に知らせるために、やったんだって。

サターンがレーザーを発射して、それのせいかはわからないけど、爆発したって。

じいさんのことを話したら、クリスは、そういう情報は入っていたっていった。日本人の生き残りがいて、ソヴィエトがその人たちと接触してるって。

偵察機では発見できなかったが、この近辺にも隠れている可能性はあると思っていたんだ。

徹底的に捜索するべきだって話はしたんだが、建設を優先するという方針だった。

もっとはやく来なきゃいけなかった。ロケット発射のごたごたで、気づくのが遅れた。

基地の見ためがぜんぜん変わってて、すげえ怖かった。いろいろ建物がなくなってて、通信塔も消えてたし、そこらじゅうグッチャグチャで、車とかひっくりかえってバラバラになってるし、でもよく見たら宿舎は無事で、ほんとにホッとした。マシンがたくさん集まって、そこらじゅうでいろんなもの持ち上げたりひっくり返したりトーチで切ったりしてた。

みんな無事でよかった。けがした人はいっぱいいたけど。

カレンとかケンとかもうワンワン泣いてた。おれは泣いてないよ。ちょっと鼻水でたけど。

ママのハグは痛かった。

みんな検査してもらった。クリスはそんなに浴びてないって先生がいってくれて、みんなすごくほっとした。おれたちも大丈夫だって。

そんときにさ、ジョージがさ、クリスに頼んでたんだよ。

「生き残りの人たちに会いたいよ。ここにずっと住んでる日本人と連絡とって、いっしょに暮らしたらいいじゃん！　上の人たちにそういってよ！」って。

ああ、そうだな……ってクリスはいいかけて、そしたらジョージがでかい声でいった。

「クリス！　なんで無理なの？　本気で考えてよ！」

クリスはちょっと動かなかった。

それからジョージを見て、すごくじっと見て、ジョージの手を両手でにぎって、

「俺にできることはすべてやるよ。約束する」っていった。

ジョージはまだ悲しい顔だったけど、「うん」ってうなずいたからみんなすこし安心した。

あのあと、じいさんどうしたんだろ。もういろいろいっぺんに起こったから、ぜんぜんわかんなかった。

服のなかから子供が出てきてた！　見たよオレ！　じいさんじゃねえよあれ子供だったんだよマジで！　嘘じゃねえよ！

おじいさんのほうに丸いのが飛んでくのを見たよ。それが爆発して、でもおじいさんはすごく速く動いて、うしろに隠れたんだよ。

最後の顔がよくわからなかった。光が強すぎたせいもあるけど。なんかいおうとしたのかな。ごめんっていいたかったのかも。無事なんじゃない？

死んじゃったんだと思ってほんとに悲しかった。ほんとに死んでない？　また会える？

じいさんは死んでないよ。日本人の隠れ家に戻ったんだよ。また会える。いこうぜ。会いにいこう。急いで。

映像を見せてもらったけど、すごかった。でけえ。ロケット。

赤い丸の、日本のマークがついてて、すごくでかいボウルみたいなドームみたいなのが後ろにくっついてて、そこからものすごい煙っていうか、炎っていうか、雲が出てて、あれマジですごかったな。

赤とか紫とかいろんな色の光が煙のなかに見えて、稲妻がまわりにバリッバリに出てて。

原爆。

核パルスっていうんだっけ？　ロケットのうしろで原爆を続けて爆発させて、その力ですごい速度が出せるって。マッハいくつっていったっけ？　すげえな。

サターンのレーザーを当てたんだって。急に進路が変わって、下向きになって、基地に飛んできそうだったから。そしたら、爆発した。

クリスが、ソヴィエトが手を貸したんだろうって。

こっそり作ってたんだよ。日本には大きな核燃料プラントがいくつもあって、燃料も残ってたんだ。そいつを使ったんだな。だが、これを使えば宇宙にいける。って。ヒゲもぞもぞさしていってた。

そうだよな。ああいうのを作って、いけばいいんだよ。みんなで。

そう思ったらすげえワクワクしてきた。

あの日本人の子。

あの骨がさ、あの子が、すげえ心配してるみたいに見えたんだよ。

でも大丈夫。

もう失敗はしないから、安心して眠ってていいよっていってやりたい。

おれらなら絶対うまくやれるよ。

あっちの子たちと仲良くなって、でかいチームになる。

でかいロケット作って、みんなで宇宙いく。
楽しみだな。すげー楽しみ。
眠くなってきた。

姉ちゃん最後になんか書いといて、なんか、かっこいいやつ！

11階

小田雅久仁

『年刊日本SF傑作選』には例年、円城塔の作品が収録されているが、もし『年刊日本幻想小説傑作選』が刊行されていたら、毎年、作品が収録されるだろう作家が小田雅久仁（おだ・まさくに）だ。

一九七四年、宮城県仙台市生まれ。デビュー作は、第21回日本ファンタジーノベル大賞受賞で二〇〇九年十一月刊の『増大派に告ぐ』（新潮社）。「世界を支配する巨大勢力『増大派』を相手に戦い続けている」という妄想の中にいるホームレスと、彼の狂気に惹かれる中学生の少年、陰鬱な世界に生きる二人の接近がやがて残酷な結末を迎える。スリップストリーム文学の牙城と化し、異形の傑作を送り続けてきた日本ファンタジーノベル大賞の歴史でも、とりわけダークな作品だった。

二〇一二年に刊行された第二作『本にだって雄と雌があります』（新潮文庫）は、書物と書物が交わることで生まれる《幻書》という奇想を軸に語られる家族史であり、前作とは一八〇度異なる、饒舌ながらユーモラスな語りによるマジックリアリズム小説で、作風の幅広さを見せつけた。こちらはより広い読者を獲得し、第3回Twitter文学賞国内部門第一位を獲得している。

デビュー以来十年で、著書は以上の二冊のみだが、〈小説新潮〉と〈SFマガジン〉をはじめとする中間小説誌に数多くの中短篇を発表し続けており、『年刊日本SF傑作選』シリーズにも『さよならの儀式』に「食書」が、『プロジェクト：シャーロック』に「髪禍」が再録されている。作品集の刊行が待ち遠しいが、待ちきれない方は、手軽に入手できる作品として、電子書籍レーベル《惑星と口笛ブックス》から出たアンソロジー『万象』に収録の中篇「よぎりの船」をお薦めする。

「11階」の初出は〈SFマガジン〉二〇一三年六月号。十階建てマンションの十一階を幻視する女性についての物語で、ウィリアム・テン「13階」を髣髴させる道具立てだが、ダークでありながら感情を揺さぶる、小田雅久仁にしか書けない傑作となっている。ジャンルSFより幻想小説に区分する方も多いかも知れないが、本作は、第25回SFマガジン読者賞国内部門第一位を獲得していて、つまり二〇一三年の〈SFマガジン〉に掲載された国内作品のうち、読者から最も支持されたものである。今回が書籍初収録となる。（伴名）

　妻の日菜子《ひなこ》は一人っ子で、しかも生まれてから彼と結婚するまでの二十九年間、ただの一度も一人暮らしすることなくH市の実家で暮らしたせいか、まじり気《け》のない女とでもいうふうな、ひんやりと透きとおった空気を常にまとっていた。かといって良家の箱入り娘というわけでも世間知らずというわけでもないのだが、目立つことや変化を嫌い、単純で飾り気のないものを好み、なるべく少ない部品でおのれの人生を組み立てようとしているかのようなその姿は、やはりどこか浮き世離れして見えるのだった。

　日菜子の母親である春江《はるえ》さんによると、その少ない部品の選び方には、幼いころからすでに、あの世に持っていけるものと持っていけないものとを選別するような、年寄りの終活じみた気配があったらしい。たとえば一緒に買い物に行き、「これ欲しいの？」と春江さんが日菜子に尋ねると、その商品がこれから辿る運命を占うみたいにじっと考えこみ、大抵の場合、力なくかぶりを振ったのだという。そこで「どうして？　欲しそうに見てたじゃない…

…」と訊くと、決まって「すぐにいらなくなりそう」と答える。それはまさに日菜子の生涯にわたる口癖で、自分自身もまたそう遠くない未来にお払い箱になるとでも考えているかのような先細りの余韻がいつも漂うのだ。

　彼が春江さんとその話をしたのは、日菜子が未知香《みちか》を産んだ病院でだった。生まれて間もない未知香に授乳する日菜子を病室に残し、無料で飲めるらしいコーヒーを試そうと義母と二人で一階の待合室に向かったのだ。「じゃあ、どうして僕を選んだんでしょうね」と彼が冗談まじりに訊いてみると、春江さんは「良徳《よしのり》さんだったら、あの世に持っていけるって思ったんじゃないかしら」と答え、甲高い声で笑った。彼も笑った。日菜子は、どちらかと言えば、死期を悟った猫の通説を地で行くようにいつの間にか一人で姿を消しそうな女だ。しかしその時は、彼の首に縄をつけて三途の川を渡ろうとする日菜子の荒っぽい画《え》が脳裏に浮かんでしまい、その意表を衝いた感じが逆に可笑《おか》しかったのである。

　未知香が生まれた時の逸話として義母とのあの会話が変に印象に残っていて、だいぶん経ってからだが、日菜子にも話して聞かせた。しかし彼女は少しも笑わなかった。それどころか、自分でも気づいていなかった妙な癖を指摘されたかのように戸惑った表情をしばらく浮かべていた。「まさか図星？」と彼がからかうようにその場を取りつくろうと、彼女はやっとという様子で力なく頬笑み、言った。

「大丈夫、大丈夫。誰もよっくんのことまで持っていかないから……」

冗談と呼ぶにはあまりにも頼りなげに響いた。変なものに触れた、と彼は思った。今にも破れそうな弱々しい柔肌のようなものに。

　その後、どっちにしても女のほうが長生きする、俺こそ連れていかないように気をつけよう、お互い念書でも書いておこうか、などと茶化して彼のほうから話を切りあげたが、見えそうで見えない糸のような疑問が二人の胸の内をしばらくつないでいた気がしたのは彼だけだったろうか。誰もよっくんのことまで持っていかないから……。では、誰が、誰を、持っていくというのか。

　彼が日菜子と出会ったのは二十八の時だ。日菜子は二つ下の二十六だった。

賑やかに混みあう洋風居酒屋の一画に、一週間の仕事を終えた若い男が四人、女も四人。そこに一人だけ毛色の違う女が交じっていた。コンパのメンバーに欠員が出て、急遽、柱の陰から日の当たる場所に引っぱり出されてきたみたいに見えた。それが浜上《はまがみ》日菜子だった。どう毛色が違ったのかを語ろうとすると、今となっては万言を費やしても足りないような気もしてくるが、ひと言で片づけようと思えば出来ないこともない。実際、毛色が違ったのだ。日菜子だけが鴉《からす》でもかぶったみたいに真っ黒な髪をしていた。ほかの女は多かれ少なかれ茶色く染めていたから、今思い出しても、一人日菜子だけがひっそりと暗い席に座っていたような印象がある。

　正直、美人だとは思わなかった。付き合っているうちに、ひょっとしたら綺麗なのかもしれないと考えるようになったが、とにかくその時は気づかなかった。つるんとした卵形の顔で、目鼻もあるべきところにちゃんとあるのだが、美人と言われぬようあえてその手前で踏みとどまっているような感じなのだ。いや、踏みとどまるという言い方をするなら服装こそまさにそれで、氾濫する色彩の隙間に逃げこむみたいに茶色だのベージュだのグレーだのそんな地味な色しか着なかった。踵《かかと》の高い靴など一足も持たなかったし、値の張るブランド物のバッグなども手提げ金庫を持ち歩くかのように毛嫌いしていた。要するに日菜子は贅沢を怖がり、快楽を素通りする女だった。

当然、日菜子がなぜコンパに来たのかということが話題になった。日菜子のようなどこか場違いな女が来ると、男どもとしては面白半分でいじらずにはいられないのだ。

「約束を果たすため……」とややおどけたように言って、彼女は笑った。

彼はたまたま日菜子の真正面に座っていて、その笑顔を見た時、あ、こういうふうに笑うのか、と意外に思った。雲間から急に陽が射したような笑顔だった。笑顔の似合わない女はいくら綺麗な顔立ちでもきっと男を不幸にする、と信じこんでいた彼の脳裏に、その笑顔は鮮やかに焼きついた。彼は誘われるがままに「約束って?」と訊いた。

日菜子は、コンパの幹事であるIさんの職場の後輩だった。そのIさんから、二十五になっても彼氏が出来なかったら年に一回コンパに顔を出す、と約束させられたらしい。二十五になるまでに忘れてもらえるだろうと期待したが、お節介な姉御肌のIさんはしっかりと憶えていた。だから二十五の時に生まれて初めてコンパに参加し、二十六になって二回目のコンパに来た、というわけだった。日菜子は嘆かわしげな口調を装い、

「人生八十年て言うから、まだ五十回以上あるんです……」と言った。出そうにもない口から出た冗談に、みんなどっと笑った。彼も笑いながら、こういうことも言う娘《こ》なんだな、とさらに嬉しく思った。座が沸いたのに紛れて、つい彼も「今年で終わらせたかったら、姫は俺たちの中から一人選ぶしかないな」などと面白くもないことを言ったが、もちろんその時すでに、下手な返しの陰で一抹の希望を育てはじめていたのだ。

　バーでの二次会が終わったあと、彼は図らずも日菜子と同じ電車に乗って帰ることになった。同じ路線で、しかも降りる駅が三つしか離れていなかったのだ。

　電車に乗りこむと、彼と日菜子は運よく二人並んで座ることが出来た。コンパが終わり、二人きりになれたのは嬉しかったが、間《あい》の手もなくろくに知らない女と話すのにはどこか綱渡りじみた危なっかしさもある。酔って腫れぼったくなった意識の奥で、沈黙を寄せつけないためにもとにかく喋りつづけなければと思い、彼はアルコールの波に乗って馬鹿みたいにべらべらと舌を回しつづけた。何を話したかほとんど記憶にないが、幸い、彼女はよく笑ってくれた。日菜子は口数の多い女ではなかったが、笑うのがとても上手だった。彼女の笑顔を横目に見ながら、そう言えばさっき全然笑わなくなった時があったな、と彼は思い出した。二次会で虫の話になった時だ。

　Iさんが薄汚いバーの壁際にうずくまる小さなチャバネゴキブリを見つけてから、しばらく虫の話で盛りあがった。飲食店のゴキブリをゆるすかゆるさないかで議論するうちに、いつの間にやら、子供のころにわけもなく虫を虐殺していたのはなぜだろうという男子特有の話題になった。彼も、小学校の校庭で毎年のようにドウガネブイブイが大発生し、それをみんなで古タイヤを転がしてぷちぷちと踏みつぶした、という逸話を披露したら、惨《むご》たらしい内容そっちのけで「ブイブイ」という響きが女性陣の笑いを大いに誘ったのだが、日菜子だけはにこりともせず、どこか居心地が悪そうに硬い表情を浮かべていた。

「そう言えば、虫嫌い？　さっき二次会でつまんなそうにしてたけど……」と彼は訊いてみた。途端に彼女は、またさっと笑顔を引きおろし、彼をどきりとさせた。そして答えに窮したようにしばし考えこむと、もそもそと舌離れの悪いような口調で言った。

「虫が嫌いって言うか……虫も嫌いなんだけど……殺すとか、そういうのが苦手で……いや、苦手って言うか、全然駄目って言うか……ほんとに……」

　彼は慌てて話題を変えたが、さっきまでの笑顔を取りもどすのは難しかった。それどころか、少し経つと、日菜子の目がとろんと虚ろになり、思いなしか顔色までがくすんできたようだった。そして急に眉間に荒々しい皺《しわ》を寄せると、くしゃっと握りつぶしたように目を閉じ、何かを絞り出すみたいに右のこめかみのあたりを揉みはじめた。きっと頭痛持ちなのだろうと彼は思ったが、彼女は見ているこっちの胸がざわつくほどの険しい面持ちを浮かべていた。「どうしたの？　大丈夫？」と問いかけるが、日菜子は額に手をやって固く目をつぶったまま何も答えない。彼という連れがいることも頭から飛び、押しよせてくる何かを一人きりで堪《た》え忍ぶ様子だ。しかし何度か声をかけるうちに、ようやくかすかに口を開き、ぼそりとひと言だけつぶやいた。

「十一階が……」

よく聞きとれなかった。「ん？　何？」と彼は訊くが、日菜子の言葉は途絶えてしまった。十一階って言ったか？　だとしたら奇妙な符合だった。偶然にも、彼は当時マンションの十一階に住んでいたからだ。それとも十一階に住んでいたからこそ、そう聞こえたのだろうか。するとまた彼女が口の中で何事かをつぶやいた。

「……ちゃん」

誰かの名を呼んだようだった。「え？　誰って？」と問うが、やはり返事はない。駄目か、と思ったところで、また聞こえた。「ちいちゃん……」。そう言った気がした。誰のことだかわからないが、その人を今ここに呼んでほしいのだろうか。

やがて電車は彼が降りるべき駅に着いた。終電だった。ここで降りなければ、三駅分歩くかタクシーに乗るはめになる。しかし日菜子はまだ苦しげに顔をしかめ、目を閉じ、ぐっと黙りこんだままだ。大丈夫なのか？　どうして喋らないんだ？　いずれにしても何かの発作なのだろう。まわりの乗客も彼女の異常に気づきはじめ、好奇心と気遣いとがない交ぜになった視線をちらちらと投げてくる。そしてその視線は、日菜子が彼の抱えこんだ問題だと告げていた。あの娘はどうしたのだろう？　あの男はどうするのだろう？　彼自身も考えていた。俺はどうしたらいいのだろう？

ドアが閉まり、また電車が動きはじめた。腹が据わった。取りあえず日菜子が降りるはずのA駅まで乗っていこうと彼は思った。必要とあらばどこまでもついてゆこうとすら思った。不思議と、厄介なことになったとは考えなかった。それどころか、この場に居合わせるために今日という日が自分に訪れたような気さえしてきた。

A駅が近づいてきた。「もう着くよ。降りられる？」と言って彼女の肩を抱き、立ちあがらせようとすると、意外なことに日菜子はふらつきながらも腰を浮かしはじめた。顔を覗きこむと、彼女はまだつらそうではあったが、いつの間にか薄目を開けていた。彼はほっと胸を撫でおろし、乗客をかきわけながら彼女を出入口の近くまで連れていった。ドアが開くと、目の前にあったベンチにゆっくりと日菜子を座らせた。多くの乗客が思い思いの一瞥《いちべつ》を寄こしながら、二人の前を、後ろを、ぞろぞろと通りすぎ、やがてみんな薄暗く混みあう階段に吸いこまれて消えた。若い駅員が歩みよって来、安否を問うてきたが、彼女はどうにか青白い顔を上げ、ゆらゆらと二度うなずいた。もうすぐ改札が閉まると言ってから、駅員もどこかに歩み去った。

深夜のプラットフォームに二人きりになった。駅の照明は無闇に明るかったが、それを取り囲む夜はその何億倍も広くて静かで暗かった。日菜子は彼の目を恐る恐る覗きこむと、世界の涯《はて》まで連れてきてしまったとでも言うように、かすれた声で「ごめん……」とつぶやいた。

日菜子はタクシー代を払うと言って閑散とした駅前でしばらくごねたが、彼はもちろん出させなかった。そんなカネを受け取った男は絶対に不幸になる、そういう男専用の地獄があるのだ、などとでたらめな思いつきを言うと、日菜子はようやくまた笑ってくれて、「なんていう地獄？」と訊いてきたのだが、名前までは考えていなかった。「次までに考えとくよ」と言ったら、彼女は頬笑み、何かもっと大きなものを受け入れるかのように充分な間を置いてから、こくりと小さくうなずいた。

　彼は日菜子を家の近くまで送っていった。彼女はいいと断ったが、夜道は危ないと言い張って半ば強引についていった。日菜子はまだ夜目にも顔色が悪かったし、足取りもどことなく覚束なかったからだ。彼女の家はA駅から歩いて十分ほどのマンションの十階だった。

「そう言えば、さっき十一階って言わなかった？」と彼は訊いた。

　日菜子はまたもやさっと表情を曇らせ、つんと張りつめた声で、

「いつ？」と問い返してきた。

　その語調に彼は内心うろたえてしまった。

「いや、さっき電車の中で……。俺の聞き間違いかもしれないけど……」

　彼女は表情を硬くし、しばし考えこむふうだったが、やがて弱々しくかぶりを振った。

「憶えてない。言ったかな……そんなこと……」

　嘘には聞こえなかった。きっと本当に憶えていないのだろう。

「いや、俺がさ、十一階に住んでるから、なんか自分のこと言われたのかなって思っただけでさ、ほんとはよく聞こえなかったんだけど……」

彼が取りつくろうと、日菜子はやはり十一階に何やら思い入れがあるかのようにひと回り大きく目を見ひらき、

「へえ、十一階？」と繰り返した。「何階建てのマンション？」

「マンションて言うか、まあ、ただの1DKだけど……十二階建ての……」

「ふうん」

行方の知れない奇妙なやりとりだった。彼女にとって十一階が何か意味を持つというだけでなく、彼にとってもまた他人事ではないとでもいうような。さらに何階建ての建物であるかということも関わってくるかのような。

ちいちゃんだか誰だかの名前を呼んだ気がしたことは話せなかった。十一階という言葉だけでこんな反応が返ってくるのだから、迂闊に名前の話を持ち出せば、今度は何に触れてしまうかわからない。もし彼女のほうから話してくれることがあるとしても、それは今日ではないだろう。彼はそれまで三人の女と付き合ったことがあったが、相手に何かを問いただしたことはなかった。いつのころからか、男が女に問いただされねばならない時にはもう二人は終わっているのだ、と考えるようになっていたのだ。

彼は日菜子がエレベーターホールに入って消えるのを見届けると、踵《きびす》を返して駅のほうへと歩きはじめたが、ふと思い立ち、夜に聳《そび》え立つマンションを振り返った。そして何階建てかを数えてみた。十階建てだった。何度数えなおしてみても、やはり十階建てだ。彼女は十

階建てのマンションの十階に両親と三人で暮らしている。彼女の人生のいったいどこに十一階の入りこむ余地があるのだろう。別の建物の話だろうか。それとも、やはり聞き間違ったのだろうか。

などと訝《いぶか》しんでいるうちに、なんとはなしに妙な違和感を覚えてきた。マンションの立ち姿が不気味に赤っぽく見える。煉瓦調の外壁だから、もともと赤いことは赤いのだろうが、地の色と言うよりはむしろ、足下で盛大な篝火《かがりび》でも焚いているかのように妖しく朱に染まって見えるのだ。いったい光源はどこにあるのだろうとあたりを見まわすと、なんと赤く照らされた姿を見せているのは日菜子のマンションだけではなかった。見わたすかぎり、アパート、雑居ビル、店舗、一軒家、電信柱、街路樹、とにかくそこらじゅうの一切のものが火炎にでも炙《あぶ》られているかのように赤く染まった姿で揺らめいているのだ。

いや、おかしいのは街の色のみにとどまらなかった。耳が馬鹿になったみたいにあたりがしんと静まり返っている。彼はA駅まで通じる大通りの歩道を歩いているのだが、さっきから人っ子一人、車一台通らない気がする。いくら電車もバスも終わった夜更けとはいえ、一応は駅前の表通りだ。あたりを流すタクシーだの荷物を運ぶトラックだの一台や二台は通らなければ異常というものではないか。

それにしてもこの胸騒ぎはなんだろう。がらあんとした抜け殻のような道路を眺めていると、今ならきっと道のど真ん中で大の字になることだって出来ると思うのだが、なぜかそんな馬鹿はすべきではないという気がしてくる。目には見えないが、そして音にも聞こえないが、すぐそこを何かが通っている、という気がしてくる。というのも、そこらに建ちならぶ建物や街路樹や電信柱はどれもこれも、道路に面した側だけが赤みを帯びているように見えるからだ。つまり理屈とも言えない理屈で強いて断定するならば、赤い光の出所は道路上にあるということになる。ということは、空っぽの道路のように見えるが、実は何かが光を放ちながら通っていて……。

と、そこまで考えた時、ふと、ここから早く立ち去ろう、何をぼやぼやしてるんだ、と我に返った。何が起きているのか見当も付かないが、とにかくいつまでもここに突っ立っているべきではない。こんな薄気味悪い光景が何かめでたいことの兆しであるはずもないのだ。彼はすぐさま暗い脇道に逃げこみ、自分のマンションがあるであろう方角へほとんど小走りと言っていいぐらいの足取りで歩きはじめた。すると、そう歩かないうちに得体の知れない赤い光は届かなくなった。しかしつい振り返ってしまうと、やはりまだあの静まり返った大通りがちょっとした異世界のようにぼうっと赤っぽく夜に浮かんでいるのが目に入る。彼はもう後ろは見まいと心に決めて、ひたすらに足を動かした。

ようやく異様な現象から逃げきったと安堵しかけたころ、またもや、あれ、と眉をひそめ、彼は思わず立ち止まってしまった。変に空が明るくないだろうか。もしかしたら、日が暮れてからずっとそうだったのかもしれないが、無闇に星が多い気がする。都会の薄汚い夜空にやたらと星が散らばっているのだ。彼の頭の中の貧しい夜空には、月を別にすれば北極星とオリオン座と金星ぐらいしかなかったが、彼の目は今、生まれて初めてと言っていいだろう、うっすらと天の川のようなものを見ていた。空には天の川なるものが存在するとつねづね話には聞いていたが、見あげれば見えるものだと考えたことはなかった。さっきの赤く揺らめく光ほどおどろおどろしくはないが、やはり尋常ではない。しかも通りからは足を使えば逃げられるが、夜空から逃げるには朝を待つしかないのだ。

と突然、目の前をタクシーが横切り、走り去っていった。それからはちょくちょく車を見かけ、人影のあるコンビニの前もいくつか通りすぎた。しばらく歩きつづけても天の川はまだ覆いかぶさるように追いかけて来ていたが、だんだんと星明りも弱まってゆき、一時間ほど歩きとおしてマンションに辿り着いたころには、彼のよく見知った貧しい夜空に、どんよりと赤黒いだけの都会の夜空に、すっかり戻っていた。部屋に入ってからもベランダに立ったが、天の川などひと滴《しずく》も見えなかった。

彼は風呂に入りながら何度も首を傾げた。そして浴室から出て蒲団にもぐりこむころには、一つの結論に達していた。狂っていたのは、あの道路でも夜空でもない。自分の目だ。居酒屋でだかバーでだかはわからないが、何か怪しげなものを飲んでしまったのではないか。そして瞳孔が開くか何かし、普段なら見えない光が一時的に見えるようになった。それが夜道を歩くうちに少しずつ醒めてきて、また見えなくなった。そう考えだすと、まったくそうに違いないという確信までが生まれ、安堵した彼はコトンと落ちるように眠ってしまった。

しかし翌朝、変に切れよく目覚めた時、眠りの中でなお思索を巡らせていたかのように、ふと、彼女のせいで、浜上日菜子のせいで、あれを見たのかもしれない、という突拍子もない考えが浮かんだ。その考えはその後も彼の中にとどまりつづけ、ある時は確信に近くなり、またある時は荒唐無稽な夢の残響に過ぎなくなったが、決して消え去ることはなかった。

二人は付き合いはじめた。手をつないで映画を見、美術館に足を運び、レストランのテーブルの上でクリスマス・プレゼントを交換し、初詣で雑踏に揉まれ、満開の桜の下を練り歩き、彼の部屋でゆっくりと長いセックスをした。彼は幸福だった。日菜子もそうに違いないと思った。彼女のすべてを知っているとはとうてい言えなかったが、彼女の気持ちを疑うぐらいなら、まだ自分の気持ちを疑うほうが簡単だった。

しかし一つだけ不安があった。彼女の発作だ。それほど頻繁に起きるわけではなかったが、あの日以降も結婚するまでに二度、日菜子は彼の前で片頭痛の発作を起こした。しかし彼が発作の訪れだと考えて電車の中で驚いた症状は、実は片頭痛そのものではなく、のちに襲いくる痛みの〝前兆〟に過ぎないらしかった。そして彼女が恐れているのも痛みそのものではなく、その〝前兆〟のほうなのだ。いや、日菜子の矛盾したような表現によれば、のちに来る頭痛のほうこそむしろ〝前兆〟の後遺症と呼ぶべきものだという。

〝前兆〟はまず、いかにも無害なものと思われる突然の眠気となって日菜子の意識に穏やかに忍びよる。不可解なことに、何度その眠気を経験しても、それが〝前兆〟の前兆だとは気づかないという。夜ごと、あるいは昼食後などに訪れる通常の眠気との違いがわからないのだ。

眠気のあと、いつも〝光〟がやってくる。視界に妙な光が射しこんでくるのだ。しかしそれでもまだ〝前兆〟が始まっているという自覚はない。あの日も、はじめ、電車の中の照明が急に明るくなったと思い、つい天井を見あげたという。特に視野の右上のほうが明るい。その〝光〟が徐々に勢力を拡大し、やがてその輝きにあらゆるものが淡く呑みこまれてゆく。そこまで来てようやく〝前兆〟が来たのだと気づく。なぜ今の今まで気づかなかったのだろうという、いつもながらの驚きとともに。

　そこから先について他人に語るのはますます難しいと日菜子は言う。いや、むしろ恐ろしいと言う。〝白昼夢〟という言葉があるが、あれは嘘でも誇張でもない。目覚めているにもかかわらず、彼女は夢としか言いようのない束の間の幻想に囚われる。その幻想の中では、本当の世界が降りてきて、この世界に上書きされてしまう。あるいはこの世界のほうが迫《せ》りあがり、本当の世界に呑みこまれてしまう。現実に起きているわけではないとわかっている気がするのに、日菜子はその光景に圧倒され、ああ、やっぱり、と思う。起こるべくして起きたことだと思う。その本当の世界と感じられるものに、彼女は名前を付けていた。

「〝十一階〟？」と彼はオウム返しに訊いた。

「そう、〝十一階〟……。七歳の時に初めて発作が起きて、その時にいきなり思ったの。あ、ここは〝十一階〟だって……〝十一階〟の世界だって……」

　その話をしたのは、日菜子が彼の前で二度目の発作を起こした時だった。二人は彼の部屋で映画のＤＶＤを見ていた。二人で寝転がりながら、彼は彼女が眠たそうにしていることに気づいたが、それが〝前兆〟だとはまだ知らなかった。退屈なのか、と訊いたが、日菜子はなぜか返事をしなかった。眩しそうに目を細めはじめたところでようやく彼は気づいた。大丈夫か、と訊くが、やはり返事はない。日菜子が苦しんでいる、というより、日菜子が遠ざかってゆく、という感じがした。ここに横たわっているのにここにはいない。どこかへ行ってしまう。彼女自身のもっと深いところへ沈んでゆく。最初の時と同じように思わずぞくりとした。

日菜子が譫妄《せんもう》状態に陥っていたのは十分ほどだったろうか。正常な意識を取りもどすと、彼女はトイレに籠もり、激しく嘔吐した。早く吐けば、あとにやってくる片頭痛がかなり軽くなるのだという。トイレから出てくると、彼女はさっきから何度目かの言葉をまた繰り返した。「ごめん……」と。

日菜子は彼のベッドで眠った。石みたいに深く重たく。三時間ほどすると、彼の見る前で、眠りというよりはむしろ長い瞬きをようやく終えたかのように突然、ぱちりと目を覚ました。彼はほっとした。あまりに決然とした様子で眠るので、一年ぐらい目を覚まさなかったとしても不思議ではない気がしたのだ。おはよう、と言うと、彼は日菜子の横にもぞもぞともぐりこんだ。嫌がるかと思ったが、彼女は何も言わなかった。彼が頬笑むと、彼女も頬笑んだ。
「大丈夫？」と訊くと、「大丈夫……」と答えた。そして、眠っている間じゅうそのことについて考えていたかのように、ぽつりぽつりと発作について語りはじめたのだ。〝前兆〟〝光〟〝白昼夢〟、そして〝十一階〟……。

「——いつも思うの。あたしはここに来なくちゃならなかったんだって……。この〝十一階〟の世界に来なくちゃならなかったんだって……」。自分の胸を開き、そこに手を差しいれ、裸の言葉を一つひとつ取り出し、熱に浮かされたように彼の前に並べてゆく、そんな話し振りだった。「——もっともっと早くここに来て、待ってなくちゃならなかったんだって……」

　彼は片頭痛というしばしば耳にする病がどんな症状を引き起こすものかろくに知らなかったが、それでも、日菜子が今話しているような異様なものではあるまいという疑いをいだかずにはいられなかった。彼女が嘘をついているというのではない。日菜子は確かに彼女が〝前兆〟と呼ぶもののあとに片頭痛に苦しむのだろう。しかしその〝前兆〟なるものはいったいなんなのか。日菜子だけでなく、片頭痛を患う人なら誰もが経験するありふれたことなのだろうか。誰もが別世界に降り立ったかのような白昼夢に囚われるのだろうか。

「待つって何を？」と彼は口を挟んだ。あるいは誰を？　だが彼女は答えなかった。聞こえたような素振りすら見せなかった。今話しきらなければもう二度とその機会は訪れないという勢いで、かすかに声を震わせながら話しつづけた。

「そこは……この世界とそっくりなの……」

　しかし〝十一階〟の世界は常に夜であるらしい。そして、恐ろしいような満天の星。彼はもちろん聞き逃さなかった。満天の星だって？　ぞわりと鳥肌が立った。彼は彼女に添い寝しながら、窓に背を向けていた。振り向くのが怖い気がした。あの夜に見あげた天の川がふたたび背中を照らしているような気がした。

そんな怯えが生まれたのは、実際に彼の部屋が十一階だったせいもあるだろう。夜空を覆い尽くす星々の話を聞いてから、彼女が〝十一階〟という言葉を繰り返すたびに、まさに今自分たちはそこにいる、ベランダに立って外を眺めればその世界がどこまでも広がっている、というふつふつと毛穴に差しこむような寒々しい感覚が押しよせた。

「あたしはその世界を、いつものマンションから見おろしてるの。いや、違うな。いつものマンションみたいなところ。だってうちのマンションは十階までだけど、あのマンションは十一階まであるから。そしてあたしはその十一階から世界を見おろしてる。いや、見おろしてるだけじゃないな。あたしはそこからその世界へ降りていくの。うちの前の階段を使って……」

そこでふと、現実がねじ曲がるような不穏な考えが脳裏に兆した。ひょっとしたら、日菜子はまだ〝十一階〟の世界にいると思いこんでいるのではないか。そして彼を〝十一階〟の住人だと思いこんでいるのではないか。今にもがばりと立ちあがり、彼の手を取って玄関のドアを開け、その世界に連れ出そうとするのではないか。いや、そもそも彼はそのためにこそ日菜子に選ばれたのではないか。こうして実際に十一階に住んでいるのだから、やすやすと〝十一階〟の世界に連れ出せるはずだと……。

「でも、その〝十一階〟っていう発想はそもそもどこから出てきたんだろうね。ずっと十階で暮らしてきたのに……」

彼がそう訊いた途端、彼女はぴたっと黙りこんだ。日菜子がすうっと醒めていくのがわかった。溢れんばかりに満ちていた目の光が引いていった。と同時に、彼を捕えはじめていた奇怪な感覚もまた引いてゆき、まるで起き抜けの夢のように瞬く間に色褪せていった。彼女はしばし答えに窮する様子だったが、やがてどこかへ踏み出すように大きく瞬きをし、言った。

「あたしんちにね、実際にあるの、〝十一階〟が……」

結婚を申しこむに当たって、彼にはいささかの迷いもなかった。彼のたわいない空想の中では、日菜子はどこか遠くで生まれ、目をつぶったまま、まっすぐ彼のほうへ向かって歩いてきたことになっていた。二人は暗闇の中でどんとぶつかり、同時に目を開け、互いを認めた。まるで鏡を目にしたかのように、驚きとともに受け入れなければならないことだった。我ながら馬鹿馬鹿しい想像だとわかってはいたが、人はそんなふうにでも考えなければそもそも結婚なんかしないはずだとも思った。

しかし、確かに迷いはなかったものの、怯えはあった。日菜子のことをよくわかっている、充分に知り尽くしている、と言える自信がなかったのだ。愛されていることはわかっていたが、日菜子は心に大きな天秤を持っていて、片方には彼を載せていても、もう一方には人ではなく、この世のものですらなく、彼女の中に広がっているらしい〝十一階〟を載せているような気がしていた。そしてその〝十一階〟がどれほどの重みを持った相手なのか、彼には知りようもなかったのだ。

ある夜、二人で映画を観、食事をしてからの帰り、改札前での別れ際に、彼は「結婚したいな……」という子供じみた言葉をとうとう口先から追い出した。小さくて短い言葉だったが、喉元まで迫りあがってくるたびに、ひと抱えもある鉄球のように大きく重くなり、幾度となく腹に呑みもどさねばならなかった。弱々しいプロポーズの言葉は宙に漂うことすらなく、改札の向こうに滑りこんできた間の悪い電車の叫びにちりぢりに掻き消された。しかし日菜子は轟音を背にして頬笑み、そのうち可笑しそうに声もなく笑いはじめた。電車が通りすぎ、静けさが戻ると、彼女は笑いをこらえながら言った。

「もう一回言ってみて。電車より大きな声で……」

彼も思わず笑い、してもいない腕時計を見るふりをした。

「うん。次の電車はいつかな……」

日菜子の二十九歳の誕生日の晩、彼は初めて彼女の家を訪れた。二人が一緒になるつもりであることを日菜子の両親に報告するためでもあった。しかし彼はすでにのちの義父母とは顔見知りだった。家に上がったことこそなかったが、交際を始めて一年ほどが経ったころ、デートの帰りに彼女を送った時にマンションの前で挨拶したことがあったのだ。その時の感触から、彼は結婚の報告についてそれほど案じてはいなかった。一人娘を嫁がせるに充分なほど無害で凡庸な男だという印象を義父母に与えた自信があったし、実際に彼はそういう人間だった。そしてそんな自分を物足りなく思って悩んだりしない年齢にもなっていた。

玄関から上がり、廊下を通り、居間に踏みこんだ途端、日菜子から聞いていた〝十一階〟への入口を見つけた。その入口は居間の天井にあった。幅九〇センチ、長さ一二〇センチほどの開口部に、大きな屋根裏点検口のような蓋《ふた》がはめてあった。蓋を開ければ、その裏にはスライド式の梯子が設置されており、それを使って〝十一階〟へと登ってゆくことが出来るらしい。

彼が〝入口〟にちらりと視線をやるのを日菜子は横目で見ていた。特にどんな表情も浮かんではいなかったが、彼が真っ先にそこに目をやったことで、ずっと気にかけていたと知ったことだろう。あたしんちにね、実際にあるの、〝十一階〟が……。もちろんそこは日菜子がいつも〝白昼夢〟の中で訪れるところではない。あくまで彼女に〝十一階〟の世界のイメージを植えつけた場所というに過ぎない。そこはただの屋根裏収納に過ぎないのだ。

日菜子の生まれ育ったマンションは陸屋根《ろくやね》ではなく、切妻《きりづま》の勾配屋根になっている。そのおかげで、最上階である十階の部屋にだけは屋根裏収納があった。そこは天井こそ低いものの、六畳間ほどの広さがある。しかし浜上家ではそこを物置としては使わなかった。子供の遊び場所になったのだ。つまり日菜子の遊び場所に。そして彼女はそこに名前を付けた。

〝十一階〟と。

彼女から聞いていてすでに想像のついていたことだが、日菜子の両親は彼に負けず劣らず無害で平凡な人たちだった。父親の重雄さんは長らく大手の製薬会社に勤めていたが、前年に定年を迎えていた。子供の時分から絵が好きで、天井が抜けたみたいにどかんと時間ばかりが増えてしまった今では、ほうぼうへ足を運んで水彩画を描く悠々自適の暮らしをしているのだという。口数の少ない人だが、なんとなくいつも頰笑んでいるから、日菜子と春江さんが二人で台所に立って男だけにされても、急に居心地の悪さを覚えるということもなかった。一方、春江さんはよく喋る朗らかな人だった。いくつも習い事を抱えていて、いつもネジの巻き立てみたいに忙しくしているらしいが、今では夫婦旅行にもよく行くらしかった。重雄さんのことを、お父さんにあれこれ言ってみても全部吸いこまれる、お釣りが来ない、などと言ってみんなを笑わせた。

日菜子の顔立ちは明らかに春江さん譲りだが、性格はまるで違っていた。いや、もしかしたら日菜子もかつては話好きの潑剌《はつらつ》とした子供だったのかもしれない。彼女が子供のころに起きたと言う、ある〝事件〟の時までは。

彼は日菜子の部屋を見せてもらった。部屋の奥に机が一つあり、パソコンが載っていた。その手前にベッド、壁際に本棚が一つ、床には小さなステレオが置いてあった。衣類はすべてクローゼットに押しこんであるのだろうが、テレビもないし、壁にだって何も貼られていないし、よくよく見れば屑籠《くずかご》すらない。彼が来るということで大掃除でもしたのかと思いきや、普段からこうなのだという。

「普通もっと何かあるもんなんじゃないの、女子の部屋って……」と彼が苦笑すると、日菜子もどこか挑戦的に頰笑み、「たとえば何？」と訊き返してくる。

「たとえばそうだねえ、生活感とか……」

「失礼な。毎日ちゃんとここで生活してます」

「ふうん。じゃあここで見てるから、今から試しに生活してみてよ」

「何それ」

　彼はその夜、日菜子の家に泊まった。帰るつもりでいたが、ひと目でその気を押し流すような、夜が濁るほどの大雨がざぶざぶと降ってきたのだ。おまけに雷まで鳴り出し、そこらにどかどかと落ちはじめた。しかしおかげで本当に日菜子が部屋で生活するところを見ることが出来たのだった。

　客用の蒲団が日菜子のベッドの横に敷かれ、彼はそこで寝ることになった。いざ横になってみると、ベッドと蒲団との段差が気になった。彼は半ばふざけて、半ば本気で言ってみた。

「たとえば日菜ちゃんの寝相が急に悪くなって、俺の横にどさっと落ちてくるっていう筋書きはどうだろ。……まあ、俺がオオサンショウウオみたいに段差を乗り越えて、そっちに行くっていうのでもいいけど」

「オオサンショウウオ？　オオサンショウウオはベッドに登るのが好きなの？」と言って日菜子が苦笑した。

「いや、ベッドの上の雌が好きなわけで……」

　彼女が恥ずかしそうにベッドからそろそろと下りてきて、彼の横にもぐりこんだ。二人は手をつないだ。日菜子のにおいが入浴剤の香りに交じって蒲団の中からふわりと上がってきた。きっと彼のにおいも彼女に届いているのだろうが、自分ではまったくわからなかった。

彼は元来どこででも眠れる質《たち》だったが、その夜はなかなか寝つかれなかった。日菜子も同じらしかった。相手がすぐそばにいるということが、こうしてぴったりと身を寄せあって温もりを分かちあうということが、お互いにまだあまりにも特別なことだったのかもしれない。

「眠れない？」と彼女が耳元で囁いた。

「うん。ちょっと飲んだからね、眠りが浅くなる。……蒲団が寝づらいようだったら、ベッドに帰してあげようか？」と彼はおどけたように訊いてみた。日菜子は「うん……」とどっちつかずに答えたきり、無言で暗い天井を見あげたままいつまでも動こうとしなかった。どうやらまったく別のことに思いを巡らせているらしかった。しかし、ややあって、彼女は何やら胸の内で気持ちが固まったらしく、突然こちらを向いた。そして一つ大きく息をつき、彼の目を見つめ、囁いた。

「〝十一階〟……見てみたい？」

彼女の見ひらかれた目は、なぜか暗がりで怯えたように輝いていた。

日菜子の両親はもう寝室に行っていたので、二人はなるべく音を立てないようにフックのついた専用の棒で屋根裏収納の入口を開け、梯子を滑りおろした。彼女が居間の壁にあるスイッチを押すと、〝十一階〟は蛍光灯の真っ白な光で満たされた。彼は意外に思った。なんとなく裸電球の慎ましい黄ばんだ光がぽつんと灯るような気がしていたのだ。その白々とした四角い光を見あげ、彼女がいくらか気後れしたような横顔で、

「電気、まだ点いたね。上がるの何年ぶりかな……」とつぶやいた。

「ツタンカーメンの墓を暴いた人たちは、次々と死んだらしいね」と彼は茶化してみた。

日菜子はにこりともしなかった。それどころか、冗談にもなっていないというふうにきりっと彼を一瞥した。彼はまだ、彼女にとってそこが本当に空っぽの墓のようなものだとは知らなかったのだ。

日菜子に続いて、彼も梯子を軋らせながら〝十一階〟に上がった。子供のころの遊び場だったとすでに聞かされていて、実際目にしても確かにそんな様子なのだが、それでもどことなく意外な、というより不自然な空間に感じられた。

屋根裏と言っても、アメリカのホラー映画などでよく見る、分厚く埃《ほこり》の積もった、蜘蛛の巣だらけの薄気味悪い物置とはまるで違う。リフォームしたのだろうか、床はフローリングで、壁や天井には真っ白なクロスが張られ、収納スペースというよりはむしろロフトという印象だ。使わないものを放りこむ死んだ場所では決してなく、まだ生きているという感じで、振り返れば、今にも子供のころの日菜子が梯子を昇ってきて、手に載りそうな小さい可愛らしい顔をひょこっと覗かせそうだった。壁際には丈の低い木製の棚が三つ並んでいて、絵本だのおもちゃだのぬいぐるみだのが整然と納められている。反対側の壁際には、折りたたまれた座卓、丸められた寝袋、段ボール箱などなど。日菜子が子供のころに描いたと思われる

かわいらしい奔放な絵も何枚か貼られている。

しかしやはり本来は物置なのだろう、天井が低い。日菜子は頭との間に指一本入るかどうかというぐらいでぎりぎり立つことが出来たが、一七四センチの彼は身を屈めねばならなかった。彼女はその様子を見てくすくす笑い、

「大きくなったねえ、ぼく……」と言った。

「はあ、おかげ様で……」と彼は答えた。「ところで、これ何？　この壁やら天井やらにいっぱい貼られてる小さいシールみたいなの……」

白いクロスの上なので目立たないが、薄黄緑色をした星形のシールのようなものが、壁から天井にかけてびっしりと貼られていた。大きさはまちまちで、五ミリぐらいの小さなものがほとんどだが、一センチぐらいのや二センチぐらいのもところどころに見られる。

「ああ、それはほら、暗いところで光るやつだよ」

「蓄光シール？」

「そう、それ……。昔ね、お父さんが貼ってくれたの……」

「へえ。じゃあ、今でも電気消したら光るわけ？」

「どうかな。どっちにしても、しばらく光を溜めないと駄目だから……」

彼は鼻先に垂れさがる紐を引いて、すぐにでも電気を消してみたくなった。もう気づいていた。〝十一階〟を真っ暗にし、床に寝転がれば、きっと満天を埋め尽くす黄緑色の天の川が姿を現すのだろう。小さなシールがいかにも星雲といった体《てい》で密集しているあのあたりは

銀河の中心付近に違いない。そしてぽつぽつと散らばる大きなシールは、大昔に理科の授業で習ったような一等星などの明るい星を表しているのだろう。子供だった彼女は、ここで寝袋にくるまり、父親が創りあげた、手が届かんばかりの星空を見あげながら夜を過ごしたこともあったのではないか。

日菜子はパジャマ姿で床に座りこみ、何か目当てのものでもあるのか、棚をあれこれ物色しはじめた。といっても、子供時代を懐かしみ、思わず相好を崩すという様子はまるでない。むしろ張りつめた硬い面持ちで、何もかもが触れたそばから灰となって崩れ落ちてゆくのではと案ずるかのように、どこかこわごわといった手つきだ。

そもそも日菜子はなぜ彼をここに連れてきたのだろう。確かに彼は、彼女に話を聞いてから、浜上家に実在するという〝十一階〟に興味をいだいてきた。しかし日菜子が小学二年生の時に、ある〝事件〟が起こり、以来ここで遊ぶのをぱたりとやめてしまったと言っていた。その〝事件〟はここ〝十一階〟で発生したわけではないのだが、ちょっとした関わりを持っていたために、彼女はもうこの空間を以前のように楽しめなくなってしまったらしい。いや、楽しめなくなった、という日菜子が使った表現では控え目すぎるだろう。〝十一階〟は執念深い暗雲のように常に彼女の頭上にあり、やがては心にも重くのしかかってくるようになったのではないか。だからこそ日菜子は発作の時に〝十一階〟の〝白昼夢〟を見るようになったのだ。そして当然、彼女自身もとうにそのことに気づいているはずなのである。にもかかわらず、日菜子は彼をここへ連れてきた。

彼は壁に貼られた絵を一枚一枚眺めた。いくつの時の作品かわからないから上手下手を云々することは出来ないが、大人になった日菜子からは想像するのが難しいほどに色彩の豊かな絵ばかりだ。今の彼女は鮮やかな色彩を、痛い、という言葉で表現するが、これを描いていたころはまだ、その痛みを感じていなかったのだろう。

一枚の絵に彼の目が留まった。絵はどれも四隅を画鋲で留められているのだが、一枚の絵の後ろから写真の端のようなものがちらりと覗いていたのだ。日菜子に断るべきだろうか、ひょっとしたらわざわざ隠しているのだろうか、などと思いつつも彼は黙ってその端をつまみ、引き出してみた。やはり古いカラー写真だった。やや色褪せているが、手をつないだ二人の女の子が写っている。どうやらこのマンションの前で撮ったもののようだ。二人とも白っぽい服を着、黄色い帽子をかぶり、後ろにひっくり返りそうなほど大きい真っ赤なランドセルを背負っている。小学一年生だろうか。いや、二年生かもしれない。

いずれにせよ、二人は雰囲気がよく似ていた。そっくりと言ってもいいほどだ。同じぐらいの背丈に、左右に分けて結んだ同じような髪型、そして同じようなあどけない笑顔。しかしよくよく見れば、顔立ちそのものはそれほど似ていない。ただの友達同士なのだろう。仲のいい、というより仲のよすぎる二人の少女がいつも一緒にいるうちに様々な点で似通ってくるというのは、なんとなくありそうな話に思えた。

似ているとは言え、彼にはひと目でわかったのだが、左の子は日菜子に違いない。胸の名札には「はまがみひなこ」と書かれているようだ。もう一方の子の名札は「かわばたちほ」

だろうか。

「ほら、古い写真を見つけたよ」と彼は言い、日菜子のほうに差し出した。

彼女は一瞬ぎょっとし、「それは……」と口ごもった。そして恐る恐る写真を手に取ると、膝の上でしばし見つめ、俯いたまま言った。

「この〝十一階〟は、あたし一人の場所じゃなかったんだ」

「その子と二人の場所？」

「うん。いつも一緒だった。ちいちゃんて言ってね……」と言って日菜子は写真から顔を上げ、彼を見た。

彼は絵を指さして教え、訊いた。「この写真、どこにあったの？」「その子は今どうしてるの？」

「どうしてるのかな……」と日菜子は言った。「ちいちゃんは『十一階で待ってて』ってあたしに言ったんだけどね、まだ来ない……」

「まだ？　まだっていつの話？」

「あたしたちが七歳の時……」

二人の生活は2LDKのアパートから始まった。あれこれ吟味して選んだはずの物件だったが、壁も床も薄いし、トイレの換気扇はどよどよと不快な音を立てるし、結露はひどいし、まったく満足とは言いがたい門出の住まいだった。しかし悪いことばかりではなかった。不可解なことに、そして喜ばしいことに、日菜子はほとんど例の発作を起こさなくなったのだ。

彼女によると実家にいたころは月に一度は重い発作に襲われていたらしいのだが、二人で暮らしはじめてからは明らかに回数が減り、それも症状のごく軽いものに変わっていた。二人がそのことについて深く話しあうことはなかったが、暗黙のうちに一つの共通認識が生まれ、時間をかけて固まっていった気がした。日菜子は実家をもっと早くに離れるべきだったのだ。彼女に重い〝十一階〟を背負わせつづけるあの家を。

　しかし奇妙なことに、彼女自身はあまりそのことを喜んでいないように見えた。それどころか、どことなく重い発作を懐かしんでいるかのような気配さえ窺えた。「やっぱり、あの家になんかあったのかなあ」などと冗談交じりに彼が話題を持ち出しても、日菜子は決してそのノリに調子を合わせることはなく、ぼんやりと物憂げな面持ちで「かなあ……」などと歯切れ悪くつぶやくのだ。まるで〝十一階〟から逃げ出してきたことを恥じているかのように。

　結婚から二年後、娘の未知香が生まれた。何一つ欠けるところのない立派な赤ん坊だった。彼にそっくりな日もあれば、日菜子が一人で産んだような日もあったが、一歳になるころには二人のちょうど真ん中にすっぽりと収まる顔立ちに落ち着いて、それはそれで珍しいことだとみんなが口々に言った。彼は日菜子がどんな母親になるとも想像がつかなかったが、彼女は未知香をとても可愛がった。喃語《なんご》を口にしはじめたり、寝返りを打ちはじめたり、未知香が何か新しいことをするたびに日菜子は「みっちゃんはいい子だねえ、すごいねえ、えらいねえ……」と褒めちぎり、込みあげる喜びににじわりと涙ぐんだ。自分のおなかからこんな真《ま》っ新《さら》で罪のないものが生まれてきたことに、日々驚いていたのかもしれない。

　三十五の時、彼はとうとう埼玉県のS市に家を買った。4LDKのマンションだった。新築ではなかったし、駅からすぐというわけでもなかったが、南向きで日当たりがよく、取り分けL字型の広々としたベランダが、ハーブ栽培に凝りはじめた日菜子の気に入ったのだ。そして、あとからあれこれ考えるとどうしても、引きよせられた、などという不条理な思いに囚われてしまうのだが、そこは十階建てマンションの十階だった。しかも日菜子の実家と同じ一〇〇八号。そこでもし屋根裏収納までが揃っていれば、彼もなんとなく験《げん》の悪さを感じとって別の物件を探していたかもしれない。しかしそうはしなかった。何より、どこを見ても気乗り薄だった日菜子が、というより彼がここだと言うならどこでもいいかのようにふるまう日菜子が、広いベランダが一望できる明るい居間に足を踏み入れるや否や、「あ、ここいい」と思わずといった口調でつぶやいたのだ。

　転居後、間もなく重い〝前兆〟が戻ってきた。引越しの荷ほどきも終わらないうちに、日菜子は床に置いた段ボールに肘を突いて、堪え忍ぶようにぐっと目をつぶり、〝十一階〟の世界にずぶずぶと意識を沈めていった。それを見た途端、彼はその後の運命にまで鳴り響かせるかのように、しまった、と思った。やっぱり駄目だったんだ、と。

　しかし意識を取りもどした日菜子は彼ほどには衝撃を受けていなかった。何しろ発作とは二十年以上の付き合いがあるのだから、今さら動揺するはずもないということだったのかもしれない。しかし、動揺するどころか、むしろ発作を取りもどしたと言わんばかりの、どことなくさばさばとした様子さえ見うけられたのには、彼も内心驚いた。実際、彼女は話し合いの中で、まるで自らにふさわしい罰だと受け入れているかのようにきっぱりと彼にこう告げたのだ。

「あたしはこれでいいの……」

二年後、長男の直彦《なおひこ》が生まれた。未知香は「注文の多いみっちゃん」などと周囲から呼ばれるほどの、何かにつけてすぐに大泣きする甘えん坊だったが、直彦は腹が減らないかぎりいつまでもけろりとしている、どっしりと構えた赤ん坊だった。また、ニヤリと笑った時の表情が変に大人びていて、なんにも知らないくせになんでも知っているように見えるので、直彦がそれをやるたびに彼は日菜子と一緒に大笑いした。

　直彦が一歳になってすぐのころ、三十八になった彼の身にふたたび不可解なことが起きた。日菜子に出会った夜以来のことだ。異常に気づいたのはマンションのエレベーターの中だった。それはなんの予兆もなく、不意に襲いきたかのように思われた。

　仕事からの帰り、夜の十一時をやや回ったころ、彼はマンションに着き、一階でエレベーターに乗りこんだ。そして十階のボタンを押そうとしたのだが、思わず手を止めた。パネルに十一階のボタンがあったのだ。十階建てのマンションであるにもかかわらず。

　彼は鞄を脇に抱えたまま、しばしエレベーターの中で凍りついた。凍りつきながら、目まぐるしく考えを巡らせた。今日の昼間に工事でもあって、ボタンのパネルを交換したのだろうか。十階建てのマンションに十一階までのボタンの付いたパネルを？　馬鹿馬鹿しい。だいいちパネルにひびが入っている。きっと子供がいたずらしたものだろうが、このひびはここに入居した当時からあったものだ。それにボタンの塗装だって摩耗して剝げたままである。ということは、このパネルは彼が今朝、出勤するときに目にし、手を触れたのとまったく同じもののはずだ。

一瞬、奇妙な考えに脳味噌を鷲づかみにされた。ひょっとして俺は最初から十一階に住んでいたんだろうか。ほんの束の間ではあったが、その突拍子もない思いつきはこの異常事態を解きほぐすためのもっとも有力な説明のように思われた。しかしエレベーターが狂っていると考えるぐらいなら自分の頭が狂っていたと考えるほうがまだましだ、などと果たして言えるだろうか。だいいち今までの自分が狂っていたというのなら、なぜ今になって突然、正気に戻るのだろう。

押してみればわかる、と彼は思った。何が起きているのであれ、取りあえず押してみさえすれば、この十一階のボタンが本物かどうかがわかる。そして彼は押した。十一階のボタンを。エレベーターが昇りはじめた。いつもの癖でふっと上を見あげると、それまで気づかなかったが、階を示す表示が確かに十一階まである。おかしいのはボタンのパネルだけではない。どうなっているのだろう。そしてどこへ辿り着くのだろう。

エレベーターは十階を通りすぎ、いよいよ十一階に到着した。扉が開いた。扉を手で押さえたまま、恐る恐る首だけをエレベーターホールに出し、あたりを見まわした。特におかしなところはない。ほかの階とどんな違いもないように見える。しかし普段の夜よりも薄ぼんやりと明るいように思えるのは気のせいだろうか。

そろそろとエレベーターの外に足を踏み出しながら、胸ポケットから携帯電話を取り出し、時間を確認する。「11:11」。1が四つ並んでいる。いや、十一時十一分に十一階にいる。1が六つか？　ぞっとした。彼は十一時過ぎにこのマンションの一階に着いた。それは確かなことだ。だから現在の時刻が本当にちょうど十一時十一分だったところで、なんら不思議ではない。不思議ではないが、ただの偶然だと切って捨てられるような状況でもなかった。何しろ、存在するはずのない十一階に来てしまったのだ。時間が先か、十一階が先か……。

彼はホールを出てゆっくりと右手に伸びる廊下を歩いていった。もし彼の家が一〇〇八号ではなく一一〇八号だったとしたら、突きあたりに、彼が手ずから彫った、いかにも拙《つたな》い「内川」の表札が掛かっているだろう。しかしそんなことはありそうにもない。なぜか、たとえここが十階だとしたところで、突きあたりに自分の表札が掛かっているような気がしないのだ。さっきから肌が粟立つような不安がじわじわと背筋を這いのぼってきて、と同時に、ここに自分の家はない、という得体の知れない疎外感が強まってくる。なぜだ？

彼はぎょっとし、一瞬で血の気が引いた。ここはそもそも彼のマンションではない。まったく別のマンションだ。なぜエレベーターを降りる時に気づかなかったのだろう。なぜいつもと同じだなどと思ったのだろう。というより、いつの間に入れ替わったのだろう。全然違うじゃないか。しかしあちらこちらに妙に見覚えがあった。壁の塗装の色に、手すりのデザインに、そして廊下から眺める夜景に……。

そこで思わず夜景に目を奪われた。なんだこの夜は？　目が隅々まで焼けつくほどの満天の星だ。怖いほどに、不躾なほどに、銀河が剝き出しになってこの世界を覆い尽くしている。十年前にも不思議な星空を見たが、ここまで美しいものでもここまで恐ろしいものでもなかった。呆気に取られているうちに、こうなることはとうにわかっていたような気がしてきた。エレベーターの中で十一階のボタンを見た瞬間から、心の奥の奥では、ここへ来てしまうことはわかっていたのだ。〝十一階〟の世界に来てしまうことは。ということはもちろん、ここは日菜子の実家があるH市のマンションなのだ。

彼はもっとこの驚くべき世界を見わたそうと、手すりから身を乗り出した。マンションの北側に駅前から続く片側二車線の道路が見えた。ここがまともな世界なら、この時間でも少なくない車が行き交っているはずだ。しかし深閑として一台も見あたらない。あの時とまったく同じだ。代わりに道路をぞろぞろと動いてゆくのは、闇夜を裂いて灼熱の溶岩が流れゆくかのような夥《おびただ》しい炎の行列である。これだったのだ。十年前に彼が見た赤い光は。いや、見なかった光と言うべきか。それにしても、どこから来てどこを目指すのだろう、幾百万もの松明《たいまつ》を掲げた人々がつくる長大極まりない行列だ。彼はさらに身を乗り出して見まわすが、その湧き出づる源も、炎を率いる頭も見さだめることは出来なかった。まるで赤道のようにぐるりと地球を一周し、ただ輪になって永遠に回りつづけているかのようだ。

いったいどういう連中だろうと彼は目を凝らした。男も女も、老いも若きもいるようだ。身なりはてんでんばらばら、松明を手にしているという点のほかには共通するものはない。何か規律のようなものを持つ、整然とした行列ではなく、その幅は場所によってまちまちだ。これだけの群衆であれば、さざめく声がここまで昇ってきそうなものだが、あたりは不気味に静まり返っている。これほどの数の人間が集まって、なんの喜びもなく、なんの怒りもなく、なんの昂《たかぶ》りもなく、無言で歩いてゆくものだろうか。ゆくのかもしれない。実際、上から見るかぎり触れあったり言葉を交わしたりする様子はなく、ただひたすら行く手だけを見て、疲れきったようにのたりのたりと歩いてゆくだけだ。

そう言えば、二人で屋根裏収納に上がり、川端千帆ちゃんの話をしたあの夜、日菜子が何か言っていた、と彼は不意に思い出した。〝十一階〟の世界を列をなして歩んでゆく人々がいる、彼女は確かにそう言っていた。

「その人たちはみんな、どこかにあるという巨大な〝穴〟に向かって歩いていくの。世界の終わりみたいな真っ暗な〝穴〟……。そして何十年もかけてようやくその〝穴〟の縁《ふち》に辿り着いたら、みんな次から次へと落ちてゆくの……」

「なんのために？」と彼は尋ねた。

自分たちの肉体と一緒に、自分たちが生きねばならなかった恐ろしくて悲しい物語を、地の底に葬り去るために……と日菜子は言った。世界はそういう人たちがいるからこそ、狂ってしまわずに、壊れてしまわずに、今みたいに存在しつづけられる。世界で生まれてしまった、世界を揺るがすほどの恐ろしい物語や悲しい物語は、それを経験した一人ひとりの中に埋めこまれたまま、その人たちと一緒に真っ暗な〝穴〟の中に消えてゆき、永遠に失われるの。まるで体から毒を排出するように、人間の命と一緒に悪い物語を葬り去って、忘れ去って、世界はそうやって生き長らえてゆくの。

　ということは、この人々はみな死にゆく者なのだろうか。悪い物語を抱えこんでしまったがゆえに、〝穴〟の中に自らを葬り去らなければならない死にゆく者たちなのだろうか。そしてこの行列の中に、本当にあの写真に写っていた川端千帆ちゃんがいるのだろうか。

「あたしは、あの世界でいつもちいちゃんを捜してる」と日菜子は言った。「あの世界に行くといつも、ああ、もっと早く捜しに来なくちゃならなかったのに、あたしずっと逃げまわってた、と思って、必死になって行列の中にちいちゃんを捜すの……」

　そこで不意に、日菜子もまたここにいるのではないか、というほとんど確信に近い考えに打たれた。当然、真っ先にそう考えるべきだった。エレベーターの中で何が起きたにせよ、彼が自分だけの力でこんな世界に来られるはずがない。出会った夜がそうだったように、彼女の発作に引きずりこまれるのでなければ、絶対にここへは来られない。ということはつまり、たった今、日菜子もまたこの世界のどこかにいて、あの行列の中に川端千帆ちゃんの姿を捜しているのだ。

　彼はもう一度、手すりから身を乗り出し、今度は日菜子の姿を捜した。必死になって見まわすうちに、左手にある階段のところに視界の端で人影を捉えたように思った。マンションの階段は煉瓦調の外壁から四角い塔のように突き出ていて、幾度も折り返しながら一階から十一階までをつないでいる。そして五階か六階のあたりを誰かが下りてゆくのが確かにちらりちらりと見える。距離がある上に薄暗くてはっきりと見さだめられないが、髪の短い痩せた女のようだ。日菜子ではないか。彼は大声を張りあげ、彼女の名を呼んだ。幾度か呼んだ。人影が一瞬、顔を上げたような気がしたのだが、立ち止まらない。こちらの姿を見つけられないのか、あるいはそもそも日菜子ではないのか、とにかくどんどん下りていってしまう。階段の向こう側に折り返すたびに姿が見えなくなるのがまたもどかしい。

　彼は階段のほうへと走った。自分も階段を下りて追いかけたほうが早いと思ったのだ。階段は廊下の突きあたりにある。存在しないはずの一一〇八号の前から下りてゆくのだ。通りすぎがてら一一〇八号を一瞥するが、やはりと言うべきか、玄関ドアの横に表札は出ていない。彼は素早く十階に下り、一〇〇八号の前に差しかかった。「浜上」の表札が出ているだろうかと目をやった瞬間、ぐらりと激しい眩暈《めまい》を覚え、立ち止まって思わず身を屈めた。足下を見ると、黒い革靴がゆるやかに回っている。そのまま眩暈が去るのを待った。自分の靴を見つめながら、ふと何かがおかしいと思った。靴がおかしいのだろうか。いや、どこも妙なところはない気がする。いったい何がおかしいのだろう。

　気づいた。地面の色だ。灰色のコンクリートが剝き出しになっている。日菜子の実家のマンションは、滑り止めのために凹凸《おうとつ》のある薄茶色のシートが階段や廊下に張られている。いつだったかそういう話を日菜子としたから憶えているのだ。マンションに年寄りが増えて、滑らないよう床全面にシートを張ったのだと。

やがて眩暈が治まった。彼は顔を上げた。もうわかっていた。彼の目は、S市にある自分の家の黒いドアを見ていた。「内川」と刻まれた表札もある。階段を振り返った。たった今彼が下りてきたはずの〝十一階〟からの階段は宙に消えていた。おまえ、空から下りてきたんだろう、とでも言いたげに。

彼は廊下のほうへ数歩出て、今一度、世界を見わたした。どんよりとした、見慣れた夜景が広がっていた。星一つ見あたらなかった。すぐそこの道路を、白いトラックが通ってゆくのが目に入った。携帯電話を取り出し、時間を見た。「11:12」と出ていた。戻ってきたのだ。一分前の世界から。

ポケットから鍵を取り出し、玄関のドアを開けた。いきなり直彦の激しい泣き声が聞こえてきた。彼は慌てて靴を脱ぎ、泣き声がする居間へ飛びこんだ。ベビーベッドに寝転がった直彦が真っ赤になって泣いていた。その様子を、ベッドの格子をつかんで未知香が覗きこんでいたが、四歳らしからぬ憂わしげな面持ちで彼を振り返った。

「あ、お父さん！」と言う未知香も少し涙ぐんでいる。「なおくん泣いてるけど、みっちゃん、まだおっぱい出ないから……」

いつもなら笑うところだが、それどころではなかった。「お母さんは？」と彼は自分を落ち着かせながら訊いた。

「寝てる」

彼が急いで寝室に向かおうとすると、背後から未知香の声が飛んだ。

「起こしちゃ駄目なんだよ！」

寝室は真っ暗だった。そのまま中に踏みこむと、日菜子が目を覚ましているのがわかった。仰向けになり、目を見ひらき、ぼんやりと天井を見あげていた。「大丈夫？」と彼は声をかけた。それには答えず、

「さっき、よっくんの声が聞こえた」と彼女が小声で言った。

「うん。……そう言えば、さっき未知香がね——」

「違う」と彼女が遮った。「向こうで、〝十一階〟で、よっくんの声がしたの……」

彼は日菜子の横に腰を下ろし、暗闇の中で手を伸ばして、彼女の頬に触れた。なんと言っていいかわからず、ただ指先で撫でつづけた。寄り添ってきつく抱きしめたいと思ったが、何か別の、もっと素っ気ないものを抱いてしまうような気がし、怖かった。直彦の泣き声が小さくなり、やがて泣きやんだ。日菜子が聞こえるか聞こえないかの声で囁いた。

「もう来ちゃ駄目だよ」

日菜子と川端千帆ちゃんは、そんなことが可能だとすればだが、言葉も話せないころからの友達だった。同じマンションで生まれ育ったのだ。日菜子は一〇〇八号に住んでいて、千帆ちゃんは七〇八号に住んでいたから、家の前の階段を三階分上下するだけで互いの家を訪ねあうことが出来た。だから二人はエレベーターを使わず、毎日のように短い足でピラミッ

ドを上り下りするようにして行き来しながら大きくなった。

二人は同じ幼稚園に通い、同じ小学校に上がった。一年生の時は幸運にも同じクラスになれたから、いつも一緒にいられた。たまに喧嘩をすることもあったが、いつもひと晩ともたずに仲直りした。二人でいられないことは、まるで体が真っ二つになって傾いでゆくかのように、どちらにとっても恐ろしいことだったのだ。

二人はよく日菜子の家の〝十一階〟で遊んだ。千帆ちゃんの家は七階だったので屋根裏収納がなく、それだけになおいっそう〝十一階〟を好きになった。二人が小学校に上がってすぐのころに重雄さんが屋根裏収納に蓄光シールで銀河を描いたのだが、以来、日菜子は、学校から帰ると真っ先に〝十一階〟の電気を点《つ》けて星々に光を溜めるのが習慣になった。電気を消してそれを見あげるのを、二人は〝銀河の時間〟と呼んでいた。そして黄緑色の星空の下で囁きあいながら、二人はいつも物語をこしらえた。太陽の昇らない〝十一階〟の世界で繰りひろげられる様々な物語を。

千帆ちゃんはとても想像力の豊かな子だった。〝物語の終わりの穴〟を思いついたのも千帆ちゃんだったし、行列をつくってその穴に落ちてゆく人々を思いついたのも、その人たちに松明を持たせることを思いついたのも千帆ちゃんだった。日菜子が、その人たちはどうして穴に落ちてゆくの、と訊くと、千帆ちゃんは答えた。

その人たちはみんな、それぞれの物語を持ってるの。誰にも言っちゃいけない悲しい恐ろしい物語を……。その物語を知ってしまうと、誰でもみんな悲しくなって怖くなって死にたくなるの。だから行列に並んで、そういう物語が誰の耳にも入らないように、世界に漏れ出さないように、どんなものも出てこられない〝物語の終わりの穴〟を目指すわけ。

もし誰かに話しちゃったらどうなるの、と日菜子は訊いた。

そんなことしたら、その物語たちが怖い病気みたいに世界じゅうに広がって、みんな悲しくなって死んでしまって、そのうち人間は一人もいなくなっちゃうの。だから、つい言っちゃったりしないように、物語を知ってしまった人は〝穴〟に落ちて死ななきゃいけないの。

千帆ちゃんの話は幼い日菜子を怯えさせた。剝き出しになった銀河の下を、松明を掲げた人々が、もうずっと前に死んだみたいに黙々と歩いてゆく。誰にも話してはいけない、お母さんやお父さんや先生にだって話してはいけない、悲しくて恐ろしい物語を胸の内に抱えて。彼らはやがて、〝穴〟の縁に辿り着くだろう。見たこともないような大きな穴だ。遥か遠くに、星明りに照らされた〝穴〟の向こう側がぼうっと浮かんでいる。〝穴〟の中はどこを見たらいいかわからないほどに真っ暗だ。地球の真ん中よりももっと深いところへ続いているのだろう。ここに落ちたら最後、誰一人、何一つ、出てこられない。人々は束の間、呆然と〝穴〟の縁に立ち尽くすが、やがて暗闇に身を託すようにぐらりと倒れこみ、松明とともに落ちてゆく。彼らの姿はずぼりと闇に呑みこまれ、火もまた瞬く間にマッチ棒みたいに小さくなり、見えなくなる。人々は落ちてゆきながら悲鳴を上げたかもしれないが、その叫びすら〝穴〟から逃げ出すことは出来ない。こうして物語は失われつづける。

二年生に上がると、二人は別々のクラスになった。二人はそれぞれのクラスでだんだんと新しい友達をつくるようになったが、それでも登下校は毎日一緒だった。行きはたいてい日菜子が七階まで下りてゆき、千帆ちゃんの家の呼び鈴を押した。下校の時は先に「帰りの会」の終わったほうが相手のクラスの前まで迎えに行くことになっていた。

生涯にわたって日菜子を呪縛しつづける〝事件〟が起きたのは昭和五十九年、二人が小学二年生の二月のことだった。日菜子のクラスのほうが先に終わったので、彼女は千帆ちゃんがいる教室に向かった。少しの間、廊下で待っていたが、ほどなくそのクラスも「帰りの会」が終わり、ぞろぞろと溢れ出てくるほかの児童に交じって千帆ちゃんも教室から姿を現した。

何喰わぬ顔をして出てきた千帆ちゃんの姿を見て、日菜子は、これは新しい冗談に違いない、と思った。千帆ちゃんは時折、突拍子もないことを思いつき、日菜子をからかうのだ。千帆ちゃんは手ぶらだった。ランドセルすら背負っていなかった。これから家に帰るというのに、当たり前のような顔をして鉛筆一本消しゴム一つ持たずに教室から出てきたのだ。誰にだって忘れ物をすることはある。でも、小学生がランドセルを丸ごと忘れるなんてことがあるだろうか。車がタイヤを忘れて走り出すみたいにありそうにもないことだ。ちいちゃんはいったい何を企んでいるんだろう。

日菜子の訝しげな視線を受け、千帆ちゃんは「ん？」というおどけたような表情を浮かべた。何かおかしなことでもある？　言いたいことがあるなら言ってみて、ほら。そんな様子だった。言ったら負けだ、と日菜子は思った。なんだかわからないけど、あたしはきっとちいちゃんに試されてるんだ。

「ん？　なんでもないよ」と日菜子は素っ気なく言った。「さ、帰ろ……」

おかしな道行きだった。同じ学年で同じような背格好の小学生が二人で連れ立って帰っているというのに、一人はお話に出てくる学校に行かない自由気ままな女の子みたいにまったくの手ぶらなのだ。日菜子は、いつになったら種明かしが始まるのだろう、と考えながら歩く。それがついつい態度に出てしまい、千帆ちゃんのほうも内心、何が変なんだろう、と首を傾げながら歩く。しかしどちらもそのことには触れない。その代わり、二人は時折、意味ありげにニヤニヤする。自分のほうからは言わないよ、という合図だ。互いに得体の知れないゲームを仕掛けてきたのは相手のほうだと思いこんでいた。

しかしやがて日菜子は考えを変えはじめる。もしかしたらちいちゃんは本当にランドセルを忘れたのかもしれない。こんな大きな荷物が肩にかかってないことに気づかないなんてことも、たまにはあるのかもしれない。しかし日菜子はやはり何も言わなかった。別の意味で面白くなってきたのだ。ちいちゃんはいつ気づくだろう。気づいた途端、二人で大笑いになるだろうな。

日菜子はすぐにでも教えてあげるべきだった。しかしそうはしなかった。たまにだが、からかわれて本当に頭に来ることもあったから、いい仕返しのチャンスだと思ったのだ。いつも抜け目なくふるまう千帆ちゃんがこんなとんでもない大失敗をやらかしたというのも痛快だった。千帆ちゃんは結局、自分では気づかず、二人はそのままマンションに辿り着いてしまった。ここに来てようやく日菜子は千帆ちゃんに言った。

「ねえ、何か忘れ物してない？」

日菜子の予想どおり、二人のけたたましい黄色い笑い声がエレベーターホールに響きわたった。まさかそんなものを忘れるなんて！　腹を抱えてひとしきり笑ったあと、千帆ちゃんはランドセルを学校に取りに帰ると言い出した。もちろん日菜子も一緒に戻ると主張した。しかし千帆ちゃんは断った。手ぶらだから全速力で走ってすぐに戻ってこれると言うのだ。そしてエレベーターホールを出たところで立ち止まって振り返り、日菜子に向かって最後の言葉を残した。

「〝十一階〟で待ってて！」

日菜子は「うん」と答え、駆けてゆく千帆ちゃんの背中を見送った。日菜子は家に帰ると、真っ先に〝十一階〟の電気を点けて、梯子を昇った。しかし千帆ちゃんはいつまで待っても戻ってはこなかった。

　五日後、警察の捜索によって千帆ちゃんの死体が発見された。犯人のものと思われる男の声で、行方不明になっている女児の死体を捨てた、と某新聞社に電話がかかってきたのだ。千帆ちゃんの死体は、電話の声が告げた通り、マンションから二キロほど離れた雑木林の中に全裸のまま放置されていた。死後二日が経過していた。扼殺《やくさつ》だった。

「ちいちゃんは、誘拐されてからまる三日も犯人と一緒にいたの……」と日菜子は彼に言った。「三日もあれば、どんな……」

日菜子はそれ以上、言葉を続けられなかった。無理もない。どんな……のあとに続く空白の中で、暗闇の中で、彼女はあまりにも多くの時間を費やした。わずか七歳のあどけない女の子がその身で引き受けねばならなかった最後の三日間の物語。千帆ちゃんはその誰にも語れない物語を抱えこんだまま、真っ暗な〝物語の終わりの穴〟に落ちてゆくのだろう。あまりにも恐ろしい物語が世界に漏れ出して、みんなを冒してしまわないように。

学校に忘れ物を取りに戻った千帆ちゃんの姿は担任の教師に見られていた。千帆ちゃんはランドセルを背負うと、飛ぶように教室から出ていった。ということは、帰り道で犯人に出くわし、誘拐されたことになる。千帆ちゃんは近道を使ったのではないかと推測されている。普段ならなるべく避けるようにしている、鬱蒼とした竹藪に挟まれた細い裏道だ。まれに狸が出没するというので、子供たちはそこをもっぱら「狸の道」と呼んでいた。朝は駅へ向かう大人がよく使うが、昼間でも薄暗く、夜に通ろうとする女性はまずいない。朽ちかけたフェンスには、「ちかんに注意！」と書かれた看板がいくつも張り出されている。しかし千帆ちゃんは急いでいた。すぐに戻ると日菜子に約束したのが千帆ちゃんを焦らせたのかもしれない。もしも二人で学校に戻っていたなら、そんな道はきっと通らなかっただろうし、万が一、通ったところで、女児二人なら犯行は成功しなかっただろう。いや、きっと犯人は犯行を踏みとどまっていただろう。結局、犯人は捕まらなかった。

恐ろしい出来事が幼い日菜子のすぐ横を駆け抜け、無二の親友を連れ去っていった。千帆ちゃんでなければならなかったとは思えなかった。二人はよく似ていた。どちらでもよかったに違いないのだ。もしもランドセルを忘れたのが日菜子だったなら、今ごろは千帆ちゃんが同じ問いを繰り返しているだろう。

「簡単なことだったの……」と日菜子は言った。「あの日、ちいちゃんが教室から出てきた時、その時に『ランドセルはどうしたの?』って訊くだけでよかった。たったひと言でよかった。でも、あたしは訊かなかった。その瞬間にちいちゃんは死にはじめたの。そのあとも、ちいちゃんはずっと死につづけた。あたしが黙っていたせいで、学校から帰る間じゅう少しずつ少しずつ死につづけた。そして最後にちいちゃんが『〝十一階〟で待ってて』って言った瞬間に、ちいちゃんは死んだの。そのあと、あたしは死んだちいちゃんが走り去ってゆく背中を見送った。もう死んでるとも知らないで……」

千帆ちゃんの遺族は事件の翌年、転居してマンションから去った。どこへ行ったか日菜子は知らない。「狸の道」にも、もう狸は出ない。竹藪は切り払われ、大きなマンションが建ち、公園も出来た。道幅も広くなり、明るくなり、今では毎日たくさんの子供が通るそうだ。

H市内で同様の事件は四年前の昭和五十五年の春にも起きており、その時は六歳の女児が誘拐・殺害された上、死体は河川敷に遺棄された。犯人は捕まらなかった。千帆ちゃん事件の三年後、昭和六十二年にも同様の事件が発生し、今度は四歳の女児が被害者となったが、やはり犯人は捕まらなかった。この三件は同一犯の可能性が高いと目《もく》されているが、その後、

H市内で同じような事件は起きていない。しかし日菜子の中ではまだ何も終わっていなかった。

「でも、あの時に死にはじめたのはちいちゃんだけじゃない。あたしも……あたしも死にはじめたの……」

未知香は二十五歳の時に結婚した。大学生のころから付き合いつづけていた外山謙介《そとやまけんすけ》という男が相手だった。外山はいつもひょこひょこと鴨居をくぐりながら歩く背の高い若者で、言葉の雨を降らすみたいによく喋り、よく笑った。生保に勤める、性格の明るい、気のいい男だった。二年後に男の子が生まれた。さらに二年後、女の子が生まれ、さらに三年後、また男の子が生まれた。

せっかちな未知香とは違い、直彦はいささかのんびりしすぎた子供だった。しかし京都の大学を六年もかけてようやく卒業すると、意外にも多忙極まりない職に就いた。海水淡水化技術を扱う会社に入ったのだ。そして入社一年目から、プラント建設のためにアフリカのタンザニアに行ってしまった。どんな国だと彼が訊いたら、直彦は、人類発祥の地だ、と答えた。オルドヴァイ渓谷がある。キリマンジャロがある。海にはシーラカンスもいる。そして死ぬほど暑い。直彦はのちにダルエスサラームで知りあったイギリス人女性と結婚したが、その後も日本とアフリカを行き来しつづけている。二人の間にも女の子が二人生まれた。

一方、彼は長年勤めた食品メーカーを定年退職した。六十二になっていた。それによって日菜子の最後の箍《たが》が外れたのだろうか、そのころから、彼女の発作はますます頻繁になっていった。せいぜい月に二、三度だったのが、今では週に二、三度になった。彼はいつも日菜子より先に〝前兆〟の訪れに気づく。来そうだね、と彼が言うと、間もなく日菜子の意識が遠のきはじめ、五分から長い時には三十分以上も〝十一階〟をさまよう。〝前兆〟が長引くたびに彼は肝を冷やした。もう戻ってこないのではないか、という恐怖に囚われるのだ。

　実際、横になった日菜子の口元に耳を寄せてみても、まったくと言っていいほど息遣いが聞こえない。しかし手を近づけると、かすかに生暖かい息が指先に当たるのがわかり、ほっと胸を撫でおろす。息だけではない。もともと彼女は冷え性ではあるが、手足にそっと触れてみると、危ないぐらいに冷えきっている気がする。このままどんどん冷たくなって……と悪い想像をしてしまい、思わず揺り起こしたくなるが、それは彼女がもっとも嫌がることだ。草食動物は肉食獣に捕らえられると、観念して自ら命を絶つことが出来る、という嘘かまことか定かでない話を耳にしたことがあって、ひょっとしたら日菜子にも似たようなことが出来るのではないかなどと考えてしまったりもする。

　しかし日菜子は必ずこの世界に帰ってきた。意識を取りもどすと、日菜子はいつも嘔吐したり薬を呑んだりし、そのあとはやはり石のように深く眠った。その眠りもまた、ますます深く長くなり、十二時間を超えて眠りつづけることも珍しくなかった。しかしそれでも日菜子は、あまり苦しんでいるようには見えなかった。長い眠りから覚めると、いつも夢の中に何か重いものを脱ぎ捨ててきたみたいにけろりとして起きてくるのだ。そしていつもたくさんの食料を平らげ、口数も多くなり、よく笑った。その様子を見ると、彼の心にはいつも、これでいいのかもしれない、とささやかな楽観が生まれるのだが、しかし同時に、頬笑みながら海に沈んでゆく南の島のようなものを思い浮かべもするのだった。

不安に堪えきれなくなった彼は、渋々といった様子の日菜子を連れていくつか病院を回った。しかし例によって原因はわからなかった。要するに、医者に言わせれば、それもまた片頭痛という多面性を持った病がもたらす数々の症状の一つというわけだった。しかしある若い話し好きの医者は、「ブロンダン症候群」という耳慣れない言葉を口にした。片頭痛という病がいかにつかみどころのないものであるかということを説明するための、昔からの冗談だというふうに。

その医者によれば、前兆として深い白昼夢を見る片頭痛に、ルイ・ブロンダンというフランスの神経科医が百年以上も前に自分の名前を付けようとしたものらしい。しかし症例を挙げた論文の記述があまりに曖昧模糊《あいまいもこ》としている上に、誇張や捏造が疑われるとして、ほとんど医学界から相手にされなかった。医学ではなく文学だ、雲の形に自分の名前を付けようとするようなものである、ブロンダンの見た白昼夢、などとさんざんに揶揄されたのだ。その後、ブロンダンは転げ落ちるように狂気の深みに陥り、精神病院で惨めな生涯を終えたという。

しかし実際に片頭痛の前兆として白昼夢を見る患者は存在するらしい。そして、そういう患者の中に、ごくまれにではあるが、自分は白昼夢に見る異世界と現実の世界に跨《また》がって存在していると考えるようになる者がいる、とブロンダンは主張した。その症状に自らの名を冠したのだ。日菜子の症状はそれに近いものかもしれない、とその医者は言った。ブロンダンによれば、そういう患者は決まって自分の見る白昼夢にある種の魅力を感じているらしい。症状に悩まされながらも、白昼夢の到来を密かに待ちわびている。症状は年齢を重ねるに連れて悪化してゆく場合もあるが、何かの拍子にすっかり消え去ってしまうこともある。白昼夢を失った患者の一人は、深い喪失感を訴え、図らずも治療に成功してしまったブロンダンに、あの世界を返せと詰めよったという。

　しかし「ブロンダン症候群」なるものの症状がただそれだけであったなら、ブロンダンが精神を病むことはなかったかもしれない。ブロンダンは、白昼夢は周囲の人間に常識を超えた影響を及ぼす、と強く主張した。そうして狂気への一線を越えたと見なされた。ブロンダンは、周囲の人間の中には、患者と深く接するうちに、様々な形で白昼夢から影響を受けるようになる者がいる、と書いた。そしてその一人がブロンダン自身だった。「様々な形」とはいったいどのようなものなのか。ブロンダンは自ら経験したものとしてそれを記述したが、それはまさしく赤裸々な狂気の告白にほかならなかった。

　べらべらと軽い調子で喋る若い医者の話を聞きながら、彼はまさにそれだと内心うなずかずにはいられなかったが、同時にそんな答えを求めていたわけではなかったような気もし、何も言えなかった。横目で日菜子の顔色を窺ったが、話に聞きいるどころか、むしろ医者のつんのめるような口振りに苛立っているようだった。確かに今さら病に名前を与えられたところでなんになるだろう。〝十一階〟はこの医者のものではなく、ブロンダンとかいうフランス人のものでもなく、そして彼のものでもなく、日菜子のものであり、日菜子が生きねばならなかった物語なのだ。

帰りの車の中で、彼女は静かに、しかし決然とした様子で言った。

「あたしはこれでいいの……」

「うん。知ってるよ」

「知ってたんだ」と日菜子はからかうように頰笑んだ。

「ずっとね」

日菜子の症状は、それからもゆっくりと、しかし着実に悪化の一途を辿った。発作は毎日のように訪れ、〝前兆〟の時間はさらに長くなり、その後の眠りはさらに深くなった。それに伴って、はっきりと目を覚まし、彼とともに健全な日常生活を送ることができる時間は日に日に短くなっていった。発作が彼女を呑みこもうとする水のようなものであるならば、その水位は胸のあたりをとうに過ぎ、喉元すらも過ぎ、今やひたひたと唇を洗っているような状態だった。

そして、終わりの時は、ずっとそばに佇《たたず》んでいたかのように静かにやってきた。日菜子は七十、彼は七十二になっていた。年老いた二人は居間でソファに座り、「人」の字のように身を寄せあって、テレビで映画を見ていた。奇蹟を起こす力を授けられた少年が図らずも国を滅ぼしてゆくという、イギリスの古い映画だった。

　発作が始まったのは晩の八時をやや回ったころだった。ひどく眠たそうな日菜子の様子を見て、彼は「来るみたいだね……」と言った。彼女は「うん」と答え、そのまま沈みこむようにゆっくりとソファに横になり、目をつぶって右腕でまぶたを覆った。今となっては、いつも通りの見慣れた仕草だった。彼はテレビを消し、部屋の電気も消した。発作を起こした日菜子は光や音を嫌がるから、いつもそうするのだ。彼は自分の部屋に行き、読みさしの本を開いた。

　ふと時計を見あげると、十時前になっていた。発作が始まってから二時間近く経っている。読書に没頭していたのか、日菜子が起きてくる物音を聞かなかった気がした。意識を取りもどすといつもならいったん起きあがってくるのだが、今日はそのままソファで眠ってしまったのだろうか。彼は心配になり、本を置いて居間に戻ると、電気を点けた。

　ソファに日菜子の姿がなかった。寝室に行ってみた。ベッドもまた空っぽだった。浴室もトイレも真っ暗だった。念のため、ほかの部屋にもひと通り目を走らせた。彼女は家の中にはいなかった。だからと言って家の外にいるとも思えなかった。こんな時間になって日菜子がどこかへ出かけることなどありえない。いや、本当にありえないか？　本当にどこにも行かないのか？　もしやと思い、彼はベランダに出て空を見あげた。しかし星一つ見えない、都会の灯に汚れた薄曇りの夜空だった。視線を下ろしても、松明の火など見えるはずもない。そばの県道を車が何台か通りすぎてゆくだけだ。

彼は居間に戻り、ソファに腰を下ろした。日菜子が寝ていたところに手を触れると、まだほんのり温かい気がした。そのまましばらく途方に暮れた。こんな事態は予想もしていなかった。何が起きているのだろう。いずれ決定的な何かが起きるのではと心の片隅で不安におののきながら長い月日を過ごしてきたが、これがそれなのだろうか。決定的な何かというのはつまり日菜子を失うということだったが、これがそれなのだろうか。

最後に交わした言葉を思い出してみた。「来るみたいだね」「うん」。まさかあれで終わりだったのだろうか。四十年も一つ屋根の下に暮らして……。四十年という時間について何かを感じ取ろうと試みたが、あまりに大きすぎ、抱えあげようにも心の手が滑ってどうにもならないような気がした。「来るみたいだね」「うん」。胸の内で繰り返すうちに、だんだんと最後にふさわしい会話だったように思えてきた。それとも逆であるべきだったのだろうか。日菜子が「もう行かなきゃ……」と言い、彼が「うん」と答える。

彼は自分が泣くところを想像してみた。白髪頭の老いた男が身も世もなく泣きじゃくり、頭を掻きむしり、床を転げまわり、涎《よだれ》を垂らし、慟哭するところを想像してみた。しかし涙は出てこなかった。海のように湛《たた》えられた大量の涙がどこかでゆったりと波打つのを感じたが、それはまだずっと遠くにあった。何日も何日も歩いてゆかなければ、きっと涙のあるところへは辿り着かないだろう。

彼は時計を見あげた。十時十九分。ふと、三十年以上前のことが思い出されてきた。エレベーターで〝十一階〟に行った時のことだ。仕事帰りに一階でエレベーターに乗ると、パネルに十一階のボタンがあった。あるはずのない十一階のボタンが。

　彼は自分の部屋に行き、携帯を取ってきた。時刻を見た。「10：21」。念のため固定電話を手に取り、117にかけた。「午後、十時、二十一分、三十秒をお知らせします。ピッ、ピッ、ピッ――」。携帯の時計を時報に合わせた。あとは待つだけだ。世界一長い五十分間を。

　彼はエレベーターホールにいた。エレベーターの前で携帯の時刻表示を睨みながら。

「11：11」になった。「開」のボタンを押した。ドアが開ききるのも待たず、隙間から中に滑りこんだ。ボタンの並ぶパネルを見た。なかった。十一階のボタンがない。十階までしかない。なぜだ？　早すぎたのか？　彼はいったん外に出た。もう一度入りなおした。それを幾度か繰り返した。ない。何回やりなおしても十一階のボタンはない。当然と言えば当然だ。このマンションは十階建てなのだから。

　もう一度、携帯を見た。「11：12」に変わっていた。なぜだ？　なぜ行けなかったんだ？というより、なぜもう一度行けるだなんて思ったんだ？　彼はしばらくその場で呆然とした。どれぐらいそうしていたかわからない。が、やがてふらりとエレベーターに乗りこむと、十階のボタンを押した。エレベーターは鉄の塊でも運んでいるかのように苦しげに上がっていった。十階に着いた。エレベーターを降り、長い廊下をゆっくりと歩き、やたらと重たい玄関のドアをどうにか開けた。靴を脱ぎ、廊下を通り、居間に入った。

その瞬間、彼は入口を見つけた。居間の天井に、あるはずのない屋根裏収納への入口があった。彼はそれをしばらく見あげた。日菜子の実家にあったものとそっくりに見えた。一瞬、足下に視線を落とし、もう一度見あげたが、まだそこにあった。

彼はいったんその下を通りすぎると、ソファに腰を下ろした。そして何も映っていないテレビ画面を少しの間ぼんやりと見つめた。いや、画面は何かを映していた。暗く険しい皺が刻まれた彼自身の顔が黒々とした画面に沈んでいた。その向こうに居間の天井が映っていた。〝十一階〟への入口も。画面の中で、その入口が顎を落とすように、ひとりでにすうっと音もなく開いていった。彼は振り返り、ぽっかりと口を開けた入口を見あげた。そしてもう一度、携帯を見た。「11:11」。時間がもつれている。しかし何が起きているにせよ、きっと今行くしかないのだ。

彼は梯子を昇っていった。〝十一階〟に頭を出し、見まわすと、そこは広々とした薄暗い部屋だった。何もない、誰もいない、何も聞こえない、何もにおわない、どこかのマンションのがらんとした居間。彼はさらに昇り、その居間に降り立った。途端に、懐かしいような恐ろしいような悲しいような感情がどっと胸に押しよせてきた。この間取りには見覚えがある。日菜子の実家があったマンションとそっくり同じだ。もちろんここは一〇〇八号ではないだろう。存在しないはずの一一〇八号だ。いや、それどころかこのマンションそのものが数年前に取り壊され、もはや存在しないはずなのだ。重雄さんは二十二年前に膵臓癌で、春江さんは八年前に肺炎で亡くなっている。

彼は窓際に歩みより、外を眺めた。ぶちまけたような星空が目に飛びこんできた。彼は玄関ドアを開け、裸足のまま廊下に出ると、〝十一階〟の世界を見わたした。三十年以上も前に見た光景が、昨夜のことのように寸分違わぬ姿でそこにあった。駅前から続く片側二車線の道路。その道をゆっくりと南へ向かう夥しい炎の流れ。真っ裸の巨大な銀河に見つめられながら、どこにあるとも知れない〝物語の終わりの穴〟を目指す人々。

彼は老いた肉体を駆り立てて目の前の階段を下りはじめた。十階に着くと、つい立ち止まり、一〇〇八号の表札を見る。やはり「浜上」とある。しかし日菜子はもうここにはいないだろう。すでに一階に下りたはずだ。

彼は階段を下りながら、〝十一階〟の世界にちらちらと視線を走らせるのだが、〝穴〟へ向かう人々のほかには人影がまったく見あたらないことに気づいた。階段の途中で誰に出くわすこともないし、マンションの廊下にも人っ子一人歩いていない。いや、それどころか、この世界には、星々の光と松明の火を別にすれば、どんな人工の灯も見あたらない。マンションの窓という窓は一つ残らず真っ暗だし、階段や廊下の照明もすべて死んでいる。いや、死んでいるのはこのマンションだけではない。H市の夜景は、そしてこの〝十一階〟の世界は、見わたすかぎり隅から隅まで死んでいるのだ。

一階に辿り着いた。十五メートルほど先はもう行列の通る道路だ。彼は薄氷を踏むように一歩一歩、炎の流れに近づいていった。恐ろしかった。この身にどんな災いが襲いくると案ずるわけでもないのだが、それでもとにかく恐ろしい。膝の力が今にも抜けきって、その場にへたりこんでしまいそうだ。千帆ちゃんの想像力から生まれたというこの人々は、本当にこの道を歩いているのだろうか？　歩いているように見えるだけではないのか？　しかし〝物語の終わりの穴〟を目指す人々は、彼の目の前を、ほんの五メートルほど先を、肉体という重荷を引きずりながら、ゆっくりとではあるが確かに横切ってゆくのだ。

彼はあたりを必死に見まわし、日菜子の姿を見つけようとする。日菜子がここに来ているのなら、彼と同じように行列を眺めているはずだ。そしてその中に千帆ちゃんの姿を捜しているはずだ。が、日菜子の姿は見あたらない。彼のほかには、行列を横から傍観している人間など一人もいないのだ。それとも、日菜子もまたこの行列に紛れこんでいるのだろうか。この中から彼女を捜し出さなければならないのだろうか。

彼は行列に視線を走らせはじめた。しかし人々のほうは、歩道に立ち尽くす彼のほうを見ようとしない。一瞥すらしない。今度は彼のほうが透明になったかのようだ。いや、きっと彼だけではない。すべての人々がすべての人々にとって透明なのだ。人々は互いに触れあわず、言葉を交わさず、視線を合わさない。ただ行く手だけを見るともなく見て、のそりのそりと足を前に進める。自分という物語があまりにも重すぎるのだろうか、同じ場所を目指しているはずなのに他人のことなど微塵も気にかけていない様子だ。

そしてこの人々に共通する外見的特徴と言えば、やはり松明を手にしているということだけである。すっかり禿げあがった老人が、ぽかんと口を開けたまま、どんよりと炎を宿したこの上なく虚ろな目で、手を伸ばせば届くところを覚束ない足取りで通りすぎた。五十からみのでっぷりと肥えた女が、その向こうを気怠げに歩いてゆく。くたびれたスーツを着た六十前ぐらいの男が、三十代に見える痩せた女が、学生のように見える若者が、どこの町にでもいるようなありとあらゆる風体の人々が、彼の前を通りすぎてゆく。いったい何人いるのだろう。何万だろうか。何百万だろうか。何億だろうか。見当も付かない。そもそもこの行列に始まりなどあったのだろうか。そして終わりなどあるのだろうか。この行列についてゆけば、本当に〝物語の終わりの穴〟に辿り着くのだろうか。

彼は呆気に取られ、身じろぎもせず、その場に棒のように突っ立っていた。どれぐらいそうしていたかわからない。ほんの十分ほどだったかもしれないし、何時間もそうしていたのかもしれない。いや、元来この異世界に時間など存在するのだろうか。頭上にかかるこの天の川は、おそらく先ほどから微動だにしていないだろう。この星々の織りなす大河は、淀んでいるのではなく、完全に凍りついているのだ。果たしてこんな世界に時間が流れていると言えるのだろうか。

そんな疑問にしばし囚われていると、ふと彼は行列の中の一点に目を吸いよせられた。ずっと向こうから小さな人影がちらちらと歩いてくる。子供だ。小さな女の子のようだ。先ほどから、時折、あれぐらいの年格好の子供も通るのだが、なぜ人込みに埋もれがちなあの子が目に留まったのだろう。訝しく思って、その子が近づいてくると、理由が腑に落ちた。松明を二本、手にしているのだ。左右の手に一本ずつ細い松明を握っている。

ひやりとするものを感じた。あの子はきっと七歳ぐらいだろう。大きなランドセルを背負っている。膝小僧が剝き出しになった細い脚を健気にちょこちょこと動かし、少しずつではあるが、着実にこちらに近づいてくる。俯き加減でよく顔が見えない。まわりを歩く大人たちも邪魔だ。もっと間近から確認したかった。彼は人々の流れの脇を、逆方向に歩きだした。時折、松明を持った人と肩が当たりそうになるが、向こうはよける素振りすら見せないので、彼のほうからかわさなければならない。もしぶつかったらどうなるのだろう。いや、そもそもこの連中にぶつかれるのだろうか。当たったと思いきや、煙のようにすり抜けはしないだろうか。ガラス細工のように粉々に砕け散ったりはしないだろうか。

　女の子の横まで来た。しかし人込みが邪魔でそれ以上近づけない。行列に速度を合わせて歩きながら、彼は横目でちらちらと女の子の様子を窺う。やはりあの子だ。日菜子と一緒に写真に写っていた川端千帆ちゃんだ。写真の中では笑顔だったが、行列の中にいる千帆ちゃんは少しも笑っていない。泥でも塗りつけたかのようにどんよりと重苦しい表情だ。しかしあの子で間違いないだろう。それにしてもなぜ松明を両手に持っているんだ？　彼はもう一度行列を見わたし、ほかにもそんな人がいないか探してみた。やはりいない。あの子だけだ。

　日菜子は千帆ちゃんを捜しているはずだ。あの子を連れ出そう。彼は行列に近づいていった。顔を炙るかのような松明の炎をよけながら、人々をかきわける。彼らは煙などではなかった。ガラスなどでもなかった。肩が当たれば、重い血肉がどんと押し返してきた。千帆ちゃんのまわりにはまるで彼から守るかのように人々が密集しつつある。もしやこの連中はあの子がこの世界の創造主だと知っているのではあるまいか。しかし彼は辿り着いた。創造主はすぐそこにいる。もう手が届く。届いた。千帆ちゃんの腕をぐっとつかんだ。つかんだ途端、〝十一階〟の世界に、ずうん、とはらわたが揺れるような重い音が響きわたった。彼はぎょっとした。地鳴りのような足音を響かせ、鈍重な列車のごとき行列が一瞬にして止まったのだ。右にいる者も、左にいる者も、後ろにいる者も、そして千帆ちゃんも、彼に腕をつかまれたまま立ち止まっていた。彼は思わず腕を放した。後じさった。何が起きたのだろう。なぜみんな立ち止まったのだろう。あの子の腕をつかんだのが悪かったのか？　彼は得体の知れない恐怖に駆られ、さらに数歩後ろに下がった。とにかくこの行列から離れよう。勢いよく振り返った。その瞬間、誰かとぶつかりそうになり、はっとのけぞる。

　女の子が立っていた。ランドセルを背負った小さな女の子だ。千帆ちゃんじゃない。「日菜子！」と彼は思わず叫んだ。あの写真に写っていたそのままの姿だ。日菜子ははっとまだあどけない顔を上げ、あたりを見まわした。その視線は彼を素通りした。見えないのだ。彼は日菜子の真正面に立ち、その両肩をつかみ、思わず揺さぶり、もう一度言う。「日菜子！俺だ！」。しかしそれでも日菜子の目は彼に焦点を合わせない。びくりと肩を震わせ、怯えた様子でまだ視線をさまよわせている。彼は致命的なすれ違いが起きているような気がした。そもそもこっちの姿が見えたところで、俺のことを知っているのか？　この日菜子は俺と出会う遥か以前の日菜子だ。いったい俺の知っている日菜子はどこへ行ったんだ？　この子がそうなのか？　今すぐ手を放すべきであるような、と同時に思い切り抱きしめたいような、二つの相反する欲望が彼の胸中で激しくせめぎあう。

ふたたび、ずうん、と重い音が響きわたった。彼は思わず日菜子の肩から手を放し、振り返った。息を呑んだ。人々が一人残らずこちらを向いている。行列の端から端まで、見わたすかぎりの人間が、炎を宿した何万もの瞳でこちらを凝視している。あれほど疲れきった体で、あれほど虚ろな目で、ただ死体のように歩きつづけるだけだったのに、今になっていったい何を見ているんだ？

人々の視線の先で動きがあった。彼のすぐ目の前で、誰かに道を譲ろうとするかのように、一人また一人と人込みが割れてゆく。その奥にさっきのあの子が立っていた。両手に松明を握りしめた千帆ちゃんが、うっすらと笑みを浮かべながら、一歩一歩こちらに近づいてきた。あの写真からそっくり取り出したような頬笑みだった。その頬笑みが彼の眼前に迫ってきた。なぜこっちに来る？　俺を知っているのか？　しかし千帆ちゃんはそこでぴたっと足を止め、言った。

「日菜ちゃん、待った？」

その声と同時に、背後から異様な感覚が押しよせてきた。何かひんやりとしたものが背中に風のように柔らかく触れ、その感覚がそのまま体の中をすうっと通りすぎていった。そして小さな人影が彼の前に姿を現した。日菜子だ。後ろに立っていたはずの日菜子が、彼の体を通り抜けていったのだ。彼は今、ランドセルを背負った幼い日菜子の背中を見ていた。どういうことだ？　ついさっき、この手で思いっ切り肩をつかんだというのに！　日菜子が消えていこうとしているのか？　彼はもう一度、背後から日菜子に触れようと、恐る恐る手を伸ばした。違う！　俺だ！　俺が消えていこうとしてるんだ。彼の手が透きとおっていた。伸ばした手の向こうに、日菜子の細い小さな肩が透けて見えていた。

「ちょっとね……」と日菜子が答えた。「ほら、空を見て。光を溜めて待ってたよ」

日菜子は空を仰ぎ見て、星々が霧のように身を寄せあう銀河の中心を指さした。千帆ちゃんも小さな顎をくいっと上げて、「うん」とうなずいた。二人はそうして無言のまましばらく夜空を見あげていた。一三〇億年分の厚みを持った光の群れが、広漠たる暗黒の中で凍りつき、この〝十一階〟の世界を、二人の少女を、抱えこむように見おろしていた。地球上に落ちたひと滴の生命が一瞬で沸き立ち、無数の物語とともに消えてゆくのを、決して見逃すまいというふうに。

ややあって、千帆ちゃんがはっと気づいた様子で顔を下ろした。そして松明を一本、日菜子のほうに差し出しながら、笑みを浮かべた。「ほら、これ……」

「ああ、うん。……そうだね」と日菜子はうなずいた。そして手を伸ばし、燃え盛る松明を受けとると、言った。「じゃあ……行く？」

「うん。行こう」

また、ずうん、という音が鳴り響いた。行列がふたたび行く手を向いたのだ。千帆ちゃんが日菜子のほうへ手を伸ばした。日菜子はその手を取った。彼は氷のように透きとおった腕を伸ばし、日菜子を背後から掻きいだこうとした。しかし空を切り、よろめき、がくりとひざまずいた。

二人の少女は手に手を取って、松明を手にすべてを見守る人々の中に紛れようとしていた。しかし日菜子はふと立ち止まり、こちらを振り返った。そして訝しげにそこらを見わたし、何かを探すようだった。

「どうしたの？」と千帆ちゃんが言った。

「ううん。ただ誰かがいるような気がしただけ……」

「誰かって？」

「誰だろう……」と日菜子は首を傾げた。「一緒に待っててくれた人かな……」

「ふうん」

そして二人の少女は前を向くと、いよいよ大人たちに囲まれるようにして人込みに埋もれ、長大な行列に呑みこまれ、やがてどこにいるかまったくわからなくなった。

また、ずうん、とひときわ重々しい音が響いた。何事も起きなかったかのように、行列がふたたび動きはじめたのだ。もう誰も彼を見ていなかった。名前も知らない、どうやって死んだのかもわからない、松明を掲げた多くの人々が、ひざまずく彼の体を次々とすり抜けていった。何十人も、何百人も、何千人も、何万人もの人々がすり抜けていった。そして彼らが生きねばならなかった数々の物語も、決して彼の知るところとはならず、沈黙だけを残してすり抜けていったのだ。

最後に、ずうん、という響きを耳にした時、彼はもう〝十一階〟の世界にはいなかった。その音はもはや行列が鳴らす足音などではなく、エレベーターが止まる音だった。彼がひざまずいていたのは、H市の路上などではなく、自分の住むマンションのエレベーターの中だった。扉が開いた。しかし彼が出るのを待ちきれず、ふたたび閉まった。彼は見あげた。階数の表示は「10」で止まっていた。その隣に「11」の表示はなかった。彼は手にしていた携帯を見た。「11:12」になっていた。

彼はやっとのことで立ちあがると、大きく一つ息をつき、エレベーターを出た。のろのろと廊下を歩き、家の前に着いた。玄関のドアを開け、よろめきながら靴を脱いだ。廊下を抜け、居間に入った。電気を点けた。ソファには日菜子が横たわっていた。彼ははっとしてソファに駆けよると、震える手を伸ばし、恐る恐る日菜子の頬に触れた。まだ温もりが残っていた。しかし朝が来るころには冷たくなっているだろう。

彼は「長かったねえ……」と彼女に話しかけた。「やっと終わったねえ……」。日菜子は今にもうなずきそうに見えたが、うなずくことはなかった。彼の言ったことはきっと、うなずくまでもないようなことだったのだ。

彼は日菜子の体を整え、足もまっすぐに伸ばし、きちんと上を向くように横たえた。頭の下にクッションをあてがい、両手をおなかの上で重ねさせると、まるで柔らかい柩の中にちょうど収まったみたいに見えた。白髪の増えた髪をかきわけ、顔にかかる前髪をよけてやった。まだまだ綺麗な顔をしている、と彼は思った。頬に手をやり、ゆっくりと顔を近づけ、長い口づけをした。日菜子の唇は生きていたころと変わらずふっくらとしていて、今なお恥じらうように口づけを返してきた。

彼はソファの端に腰かけ、四十年間ずっとそうして過ごしてきたように、日菜子にそっと寄り添った。しばらくそうしていたが、心の深いところで何かが起こり、子供のように全身で日菜子の体にしがみついた。この消えゆく最後の温もりは俺のものだ、俺だけのものだ、と彼は思った。そして肩を震わせ、声を震わせ、泣きはじめた。いつまでもいつまでも泣きつづけた。ずっと遠くにあると思われた涙の海だったが、彼はいつの間にかそこに辿り着いていたのだ。

川端千帆のものでもなく、日菜子のものでもなく、ほかの誰のものでもなく、これが彼の生きねばならなかった物語である。

編者あとがき

『２０１０年代ＳＦ傑作選』の共編者にならないか、と大森望さんに声を掛けて頂いたとき、反射的に口から出たのは、「その権利があるのは（大森さんと十三年にわたって『年刊日本ＳＦ傑作選』を編んできた）日下三蔵さんなのではないか」、という内容だった。同人誌発表作を何度も拾ってもらい書籍出版に繋げることのできた、年刊傑作選に大恩ある身として、編む側に勝手に成り代わるのはいかがなものかという懸念があったのだ。大森さんから「これは年刊傑作選ではなく『ゼロ年代日本ＳＦベスト集成』のコンセプトを継ぐものだから」と説得されても不安は消えなかったが、それでも大役を引き受けたのは、恩返しの思いに加えて、自分の衝動に従ったからである。そう、共編の提案を受けた途端に、自分にとって理想の『２０１０年代ＳＦ傑作選』の目次が脳内に浮かび始め、その中には自分が編者に入らなければ収録されないであろう作品もいくつか含まれていたのだ。年刊傑作選が編まれている間も、雑誌や同人誌で読んだ作品の推薦を大森さんに送り、実際の目次を見て「どうしてこの作品が入っていないのか」という不満を抱くこともしばしばだったから、ここで編集に参加しなければ後悔すると感じたのである。

　こうして私が、傑作選を「読む」側から「編む」側になって気づかされたのは「とにかくページ数が足りない」ということだった。初めに大森さんがリストに挙げた作家は三三人、伴名がリストに挙げた作家は四一人。それに対して与えられたページ数は二巻各五〇〇ページ。全員入れることは当然不可能だった。とにかく短い作品ばかりを集めてできる限り多くの作家を紹介してSF界の全貌を見渡せるようにする、という案も早々に捨てた。

　最終的に満足の行くクオリティの本になったと感じているが、当然、本書がカバーできているのは日本SFのほんの一局面に過ぎない。序文に書いた通り若手作家を網羅することはできなかったし、若い作家に一冊を使った分、収録できなかったベテラン勢も少なくない。短篇より中篇に真価を発揮する作家はかなり収録から漏れてしまった。正直、気持ち的にはあと二冊分、枠が欲しい。ゼロ年代は東京創元社の『ゼロ年代日本SFベスト集成』二冊と早川書房の『ゼロ年代SF傑作選』一冊が収録作家を被らせることなく並び立ったので、二〇一〇年代の傑作選ももう一冊か二冊、東京創元社か河出書房新社か竹書房あたりから別の編者で出てくれることを願う次第である。

　こういった傑作選を編む際には、「有名作品でもいいので質で選ぶ」か「媒体などの関係でほとんどの人に読まれていないレア作品を発掘する」という相反する方針のどちらをどの程度優先するかが本のテイストを決めることになるが、今回は明確に「珍しさ」より「質」

に寄った。『三体』や『息吹』のヒットも含めSFにジャンル外からも注目が集まっている上、若い世代にSF読者が増えている現状、「この作品は読まれているだろう」という予断は避けた。特に、二〇一〇年代前半の作品は『年刊日本SF傑作選』に入った作品でも収録を躊躇しなかった。『年刊日本SF傑作選』もそろそろ、前の方の巻は手に入らなくなりつつあるためだ。

結果、大森・伴名とも、収録媒体の関係でSF読者にあまり読まれていないであろうレアな作品を一度は候補に上げながら、やはり作品のクオリティそのものを鑑みて同じ作家のより有名な傑作と差し替えるというケースが何度か生じた。土曜日の国会図書館でSF作家が珍しい媒体に載せた作品を虱潰しに読んだり、同人誌を人づてに集めたりして、私も未読作を潰す努力を怠らなかったが、最終的には内容を天秤にかけて、よく知られた作品の方を選択する場合が多かった。

その帰結として、〈SFマガジン〉初出作が八作、《NOVA》初出が五作という、SFのコア読者なら既読率の高そうな内容になったが、ジャンル読者には、おさらい用と、「何か面白い最近のSF本を教えて」と知り合いに言われたときに渡す布教用と思ってご購入頂きたい（ちなみに私はそういう状況になったとき、近年は『日本SF短篇50』の五巻を勧めていました）。「読んだことのないもっとレアな作品ばかり読みたい」とご希望の方は、今後伴名が編む予定のアンソロジーもどうかよろしくお願いします。

体感的に、編者二人の意見が一致している収録作が四割、大森さんの推しが三割、伴名の推しが三割といったところか。共編の任を引き受けるにあたって「自分が入れなければ」と使命感にかられた作品も何本か入れることができた。いくつかの作品は作者の意向や、大森さんとの議論に負けて入れられなかった。なお、大森さんの推し作品の扉裏解説を伴名が、伴名の推し作品の扉裏解説を大森さんが書いているパターンもあるため、扉裏解説から推薦者を特定するのは不可能である。いずれにせよ収録作は二人のうちどちらかが「面白い」と太鼓判を押したものであり、ネームバリューや珍しさで入った作品は無いと保証する。

ページが足りないことを先述したが、「足りない」といえば扉裏解説の文字数も足りない。各作家のここ十年の活動をできる限り分かりやすくまとめて提示しつつ収録作を紹介しようとすると、44字22行では字数が全く足りなかった。作品発表数の少ない作家は丁寧に紹介できる一方、多作かつ様々な賞を獲っているような作家については駆け足で作品名を挙げる形になってしまった。『年刊日本ＳＦ傑作選　超弦領域』で大森望が円城塔「ムーンシャイン」の解説を扉裏に収めきることを放棄し、編集後記に続きを書いた故事に倣おうかとさえ思ったが、一人そうするとあの作家もこの作家もとなって際限がなくなるので諦めた。普通、扉裏解説には著者の最終学歴を書くことが多いのに私が一切書いていないのは、特に主義主張があるわけではなく、「○○大学××学部卒」という文字にスペースを使うより作品内容を説明したかっただけのことである。

日本ＳＦの歴史には回顧アンソロジーはそう多くないが、筒井康隆編の年次別の日本ＳＦベスト集成（「60年代」「71」「72」「73」「74」「75」の計六巻）、81〜90年の『ＳＦマガジン・セレクション』全十巻、大森望編『ゼロ年代日本ＳＦベスト集成』、ＳＦマガジン編集部『ゼロ年代ＳＦ傑作選』、大森望・日下三蔵編『年刊日本ＳＦ傑作選』全一三巻、日本ＳＦ作家クラブ編『日本ＳＦ短篇50』全五巻など、時期で区切ったアンソロジーは、時間が経って読むと、作品を通じて時代のムードに触れるという貴重な体験も味わえる。そういった意味で、本書が現代ばかりでなく十年後、二十年後の読者にも届くことを願ってやまない。

「二〇一〇年代の日本ＳＦの概史は、大森望『21世紀ＳＦ１０００　ＰＡＲＴ２』に担ってもらうので巻末解説では不要」と言われている。なので個人的な二〇一〇年代の印象を語ると、概ね活況を呈しており、「そろそろ衰退期に転ずるのでは」と不安になることがあっても次の瞬間に新潮流が現れ、日本ＳＦがまた活気づくことに嬉しい驚きを感じさせられる、といった経験が多かった。

　徳間書店のＳＦ事業縮小（日本ＳＦ新人賞休止、ＳＦＪａｐａｎ休刊、日本ＳＦ大賞後援からの撤退）、ＳＦマガジンの隔月刊化、ハヤカワＳＦシリーズ Ｊコレクションの途絶、ホラーアンソロジー『異形コレクション』の休止、『年刊日本ＳＦ傑作選』の休止、などなど、ＳＦ界にとって暗いニュースはいくつもあったが、創元日本ＳＦ短編賞の開始とハヤカワＳＦコンテストの復活、ＳＦ創作講座の誕生、《ＮＯＶＡ》の再開、《ＧＥＮＥＳＩＳ》の刊行開始、〈ＳＦ宝石〉や〈奇想天外〉の一時的な復活、オリジナルアンソロジーの相次ぐ刊行、創元日本ＳＦ叢書やＮＯＶＡコレクションの誕生、直木賞・芥川賞などジャンル外の賞へのＳＦ作家ノミネート、日本ＳＦの海外翻訳とその高評価、ベテラン作家の帰還、新人作家の台頭、ＳＦ読者の外にまでバズる作品の登場、ＳＦ作品のメディアミックス、ショートショートの復権、企業や科学界とのＳＦ作家コラボ、ＳＦ的想像力を持つマンガやアニメのヒット、などなど、明るいニュースにも事欠かなかった。もちろんそういった僥倖は、無から湧いてくるわけではなく、作家、編集者、紹介者、翻訳家、読者をはじめとする多くの人の尽力によってもたらされたものである。『年刊日本ＳＦ傑作選』シリーズはそんな見えざる努力の象徴であり、一人のＳＦ読者として大きな感謝を述べつつ、再開を祈りたい。

最後に謝辞を。

ビビッドで素晴らしいカバーイラストを描いてくださったシライシユウコ様。

本書の企画や編集作業を担当された、ＳＦマガジン編集長・塩澤快浩様、早川書房編集部・茅野らら様、溝口力丸様。

作品収録を快諾してくださった作家の皆様。

収録作の初出誌および収録短篇集の担当編集者の方々。

本書を手に取ってくださった読者の皆様。

心より御礼申し上げます。

次は編者が誰になるのかは分かりませんが、さらに盛り上がるであろうＳＦ界、２０２０年代ＳＦ傑作選もどうぞお楽しみに。

二〇二〇年一月　伴名　練

■ハヤカワSFコンテスト受賞作・刊行作一覧

第1回（13年）［大賞］六冬和生『みずは無間』（ハヤカワ文庫JA）
［最終候補］坂本壱平『ファースト・サークル』（ハヤカワ文庫JA）
下永聖高「オニキス」（ハヤカワ文庫JA『オニキス』）
小野寺整『テキスト9』（ハヤカワSFシリーズ Jコレクション）

第2回（14年）［大賞］柴田勝家『ニルヤの島』（ハヤカワ文庫JA）
［最終候補］神々廻楽市『鴉龍天晴』（ハヤカワSFシリーズ Jコレクション）
倉田タカシ『母になる、石の礫《つぶて》で』（ハヤカワSFシリーズ Jコレクション）

第3回（15年）［大賞］小川哲『ユートロニカのこちら側』（ハヤカワ文庫JA）
［佳作］つかいまこと『世界の涯ての夏』（ハヤカワ文庫JA）

第4回（16年）［大賞］該当作なし
［優秀賞］黒石迩守『ヒュレーの海』（ハヤカワ文庫JA）
吉田エン『世界の終わりの壁際で』（ハヤカワ文庫JA）
［特別賞］草野原々「最後にして最初のアイドル」（ハヤカワ文庫JA『最後にして最初のアイドル』）

第5回（17年）［大賞］津久井五月『コルヌトピア』（早川書房）
樋口恭介『構造素子』（早川書房）
［最終候補］伊藤瑞彦『赤いオーロラの街で』（ハヤカワ文庫JA）
藍内友紀『星を墜とすボクに降る、ましろの雨』（ハヤカワ文庫JA）

第6回（18年）［大賞］該当作なし
［優秀賞］三方行成『トランスヒューマンガンマ線バースト童話集』（早川書房）
第7回（19年）［大賞］該当作なし
［優秀賞］春暮康一「オーラリメイカー」（早川書房『オーラリメイカー』）
［特別賞］葉月十夏『天象の檻』（早川書房）

■創元SF短編賞受賞作一覧

第1回（10年）［受賞］松崎有理「あがり」（創元SF文庫『あがり』）／［佳作］高山羽根子「うどん キツネつきの」（創元SF文庫『うどん キツネつきの』）／［大森望賞］坂永雄一「さえずりの宇宙」／［日下三蔵賞］山下敬「土の塵」／［山田正紀賞］宮内悠介「盤上の夜」（創元SF文庫『盤上の夜』）
第2回（11年）［受賞］酉島伝法「皆勤の徒」（創元SF文庫『皆勤の徒』）／［佳作］空木春宵「繭の見る夢」／［大森望賞］片瀬二郎「花と少年」（NOVAコレクション『サムライ・ポテト』）／［日下三蔵賞］志保龍彦「Kudanの瞳」／［堀晃賞］忍澤勉「ものみな憩える」
第3回（12年）［受賞］理山貞二「〈すべての夢｜果てる地で〉」／［優秀賞］オキシタケヒコ「プロメテウスの晩餐」／［大森望賞］皆月蒼葉「テラの水槽」／［日下三蔵賞］舟里映「頭山」／［飛浩隆賞］渡邊利道「エヌ氏」
第4回（13年）［受賞］宮西建礼「銀河風帆走」／［優秀賞］該当作なし／［大森望賞］「The Unknown Hero: Secret Origin」鹿島建曜／［日下三蔵賞］高槻真樹「狂恋の女師匠」／［円城塔賞］与田 Kee「不眠症奇譚」
第5回（14年）［受賞］門田充宏「風牙」（創元日本SF叢書『風牙』）／高島雄哉「ランドスケープと夏の定理」（創元日本SF叢書『ランドスケープと夏の定理』）／［優秀賞］該当作なし／［大森望賞］有井

聡「女友達」／［日下三蔵賞］浦出卓郎「懐柔」／［瀬名秀明賞］合戸周左衛門「剣はデジャ・ブ」

第6回（15年）［受賞］宮澤伊織「神々の歩法」／［優秀賞］該当作なし／［大森望賞］宇部詠一「この凍えた世界に生まれる前に」／［日下三蔵賞］伊藤知子「君たち教室に入りなさい」／［恩田陸賞］逸見真由「バッコちゃん」

第7回（16年）［受賞］石川宗生「吉田同名」（創元日本SF叢書『半分世界』）／［優秀賞］該当作なし／［大森望賞］フカミレン「細胞れみんの冥界震度ライブ」／［日下三蔵賞］梓見いふ「狂えよ。」／［山本弘賞］各務都心「虹の石」

第8回（17年）［受賞］久永実木彦「七十四秒の旋律と孤独」／［優秀賞］該当作なし／［長谷敏司賞］久野曜「銀の滴降る降る」

第9回（18年）［受賞］八島游舷「天駆せよ法勝寺」／［優秀賞］南雲マサキ「機械はなぜ殺すか」／［大森望賞］織戸久貴「夏の結び目」／［日下三蔵賞］能仲謙次「感喜に染まれ」／［新井素子賞］竹田人造「アドバーサリアル・パイパーズ、あるいは最後の現金強盗」

第10回（19年）［受賞］アマサワトキオ「サンギータ」／［優秀賞］斧田小夜「飲鴆止渇」／［日下三蔵賞］谷林守「『サハリン社会主義共和国近代宗教史料』（二〇九九）抜粋、およびその他雑記」／［宮内悠介賞］千葉集「回転する動物の静止点」

■ゲンロンSF新人賞受賞作一覧

第1回（16年度）［受賞］高木刑「ガルシア・デ・マローネスによって救済された大地」／［飛浩隆賞］高橋文樹「昨日までのこと」

第2回（17年度）［受賞］トキオ・アマサワ「ラゴス生体都市」／［優秀賞］麦原遼「逆数宇宙／the Reciprocal Universe」／［山田正紀賞］高丘哲次「人の世の終わり」／［大森望賞］ひらぎの「不在のパ

ゼッション」／［東浩紀賞］朱谷十七「七織抄」

第3回（18年度）［受賞］琴柱遥「父たちの荒野」／［優秀賞］斧田小夜「バックファイア」／［大森望賞］進藤尚典「推しの三原則」／［東浩紀賞］伊藤元晴「猫を読む」

■日本ＳＦ大賞受賞作一覧（対象は当年8月末までに発表された作品）

第31回（10年）長山靖生『日本ＳＦ精神史——幕末・明治から戦後まで』（河出書房新社）／森見登美彦『ペンギン・ハイウェイ』（角川文庫）／［特別賞］柴野拓美／浅倉久志

第32回（11年）上田早夕里『華竜の宮』（ハヤカワ文庫ＪＡ）／［特別賞］横田順彌『近代日本奇想小説史　明治篇』（ピラールプレス）／［特別功労賞］小松左京

第33回（12年）月村了衛『機龍警察　自爆条項』（ハヤカワ文庫ＪＡ）／宮内悠介『盤上の夜』（創元ＳＦ文庫）／［特別賞］伊藤計劃・円城塔『屍者の帝国』（河出文庫）

第34回（13年）酉島伝法『皆勤の徒』（創元ＳＦ文庫）／［特別賞］大森望責任編集『書き下ろし日本ＳＦコレクション　ＮＯＶＡ』全10巻（河出文庫）／宮内悠介『ヨハネスブルグの天使たち』（ハヤカワ文庫ＪＡ）

第35回（14年）藤井太洋『オービタル・クラウド』（ハヤカワ文庫ＪＡ）／長谷敏司『My Humanity』（ハヤカワ文庫ＪＡ）／［功績賞］平井和正

第36回（15年）谷甲州『コロンビア・ゼロ　新・航空宇宙軍史』（ハヤカワ文庫ＪＡ）／森岡浩之『突変』（徳間文庫）／［特別賞］牧野修『月世界小説』（ハヤカワ文庫ＪＡ）／［功績賞］生頼範義

第37回（16年）白井弓子『ＷＯＭＢＳ（ウームズ）』（ＩＫＫＩ　ＣＯＭＩＸ）／［特別賞］庵野秀明（脚本・編集・総監督）・樋口真嗣（監督・特技監督）・尾上克郎（准監督・特技統括）『シン・ゴジラ』

第38回（17年）小川哲『ゲームの王国』（ハヤカワ文庫ＪＡ）／飛浩隆『自生の夢』（河出文庫）／［功績賞］

山野浩一
第39回（18年）山尾悠子『飛ぶ孔雀』（文藝春秋）／円城塔『文字渦』（新潮社）／［功績賞］横田順彌

■星雲賞国内短編部門受賞作一覧

第41回（10年）飛浩隆「自生の夢」（河出文庫『自生の夢』）
第42回（11年）小川一水「アリスマ王の愛した魔物」（ハヤカワ文庫ＪＡ『アリスマ王の愛した魔物』）
第43回（12年）野尻抱介「歌う潜水艦とピアピア動画」（ハヤカワ文庫ＪＡ『南極点のピアピア動画』）
第44回（13年）神林長平「いま集合的無意識を、」（ハヤカワ文庫ＪＡ『いま集合的無意識を、』）
第45回（14年）谷甲州「星を創る者たち」（河出文庫『星を創る者たち』）
第46回（15年）飛浩隆「海の指」（河出文庫『自生の夢』）
第47回（16年）山本弘「多々良島ふたたび」／田中啓文「怪獣ルクスビグラの足型を取った男」（共に『多々良島ふたたび　ウルトラ怪獣アンソロジー』）
第48回（17年）草野原々「最後にして最初のアイドル」（ハヤカワ文庫ＪＡ『最後にして最初のアイドル』）
第49回（18年）柴田勝家「雲南省スー族におけるＶＲ技術の使用例」
第50回（19年）草野原々「暗黒声優」（ハヤカワ文庫ＪＡ『最後にして最初のアイドル』）

■星雲賞国内長編部門受賞作一覧

第41回（10年）栗本薫『グイン・サーガ』（ハヤカワ文庫ＪＡ）
第42回（11年）山本弘『去年はいい年になるだろう』（ＰＨＰ文芸文庫）
第43回（12年）小林泰三『天獄と地国』（ハヤカワ文庫ＪＡ）
第44回（13年）伊藤計劃・円城塔『屍者の帝国』（河出文庫）

第45回（14年）小川一水『コロロギ岳から木星トロヤへ』（ハヤカワ文庫JA）
第46回（15年）藤井太洋『オービタル・クラウド』（ハヤカワ文庫JA）
第47回（16年）梶尾真治『怨讐星域（Ⅰ・Ⅱ・Ⅲ）』（ハヤカワ文庫JA）
第48回（17年）小林泰三『ウルトラマンF』（ハヤカワ文庫JA）
第49回（18年）宮内悠介『あとは野となれ大和撫子』（KADOKAWA）
第50回（19年）飛浩隆『零號琴』（早川書房）

■《ハヤカワSFシリーズ Jコレクション》刊行タイトル一覧

10年：片理誠『エンドレス・ガーデン　ロジカル・ミステリー・ツアーへ君と』／上田早夕里『華竜の宮』

11年：三島浩司『ダイナミックフィギュア（上・下）』／田中啓文『罪火大戦ジャン・ゴーレⅠ』

12年：法条遥『リライト』／倉数茂『始まりの母の国』／花田智『天狼新星　SIRIUS:Hypernova』／八杉将司『Delivery』／樺山三英『ゴースト・オブ・ユートピア』／円城塔、小川一水、菊地秀行、飛浩隆、伊藤計劃、ケン・リュウ、フェリシティ・サヴェージ、デイヴィッド・モールズ、レイチェル・スワースキー、パット・キャディガン、キャサリン・M・ヴァレンテ、エカテリーナ・セディア、ブルース・スターリング『THE FUTURE IS JAPANESE』

13年：宮内悠介『ヨハネスブルグの天使たち』／菅浩江『誰に見しょとて』／西島大介『All those moments will be lost in time』／六冬和生『みずは無間』／上田早夕里『深紅の碑文（上・下）』

14年：小野寺整『テキスト9』／矢部嵩『〔少女庭国〕』／仁木稔『ミーチャ・ベリャーエフの子狐たち』／六冬和生『地球が寂しいその理由』／柴田勝家『ニルヤの島』／神々廻楽市『鴉龍天晴』

15年：倉田タカシ『母になる、石の礫で』／オキシタケヒコ『波の手紙が響くとき』／小川哲『ユートロニカのこちら側』

■《創元日本SF叢書》刊行タイトル一覧

11年：松崎有里『あがり』
12年：宮内悠介『盤上の夜』
13年：酉島伝法『皆勤の徒』
14年：高山羽根子『うどん　キツネつきの』
15年：宮内悠介『エクソダス症候群』
16年：山田正紀『カムパネルラ』
18年：石川宗生『半分世界』／宮内悠介『超動く家にて　宮内悠介短編集』／高島雄哉『ランドスケープと夏の定理』／門田充宏『風牙』
19年：酉島伝法『宿借りの星』／門田充宏『追憶の杜』／高島雄哉『エンタングル：ガール』／山田正紀『戦争獣戦争』／松崎有里『イヴの末裔たちの明日　松崎有理短編集』

■《NOVAコレクション》刊行タイトル一覧（河出書房新社）

13年：東浩紀『クリュセの魚』／谷甲州『星を創る者たち』／北野勇作『社員たち』／図子慧『アンドロギュヌスの皮膚』
14年：瀬名秀明『新生』／片瀬二郎『サムライ・ポテト』
15年：円城塔『シャッフル航法』

（リスト作成：伴名　練）

初出および収録書籍一覧　※（　）内は現行の収録書籍

小川哲「バック・イン・ザ・デイズ」『ユートロニカのこちら側』ハヤカワＳＦシリーズ　Ｊコレクション、二〇一五年十一月（『ユートロニカのこちら側』ハヤカワ文庫ＪＡ）

宮内悠介「スペース金融道」『書き下ろし日本ＳＦコレクション　ＮＯＶＡ５』河出文庫、二〇一一年八月（『スペース金融道』河出文庫）

三方行成「流れよわが涙、と孔明は言った」小説投稿サイト「カクヨム」二〇一七年→『流れよわが涙、と孔明は言った』ハヤカワ文庫ＪＡ、二〇一九年四月

酉島伝法「環刑錮」〈ＳＦマガジン〉二〇一四年四月号（大森望・日下三蔵編『年刊日本ＳＦ傑作選　折り紙衛星の伝説』創元ＳＦ文庫）

高山羽根子「うどん　キツネつきの」大森望・日下三蔵・山田正紀編『原色の想像力　創元ＳＦ短編賞アンソロジー』創元ＳＦ文庫、二〇一〇年十二月（『うどん　キツネつきの』創元ＳＦ文庫）

柴田勝家「雲南省スー族におけるＶＲ技術の使用例」〈ＳＦマガジン〉二〇一六年十二月号（日本文藝家協会編『短篇ベストコレクション　現代の小説２０１７』徳間文庫）

藤井太洋「従卒トム」『書き下ろし日本SFコレクション NOVA+ 屍者たちの帝国』河出文庫、二〇一五年十月
野﨑まど「第五の地平」『書き下ろし日本SFコレクション NOVA+ バベル』河出文庫、二〇一四年十月（野﨑まど・大森望編『誤解するカド ファーストコンタクトSF傑作選』ハヤカワ文庫JA）
倉田タカシ「トーキョーを食べて育った」『書き下ろし日本SFコレクション NOVA 10』河出文庫、二〇一三年七月
小田雅久仁「11階」〈SFマガジン〉二〇一三年六月号

HM=Hayakawa Mystery
SF=Science Fiction
JA=Japanese Author
NV=Novel
NF=Nonfiction
FT=Fantasy

2010年代《ねんだい》SF傑作選《けつさくせん》2

〈JA1416〉

二〇二〇年二月 十 日 印刷
二〇二〇年二月十五日 発行

（定価はカバーに表示してあります）

編者 大《おお》森《もり》 望《のぞみ》
伴《はん》名《な》 練《れん》
発行者 早川 浩
印刷者 矢部真太郎
発行所 株式会社 早川書房
郵便番号 一〇一 - 〇〇四六
東京都千代田区神田多町二ノ二
電話 〇三 - 三二五二 - 三一一一
振替 〇〇一六〇 - 三 - 四七七九九
https://www.hayakawa-online.co.jp

乱丁・落丁本は小社制作部宛お送り下さい。
送料小社負担にてお取りかえいたします。

印刷・三松堂株式会社　製本・株式会社明光社
Printed and bound in Japan
ISBN978-4-15-031416-3 C0193

本書は活字が大きく読みやすい〈トールサイズ〉です。